A ascensão das estrelas

IMANI ERRIU

A ascensão das estrelas

CORPOS CELESTES, V. 1

TRADUÇÃO: Flavia Souto Maior

GUTENBERG

Copyright © 2024 Imani Erriu

Copyright desta edição © 2025 Editora Gutenberg

Publicado originalmente por Penguin Random House UK. Direitos de tradução representados por Sandra Dijkstra Literary Agency e Sandra Bruna Agencia Literaria, SL. Todos os direitos reservados.

Título original: *Heavenly Bodies*

Todos os direitos reservados pela Editora Gutenberg. Nenhuma parte desta publicação poderá ser reproduzida, seja por meios mecânicos, eletrônicos, seja via cópia xerográfica, sem a autorização prévia da Editora.

EDITORA RESPONSÁVEL
Flavia Lago

EDITORAS ASSISTENTES
Samira Vilela
Natália Chagas Máximo

PREPARAÇÃO DE TEXTO
Fernanda Marão

REVISÃO
Natália Chagas Máximo

ILUSTRAÇÃO E PROJETO DE CAPA
Joana Fraga

PROJETO GRÁFICO
Diogo Droschi

DIAGRAMAÇÃO
Waldênia Alvarenga

Dados Internacionais de Catalogação na Publicação (CIP)
Câmara Brasileira do Livro, SP, Brasil

Erriu, Imani
    A ascensão das estrelas / Imani Erriu ; tradução Flavia Souto Maior. -- 1. ed.
-- São Paulo : Gutenberg, 2025. -- (Corpos Celestes ; v. 1)

    Título original: Heavenly Bodies.
    ISBN 978-85-8235-833-7

    1. Ficção de fantasia 2. Romance 3. Ficção inglesa I. Título. II. Série.

25-279019   CDD-823

Índices para catálogo sistemático:
1. Ficção : Literatura inglesa 823

Eliete Marques da Silva - Bibliotecária - CRB-8/9380

A **GUTENBERG** É UMA EDITORA DO **GRUPO AUTÊNTICA** ⓐ

São Paulo
Av. Paulista, 2.073 . Conjunto Nacional
Horsa I . Salas 404-406 . Bela Vista
01311-940 . São Paulo . SP
Tel.: (55 11) 3034 4468

Belo Horizonte
Rua Carlos Turner, 420
Silveira . 31140-520
Belo Horizonte . MG
Tel.: (55 31) 3465 4500

www.editoragutenberg.com.br
SAC: atendimentoleitor@grupoautentica.com.br

Para Demarco, sem o qual nada disso seria possível.

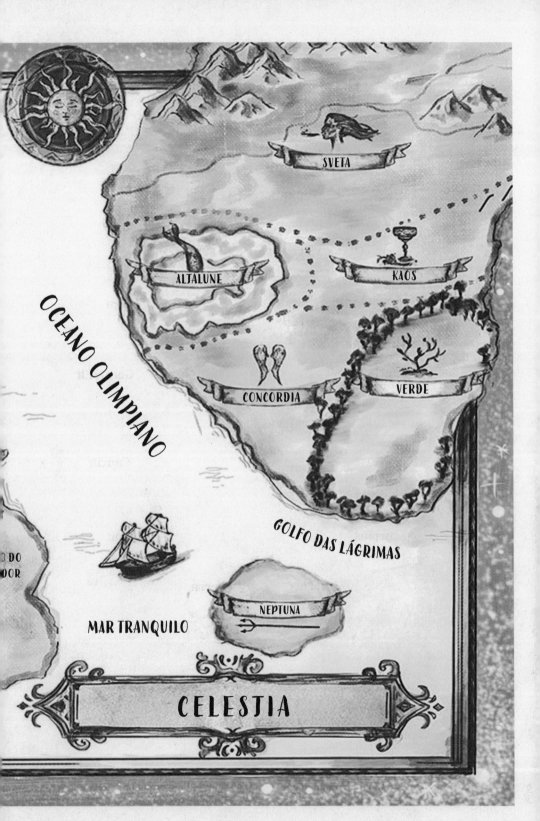

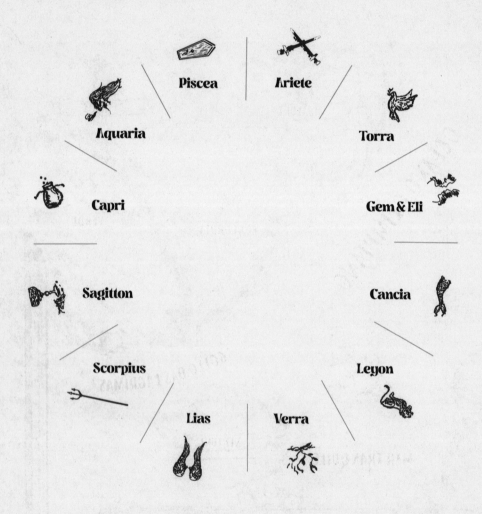

As estrelas

Ariete *(A-ri-e-te)* – Estrela padroeira de **Perses**.
Rei das Estrelas. Deus da ira, da guerra e do sangue.
Também conhecido como *o Tirano*.

Torra *(Tor-a)* – Estrela padroeira de **Aphrodea**.
Deusa da luxúria e do prazer.
Também conhecida como *a Sedutora*.

Gem e Eli *(Gem e I-lai)* – Estrelas padroeiras de **Castor**.
Deusa do rancor e da trapaça; deus dos enigmas, da astúcia e da sabedoria.
Também conhecidos como *a Trapaceira* e *o Persuasor*.

Cancia *(Can-ci-a)* – Estrela padroeira de **Altalune**.
Deusa da dor, da tristeza, dos rios e dos lagos.
Também conhecida como *a Deusa que Chora*.

Leyon *(Lei-on)* – Estrela padroeira de **Helios**.
Deus do orgulho, das artes, da profecia e da Luz.
Também conhecido como *o venerado Lorde Luz*.

Verra *(Vé-ra)* – Estrela padroeira de **Verde**.
Deusa da terra e da decomposição.
Também conhecida como *a Virgem*.

Lias *(Lai-as)* – Estrela padroeira de **Concordia**.
Deus do amor, da justiça e das mentiras.
Também conhecido como *O Belo Mentiroso*.

Scorpius *(Scor-pi-us)* – Estrela padroeira de **Neptuna**.
Deus da inveja, dos oceanos e dos venenos.
Também conhecido como *o Impiedoso*.

Sagitton *(Sa-gi-ton)* – Estrela padroeira de **Kaos**.
Deus do vinho, da loucura e do êxtase.
Também conhecido como *o Celebrante*.

Capri *(Ca-pri)* – Estrela padroeira das **Areias do Pecador**.
Deus da cobiça, do dinheiro e do sucesso.
Também conhecido como *o Mercador*.

Aquaria *(A-qué-ri-a)* – Estrela padroeira de **Sveta**.
Deusa da desventura, do ar e do gelo.
Também conhecida como *nossa Senhora Maldita*.

Piscea *(Pai-ci-a)* – Estrela padroeira de **Asteria**.
Deusa do destino, do medo e da Escuridão.
Também conhecida como *a Deusa Adormecida*.

Capítulo Um

DESDE SEMPRE, ELARA BELLEREVE caminhava por entre os sonhos. Alguns eram pesadelos extremamente escuros e irregulares; outros tinham tons pastéis e eram repletos de nuvens, devaneios de um inocente. Depois vinham os sonhos marrons e desinteressantes do dia a dia e os sonhos proféticos que eram perfumados com incenso, aqueles que sonhavam os videntes de toda Celestia.

Tinha caído na paisagem onírica de um heliano. Disso Elara sabia. Ainda assim, enquanto rastejava pelas dunas de areia vermelha dos sonhos dele, algo lhe pareceu familiar. Será que já tinha caminhado por aquelas areias? As cores eram vívidas e fortes, o ar seco e quente, bem diferente dos sonhos frios e escuros com os quais estava acostumada. Ela viu as costas de uma figura masculina, forte e ágil, empunhando uma espada dourada, lutando contra alguma coisa. Chegando mais perto, viu que estava cercado por sombras que o atacavam, o homem tentando buscar ajuda enquanto elas lentamente começavam a sufocá-lo.

Elara acordou com um susto, a realidade ao redor filtrando o que tinha sobrado de seus sonhos. Um piscar de olhos em pânico lhe mostrou apenas escuridão. Um tecido áspero fez seu rosto coçar – juta, pela sensação.

Estava correndo pelo chão de pedras do Reduto do Sonhador, o vestido encharcado de sangue, e então…

Ela vasculhou seu cérebro. Havia o cheiro de papoulas-do-pavor pressionadas a seu nariz, braços ao redor de sua cintura e… nada.

Engolindo em seco, ergueu os pulsos amarrados com corda para tentar remover o saco de juta, mas um puxão forte a impediu. Ela resmungou, abaixando-os, e se obrigou a sentar-se o mais ereta possível. Estava se movendo, o *clop-clop* de cascos e as ripas de madeira dura em suas costas sugeriam que estava em uma carroça.

– Se é dinheiro que você quer, posso te dar – disse, piscando para afastar a névoa.

Alguém riu baixo, e um homem com um leve sotaque cantado falou:

– Isso temos o suficiente.

– Então o quê? – Elara perguntou, forçando a voz a ficar estável. – Você está aliado à Estrela?

Silêncio.

Ela se curvou para trás, as últimas lembranças antes da escuridão pairando nas bordas de sua mente.

Em dado momento estava dançando com Lukas no baile de seu aniversário, e no outro...

Luz estelar vermelha, sangue – muito sangue – escorrendo sobre mármore, e um grito ordenando que ela corresse.

Elara começou a ficar sem ar e se obrigou a inspirar – uma vez, duas, enquanto fechava bem os olhos.

Dentro da caixa, dentro da caixa, dentro da caixa.

Entoou a mesma frase até que suas emoções estivessem socadas dentro dela, substituídas por uma camada de calma.

Ela avaliou sua posição. Parecia que tinha sido sequestrada. Sequestrada. Aquaria, a Estrela da desventura, devia estar rindo sobre seu ombro.

Elara piscou, obrigando-se a permanecer presente, a avaliar o máximo que pudesse de seus arredores. As lembranças das últimas horas se agitavam, desesperadas para se libertarem, mas ela rangeu os dentes e as ignorou. Não era o momento para se ater a elas, não podia pensar em seu lar – isso a faria se desentranhar inteira.

Pense.

Como poderia escapar daquelas pessoas? Ela verificou seu poço de magia. Ele estava bem acordado, retorcendo-se na boca de seu estômago, pronto para ser sifonado para os seus Três.

Ela nem se deu ao trabalho de tentar invocar as sombras com que havia nascido. Se não apareceram em dezoito anos, não apareceriam justo agora.

E seu caminhar pelos sonhos seria inútil para a ocasião, então restava seu último dom. Um que Elara podia realmente usar.

– Para onde está me levando? – perguntou no tom mais ousado que conseguiu. Ela olhou para baixo, era possível ver luz por um minúsculo vão na parte de baixo do saco que cobria sua cabeça. Mexendo-se com cuidado, aumentando de leve o tamanho do vão, ela pôde ver seus sapatos e um par de botas pesadas à sua direita, encharcadas com luz asteriana.

– Logo você vai ver.

Ela manteve os olhos fixos na suave luz violeta, a única indicação de que ainda estava em Asteria, enquanto tentava bolar um plano. Tudo o que tinha que fazer era esperar a carroça parar, o que uma hora ou outra aconteceria. E quando aqueles bandidos – independentemente de quem fossem – tentassem levá-la para o terrível destino que a aguardava, escaparia para a liberdade. Ela conseguiria. Tinha que conseguir. A carroça seguia em movimento enquanto Elara aguardava seu momento, revolvendo seu plano de fuga e suavizando a tensão do corpo, fingindo dormir.

Horas devem ter se passado, ao menos era o que parecia pela forma com que a luz começou a ficar azul-índigo, quando uma voz rompeu o silêncio.

– Estou com fome.

Elara ficou tensa com a voz diferente, mas que também tinha um sotaque cantado.

A primeira voz, a que havia falado horas atrás, respondeu em tom baixo:

– Você pode comer quando cruzarmos a fronteira. Já imaginou se passasse tanto tempo se preocupando com as ordens do seu rei quanto com o que vai enfiar goela abaixo? Já teria sido promovido. A culpa é sua por não estar na Guarda do Rei.

A resposta foi só um murmúrio, e Elara analisou a conversa. Rei? Fronteira? O pavor lhe subiu pela espinha. Estavam levando-a para Helios.

Foi necessário cada grama de autocontrole que havia em seu corpo para ela não lutar naquele momento e naquele lugar. Então era isso: estava sendo levada para o território inimigo. Não apenas por alguns valentões asterianos entediados, mas por helianos. Soldados, ao que parecia. A força que havia atormentado seu reino com invasões e bloqueios durante anos. Que havia encorajado o restante do mundo a marginalizar seu povo. Tudo graças ao homem que estava no leme daquele horror, o homem que tinha travado a Guerra contra a Escuridão contra seu pai, duas décadas antes. O rei Idris D'Oro.

– Sabe, como membros da Guarda do Rei vocês não são muito versados em espionagem – ela disse. – Vocês não deveriam, eu sei lá… estar protegendo seu rei?

Houve um segundo antes da primeira voz – o líder, ela presumiu – responder:

– O que a faz pensar que somos da Guarda do Rei?

– Vocês não falam em voz baixa – ela respondeu.

Xingamentos foram murmurados, o suficiente para Elara contar entre cinco e seis outras pessoas na carroça, antes de o líder voltar a falar com um tom de determinação:

– Chega de perguntas.

– Você pode muito bem economizar a viagem me arrastando pra fora e me matando agora – ela disse. Seria a morte, ou um destino muito pior se a jovem colocasse os pés no Palácio da Luz, então se houvesse qualquer chance de escapar perto da fronteira, ela aproveitaria.

– Não vamos te machucar – ele respondeu.

Mais uma vez, Elara tentou sutilmente soltar os pulsos das amarras. Enquanto se mexia, sentiu sua adaga pressionar a coxa. Primeiro sentiu um grande alívio – os soldados não haviam descoberto a arma. Em seguida, veio uma fila de xingamentos mentais quando se deu conta da distância que a adaga estava de suas mãos incapacitadas.

Por fim, a carroça parou, e seguiu-se por uma pancada forte à sua esquerda.

– Digam a que vieram – disse uma voz com sotaque carregado das Terras Fronteiriças de Asteria.

Elara respirou fundo, pronta para gritar, mas um braço forte fechou seus lábios, fazendo-a morder um bocado de saco de juta. Ela tossiu, mas a mão segurou firme, com outra pressionando seu ombro para baixo quando a jovem tentou lutar.

O condutor murmurou algo inaudível, depois veio o som de moedas tilintando.

Mais uma batida na carroça que seguiu em frente, até a mão a soltar. Elara balbuciou e cuspiu a aniagem da boca enquanto piscava mais uma vez, olhando para o vão de luz. Para seu horror, ela tinha mudado de seu familiar lilás-azulado para um forte laranja. Passaram pela fronteira.

O saco foi arrancado de sua cabeça, e Elara se encolheu diante do brilho horrível e intenso da luz heliana que inundava sua visão. Era muito mais gritante do que os tons reconfortantes de seu reino, lançando a carroça em um dourado brilhante. Quando parou de piscar, ela notou que um homem estava observando-a, um homem muito bonito, com a testa levemente franzida. Seus olhos eram de um castanho quente, a pele também era marrom, e ele tinha o cabelo bem curto da milícia, embora com um padrão intrincado raspado na lateral da cabeça, que formava as linhas retas dos raios da Luz. Ah, ele era mesmo heliano.

– Quem é você? – ela indagou, antes de dar uma rápida olhada no restante do grupo que vestia armadura dourada.

– Leonardo Acardi – respondeu o homem de olhos castanhos.

O estômago dela afundou.

– Você é o general do exército heliano. O Relâmpago do Rei.

Ele deu de ombros com um certo brilho nos olhos.

– É disso que me chamam?

Elara se obrigou a tirar os olhos dele, ao menos para olhar com desespero de volta para seu reino enquanto avançavam em Helios, a fronteira ficando cada vez mais longe. Ela avistou o Templo de Piscea, Estrela padroeira de Asteria, que anunciava a entrada do reino. Um ressentimento familiar tomou conta de seu peito quando olhou para os pilares reluzentes de obsidiana preta – perfeitos e deslocados dentro dos tons suaves de crepúsculo de seu reino. A oração de Piscea se destacava em argêntea brilhante. Era relativamente nova, havia sido cunhada havia apenas algumas décadas.

Então a idolatre. Então a tema.

Bem apropriada para a deusa do terror, do destino e da escuridão. Que no momento estava adormecida, graças às Estrelas. Elara elevou os olhos para o céu além da fenda, a mancha dourada e laranja ficando maior enquanto seu céu safira diminuía.

– Os cavalos do palácio estão esperando nos arredores de Sol – Leonardo afirmou. – Vamos ter que deixar essa carroça aqui – ele disse para um camarada.

Elara lembrou-se das aulas de Geografia. Era exatamente o que havia pensado – estava sendo levada para a capital de Helios, onde o Palácio da Luz aguardava. Ela permaneceu em silêncio enquanto recostava, e esperava, convertendo-se em sua magia. Quando se moveu, a umidade do sangue em seu vestido a cutucou e a náusea a invadiu, junto com lembranças indesejadas.

O sangue.

A luz estelar.

"Corra!"

Ela fechou bem os olhos, até as imagens desaparecerem. Quando tirou os olhos da carroça, viu ruas empoeiradas em vez da vegetação escura e viçosa que demarcava todas as estradas de Asteria. Embora os sons estivessem abafados pela madeira, ali também parecia mais barulhento do que seu lar, e, deuses, era quente. Seu grosso vestido de lã a sufocava, o espartilho afundando no peito e na cintura de maneira desconfortável conforme o suor ia se acumulando na base de suas costas. Mas não se importou, pois não pretendia ficar naquela cidade esquecida pelas Estrelas por um minuto a mais do que o necessário.

Quando a carroça parou e as portas se abriam, Elara estava pronta.

Quando foi levantada por Leonardo e tirada da carroça, ela atacou.

Sua magia dançou para fora dela, fios rapidamente tecendo um casulo de doce invisibilidade ao seu redor. Leonardo praguejou enquanto os outros soldados gritavam, mas Elara já tinha escapado das mãos dele.

Ela se jogou da carroça e saiu pelas ruas de Sol.

Capítulo Dois

Luz, som e calor tomaram conta dela. O tumulto de condutores indo ao mercado e o som de risadas de criança e lavadeiras fofoqueiras inundaram seus sentidos enquanto trabalhava para manter sua ilusão. Elara era uma só com o ar, o chão, ela era...

– Merda! – gritou, parando de repente antes de quase ser atropelada por uma carroça com temperos.

Ela correu pela estrada quando estava livre e ouviu gritos. Mas sua magia falhou. A jovem não fazia ideia de para onde estava indo, apenas que tinha que despistar os guardas. O cheiro de flores exóticas, temperos aromáticos e roupa recém-lavada atingiram suas narinas enquanto ela desviava e virava. Era demais, muito avassalador para uma mulher que nunca tinha colocado os pés para fora de seu próprio reino. Enfim, quando desceu outra viela, encontrou silêncio e sombra. Os gritos de seus perseguidores desapareceram.

Uma dor aguda na cabeça lhe dizia que tinha usado sua magia de maneira muito forte e rápida, quase esvaziando suas reservas. Ela olhou à sua volta com preocupação, e foi só quando se certificou de que estava sozinha que encostou na parede de terracota fria, respirando bocados de ar árido. Elara só se permitiu três respirações antes de levantar o vestido, posicionando-se em um ângulo estranho para tirar a adaga da bainha presa à coxa. Colocou o cabo na boca e cortou suas amarras com lâmina, que brilhava em um azul tão profundo quanto o céu iluminado por estrelas de seu lar. Quando os últimos fios se romperam, ela soltou um suspiro de alívio e, por força do hábito, acariciou os cristais de obsidiana e safira incrustados no cabo antes de voltar a embainhar a adaga.

Seu grosso vestido azul-claro era pesado para o calor, sem mencionar que estava coberto de sangue ressecado. Nem se tentasse, ela não poderia chamar mais atenção. Pelos poucos vislumbres que teve ao passar correndo, a moda de Helios com certeza não era modesta. Elara praguejou, mas arrancou o vestido e o espartilho, ficando apenas com a fina combinação, imaculada do sangue pela proteção da lã grossa do vestido.

Ela jogou o traje sujo na viela e começou a andar. Passou por várias *piazzas*, algumas decoradas com fontes extravagantes e cercadas de casas brancas e deslumbrantes. Umas tantas estavam cheias de pessoas, outras estavam calmas. Elara se aventurou a entrar em uma que viu que estava vazia, virando em círculo. Tudo o que tinha que fazer era descobrir para qual direção ficava a fronteira e continuar caminhando. Mesmo que seus pés sangrassem ou seu corpo cedesse, precisava voltar para casa.

Apenas quando seus pensamentos se voltaram para o lar, para a cena que ela tinha deixado para trás, o grito de sua mãe, o rugido de seu pai – a luz de estrelas, a risada – que Elara se deu conta, tarde demais, de quem estava se aproximando.

Em meio a gritos e ruído de aço, a jovem saiu correndo, porém mais guardas chegaram à pequena praça.

Ela virou em outra ruela. Soldados de armadura dourada saíram de lá também. E Elara percebeu que estava completamente encurralada.

– Parece um passarinho tentando voar pra casa – disse um dos soldados, sorrindo.

Alguns dos outros assobiavam e gorjeavam. Sua mão ansiava pela adaga, mas ela estava presa à sua coxa, longe demais para alcançar, quando um homem com uma cicatriz horrível no rosto avançou.

– Acho que devemos cortar essas asinhas – disse, sorrindo e mostrando dentes amarelados. Ela não o reconheceu da carroça. Ele devia ser um guarda da cidade.

– Não foram essas as ordens do general Leonardo – disse um soldado mais jovem.

– Bem, o general Leonardo não está aqui, está?

Elara começou a dar um passo para trás, mas sentiu uma lâmina nas costas. Sua cabeça latejava, mas ela puxou as últimas gotículas disponíveis de seu poder de ilusão enquanto o homem com a cicatriz avançava, jogando a espada entre as mãos.

– Segurem ela, rapazes.

Embora todo o instinto dentro dela quisesse gritar, chorar e suplicar, a jovem se forçou a ficar calma.

Ela não disse nada quando mãos ásperas a agarraram pelos ombros e gargalhadas empolgadas do pequeno grupo soaram em seus ouvidos.

– Vocês não acham que isso tudo é um pouco clichê? – ela suspirou.

O soldado franziu a testa.

– Cicatriz feia e grande? Vielas escuras? Um homenzinho que recebe um pouco de poder e decide interpelar uma mulher? – Sofia teria ficado orgulhosa do seu tom sereno.

– Com quem você acha que está falando, porra?

Elara inclinou a cabeça como se parasse para pensar.

– Bom, pelo hálito de cerveja de ontem, eu diria que é um guardinha de cidade inútil e alcoólatra que nunca conseguiu subir na hierarquia além de ser o cachorrinho do general.

O rosto do homem da cicatriz se contorceu de raiva.

– Ah, eu vou te fazer pagar por isso – resmungou. – Arraste ela pra lá – ele ordenou a um soldado, apontando com a cabeça para a viela escura de onde ela tinha vindo. Elara foi levada com insultos e provocações, mas não lutou, mantendo os olhos no soldado da cicatriz.

Não dá para enxergar claramente por meio de águas tempestuosas, ela lembrou a si mesma. Um de seus muitos, muitos tutores tinham tentado martelar o mantra na cabeça de Elara durante seus vários acessos de raiva. Quando foi empurrada contra a parede, ela falou:

– Vou te dar mais uma chance de ser um cavalheiro e me soltar.

Um outro soldado, este atarracado e baixo, segurou suas mãos atrás das costas.

A risada do soldado da cicatriz era vazia.

– Cale essa boca, sua vadiazinha arrogante – ele vociferou.

Com as mãos sujas, ele puxou o tecido da combinação branca dela, rasgando a gola. Ele aproximou os lábios do pescoço dela.

Você controla suas emoções, elas não te controlam.

Mais uma lição aprendida com outro tutor.

Ele passou a língua gosmenta pelo pescoço dela, e a jovem se forçou a permanecer imóvel enquanto sua magia girava e estalava até brotar dela – a última gota em seu poço.

Em uma ilusão. Dessa vez, um pesadelo.

Ela sentiu a magia se elevar atrás de si, bloqueando a Luz sobre eles, enquanto os guardas à sua volta ficavam rígidos. As mãos em suas costas se afastaram, lamuriando-se. Então vieram os inevitáveis gritos.

As ilusões de Elara eram uma magia de mentalizações. E o que ela mentalizou foi mostrar aos soldados seu pior medo.

– Eu me pergunto o que você vê – ela disse com toda a calma para o guarda da cicatriz, que se afastava. – É um espectro? Um monstro sem alma? – Ela avançou enquanto mais gritos soavam, como música. – É seu próprio reflexo?

Uma lágrima escorreu pelo rosto do guarda.

– Por favor.

– Era esse o som que você queria que eu fizesse? – ela sussurrou. – Gosta de atacar mulheres? Indefesas? Inocentes? Eu me pergunto se o que está vendo é um homem fazendo com sua filha o que você acabou de tentar fazer comigo.

Ele caiu de joelhos, olhos arregalados de medo. Ela notou pelo canto do olho alguns dos outros guardas no chão, lamentando-se e rastejando, ou encolhidos como uma bola. Todos muitos fáceis de aterrorizar.

Ela rangeu os dentes ao forçar uma última onda de poder na viela. Mentalizou que seus pesadelos assombrassem o sono daqueles homens pelo restante de sua vida miserável. E sorriu ao sentir um leve cheiro de amônia quando uma mancha úmida se espalhou pela virilha do homem da cicatriz.

Um grito aterrorizante saiu dos lábios abertos do homem, e Elara cobriu a boca dele firmemente com a mão. Lágrimas escorriam por seu rosto enquanto ele tremia junto a ela, murmurando com histeria.

– Isso é por cada mulher que você perseguiu, cada garota que abordou e tocou sem pedir permissão. Sei que não sou a primeira. – Ela se aproximou. – Mas vou ser a última. Se você ou seus homens tentarem isso de novo, vai rezar por esses pesadelos. Porque eles não serão *nada* em comparação com o que eu vou fazer com você.

Ela ouviu o som de passos e se virou para olhar. Era Leonardo, que se aproximava da viela com uma expressão chocada no rosto e acompanhado de dois guardas logo atrás dele. Ele observou os vários soldados caídos no chão, alguns choramingando, outros rezando.

Os olhos dele se arregalaram, e ela tentou jogar os pesadelos sobre ele, ao menos o suficiente para que pudesse fugir. Mas aquela dor lancinante queimou sua cabeça quando o que restava da magia se apagou. Elara oscilou, e Leonardo avançou, pegando-a. Ela sentiu um pedaço de corda – embebida em quebra-sombra – atar seus pulsos. Quase riu. O veneno amortecedor não fazia diferença quando não conseguia nem utilizar a mais comum, e poderosa, magia asteriana.

Ela não tinha mais energia nem sobra alguma de magia para revidar.

Uma idosa escondida na porta de sua casa empalideceu quando Elara passou por ela.

– Quem é você? – ela sussurrou, com medo nos olhos.

Antes que a última bravata de Elara a abandonasse, ela piscou:

– Apenas uma vadiazinha arrogante.

Capítulo Três

O CALOR EM NADA AJUDAVA A ALIVIAR A DOR DE CABEÇA de Elara enquanto a jovem era empurrada para o pé da imponente rampa do Palácio da Luz. A realidade começava a se impor e sua fria fachada de confiança se estilhaçava enquanto ela tentava desesperadamente controlar suas emoções. Ainda assim, mesmo com a dor, a raiva e as cordas amaldiçoadas pelas Estrelas machucando seus pulsos, Elara não pôde deixar de olhar com admiração para a estrutura diante dela. Torres em espiral alcançavam as nuvens, lançando sombras que pareciam brilhar sobre o pavimento de pedra abaixo. Uma cascata, com águas marcadas de ouro e bronze derretidos, caía atrás do palácio, emoldurando o lar dos D'Oro. Ela foi empurrada ladeira acima na direção da entrada do palácio. Os paralelepípedos deram lugar a pedras lisas que reluziam sob a Luz, e canteiros bem cuidados de flores cor de damasco margeavam a rampa larga. Elara tentou ignorar o filete de suor que escorria por suas costas ou o fato de que estava usando apenas uma combinação rasgada, prestes a entrar no lar de seus inimigos declarados.

– Apreciando a vista? – Leonardo perguntou logo atrás dela, e ela fez uma careta.

– Para uma cidade tão bonita, é uma pena seu monarca ser um grande cretino presunçoso.

Leonardo a puxou com força para perto de si.

– Vai controlar essa sua língua – ele disse em voz baixa. – E manter seu vômito traiçoeiro pra si mesma.

Elara segurou a língua para não responder enquanto passavam pelo par de portões dourados na entrada do palácio.

De cada um dos lados das enormes portas havia dois leões alados esculpidos do ouro puro que pareciam verter da cidade, evidência das riquezas de Helios. As histórias diziam que os *mythas* voavam pelos céus de Helios no passado. As sentinelas de ouro estavam representadas no meio de um rugido, com as presas perversas brilhando na Luz. Quando foi empurrada portas adentro – gravadas com relevos da infame Descida de Leyon, a Estrela padroeira de Helios – Elara sentiu como se estivesse de fato entrando na boca do leão.

Os corredores frios de mármore passaram em um borrão, os quadros – eram tantos, todos pendurados com molduras intrincadas – pareciam mudar de forma e brilhar no espaço arejado pelo qual ela era levada. Mais portas se abriram, estas incrustadas com flores e vinhas rodopiantes, e ela foi empurrada para dentro sem cerimônia por Leonardo.

Elara deu dois passos cambaleantes e parou. A sala do trono era cavernosa. Afrescos adornavam o teto, as paredes e até as janelas, retratando imagens da história e dos mitos de Helios. Ela viu a infame batalha entre os antigos leões alados de Helios e os anjos de Sveta. Seus olhos se estreitaram quando viu um mural dedicado à Guerra contra a Escuridão, o rei Idris, usando uma coroa de luz, retratado como um grande salvador enquanto sitiava as muralhas de Asteria.

Os braços em suas costas a empurraram para a frente e ela rangeu os dentes, rezando para que sua magia se reabastecesse quando se aproximasse dos tronos que aguardavam ao fundo do salão enorme. Ela passou por uma piscina estreita forrada de flores cor de pêssego, notando o perfume que saía delas. Jasmim-manga, exótica e doce. As paredes exibiam pequenas alcovas escavadas, com cortinas de tecido transparente fechadas sobre elas. Antes que tivesse tempo de verificar sua magia outra vez, e até mesmo de parar, ela foi empurrada na frente do trono maior.

Elara não olhou para o rei, mas para o afresco do teto, sabendo que o desprezo o deixaria furioso.

– Peço desculpas pelo atraso, Vossa Majestade – Leonardo disse atrás dela. – Essa daqui nos deu mais trabalho do que o esperado.

Ela deixou escapar uma risadinha cheia de sarcasmo – é claro que o general não tinha se perguntado *por que* Elara tinha exercido seu poder sobre os guardas –, seu olhar deslizando até o rei.

A pele de Idris D'oro era cor de oliva; suas narinas se dilatavam em um desdém permanente. Sua forma era a de um homem que estava envelhecendo; ela podia ver onde antes estavam os músculos conquistados nas infames batalhas cujas histórias havia ouvido, mas eles tinham sido substituídos por uma barriga de glutão. Os cabelos pretos estavam penteados para trás, revelando sobrancelhas inclinadas, mas foram seus olhos que a fizeram estremecer. Eram dourados, mas como cacos de vidro. Vazios.

– Princesa Elara. – Suas palavras escorriam óleo.

Ela inclinou a cabeça.

– É rainha agora, tecnicamente.

Foi então que sua atenção foi tomada pela figura no trono ao lado do rei, que tinha se inclinado para a frente enquanto ela falava, o queixo apoiado de maneira indolente sobre a mão. Elara sentiu um baque surdo ao olhar nos olhos dele. Ele era tão belo que, por um instante, a mente dela paralisou. Sua pele era mais escura do que a do rei – um tom de marrom dourado. O maxilar cortava seu rosto, e suas linhas duras eram acentuadas por sobrancelhas e cachos pretos que caíam sobre sua testa. Uma pequena argola em sua orelha brilhava sob os raios helianos que atravessavam as janelas de vitral. Mas foram os olhos dele que a fizeram parar. Eles também eram dourados, mas do dourado líquido das cascatas que havia do lado de fora. Reluziam como a coroa que usava inclinada na cabeça, e olhavam para ela como se Elara fosse uma presa, descendo por sua figura, observando sua combinação rasgada.

Ela percebeu, assustada, para quem estava olhando. Ele abriu um sorriso lento e ávido quando viu o entendimento surgir nos olhos dela. Príncipe Lorenzo. O Leão de Helios.

– Acredito que seja necessária uma coroação pra você se tornar rainha oficialmente – Idris disse com desdém.

A atenção de Elara ainda estava fixa no príncipe.

– Acho que eu estava um pouco ocupada sendo sequestrada pra participar dela.

Com uma piscada, a jovem tirou os olhos do príncipe. As histórias e os rumores que havia ouvido sobre ele ficaram rolando sob a superfície de sua consciência. Ela mentalizou calma em suas veias e forçou seu foco a voltar para o rei Idris, tentando ignorar o olhar penetrante do príncipe.

– O que me leva ao próximo assunto – Idris disse. – Sentimos muito pelo falecimento do rei e da rainha, princesa.

A verdade dita em voz alta quase fez Elara desmoronar no chão. Mas ela manteve a coluna ereta, mesmo com a mão se contorcendo na lateral do corpo. Tudo o que queria era revidar o desrespeito de Idris, mas nenhuma magia se elevava, sua fonte estava vazia.

– Você quis dizer assassinados.

– Que bom que meus guardas a encontraram naquele momento, ou talvez a *sua* morte fosse a próxima. – Idris inclinou a cabeça. – Ou talvez não, se o que falaram de como escapou da ira de uma Estrela for verdade.

O calor seco havia se dissipado da sala e todo o corpo de Elara começou a ficar frio e rígido.

– Como você sa...?

– Ora, vamos. Julga que todo rei e rainha de toda Celestia não sabe disso? Como servos das Estrelas, é claro que soubemos. A Estrela Leyon nos chamou ao seu templo assim que soube dos eventos que aconteceram ontem à noite. E também me contou sobre a pequena profecia que iniciou tudo isso. Que primeiro convocou Ariete.

Elara lutou contra as imagens que mais uma vez tentavam emergir – sua mãe e seu pai em lágrimas quando ela voltou do festival ainda na noite anterior, exigindo saber se a profecia que a sacerdotisa concordiana tinha feito era verdadeira.

– Então você arrisca muito ao me arrastar pra cá, agora que sabe que o Rei das Estrelas fará de tudo para me encontrar. Ele matou uma sala do trono cheia de pessoas por me esconderem dele. Pense no que faria com você. – O sorriso que surgiu no rosto dela era tenso.

O príncipe coroado ainda estava em silêncio ao lado de Idris, embora seus olhos tivessem se estreitado.

– Foi exatamente por esse motivo que você foi trazida pra cá.

– Explique-se.

As narinas de Idris se dilataram com a ordem. Ele olhou para o filho, que apenas arqueou uma sobrancelha, ainda em silêncio, antes de se levantar. Havia um brilho em seus olhos pálidos e enrugados.

– Eu quero matar uma Estrela. E você vai me ajudar.

Capítulo Quatro

Elara deu um passo para trás, trombando com Leonardo.

Provavelmente tinha ouvido mal.

– Você quer matar um deus? – ela indagou com a voz rouca.

A jovem era da realeza. Elara conhecia as falhas das Estrelas que os súditos de Celestia adoravam tão cegamente. Embora suas terras fossem intocadas pelas Estrelas – sua deusa padroeira estava adormecida –, quando tinha apenas 8 anos ela ouviu seus pais cochichando um com o outro sobre o que as Estrelas eram capazes de fazer quando desciam de seu lar no Céu. Capri tinha transformado mais de um súdito de sua terra em ouro sólido por terem ganhado dele em um jogo de cartas. Aquaria, Sofia havia lhe contado, tinha alguns acessos de raiva em que podia lançar infortúnio e maldições sobre toda uma linhagem familiar. E Ariete… bem… qualquer membro da família real poderia relatar sobre os rios de sangue que ele havia derramado em sua época. Por anos Elara se questionara por que eles tinham que rezar para seres tão cruéis e caprichosos. E ainda assim… falar aquilo em voz alta? Era um tremendo sacrilégio.

Idris girou o anel de topázio amarelo no dedo mínimo.

– Não qualquer deus. Ariete. O Rei das Estrelas. – Ele levantou do trono e começou a andar de um lado para o outro.

As emoções que Elara estava tentando engolir com toda ânsia se acenderam em um poço de fogo ao pensar no deus que havia lhe custado tudo.

– Por quê? – Foi tudo o que conseguiu dizer.

– Se o Rei das Estrelas cair, o mesmo acontecerá com os outros. Durante séculos, Elara, os monarcas de Celestia tiveram que se ajoelhar aos pés desses deuses. Lamber suas botas, não serem nada além de servos. Eu achava que as Estrelas eram invencíveis, impossíveis de matar. Até agora. Até você.

Ela se virou.

– Encontre outra pessoa. Não tenho interesse em ser punida por *divinitas* quando as Estrelas descobrirem seu plano.

Era a pior forma de morrer, por *divinitas*. A luz estelar fatal te cegava, depois esfolava sua pele, e por fim obliterava sua existência. Não sobrava um corpo para enterrar e com isso nenhuma forma de chegar às Terras Consagradas, ou pelo menos ao Cemitério, que ficava entre o paraíso das Terras Consagradas e a danação das Terras Mortas. Ela pensou no olhar de seus pais quando a luz estelar vermelha os atacou, e fechou bem os olhos.

– Você acha que tem escolha?

Quando voltou a abrir os olhos, uma luz terrível emanava da ponta dos dedos do rei enquanto ele recostava em seu trono. Ele poderia utilizar aquela luz para infligir dor em Elara. Ela se forçou a nem piscar.

– Você não pode retornar para Asteria. Não com o próprio deus da ira e do sangue caçando você. Para onde mais iria?

Elara então se deu conta. Estava tentando com tanto ardor voltar para casa. Mas como poderia fazer isso se o deus que havia assassinado seus pais a estaria esperando de braços abertos?

Lugar nenhum. Elara não tinha para onde ir, ninguém a quem recorrer. Tudo graças aos anos trancada em sua torre prateada.

– Você vai ficar – Idris disse. – Vou colocá-la em nossos melhores aposentos. Você não vai querer mais nada. Contanto que nos permita treinar você. Transformá-la na arma que sempre foi destinada a ser, aquela que derrubará os próprios céus.

Isso, ou a morte. Elara pesou as opções. Ser uma escravizada de Idris, ou passar a vida fugindo das garras de Ariete.

– Como vão me treinar?

– Sei que você possui os Três, princesa. Todos os poderes de seu reino, em vez de apenas um. É raro, de fato.

– Como sabe disso? – ela perguntou.

Era impossível. Ninguém, além do círculo mais íntimo de sua família e tutores de confiança, sabia.

– Tenho minhas fontes – Idris respondeu. Os lábios de seu filho então se contorceram. – Você vai ser treinada rigorosa e brutalmente. À moda dos D'Oro.

– E como vão me esconder de Ariete? – ela questionou.

Se seu rosto pálido não a entregasse, seus olhos prateados certamente o fariam: Elara era asteriana dos pés à cabeça.

Ele estalou os dedos, e a presença atrás de Elara se movimentou, antes de ela ouvir as portas se abrirem mais uma vez. A jovem se virou, vendo uma bela mulher entrar deslizante na sala. Ela era diferente dos outros helianos que Elara tinha visto. Seus cabelos dourados brilhavam, os olhos verdes reluziam – tão sedutora que ela teve dificuldade em desviar os olhos.

– Merissa vai garantir um bom disfarce. Já cuidamos dos detalhes de sua estada.

– Que eufemismo adorável para aprisionamento – ela retrucou. Leonardo se mexeu atrás dela. – Que fique registrado que eu não concordo em ficar aqui, no reino de meu inimigo.

– Então será levada à força aos seus novos aposentos. Seria mais fácil se você fosse por vontade própria.

Elara trincou os dentes. Brincou com a ideia de resistir. Mas seus ossos estavam tão cansados, a mente mais ainda. Então endireitou a coluna e deu meia-volta, lançando um olhar repleto de escárnio a Leonardo.

– E suponho que você vai supervisionar meu treinamento?

Houve uma risada fria atrás dela.

– Não – Idris respondeu. – Meu filho o fará.

Ela olhou para o príncipe quando os olhos dele encontraram os dela.

Elara zombou, garantindo que sua única reação visível fosse de desdém, e jogou o cabelo sobre o ombro enquanto Leonardo a escoltava para fora, sentindo o olhar do príncipe ardendo em suas costas.

Capítulo Cinco

Ela foi colocada na frente de uma porta adornada, em silêncio, por Leonardo, que acenou com a cabeça para Merissa e saiu.

Merissa olhou furtivamente para Elara, depois desviou os olhos para tirar uma chave do bolso de sua saia rosa de tecido leve e a girar na fechadura. Quando a porta se abriu, a visão que saudou Elara era tão atraente que a irritou, e a jovem precisou entrar tentando controlar a expressão admirada em seu rosto. Seu quarto em Asteria era grandioso, mas ela nunca tinha sonhado que um lugar como aquele existisse. Dois pilares de mármore ladeavam uma enorme cama de dossel e grandes portas, que estavam entreabertas, deixavam entrar uma brisa morna e gentil por uma sacada. Quando se aproximou, perguntando-se de que altura seria o salto da sacada, ela viu que era espaçosa, de tal forma que havia ali um divã, com de mantas e almofadas variadas espalhadas ao redor, e lamparinas a óleo enfeitadas flutuando no ar por alguma magia. Do outro lado da construção, viu outras sacadas de acomodações semelhantes, com um gramado muito bem cuidado entre seu lado e o lado oposto. Uma fonte vertia água no centro.

Ela voltou a entrar e inclinou o pescoço para cima para inspecionar o teto, notando os mesmos afrescos que decoravam os outros cômodos que tinha visto antes. Tons de rosa, pêssego e amarelo se fundiam. Em casa, a moda e a decoração eram em tonalidades de azul, lavanda e preto, em homenagem ao céu crepuscular. Elara esfregou os olhos, irritada com a Luz que entrava pelo quarto. De fato, teria que se acostumar àquele brilho.

Merissa torcia as mãos enquanto mexia os travesseiros e cortinas da cama, e Elara cruzou os braços, encarando a mulher até que terminasse sua atividade e se virasse para ela devagar.

– Eu… eu tentei tornar sua estada aqui em Sol o mais confortável possível – a mulher disse, desviando os olhos. Sua voz não passava de um sussurro.

A raiva e indignação que tinham preenchido Elara esvaziaram, e ela relaxou os ombros, tentando suavizar a expressão.

Não era culpa de Merissa que Elara tivesse sido levada à força para o covil de seu inimigo e depois forçada a colaborar com sua causa. E ela não queria, de jeito nenhum, que a pobre mulher ficasse com medo dela.

– Eu agradeço – ela disse com calma.

A inquietação das mãos de Merissa se acalmaram.

– Eu... – ela começou de novo. – Sua Majestade requisitou minhas habilidades pra ajudá-la a se disfarçar enquanto estiver em nossa corte. – Merissa caminhou para um cômodo adjunto, que só serviu para impressionar ainda mais, apesar da relutância de Elara.

Afundada no chão, no centro do cômodo, havia uma banheira do tamanho de uma pequena piscina, cheia de água cristalina e bolhas de sabão. Azulejos pintados a contornavam e estavam quentes ao toque. O cômodo cheirava a óleo de jasmim, um cheiro que causou uma pontada aguda de nostalgia em Elara. Lembrava demais as árvores de dama-da-noite que cresciam em frente à sua janela, e que a acalmavam quando não conseguia dormir por causa do medo dos pesadelos que poderia ter.

– E que habilidades seriam essas? – Elara perguntou, piscando para afastar as lembranças.

Os lábios de Merissa se curvaram de leve.

– Você vai ver. Mas, primeiro, sugiro um banho.

De repente, Elara ficou ciente do estado de suas vestes, do suor que havia secado grudento sobre sua pele.

Merissa começou a desamarrar os cadarços da combinação de Elara, não que a jovem se importasse. Ela tinha crescido se vestindo e se despindo na frente de criadas. Quando a combinação branca rasgada e empoeirada escorregou para o chão, Merissa a pegou com cuidado.

– Gostaria que isso fosse lavado, Vossa Alteza?

– Pode me chamar de Elara – ela respondeu. – E não, eu não quero manter esta coisa. – A peça de roupa carregava as lembranças daquele dia que mudara sua vida de maneira irrevogável.

– Graças às Estrelas. Vou queimá-la, então – Merissa murmurou.

Elara se virou, e a criada ficou envergonhada por ter dito aquelas palavras em voz alta.

– Eu... eu sinto muito, eu...

– Incinerar me parece bom. – Os lábios de Elara se contorceram quando desamarrou a bainha que mantinha sua adaga junto à coxa, e Merissa sorriu timidamente em resposta.

Ela a colocou com cuidado na beirada da banheira antes de entrar com toda cautela. O contato delicioso da água fria a tocou, um bálsamo para sua pele aquecida.

Merissa tentou pegar a bainha e a faca. Elara a impediu.

– Eu prefiro que fiquem por perto – ela disse.

Merissa concordou com a cabeça e abriu um sorriso tranquilizador.

– É claro. É uma escolha sábia.

Era uma pena. Em qualquer outra circunstância, Elara talvez tivesse se tornado amiga daquela mulher.

Ela afastou o pensamento quando Merissa se agachou ao lado da banheira.

– Os sabonetes estão aqui, Vossa Alteza.

– Elara – ela a corrigiu outra vez.

O rosto de Merissa ficou corado, e Elara tentou forçar outro sorriso mais ou menos amigável enquanto se virava para pegar os sabonetes.

– Que lindo! – ela ouviu Merissa sussurrar atrás dela.

Elara se virou, esticando o pescoço para olhar para Merissa, e se deu conta de que a mulher só podia estar olhando para uma coisa. A representação elegante de um *dragun* que tinha tatuada em suas costas, serpeando em preto, escamas e asas entrelaçadas com fragmentos prateados.

– Ah, o meu *dragun*. O selo oficial de nossa família – ela respondeu.

Merissa acenou com a cabeça.

– Eu conheço as histórias.

Elara voltou a prestar atenção no sabonete.

– Minha melhor amiga tem uma de lobo-noturno. – Não era o selo da casa de Sofia, mas sempre disseram a Elara que ela tinha um espírito de *dragun*, e Sofia quis fazer uma tatuagem que representasse seu próprio espírito: feroz, protetor e leal.

– Lobos-noturnos. O fim de "O lobo-noturno e a prata" sempre me fazia chorar quando eu era criança – Merissa respondeu. – Eu odiava o lobo-noturno.

Elara parou de se lavar, franzindo a testa.

– O lobo-noturno era o herói da história. Ele foi morto pela donzela.

– Sim – Merissa disse devagar. – Mas foi morto porque tinha feito amizade com a Donzela de Luz, depois a traiu com sua mordida. Ela não teve outra escolha. E ela também morreu, com o veneno dele em suas veias.

Elara largou a esponja.

– Então conhecemos histórias diferentes.

Merissa deu de ombros, corando mais uma vez.

– Talvez eu tenha falado fora de hora.

Elara voltou a se esfregar.

– Não é isso. Mas é a cara de Helios difamar a Escuridão e glorificar a assassina, que era burra o bastante para tentar domar uma fera selvagem.

Merissa não disse mais nada, assentindo com obediência enquanto arrumava o banheiro.

Uma dor havia se instalado profundamente no estômago de Elara assim que falara de Sofia.

– Vou te deixar relaxar um pouco – Merissa disse. – Me chame se precisar de mim, estarei no quarto.

– Obrigada – Elara respondeu, com a mente em outro lugar.

Assim que a porta se fechou, ela afundou debaixo d'água, permitindo que enchesse seus ouvidos para lavar seus pensamentos. Estar perto da água sempre a acalmava, mas, por mais que tentasse, não estava conseguindo bloquear os pensamentos indesejados e terríveis que começavam a se insinuar. Aqueles que perguntavam o que tinha acontecido com Sofia, com o restante da corte, com o reino que Elara amava tanto, mesmo que apenas o tivesse visto na maior parte do tempo através de painéis de vidro.

Um pânico familiar começou a tomar conta dela, com um zumbido em seus ouvidos e as mãos começando a formigar. Tentou respirar e se engasgou com um bocado de água fria.

Ela tirou a cabeça da água, cuspindo e tossindo, o cabelo encharcado na frente do rosto a cegando.

– Elara? Está tudo bem? – Ela ouviu Merissa perguntar.

– Tudo bem.

Elara tirou o corpo da água. E se segurou nos azulejos mornos da borda da banheira, tentando se ancorar enquanto seu coração desacelerava.

– Você não vai sobreviver a uma noite aqui se deixar suas emoções a sufocarem desse jeito – ela sussurrou para si mesma.

Então se lembrou de sua caixa, aquela que Sofia lhe havia ensinado a criar anos atrás. Era preta como obsidiana, com a superfície brilhante refletindo o rosto assombrado de Elara. Já havia muita coisa fechada lá dentro, mas, quando a abriu, não olhou para uma única lembrança ou emoção. Apenas imaginou cada sentimento e imagem, todo seu pânico e dor, sendo colocados dentro da caixa preta. Então a trancou com determinação e a enfiou no fundo de si.

Quando Elara voltou para o quarto, enrolada em uma toalha felpuda, a água sobre sua pele já secando no calor, Merissa esperava ao lado de uma penteadeira com um enorme espelho oval no centro.

A jovem entendeu a indireta e se sentou com cuidado no banquinho.

– O rei enfatizou que você tinha que se misturar ao reino o máximo possível – Merissa disse, começando a pentear os cabelos de Elara. – Para aqueles que a te viram antes, minha magia não vai funcionar. Mas para a maior parte do reino, que nunca pôs os olhos na rainha de Asteria...

Elara virou, olhando para Merissa.

– Do que você acabou de me chamar?

– A... a rainha – ela gaguejou em resposta.

Elara engoliu em seco.

– Obrigada.

Ela se virou outra vez e Merissa continuou a pentear.

– Para a maior parte do reino, a magia vai funcionar. Eles vão ver uma cidadã heliana, caso vejam você circulando pelo palácio.

Um brilho rosado estendeu-se da ponta dos dedos de Merissa, esquentando o couro cabeludo de Elara. O tom azul-escuro de seus cabelos, tão longos que chegavam à cintura, aqueceu-se quando ricos tons dourados começaram a passar por eles. Ela olhou espantada para Merissa.

– Você é uma glamourizadora?

Merissa assentiu, e Elara olhou para suas feições mais uma vez.

– Você não é de Helios.

Ela fez que não com a cabeça.

– Eu sou aphrodeana.

Isso deixou Elara mais à vontade enquanto a glamourizadora continuava a lançar o encanto cor-de-rosa sobre suas feições. No espelho, seus olhos escureceram para um marrom-escuro, sua pele começou a se parecer um pouco como a de todos os helianos – os adoradores da Luz – ela brilhava. Havia um esplendor nela, que não havia antes. Estava quase irreconhecível.

– Isso é o que os outros vão ver – Merissa disse. – Mas isso... – Ela estalou os dedos, e o espelho ondulou para revelar Elara exatamente como era antes. Seus olhos prateados brilhando de volta para ela, o cabelo azul-escuro, a pele um pouco opaca. – Isso é o que você e eu, e todos aqueles que já te viram, vão ver.

Elara assentiu, grata por pelo menos reconhecer seu próprio reflexo.

Merissa abriu um sorriso encorajador antes de andar na direção de um grande guarda-roupa. Roupas diáfanas foram apresentadas a Elara.

– Você vai usar vestes helianas, é claro.

Os olhos de Elara se arregalaram. Em Asteria, com seu clima frio, a moda sempre foi meio recatada, com pouca pele exposta, *quando* alguma pela era exposta. Mas ali, devido à abundância de Luz, as roupas não passavam de uma sugestão. Merissa havia escolhido uma saia de seda solta que ia até o chão, e os olhos de Elara se arregalaram ainda mais quando Merissa mostrou a blusa. De ombros à mostra, era franzida, com mangas curtas para deixar os braços nus. A blusa era branca, a mesma cor da saia, e bordada com pequenas flores douradas por toda a parte. Mas o que alarmou Elara quando Merissa a colocou na sua frente foi o comprimento. Era curta, deixando seu abdômen exposto.

– Isso mal vai cobrir meus seios – ela disse, horrorizada.

Elara podia jurar que os cantos dos lábios de Merissa se elevaram.

– Mas este é o ponto principal. Helianos acreditam que a estrela deles, Leyon, criou a Luz, em parte, para exibir as belezas de seu reino com orgulho.

– Céus – Elara murmurou, pegando as peças de Merissa. – Eu mesma me visto – acrescentou rapidamente.

Merissa levou Elara até um biombo, e aguardou enquanto ela tentava ajeitar o tecido fino sobre seus seios de uma forma que não mostrasse os mamilos.

– As roupas aqui são feitas pra serem confortáveis, além de estilosas – Merissa disse. – Nós não nos restringimos, e você vai ver que espartilhos são usados apenas em ocasiões formais, bailes e coisas do tipo. Vai se acostumar antes que se dê conta.

Elara se vestiu o mais rápido que conseguiu e saiu de trás do biombo.

Merissa arqueou as sobrancelhas.

– Você vai se misturar muito bem.

– Maravilha – Elara respondeu com secura.

– Só tenho uns toques finais. – Merissa prendeu algumas flores nos cabelos de Elara. A fragrância delas acalmou a jovem quando ela respirou fundo. – Pronto. Agora está pronta para um jantar real.

Elara se virou para o espelho de corpo inteiro no guarda-roupa e ficou parada. Os trajes, embora fossem reveladores demais para o gosto dela, caíram como uma segunda pele. A seda parecia escorrer em suas curvas. Observou seu rosto no reflexo e sentiu uma pontada de tristeza. Merissa a havia arrumado belamente, mas nenhuma maquiagem ou glamourização podia esconder o assombro que Elara via em seus próprios olhos prateados.

Merissa estalou os dedos, e seu reflexo evaporou, substituído pela Elara de olhos escuros e dourado-iluminado.

Ela puxou uma mecha de cabelos sedosos entre os dedos e forçou um sorriso.

– Obrigada, Merissa. Agradeço a bondade que demonstrou hoje.

Elara estava falando sério. Naquele lugar, ela se agarraria a qualquer bondade que pudesse.

Os olhos de Merissa se encheram de calor, e ela fez uma pequena mesura.

– Agora vou acompanhar você até o salão onde será servido o jantar. – Ela olhou para um relógio enfeitado pendurado na parede do quarto. – Está quase na hora, e será um bom teste de minha glamourização. Principalmente quando conhecer a corte.

Elara olhou para o quarto – sua nova prisão – mais uma vez, e seguiu a glamourizadora com relutância para onde os predadores famintos aguardavam.

Capítulo Seis

O SALÃO DE BANQUETE SE ABRIA PARA UM TERRAÇO, metade dele exposto à uma brisa noturna agradável. Era cercado por uma varanda cor de creme, e o som dos pássaros vibrava pela noite. Longas mesas agraciavam o espaço, com uma mesa elevada feita de carvalho para os membros mais distintos da corte, com vista para um jardim exuberante cheio de flores exóticas.

No entanto, Elara estava começando a perceber, o céu nunca escurecia por completo até ficar no tom azul-escuro com que estava acostumada em seu reino. Ali, mesmo tarde da noite, o céu estava pintado de um vermelho profundo, riscado por um laranja vivo.

Ela notou os convidados, que riam e conversavam distribuídos ao redor das mesas mais baixas, vestidos com as mais finas roupas da corte heliana. O rei Idris ocupava a ponta da mesa elevada, sua coroa brilhando sob a luz da lamparina tremeluzente. Na mesma mesa, Elara viu Leonardo. Ele tinha trocado a armadura dourada por roupas de linho marrom-escuro, mas a jovem reparou nas facas alinhadas em uma faixa pendurada em seu peito. Seu rosto se iluminava quando ele falava com a mulher ao seu lado. Ela era estonteante, com pele bronzeada e cachos castanhos. Havia algo estranho na altura que parecia estar sentada, e quando Elara se aproximou das mesas ruidosas, ela viu por quê. A mulher estava sentada no colo de alguém, e quando Elara viu a mão repleta de joias subindo e descendo por sua cintura, percebeu que o dono daquele colo e daquela mão era o príncipe Lorenzo.

Os três estavam rindo, a mulher bonita jogando a cabeça para trás e corando como uma garotinha por algo que o príncipe sussurrava em seu ouvido. Elara desviou os olhos rapidamente.

Merissa puxou seu braço quando se aproximaram das extremidades da sala, e Elara viu que havia alcançado a mesa alta, ao lado do rei. As risadas estridentes e a música animada felizmente não cessaram, embora o rei tenha notado sua presença de imediato.

Ele a avaliou por inteiro.

– Helios combina com você – disse com um sorriso de serpente e um olhar seboso. Ele se virou para Merissa: – Bom trabalho, glamourizadora.

Merissa fez uma mesura, e Elara tentou não curvar os lábios diante das palavras do rei, erguendo o queixo. *Você é uma rainha agora*, lembrou a si mesma.

Ela ouviu um grito e se virou. O príncipe Lorenzo tinha empurrado a morena de seu colo, e seu olhar penetrava o de Elara.

Ela o mirou nos olhos, certificando-se de que o olhava com desprezo. O príncipe passou os olhos sobre o corpo dela, parando na barriga exposta. Elara apertou as mãos nas laterais do corpo para se conter e não cobrir a pele desnuda com os braços. Inclinando a cabeça, ela o encarou, provocativa. O rei Idris acompanhou o olhar dela enquanto a morena que estava no colo de Lorenzo se afastava com o rosto corado.

– Ah, sim, você vai se sentar ao lado do meu filho – ele disse, levantando a voz sobre a música que havia começado em uma melodia alta e barulhenta.

O estômago de Elara afundou quando viu que o lugar ao lado de Lorenzo estava vazio. Merissa saiu um instante depois, e Elara pensou em chamá-la de volta. Irritada, a jovem foi até a mesa, sentando-se no assento indicado. Ficou olhando diretamente para a frente enquanto esperava a comida ser servida, sem querer reconhecer a presença do príncipe que sentado ao seu lado.

– Acho que já nos conhecemos – uma voz grave retumbou.

Ela se virou, sorrindo com frieza e ignorando como, de perto, o príncipe conseguia ser ainda mais bonito do que quando o havia visto na sala do trono.

– Elara – ela disse em voz baixa com um aceno firme de cabeça. – Embora você já saiba, não é?

– Elara. – Ele enrolou o nome dela na língua, em voz baixa, a palavra soando lírica com seu sotaque. – Tenho certeza de que já sabe quem eu sou.

– Sua reputação o precede – ela disse em um tom entediado, desviando os olhos.

– É mesmo? Só coisas boas, espero.

– Muito pelo contrário. – Ela se virou de novo para ele, e seu sorriso era afiado como uma navalha. – A menos que considere queimar, fornicar e matar em meu reino como "coisas boas". Sua reputação é a de um libertino perverso. Nada mais.

Ele se virou até ficar de frente para ela, cotovelo sobre a mesa, apoiando a cabeça no punho como se tivesse todo o tempo do mundo para a encarar. Elara se enfureceu com a arrogância dele. Podia ver a presunção gravada em todas as linhas de seu rosto. Mas, ainda assim, não desviou o olhar dos olhos dele.

– Fico lisonjeado por você já saber tanto sobre mim quando eu mal sei uma coisinha de nada sobre você – ele disse.

Um sorriso irônico se formou devagar, acompanhado de uma luz perigosa nos olhos dourados do príncipe. A atenção de Elara se concentrou neles, notando que tinham manchas cor de bronze.

– Se algum dia quiser prestar um tributo ao homem por quem claramente está fascinada – ele continuou –, meu quarto fica de frente para o seu, do outro lado do jardim.

– O que você acabou de dizer? – ela não conseguiu ocultar a agressão na voz. Ele deu de ombros.

– Posso te mostrar o quanto posso ser "perverso e libertino".

Ela reuniu todas as gotas de repulsa em seu rosto e o encarou com desdém. Então, com um pequeno sorriso que sabia que deixava os homens malucos de raiva, jogou os cabelos sobre o ombro e o ignorou.

Ela sentiu que ele se ajeitou na cadeira.

– Até que você deu uma melhorada depois de tomar banho, sabia? – ele persistiu.

Elara suspirou alto. Ele recostou, tomando um gole de vinho de pêssego.

– Desgrenhada como estava, com aquela roupinha de baixo esfarrapada, você não poderia estar mais longe de uma princesa. – Ele riu baixinho vendo que ela se irritara. – Agora está dando pra ver que é da realeza. – Seus olhos pareciam as flores que ela tinha nos cabelos.

– Meu título é "rainha", na verdade – esclareceu. – E você sempre seduz estranhas com elogios desse tipo? – O sorriso fácil dele vacilou. – Provavelmente da mesma forma que seduz pobres criadas empurrando-as do seu colo. Prefiro que um leão alado me ataque até a morte a pôr os pés em seu quarto.

Ela ouviu um ruído e olhou para Leonardo, que tossia com a taça de vinho entre os lábios, sacudindo os ombros.

– Desculpe – ele disse, quando os dois olharam para ele. – É que eu nunca ouvi ninguém falar assim com Enzo.

– Se alguém já tivesse falado, talvez ele não fosse um cretino tão egocêntrico.

Leonardo ficou boquiaberto e Lorenzo se inclinou para a frente, bloqueando o general.

– Cuidado com a língua, sua bruxa do mal.

– Ou o quê? Vai me queimar numa fogueira? Eu achei que vocês precisassem de mim para o plano de dominação mundial de seu pai.

Um nervo se contorceu na mandíbula de Lorenzo e Elara considerou aquilo uma vitória, voltando a se acomodar em sua cadeira. Ela tomou um gole de vinho, os nervos à flor da pele. A doçura do vinho se dissolveu em sua língua enquanto esperava a fúria do príncipe explodir. Mas, em vez disso, ele disse com uma voz baixa e letal:

– Infelizmente, ele precisa de você. O que significa que eu, por algum destino terrível, estou encarregado de treiná-la. Se me insultar mais uma vez, o nosso treinamento não será agradável.

– Eu não tinha nenhuma ilusão de que fosse – ela respondeu. – E o que *você* poderia *me* ensinar?

Ele riu com o canto da boca. Uma criada começou a servir travessas cheias de comida, e ele a esperou sair antes de responder:

– Eu possuo os Três, mulher ignorante.

Os olhos de Elara voaram para os dele.

– Sim – ele continuou, sorrindo com um prazer nítido. – Não é pra todo mundo, né? Tenho certeza de que você sabe o quanto é raro ter os três dons do próprio reino. Então, *princesa*, eu posso ajudá-la um bocado.

Os relatos diziam que quando cada Estrela caiu em Celestia, elas presentearam os reinos de que eram padroeiras com uma gota de sua magia – o suficiente para criar três poderes em cada um.

Elara não respondeu por um momento, e puxou em sua direção uma bandeja de arroz com romã que tinha acabado de ser colocada sobre a mesa. Não era de se estranhar que o príncipe tivesse causado tanta destruição em seu reino. Pensar no que ele, seu pai, e todo o seu lamentável reino haviam feito com Asteria reacendeu a fúria dentro dela.

– O que exatamente são os Três em Helios? – ela questionou com firmeza, jurando naquele momento que aprenderia tudo o que pudesse sobre aquele homem, e depois o destruiria.

– Eu posso manipular a Luz – ele respondeu, e o dedo que ele tinha enrolado ao redor de seu cálice começou a brilhar. Elara se encolheu, e Lorenzo estreitou os olhos.

– Eu abomino a Luz – ela retrucou. – As Estrelas… toda a amaldiçoada Celestia se deleita na Luz e pragueja contra a Escuridão, graças a você e sua família.

– Ótimo – ele respondeu. – Então você provavelmente também não vai gostar de meu próximo poder.

Ele ergueu a mão e, quando seus dedos dançaram, uma pequena chama se agitou entre eles. Dessa vez, Elara não se encolheu. Ela não temia as chamas. Não foram chamas que lhe enfiaram goela abaixo, interrompendo seu grito quando…

A jovem fechou a lembrança de volta em sua caixa, irritada por ela ter escapado. Seu comportamento frio não deixou o que sentia transparecer quando deslizou o olhar sobre as mãos dele.

– Manipular fogo. Um pouco deselegante. Mas eu não esperava menos de um heliano bruto.

As chamas refletiram nos olhos de Lorenzo quando ele se aproximou. Foi preciso recuperar todos os seus anos de aula de Etiqueta para ela não se afastar. Mas sua mãe havia lhe ensinado bem: rainhas não abrem espaço. As pessoas ao seu redor o faziam. Então Elara ficou imóvel, de cabeça erguida e coluna reta.

– Tenho mais um dom – ele disse em voz baixa. – Você já ouviu falar dos videntes de Helios, não ouviu?

O coração de Elara acelerou no peito.

"Em sua cerimônia de nomeação, seu futuro foi previsto por um vidente", a mãe havia lhe relevado, chorando, poucos dias antes. *"Nós fizemos o que tínhamos que fazer. Tentamos mantê-la em segurança. Tentamos reescrever o destino, mas…"*

A escuridão roubou as memórias e ela respirou fundo.

– Em Asteria, nós chamamos vocês de charlatões excêntricos – ela respondeu com lentidão. – Falam em enigmas, mal conseguem ver vislumbres do futuro. É mesmo um *dom* de impressionar.

Ele riu, frio e grave.

– Ah é, pense bem se não acha impressionante. Meu dom é um tipo especial de vidência. Nada se esconde de minha luz. Posso ver quando uma pessoa está mentindo. Posso enxergar através de glamourizações e truques. Posso ver do que uma alma é feita, se a pessoa é boa ou má em seu âmago. E o que vejo quando tento olhar pra você, é um manto de sombras que fede a dama-da-noite. Ainda não sei o que está escondendo atrás dele, princesa. Mas prometo que vou descobrir.

Elara piscou ao empurrar a cadeira para trás. Mas ainda assim, ele se inclinou para a frente até parecer que seu corpo estava bloqueando todo o salão.

– Meu pai pode querer você aqui para os seus planos. Ele pode mesmo acreditar que vai nos ajudar. Talvez ajude. Mas se eu descobrir que você representa uma ameaça ao meu reino, vou matá-la sem pensar duas vezes. – A ameaça foi feita tão calmamente que Elara quase se perguntou se as havia imaginado. Ele se reclinou, tomando um gole lento de vinho. Mas o olhar duro permaneceu. Elara engoliu o medo enquanto seus lábios se curvavam de desprezo, os dedos ansiando para pegar a adaga, que a pressionava em seu lugar junto à coxa.

– Então devo alertá-lo… – ela murmurou, com os cabelos roçando no rosto dele quando ela se aproximou – …não lido muito bem com ameaças. E que se fizer mais uma, pode ser sua última. – Elara tirou o copo da mão dele e tomou um gole de seu vinho. – Eu dormiria com todas as suas lamparinas acesas, se fosse você. Quem sabe o que pode ganhar vida à noite.

Ela colocou o copo entre os dois e se recostou na cadeira, conjurando mais uma vez a imagem de realeza. Aprumada, espetou uma fatia de carne de outra travessa colocada à sua frente, ignorando o sorriso perigoso que se formou nos lábios do príncipe.

Embora seu coração tivesse acelerado com a ameaça dele, não daria a Lorenzo a satisfação de ver qualquer reação. Ela voltou sua atenção para a comida. Estava deliciosa, tudo muito bem temperado. Arroz cozido, cordeiro com hortelã e o pão com alecrim foram saboreados até o prato estar limpo. Elara comeu em silêncio, remoendo as palavras do príncipe na mente e ignorando sua presença opressiva ao seu lado.

Quando terminou, se recostou com um sorriso satisfeito, aliviada ao ver que Lorenzo conversava com seu general. Sua atenção recaiu sobre o salão e uma sonolência tomou conta dela enquanto observava a corte heliana e o chá era servido. Ela pediu mel – qualquer coisa para adoçar o amargor que a invadia – e colocou duas medidas no chá de hortelã fresca antes de tomar um gole. Ao olhar ao redor, viu algumas pessoas que supôs que fossem do reino de Aphrodea, com base nos traços similares que compartilhavam com Merissa. Tudo o que ela tinha aprendido sobre eles, sobre os diferentes reinos, tinha sido por meio de livros. Elara sentia dor ao ver o mundo do qual havia sido privada, as pessoas. Tudo porque Asteria tinha sido obrigada a se isolar do mundo. Tudo por causa dos D'Oro e de sua Guerra contra a Escuridão.

Uma gargalhada alta interrompeu seu devaneio. Ela viu que a garota de cabelos castanhos de antes tinha voltado para o lado de Lorenzo e se pendurado nele como uma cortina. A moça esbarrou em Elara, que revirou os olhos. Ela o viu sussurrar algo no ouvido da garota, e seu olhar foi parar na mão dele, que subia e descia pelas costas da jovem. Elara pensou nas chamas que tinham dançado entre os dedos dele e voltou a olhar para rosto do príncipe. Ela perdeu o fôlego quando viu que ele a encarava, e o rapaz abriu um sorriso preguiçoso. Incapaz de manter fixo o olhar que, Elara sabia, estava tentando encontrar uma forma de ver através de suas sombras, ela se levantou.

Merissa não estava em lugar nenhum, então ela entrou na frente do general, que já tinha a escoltado antes.

– Leonardo, eu gostaria de ir para os meus aposentos, por favor.

Ele assentiu, se levantou e ficou atrás dela, esperando.

– *Enzo* – ela disse com zombaria, e o príncipe estreitou os olhos. – Foi um… bem, *prazer* é uma palavra forte.

A garota de cabelos castanhos ficou boquiaberta diante da insolência da princesa. Elara lançou a ela um olhar contundente antes de se virar, com Leonardo ao lado. Quando começou a caminhar, Enzo a segurou pelo pulso, a pele quente. Ela se virou, indignada.

– O treinamento começa amanhã – Enzo disse em voz baixa. Os olhos de Elara voaram para a mão dele, que a apertava com força. – Me encontre perto da grande escadaria. Deixe sua atitude de lado.

Ela sorriu com doçura, puxando a mão para longe dele.

– Vou deixar, se você deixar também.

Capítulo Sete

Naquela noite, Elara afundou em seus travesseiros de pluma e sonhou profundamente. Ela sabia quando estava caminhando em sonhos alheios porque a qualidade do sonho mudava. As imagens ficavam mais nítidas e claras, até se tornarem uma realidade que se moldava ao seu redor. Nessa paisagem onírica ela sentiu fogo. Muito fogo, quente e próximo.

Estava parada em um quarto. O cômodo escuro era esculpido em mármore branco, incrustado com aventurina brilhante. Havia uma cama escavada nas pedras, coberta com lençóis de seda, e deitada sobre ela estava a figura de uma mulher. Curvas nuas reluziam sob a minguante luz de velas, e seus longos cabelos pretos lhe caíam até a cintura. Os lençóis de seda desciam pela ondulação suave de seus quadris, e Elara sentiu que havia desejo pulsando pela paisagem onírica como uma coisa quase visceral. Olhou em volta, em busca do sonhador, mas só pôde ver a silhueta de uma figura nas sombras.

– Estava esperando por você – a mulher que estava diante dela disse suavemente enquanto se virava devagar sobre a cama. Então, Elara descobriu que estava olhando dentro de seus próprios olhos prateados.

Ela acordou suando frio, ofegante. Rapidamente, pulou da cama, abriu as portas largas e ficou andando de um lado para o outro na sacada, inundada pelo vermelho profundo da noite heliana, a sensação dos ladrilhos frios sob seus pés a aterrando com firmeza. Em todos os anos caminhando, ela nunca tinha se visto.

Elara continuou andando de um lado para o outro, mexendo nos cabelos emaranhados, depois voltou a entrar no quarto e pegou o cobertor macio que estava dobrado sobre a poltrona ao lado da cama. Levando-o para a sacada, olhou sobre a lateral mais uma vez. Era uma queda muito grande: baixa o suficiente para ser tentadora, alta o bastante para quebrar os tornozelos em um salto sobre os arbustos bem cuidados embaixo dela. Andando para lá e para cá, a jovem tentava se livrar do desejo insistente de fugir do palácio. Sabia que Idris tinha posicionado guardas em frente à sua porta, que havia sentinelas em todas as saídas. E para onde ela iria, de qualquer modo, se conseguisse encontrar uma forma de passar por eles? Praguejou, antes de olhar para o divã e desmoronar sobre ele, derrotada.

Seus olhos foram atraídos para uma pilha de livros sobre uma mesa baixa. Com os dedos ainda trêmulos, alcançou uma edição de *Os mythas de Celestia* intricadamente ilustrada com redemoinhos de folha de ouro. Pela primeira vez desde que tinha sido sequestrada de seu reino, ela abriu um sorriso verdadeiro.

Aquela coletânea de histórias havia lhe feito companhia em tantos dias e noites solitários em seu quarto. Antes de ousar passar escondida pelas muralhas do palácio, aquele livro tinha sido a única forma de viajar além delas. Para Elara, um leitor era um alquimista. Eles tornavam o mundano algo extraordinário, transformando palavras sobre uma página em mundos inteiros. Para fugir da realidade, para sentir emoções reais por coisas que não existiam? Elara sabia que possuía os Três, mas ler era uma forma especial de magia.

Ela se acomodou com o livro, o estranho matiz vermelho da noite heliana iluminando as páginas. "As sereias de Neptuna" era a primeira história, e ela sorriu ao ler sobre o cruel tritão que, segundo a lenda, tinha lutado pelo domínio dos mares contra as sereias de Altalune. Ela não sabia se realmente acreditava nos contos fantasiosos; de qualquer modo, se os *mythas* tivessem existido, já tinham desaparecido havia muito tempo. Mas Elara se permitiu andar pelas passagens familiares do livro, até seus olhos se fecharem.

Mais uma vez, a discussão de sempre. Exigira saber por que não podia sair do palácio. Seus pais haviam respondido, como de costume, que ela não devia fazer perguntas. Depois a coisa só piorou, até Elara ser mandada chorando para o quarto. Pouco depois, no entanto, Sofia apareceu na porta do quarto com um prato de comida na mão, sentou-se e ficou ouvindo-a chorar.

– Você tem a mim – disse gentilmente. – Mesmo se não tiver mais ninguém, eu sempre vou estar aqui.

As sombras ao redor do quarto tinham ficado mais escuras.

– Você acha que Lukas está escutando? – Elara fungou, procurando na escuridão.

Sofia deu de ombros.

– Se estiver – ela disse, elevando a voz até gritar –, então o pequeno curioso precisa de um novo hobby!

– Não faça isso, Sof – Elara disse. – É tão difícil quando vocês não se dão bem.

Sofia revirou os olhos.

— Eu não confio nele. E você também não deveria.
Mais lágrimas ameaçaram escorrer, e Sofia enterneceu em reposta.
— O que te faria se sentir melhor?
— Ver outra coisa além dessas quatro paredes — Elara respondeu com tristeza.
Sofia sorriu.
— Pode ser que eu tenha um plano.
A noite que se seguiu foi a primeira vez que Elara colocou os pés fora do terreno do palácio. Graças ao encorajamento de Sofia, usou suas ilusões para se rebelar — conseguindo passar escondida com a amiga pelas portas vigiadas por sentinelas — e ver um pouco de seu reino. Elas pegaram pãezinhos com canela e açúcar de uma banca, e queimaram a boca depois de engoli-los rápido demais enquanto valsavam pelo Reduto do Sonhador, escondidas sob as ilusões de Elara. Foi a melhor noite da vida dela.

O som de potes batendo acordou Elara. Ela piscou, esfregando dos olhos o restante do sonho que tinha sido mais uma lembrança, e viu a cabeça cor de mel de Merissa balançando enquanto se ocupava pelo quarto. A mulher sorriu para Elara e entrou na sacada levando uma bandeja.

— Tentei deixar você dormir o máximo possível. Mas o príncipe solicitou que o encontrasse imediatamente. — Ela serviu um pouco de chá de hortelã e empurrou um prato com frutas silvestres na direção de Elara.

— Ah, tenho certeza de que ele estava de bom humor quando *exigiu* minha presença. — Ela colocou uma framboesa na boca.

Merissa tentou ocultar um sorriso.

— Ele estava... um pouco irritado.

Elara bufou.

— Ótimo. Espero ter conseguido provocá-lo ontem à noite.

Merissa mordeu o lábio.

— Eu estava observando do outro lado do salão. Não sei o que você disse a ele, mas acho que causou uma grande impressão.

— Ele ameaçou me matar, então o ameacei também.

Merissa arqueou as sobrancelhas, e Elara colocou um mirtilo na boca, dando de ombros.

— O que você esperava? Ele e o pai estão me mantendo prisioneira. Eu vou treinar com ele, mas não vou facilitar.

E com isso, Elara entrou no quarto e se preparou para a aula.

✦

O linho macio de suas roupas novas acariciava seus membros de leve enquanto descia a grande escadaria. Elara ansiava pela proteção densa que a lã asteriana lhe dava, mas Merissa havia jurado para ela que aquelas eram roupas apropriadas para o treinamento, respiráveis e frescas para o calor, e a jovem havia acreditado em sua palavra. Merissa também recarregou a glamourização de Elara, explicando que sua magia só durava um dia e uma noite sem ser reabastecida.

Ela desacelerou quando viu Lorenzo, com roupas de linho verde-oliva e uma espada de ouro brilhante pendurada na cintura, andando de um lado para o outro.

Por sua expressão ameaçadora, ele estava de péssimo humor.

— *Enzo* — ela disse com leveza.

— Você está atrasada — ele disse. — E é "Vossa Alteza".

Elara riu.

— Só vou te chamar de Vossa Alteza quando me chamar de Vossa *Majestade*.

— Então acho que estamos num impasse, Elara.

Ela jogou a trança sobre o ombro e passou por ele como uma brisa, o príncipe praticamente explodindo de raiva.

— Treinar vai ser divertido.

O calor estava castigando Elara, e ela se viu xingando Enzo baixinho pela décima quinta vez naquele dia. Ele não era uma ótima companhia. Havia marchado na frente dela, sem dizer uma palavra enquanto ela o seguia para fora do palácio e pelos arredores da cidade até uma trilha na floresta. O chão era seco e rachado, as árvores esparsas. Havia pouca proteção da Luz ardente, e isso a deixou inquieta. Depois de uma hora de subida em silêncio, ela gritou para ele, exasperada.

— Sabe, se está planejando me levar para algum lugar isolado pra me matar, podia ter parado perto daquela pedra alguns metros atrás e me poupado da trilha. — Secando uma gota de suor do rosto, ela desmoronou no chão.

Ele parou, tenso e se virou.

— Acredite em mim, princesa, se o meu plano fosse te matar, você já seria cinzas ao vento. — Ele olhou para Elara de maneira incisiva, faiscando fogo na ponta dos dedos. — Agora levante-se.

— Preciso descansar. — E ela precisava comer. Olhou para o arbusto de frutas silvestres ao seu lado.

– Levante-se, *agora* – ele gritou.

Ela fingiu um suspiro e se deitou sobre a terra quente enquanto esticava o braço e pegava um punhado de frutinhas do arbusto ao seu lado.

– Hum. – Ela saboreou o dulçor dos dourangos, mastigando devagar de modo torturante. – Apenas se você pedir por favor.

Ele lançou um olhar maligno.

– Espero que sejam venenosas.

– Eu também. Seria melhor do que o sofrimento de ter que conversar com você.

– Criança insolente – Enzo disse em voz baixa, seguindo em frente sem ela.

Ela o viu desaparecer dentro de um bosque sombreado e agradeceu às Estrelas pelo alívio do calor que encontrou lá dentro enquanto se arrastava colina acima, o frescor da floresta a envolvendo.

O bosque era pacífico. Troncos brancos, pálidos como luz estelar, se contorciam em tons de vermelho, laranja e ouro, as folhas douradas. Era silencioso, os poucos sinais de vida vinham do canto dos pássaros matutinos. A única coisa que arruinava o momento era a figura grande e parruda do príncipe correndo pelo bosque como se fosse o último lugar em que ele queria estar. Ela revirou os olhos, seguindo-o.

Por fim, chegaram a uma clareira plana. Flores perfumadas cresciam em canteiros, lindas e de cores suaves. As árvores formavam um círculo, abrigando-os dos olhos de quem passasse. Elara ouviu o barulho de água e viu um pequeno riacho, límpido e gelado, correndo ao lado deles. Com um olhar desesperado, abaixou-se, pegando um pouco de água nas mãos e a jogando no rosto antes de beber com grandes goles. Suspirou quando terminou, secando a boca com o dorso da mão, e olhou para cima. Enzo estava olhando para ela com uma expressão de repulsa.

– É reconfortante ver que minha visão sobre os asterianos estava correta esse tempo todo. Você não teve educação?

Ela havia aturado a crueldade dele a manhã toda e seu temperamento incendiou-se mais rápido do que conseguiria contê-lo. Com apenas um pensamento, ela mentalizou que suas ilusões crescessem atrás dela, virando pesadelos alimentados por puro ódio.

Foi uma satisfação ver o rosto dele empalidecer ao olhar acima dela, para o que Elara havia invocado, independentemente de qual fosse o medo a que sua magia havia recorrido.

E com a mesma rapidez com que o príncipe tropeçou, luz fluiu de suas mãos, passando zunindo por ela.

Ela se encolheu, evitando a luz, e sentiu a ilusão dispersar. Os olhos de Enzo se encheram de chamas e ele estalou o pescoço. Elara não sabia se era apenas sua imaginação, mas a pele dourada dele havia empalidecido um pouco.

– Não ouse fazer essa merda de novo, sua bruxa do mal – ele rosnou com um tom mortal.

Ela lançou um olhar de desdém.

– Você beija sua mãe com essa boca?

Mais rápido do que um relâmpago, raios brilhantes saíram da ponta dos dedos dele, disparando em torrentes na direção dela. Elara ergueu as mãos para cima para se defender, mas foi inútil. Que ilusões, que pesadelos poderiam fazê-lo parar? A luz dele a agarrou como se fosse uma coisa tangível, jogando-a contra o tronco de uma árvore. Os dentes bateram em seu crânio quando sua cabeça voou para trás. Ficou sem ar quando a magia de Enzo se enrolou em volta de seu pescoço, suspendendo-a trinta centímetros do chão. As chamas envolviam seus pulsos e tornozelos com um forte calor, embora não fosse o suficiente para queimá-la. Mas a luz, a terrível luz, ardia, cegando-a, afogando-a enquanto se espalhava até cercá-la. Ela lutou, suplicou para as sombras a ajudarem. Mas elas serpeavam dentro dela, sem fazer nada para ajudá-la.

Lágrimas escorriam por seu rosto, e ela só distinguia Enzo como um borrão andando na direção dela. Ele atravessou a parede de luz, e a jovem tremeu.

– Minha mãe está morta. Mas você já sabia disso, não sabia?

A boca de Elara se mexeu:

– Eu não sabia, eu…

– Não *minta*. Você quer saber por que eu te odeio? Sua família? Por que estou *feliz* por seus pais estarem mortos? – Escorria veneno de cada palavra conforme Enzo se aproximava. – Porque foram os seus pais que a mataram. Quando minha mãe viajou para o seu reino abandonado pelas Estrelas. *Eles* são o motivo de seu reino ter sido isolado do mundo. *Eles* são motivo de meu pai ter iniciado a Guerra contra a Escuridão, de até hoje estarem todos presos em suas malditas terras devastadas.

A fúria jorrou de Elara mais rápido do que ela pôde controlar.

– Seu *mentiroso* cretino e imundo – ela gritou.

Os olhos dele procuraram os dela, e ele soltou uma gargalhada letal.

– Ah, eles não te contaram. Sua ignorante, princesinha protegida. Acha que sua mamãe e seu papai são pessoas boas? Justas e honestas?

– Eles não fariam isso…

– Eles fizeram. E espero que as almas deles nunca cheguem às Terras Consagradas.

Elara cuspiu nele. A coisa mais baixa e degradante que conseguiu pensar em fazer. O cuspe caiu no rosto dele, e Enzo apenas inclinou a cabeça, sua luz ainda brilhando ao redor dela.

– Você se achava tão poderosa, com seus truques e seus sonhos. Mas de que serve sua magia agora? Você é fraca. Inútil. Meu pai estava errado a seu respeito. Você não é salvadora de ninguém. Não consegue nem salvar a si mesma.

Elara ficou imóvel. Mas algo dentro dela começou a se lamentar e a rasgar, algo tão furioso, tão contorcido, que transbordou. A princípio, pensou que fossem suas sombras – que finalmente tinham vindo salvá-la. Mas quando a luz de Enzo diminuiu, quando a forma atrás dela cresceu, obscurecendo a luz, ela percebeu o que era. Apenas viu a sombra de sua ilusão, esticando-se pelo gramado na direção de Enzo. Era o pesadelo mais visceral do que qualquer coisa que já tivesse sido capaz de invocar. Um monstro.

Enzo deu alguns passos para trás, puxando a espada. A coisa rugiu, e Elara fechou os olhos, ainda tremendo, ao sentir o monstro bater na terra. Ela podia senti-lo como uma parte de si mesma; quando queria que se movesse, ele se movia. Quando pediu para ele golpear, ouviu Enzo resmungar.

– Elara! – gritou. Mas ela não queria abrir os olhos. Não queria ver o que havia criado; o que morava dentro dela. Tremia de raiva e deixava o monstro atacar. Ela queria que ele morresse. De verdade, naquele momento queria matá-lo, para ele sentir o terror e a impotência que a havia feito sentir.

Então veio um grito de dor.

– Elara, pare!

Ela abriu os olhos quando ele disse isso, e viu uma massa de algo prateado e volumoso avançar sobre Enzo. Elara piscou, e com a mesma rapidez com que havia aparecido, a coisa evaporou no ar nebuloso.

O príncipe ficou arfando e a jovem se levantou, ainda encostada na árvore, com as mãos cerradas em punho e os ossinhos delas brancos.

– Eu te avisei – ela disse em voz baixa. – Talvez da próxima vez você ouça.

Escorria sangue de um corte no braço dele, e por dentro ela cambaleava. Seus pesadelos nunca tinham tocado alguém antes. Suas ilusões sempre tinham sido apenas isso – ilusões.

– Por mim, acabou – ele sussurrou. – Por mim, meu pai pode te mandar de volta pra Ariete.

Enzo se virou e começou a descer a colina, sem nem olhar para trás para ver se Elara ainda o seguia.

Capítulo Oito

NAQUELA NOITE, ELARA PEDIU PARA JANTAR NO QUARTO, assentindo com firmeza para Leonardo, que parecia ter montado residência em frente à sua porta. Se estivesse mais bem-humorada, poderia tê-lo provocado por seu aparente rebaixamento a guarda, mas suas mãos ainda tremiam quando ela girou a maçaneta e fechou a porta com força. Foi só então, com uma porta entre ela e o resto do mundo, que Elara se dissolveu em soluços desesperados.

A luz, as lembranças, a sensação de impotência e as *palavras* do príncipe, tudo desmoronou sobre ela. A jovem o detestava. Nunca havia odiado mais uma pessoa. A dor em seu peito estava quase partindo-a em duas quando ouviu passos leves se aproximarem.

Elara ergueu o olhar, tentando desesperadamente secar as lágrimas enquanto Merissa ficava ali, parada, repleta de preocupação.

– Elara – ela sussurrou.

Merissa apoiou a pesada bandeja que estava carregando e desapareceu no banheiro com passos rápidos, voltando com uma toalha de mão limpa, que entregou a Elara. O gesto, aquela pequena gentileza em um reino tão cruel, desencadeou uma nova onda de lágrimas.

Um toque frio encostou em seu peito.

– Respire – Merissa disse.

Elara tentou, mas soltou outro lamento grande e estremecido.

– Mais uma vez – Merissa disse.

Elara tentou novamente, dessa vez conseguindo inspirar fundo. Merissa manteve a mão sobre o coração de Elara até ela parar de chorar.

– Meu irmão fazia isso comigo quando eu era pequena – ela disse em voz baixa, enrugando os olhos. – Está melhor?

Elara fez que sim com a cabeça, fungando.

Merissa abriu a boca, então a fechou. Elara observou como ela umedecia os lábios antes de falar.

– Sei que é difícil – Merissa começou, hesitante. – Sei que não queria estar nesse reino. Sei que a vida tirou muito de você em poucos dias. Mas lembre-se de uma coisa. Você é uma rainha. Está em seu sangue. Por mais que tentem, ninguém pode tirar isso de você. – Nem o príncipe Lorenzo, nem o rei Idris. – Ela fez uma pausa, e Elara esperou. – Eu... eu espero não estar falando fora de hora. Mas você tem permissão para andar livremente pelo palácio, e se precisar de um rosto amigável... fico na cozinha durante o dia. Então se precisar de alguma coisa depois do treinamento, ou se só quiser dar um tempo de sua alteza, pode me encontrar lá.

Elara apertou a mão de Merissa. Talvez não devesse fazer isso. Talvez devesse vê-la como uma inimiga também. Mas ela era tratada ali com tão pouca gentileza, e ali estava Merissa, oferecendo-a em uma bandeja de prata.

– Obrigada – respondeu com a voz áspera.

No dia seguinte, Elara foi acordada da mesma maneira, com Merissa levando para ela uma bandeja repleta de guloseimas. Dessa vez havia incluído alguns folhados, e Elara fez a glamourizadora dividir um com ela. Enquanto comia, se perguntou se o rei Idris faria o que Enzo queria e a entregaria a Ariete. Mas, para seu alívio relutante, Merissa a fez vestir roupas de linho limpas, a glamourizou e a acompanhou mais uma vez pela grande escadaria.

Enzo não estava esperando por ela, e Merissa a levou na direção da sala do trono. Quando chegaram na porta, ouviram a gritaria entre eles.

– Não posso, pai! As ilusões, os truques, é uma magia que está abaixo de mim. É humilhante. Além disso, ela é fraca, descontrolada. Elara tentou me matar, pelo amor das Estrelas! Eu me recuso.

– Se recusa? – a voz de Idris respondeu friamente. – Seria bom você se lembrar de que sou seu rei. Desobedecer a minha ordem é cometer traição. Sabe qual é a punição pra isso, não sabe?

Houve uma pausa.

– Sim, pai.

Merissa tentou tirar Elara dali, mas a jovem fez que não com a cabeça, encostando o ouvido na porta.

– A tentativa contra sua vida esconde a *sua* fraqueza, Lorenzo. *Este* é o constrangimento. Agora, saia das minha frente. Se ela tentar te matar outra vez, ótimo. Se conseguir, que assim seja. Significa que ela tem poder. O tipo de poder que poderia enfrentar uma Estrela.

Mais silêncio. Um suspiro resignado.

– Sim, pai.

Ela ouviu passos e correu para o pé da escada. Merissa lhe lançou um olhar tranquilizador e desapareceu por um corredor. Elara ficou mexendo ervosamente na trança que Merissa tinha feito em seus cabelos, enfeitada com pedras de cornalina para combinar com a roupa.

Quando Enzo apareceu, nem olhou para ela.

— Venha comigo — disse com firmeza, pegando uma mochila marrom e a jogando sobre o ombro.

Dessa vez não houve caminhadas pela floresta. Viraram à direita depois que passaram pelos portões do palácio e deram a volta na lateral leste da enorme construção. Um pequeno e empoeirado caminho secundário os levou para longe do palácio, subindo uma ladeira íngreme. Ela precisava inspirar profundamente o ar puro quanto mais alto subiam.

— Você não consegue mesmo encontrar um lugar plano pra treinar? — perguntou a ele, sua figura alta avançando rapidamente.

— Que tal poupar esse fôlego para a subida? Vai precisar — ele respondeu.

Ela levantou as mãos em exasperação enquanto continuava a andar no calor furioso.

Quando enfim chegaram a um lugar plano, Elara ficou boquiaberta de admiração. Todas as preocupações e o ódio do dia anterior desapareceram em um instante. Porque ali, estendendo-se diante deles, havia uma planície de areias muito vermelhas e se movendo como se uma maré as comandasse. Mas o que mais chamou sua atenção foram as duas estátuas com mais de quinze metros de altura. Duas figuras aladas, douradas e brilhantes, que protegiam os olhos com as mãos. A brisa fria que vinha do mar de areia agitou seus cabelos.

— Bem-vinda ao Cemitério dos Anjos — Enzo disse por sobre o ombro.

— Que lugar animado — ela murmurou em voz baixa.

— Diz a lenda — ele contou enquanto subia os degraus talhados em pedra marrom e quente que levavam a uma plataforma de pedra — que os anjos de Sveta morreram aqui em uma batalha intensa contra os leões alados de Helios. A líder deles, Celine, participou da última batalha contra o poderoso Nemeus e foi derrotada.

— Eles queimaram até virarem cinzas e seu sangue se misturou à terra, criando o Mar de Areias — Elara terminou.

Enzo olhou para ela, franzindo a testa.

— Isso é de…

— *Os mythas de Celestia*. É chocante, eu sei, o fato de asterianos aprenderem a ler — ela disse com ironia.

Enzo zombou.

– Achei que tinha se recusado a me treinar – ela disse.

Ele andou pelo círculo de pedra, e Elara percebeu as gravações de pequenos e indistintos símbolos.

– Eu sigo as ordens do meu pai. Ele implorou para que eu continuasse. Pelo jeito, vê algo em você que eu não vejo.

– Ele tem minha mais profunda gratidão – ela respondeu de maneira seca. Enzo suspirou, virando de má vontade para olhar para ela.

– Acho que é melhor começarmos. Você precisa me contar sobre sua magia, para eu poder avaliar o que precisa ser ensinado. Não é só um rei que planejamos atacar. É um deus.

Elara se curvou sobre a plataforma de pedra quente, fuçando na mochila que Enzo tinha colocado no chão até encontrar um cantil. Tomou um gole de água antes de responder:

– O que você quer saber?

– Bem, eu sei que você possui os Três, e que não pode ser morta por uma Estrela.

Ela mexeu na tampa do cantil enquanto tentava não pensar no dia em que Ariete tinha tentado, mas não tinha conseguido, matá-la.

– Então, quais são os seus Três? – ele continuou. – Sei que um é a ilusão. E qual foi aquele outro, de ontem? – Era medo real que seus olhos estavam deixando transparecer?

– Aquilo é parte da ilusão – ela disse. – Não é real. Mas encontrei uma forma de explorar os medos das pessoas De minha ilusão se tornarem seus pesadelos. Mas nunca consigo ver o que é – ela acrescentou quando Enzo apertou o maxilar.

– Não é real? Mas... – ele fez uma pausa. – Ontem, eu senti. No momento que entrou em contato com minha luz, foi como se se tornasse real. – O príncipe olhou para a atadura enrolada em seu braço.

– Eu não sei o que foi aquilo – ela respondeu, sem olhar nos olhos dele. – Nunca tinha acontecido antes.

Enzo analisou o rosto dela, como se tentasse encontrar uma mentira com seus poderes de vidente. Um momento depois, sua formalidade profissional retornou.

– Voltaremos a isso depois – ele disse –, e veremos se é algo que pode ser aperfeiçoado.

Elara ficou mexendo na trança.

– O próximo dom que tenho é caminhar nos sonhos. Posso visitar sonhos e pesadelos. Posso falar com as pessoas dentro deles. Posso ajudá-las ou condená-las.

Ele enrijeceu.

— Esse é um dom asteriano comum?

Ela fez que não com a cabeça.

— É o mais raro. A maior parte dos asterianos é sombramante, o restante é ilusionista. Não há muitos caminhantes de sonhos em meu reino.

O fogo tremeluzia freneticamente entre as mãos dele, mas quando Elara foi olhar, ele se extinguiu.

— O último é sombramancia, então? — Enzo perguntou.

Elara tentou engolir, mas sua boca estava seca demais, então apenas confirmou com a cabeça.

— Então onde estão suas sombras? Já conheci muitos sombramantes que tentaram extinguir minha luz com sua escuridão. Onde estavam as suas sombras ontem, quando a imobilizei contra a árvore.

A diversão fria estampada no rosto dele fez o estômago dela se contorcer.

Elara não queria responder; ela não revelaria. Mas, céus, sentiu uma magia tomando conta dela, algo que sondava e pressionava. Era invisível, mas parecia tão estranha quanto a Luz, estimulando-a a ser verdadeira. Aquilo a envolveu, tentando ir além das sombras presas dentro dela, e Elara tentou empurrar sua caixa mais para o fundo dentro das sombras, em um lugar em que Enzo nunca poderia encontrá-la. Ele nunca poderia saber os segredos terríveis que escondia. Mas, para o seu horror, um raio de luz abriu um vão entre as sombras, recaindo sobre o baú de obsidiana. A luz dele tentou abri-lo, mas ele permaneceu fechado com firmeza.

— Ora, ora — Enzo disse. — Não demorou muito para sua parede quebrar pra mim.

Elara se levantou rapidamente, puxando a adaga que até então tinha mantido escondida na coxa.

— Saia da minha maldita cabeça — ela disse.

Enzo olhou para a arma com um divertimento cruel nos olhos.

— Só quando você for sincera. O que está escondendo naquela caixinha, Elara?

— Eu vou te estripar aí mesmo se não tirar sua luz imunda de mim. — Ela estava ofegante, o elemento dele dentro dela era errado demais. Enzo riu, mas aos poucos sentiu que as sombras dela envolviam a caixa outra vez, sua luz se dissipando.

— Aconteceu alguma coisa com as suas sombras.

— Não consigo invocá-las, se é o que está tão desesperado pra saber — ela disse com a voz endurecendo.

— Como assim, *não consegue*?

— Quero dizer que não consigo invocar nenhuma delas — ela retrucou.

— Por quê?

– Não sei – ela mentiu.

A magia de Enzo a cobriu com suas gavinhas mais uma vez, tentando tirar a verdade dela, tentando vasculhar sua alma em busca de mentiras. Mas Elara rangeu os dentes, garantindo que as sombras presas dentro dela se envolvessem com mais força ao redor de suas verdades, até que ele tirou sua magia de vidente.

– As sombras ainda estão dentro de você – ele disse.

– Eu sei – ela respondeu.

– Então acho que nosso trabalho vai ser libertá-las.

– E como vai fazer isso?

– Sou o mago mais hábil que Helios já viu em gerações – ele respondeu com calma.

– Você também é o mago mais modesto? – ela questionou, sorrindo com doçura.

Os olhos dele se apertaram.

– Você vai ter que pelo menos tentar trabalhar comigo.

Elara hesitou. Não queria ajudá-lo nem ajudar seu pai. Mas, se ele pudesse ajudá-la a acessar suas sombras de novo, se ela pudesse senti-las entre a ponta dos dedos mais uma vez, talvez pudesse de fato matar Ariete e reivindicar seu trono.

– Está bem – ela resmungou.

– Acredite em mim – ele acrescentou, alongando os músculos dos ombros. – Estou tão feliz com esse arranjo quanto você.

– Bem, isso me faz sorrir.

Enzo se levantou.

– Venha. Vamos tentar soltar esses bloqueios.

Ele se virou, puxando a camisa sobre a cabeça. Elara ficou sem fôlego.

Suas costas eram uma obra-prima de músculos esculpidos, como se tivessem sido polidos no calor. Mas foi sua tatuagem que a deixou estática. Entre os ombros, havia um leão dourado raivoso rugindo, os dentes brilhando. Asas se esticavam por cada uma de suas escápulas, desenhadas com tantos detalhes de tirar o fôlego que Elara não conseguia desviar os olhos. Quando ele rolou o pescoço, esticando os músculos firmes, as asas do leão ondularam como se o rapaz estivesse prestes a levantar voo. Era lindo. Cruel.

– O que você está fazendo? – ela conseguiu sussurrar.

Ele se virou, com alegria nos lábios.

– Este pouco de pele a deixa desconfortável, princesa Elara? – Seu torso resplandecia com suor na claridade implacável, brilhando sobre os músculos rígidos esculpidos em seu abdômen, e as linhas profundas que desapareciam dentro das calças largas. Enzo alongou os braços e ela desviou os olhos.

– Eu só achava que um príncipe não precisaria contrair os músculos para aumentar o ego. Bela tatuagem, por sinal, *Leão de Helios*. Sutil.

Ele abriu um sorriso amarelo enquanto andava de um lado para o outro, deixando-a mais furiosa.

– De onde você acha que as pessoas tiraram o apelido?

Pela primeira vez, ela não tinha uma resposta pronta e se xingou. Seus olhos traidores foram atraídos de volta para aqueles músculos.

Ele puxou a espada, jogando outra que tinha no cinto para ela.

Elara pegou a arma, olhando para ela com cautela.

– Eu não luto com espadas.

– Então hoje vai aprender. Você está muito dentro de sua cabeça. Precisa estar em seu corpo. Quando eu era menino, só quando atingia o ponto de exaustão mental que minha luz saía de mim. Nesse momento, você não precisa se preocupar com controle. Apenas libere. Vamos começar dessa forma.

Ele levantou a espada, e Elara copiou o movimento, a arma pesada demais para ela. A princesa tinha aprendido a combater enquanto crescia, mas sempre com uma adaga ou facas. Perspicácia e ilusões a haviam ajudado durante seu treinamento em Asteria.

– Sem magia – ele alertou. – Apenas armas.

Enzo atacou, e a espada de Elara logo voou de sua mão.

Em outro movimento limpo, ele a fez cair de costas e pressionou a ponta da espada em seu pescoço.

Ela ofegava, sem fôlego.

– Levante – ele disse.

Elara se levantou e pegou a espada mais uma vez.

– Mude a postura – ele orientou. – Coloque mais peso no pé de trás, para que ele possa te ancorar quando for se defender ou te empurrar para a frente quando for atacar.

Ela soprou uma mecha de cabelo do rosto, fazendo o que ele havia dito. Dessa vez, quando Enzo atacou, a princesa rangeu os dentes, mantendo a espada elevada. Elara sentiu o impacto abalar toda sua mão e ombro, e praguejou, mas o golpe não a derrubou. Até que Enzo atacou de novo, e ela foi desarmada mais uma vez.

– De novo – ele disse.

Atacar, defender, desarmar.

Atacar, defender, desarmar.

Repetidas vezes, Enzo continuou, até o ombro dela doer e sua respiração ficar ofegante de ter que se abaixar para pegar a espada a cada minuto.

Algo nela começou a se desgastar toda vez que Enzo ria quando a derrotava, quando zombava dela. Aquilo era para ser um combate corpo a corpo. Mas a paciência de Elara estava se esgotando, e a jovem estava cansada de seguir as regras que o príncipe tinha estabelecido. Houve um brilho quando ela teceu uma ilusão, uma serpente deslizando pelo chão, suas escamas cor de esmeralda brilhando na Luz.

Enzo a viu e cambaleou para a esquerda, saindo de seu caminho, e caindo na armadilha de Elara. A princesa tinha se lançado atrás dele, e então chutou suas pernas enquanto ele tentava se firmar.

Enzo resmungou quando ela o derrubou no chão, a areia ondulando em nuvens. A espada dele caiu, e Elara a chutou para longe enquanto ia para cima dele, prendendo as coxas ao redor de sua cintura ao mesmo tempo que a espada roçava seu pescoço. Ela poderia fazer aquilo. Em um movimento, poderia cortar sua garganta.

Os olhos de Enzo brilharam.

– Faça, então – ele sussurrou, empurrando o pescoço para mais perto da lâmina. Uma gota de sangue se formou e ela rangeu os dentes, desejando acabar com ele.

Mas os olhos de Enzo não demonstraram medo nem uma vez, e ele nem suplicou, ou implorou, ou recuou. Aqueles olhos apenas continuaram a fervilhar. Elara se mexeu sobre ele, a boca secando e a trança roçando no abdômen nu dele. Talvez aquela teimosia que ele demonstrava a estivesse convencendo que Enzo realmente poderia ajudá-la. Ou sua coragem estúpida, que o fez encarar a morte com total ira. De qualquer modo, a mão dela tremia com adrenalina quando abaixou a arma e saiu de cima dele em um pulo.

Ela riu baixinho consigo mesma, a euforia do triunfo correndo por suas veias. Então houve um estalo alto, e ela se virou e o viu em pé novamente, com chamas faiscando de suas mãos, um olhar de braveza em seu rosto.

– Você usou ilusão.

Ela deu de ombros.

– Não importa o que eu fiz. Tive o pescoço do Leão de Helios sob a minha lâmina.

– Foi com a porra de uma bruxaria.

Elara girou a adaga com habilidade na mão antes de embainhá-la, erguendo a espada na outra mão.

– Ah – ela exclamou de maneira dramática –, mas o que importa é: quem estava à mercê de quem?

– Não haveria honra nenhuma nessa morte – ele disse, fervilhando. – Você me enganou.

– E você é tão honrado, não é, *Leão*?

A expressão de Enzo mudou, e ela viu a arrogância familiar formar uma fachada sobre sua fúria.

– Ah, honrado é a última coisa de que uma mulher me chamaria.

Elara ignorou a tentativa dele de irritá-la.

Em vez disso, ela se sentou no chão, tomando um longo gole de água.

– Seu plano não funcionou. Estou exausta, mental *e* fisicamente e nem um filete de sombra apareceu.

– Eu sei – ele disse, sentando-se ao lado dela. – E minha magia não está ajudando. Não consigo chegar longe o bastante depois de suas sombras pra ver o que poderia desbloqueá-las.

Ele olhou para Elara com esperança, mas ela continuou muda.

Enzo soltou um suspiro frustrado.

– Vou ter que te levar até a Isra.

– Quem é Isra?

– Uma amiga. E alguém de quem você precisa com toda urgência, se quiser alguma chance de moldar seus dons em algum tipo de forma pra luta. – Ele se levantou, e Elara fez o mesmo.

– Sério? Pensei que eu estava indo tão bem – Elara respondeu com secura.

Ele lançou um olhar irritado enquanto pegava a camisa.

– Hoje à noite, pratique suas ilusões – ele ordenou. – Veja se existe alguma forma de dar peso a elas, como fez na floresta ontem, mas com intenção. E caminhe nos sonhos hoje. Não me importa onde, mas é importante você continuar treinando as duas magias que *consegue* usar, até descobrirmos uma forma de acessar suas sombras. O que vai acontecer, mas não graças a você.

– Você faz parecer tão fácil.

– Acha que foi fácil me tornar quem sou hoje? Não foi nada fácil. Só que eu nunca desisti.

Elara o estudou por um momento e uma raiva familiar se formou em seus ossos.

– Sim, nunca desista. Nem mesmo quando asterianos inocentes estiverem implorando – ela disse. – Ouvi muitas histórias de como se tornou quem é hoje. Agora que te conheci, acho que acredito em todas elas.

Enzo levantou e uma risada seca e vazia ecoou dele quando andou na direção dela.

– E o que exatamente você ouviu, princesa? – murmurou, chegando mais perto. – Que sou um amante incrível? – Enzo alongou um braço com o outro. Ela ignorou a onda de seu bíceps. – Que sou um guerreiro temido?

– Que você é perigoso e cruel. Fomos alertados sobre você. O Leão de Helios, que derruba tudo o que fica em seu caminho.

– Você não está com medo? – Ele estava a poucos centímetros de distância dela, sua figura grandiosa bloqueando a Luz. Enzo levou a mão a uma mecha de cabelos que tinha sido soprada para o rosto dela pelo vento quente e árido. Os olhos dela piscaram, e Elara ergueu o queixo.

– Não tenho medo de nada.

– Tola mentirosa – ele respondeu. – Todo mundo tem medo de alguma coisa. – Ele estendeu a mão, pegou a mecha de cabelos errante e a enrolou em um dedo.

Ela estremeceu com o toque dele, suas sombras se erguendo dentro dela.

– Talvez. – Ela saiu. – Mas você certamente não me assusta.

– Ah, é? – ele indagou com suavidade, e ajeitou o cabelo atrás da orelha dela, roçando em seu pescoço. – Porque sua pulsação está me dizendo outra coisa.

Ele se afastou com um sorriso presunçoso e caminhou pelas areias planas, de costas para o caminho por onde tinham subido. Elara respirou fundo antes de pegar seu cantil. Praguejando baixinho, desceu o caminho sinuoso de areia, desejando com ardor que tivesse enfiado a maldita lâmina no pescoço dele.

Capítulo Nove

Quando Elara voltou para o palácio, encharcada de luz e poeira, não foi direto para os seus aposentos, mas procurou a cozinha. Enquanto caminhava, girava as flores silvestres que tinha colhido na descida do Cemitério dos Anjos. Não-me-esqueças, sua flor preferida, estava no ramalhete, além de *apolliums*, um botão dourado estonteante, alguns ramos de lavanda e um pouco de lírio-dos-deuses, que diziam ter começado a crescer quando as Estrelas caminharam na terra pela primeira vez.

Seguindo o cheiro de comida e a atividade agitada dos criados, que olhavam para ela de um jeito um pouco estranho, mas não muito – afinal, a glamourização de Merissa estava cumprindo sua função – encontrou a porta da cozinha, que se abriu quando mais criados saíram com bandejas e carrinhos de comida.

Ela entrou, procurando além dos balcões de mármore, os fogões com molhos fervendo e borbulhando, e as prateleiras com ervas até encontrar uma figura loira em um canto. A princesa se aproximou.

– Merissa?

Merissa se virou. Ela tinha um pouco de farinha no nariz.

– Elara!

– Desculpe incomodá-la, não me dei conta de que seria tão agitado…

– Não é nada, isso é apenas a agitação para o chá da tarde do rei. Em cinco minutos vai estar tudo calmo de novo.

– Eu só… queria te agradecer por ontem à noite. – Ela esticou o braço com as flores. – Para você, por ter sido gentil comigo… significou muito.

Mesmo coberta de farinha e de bochechas rosadas, Merissa era um deslumbre, seu sorriso era radiante.

– Ah, Elara, elas são adoráveis. Não precisava.

– Eu quis – ela disse.

Como Merissa havia falado, a cozinha começou a ficar mais calma e vazia depois que a hora de servir o chá havia chegado.

– Vou fazer meu intervalo, Merissa! – alguém gritou.

– Sem problemas, Mauricio! – Merissa respondeu. – Aqui – ela disse para Elara –, sente-se. Alguns bolos já vão ficar prontos e você pode experimentá-los pra mim. Veja se estão bons para Sua Majestade.

Elara se sentou, permitindo que os aromas da cozinha a acalmassem.

– E então – Merissa disse. – Seu treinamento foi melhor hoje?

Elara sentiu o pescoço duro.

– Bem, eu desarmei o príncipe e coloquei minha espada contra seu pescoço, então diria que foi melhor.

Merissa tentou dominar o choque.

– Estrelas – ela sussurrou. – Não diga isso tão alto.

Elara suspirou.

– Estou tendo problemas com minhas sombras, e talvez ele possa ajudar, mas a maior parte do tempo ele age de forma tão superior que mal posso aguentar ficar por perto.

– Tente confiar nele – Merissa respondeu enquanto tirava bolinhos de pão de ló do forno, liberando um aroma maravilhosos de mirtilo e limão. – Eu sei – ela disse quando viu a cara de Elara. – Mas... se tem uma coisa que aprendi sobre o príncipe, é que ele sempre cumpre com sua palavra.

Merissa começou a bater creme de leite e essência de baunilha em uma tigela.

– Se ele prometeu ao pai que vai ajudá-la, e se ele prometeu a *você* que vai encontrar uma forma de ajudar com suas sombras, então pode acreditar.

Merissa começou a decorar os bolinhos e Elara tentou encontrar a mentira no rosto dela, qualquer indício de que a glamourizadora estivesse sendo desonesta, mas não encontrou nada.

– Vou tentar – ela suspirou. – Suponho que seja para o meu bem. – Ela se levantou e se encolheu. – É melhor eu ir praticar. Mas, céus, estou dolorida.

Merissa terminou de cobrir os bolinhos e entregou um a Elara.

– Coma isso, e me acompanhe.

A casa de banho a que Merissa levou Elara era uma obra de arte, como tudo em Helios. Palmeiras arqueavam-se sobre a porta pela qual entraram. Elara pisou em ladrilhos de mosaico e entrou em uma sala protegida, escavada na rocha. Arandelas flamejantes enfeitavam o espaço escuro, e os únicos sons eram o crepitar baixo das tochas e o barulho gentil da água.

– Esses são os banhos do palácio – Merissa explicou. – Temos saunas, piscinas geladas e aquecidas, algumas infundidas com óleos e minerais. É o local ideal para depois dos seus treinos.

Quando a princesa se aventurou mais para dentro dos banhos, viu as saunas, pequenos cantos abertos de madeira funcionando com a magia de fogo pela qual os helianos eram conhecidos. Elas exalavam vapores de eucalipto, clareando seus pensamentos confusos.

Também viu armários cheios de poções, flores secas e óleos de todos os tipos, misturando-se e permeando o ar com fragrância. Pilares desciam até as profundezas da água, e ela ficou boquiaberta quando chegou à enorme piscina principal. Pétalas e flores em uma gama de cores, do amarelo vivo ao laranja apagado, flutuavam na água cerúlea como uma oferenda. Outras piscinas menores saíam dela, e lamparinas pairavam no ar.

O teto da casa de banho era pintado de um índigo profundo – a primeira vez que ela via aquela cor em Helios. Constelações estavam pintadas nos mínimos detalhes – o leão de Leyon, a donzela de Verra, até o caixão de Piscea.

Merissa apertou a mão dela.

– Vou te deixar aqui relaxando. Normalmente é calmo a essa hora do dia.

– Obrigada por me mostrar esse lugar.

Merissa sorriu, antes de deixá-la sozinha.

Com um suspiro indulgente, Elara tirou a roupa cheia de areia, que arranhavam sua pele suja, e desceu os degraus para entrar na água. Ela puxou a trança, desfazendo-a até seus cabelos caírem soltos. Gemeu quando seus músculos doloridos sentiram a água morna tocar a pele e caminhou na piscina até seus pés não tocarem mais o fundo. Então começou a nadar, aliviando as dores nos braços e pernas. Ela virou de costas, deixando o corpo boiar enquanto olhava para o céu pintado no alto.

As estrelas a olhavam de volta, então ela fechou os olhos, a água a acalmando como sempre fez. A última vez que tinha boiado assim tinha sido no Mar Tranquilo, na véspera de seu aniversário.

A água parecia vidro, refletindo todo o céu estrelado. Elara tinha fugido do palácio com Sofia, deixando um manto de ilusões firmemente no lugar. As duas riam enquanto mergulhavam e planejavam seu aniversário. Elas iriam mais longe do que já haviam ido: ao festival itinerante que tinha chegado em Asteria, do outro lado da cidade de Phantome.

– Eu quero comer bolo de abóbora e creme de marshmallow até passar mal – Elara disse, rindo. – Espero que tenham acrobatas de Sveta. Quero ver como eles voam! Ah, e você acha que o homem forte de Perses vai vir? Ouvi dizer que ele consegue levantar um cavalo-das-neves com apenas uma das mãos.

– Talvez – Sofia respondeu com a calma imperturbada de sempre. – Dizem que há pessoas de todas as classes sociais no festival. E não podemos perder, ainda mais quando é a única vez no ano que pessoas de fora visitam Asteria.

Elara sempre ficava chateada com a quantidade de pessoas privadas da oportunidade de experimentar o fascínio ensombrecido de seu reino. Era estranho para ela que todos acreditassem nas mentiras que o rei Idris contava.

— Sabe o que eu acho que deveríamos fazer? — Sofia acrescentou, antes de corajosamente fazer uma pirueta nas águas rasas, apoiando-se nas mãos. Suas pernas balançaram no ar, e ainda assim ela, de alguma forma, parecia elegante o tempo todo. — Leitura das mãos.

Elara franziu a testa.

— Eu não vou chegar perto de nenhum vidente heliano — ela disse com raiva.

— Não, não um heliano — Sofia a tranquilizou. — Da última vez que eu fui, havia uma sacerdotisa concordiana que fazia leituras de amor.

Elara expressou impaciência.

— O que preciso saber sobre amor? Sou noiva de Lukas.

Sofia ficou chateada com a menção, seu sorriso fácil diminuindo, o que fez o peito de Elara se apertar.

— Você não quer saber o que seu futuro reserva? — Sofia questionou. — Existe um mundo inteiro lá fora, Lara.

Elara boiou para mais longe, olhando para as estrelas.

— Talvez — ela respondeu em voz baixa. — Talvez eu queira ver o que há além de Asteria.

Elara afundou a cabeça na água, tentando se livrar das lembranças. Mas elas não foram embora, e como as recordações de Sofia, Lukas e seus pais ameaçavam arrastá-la para abaixo da superfície, ela desistiu, deixando a piscina, e suas memórias também.

Enquanto descansava na sacada de seu quarto no ar morno da noite, ela tentou a sombramancia. Estava tarde, velas tremeluziam nas janelas, a Luz fazendo a transição de um laranja profundo para cor de vinho.

Elara se esforçou para se concentrar, respirando fundo enquanto mergulhava em seu poder de sombras, tentando com todas as forças arrancá-lo de dentro de si. Ela o viu dentro dela, os espectros pretos se contorcendo, frios, roçando suas entranhas. Podia senti-los movimentando-se ao longo de seus braços, mas no momento que chegavam à ponta dos dedos, quando ela tentava fazê-los sair, havia um lampejo de luz tortuosa em sua mente, e então... nada.

Por muitos anos, tentara de tudo com seus tutores — meditação, banhos noturnos e trabalho de respiração. Depois passou a uma abordagem mais severa, ameaçando e xingando suas sombras. Tinha até tentado usar memória muscular para usar suas mãos como se sombras realmente saíssem delas, colocar seu corpo em ação. Ela tinha praticado com Lukas e Sofia — ambos sombramantes talentosos. E os dois havia desistido depois de um tempo, suspirando de frustração.

Elara olhou exasperada para as mãos, ainda abertas.

– Apenas *façam* alguma coisa, porra! – ela gritou.

Ela deu um salto ao ouvir vozes nos jardins abaixo.

Leonardo ria enquanto andava pelo gramado, com Enzo indo a passos largos atrás dele. Deuses, eles eram tão altos, o príncipe talvez uns dois centímetros e meio mais alto do que o general. Ambos cheios de músculos firmes e tonificados. Estavam seminus, espadas na mão, e Elara teve que revirar os olhos, mesmo que seu rosto estivesse quente. Ninguém naquele reino usava camisa?

O ruído de aço sobre aço ressoou quando os homens iniciaram um combate. Elara nunca tinha visto um combate daqueles e teve que admitir, mesmo com relutância, que era muito mais sofisticado do que aquilo que tinha treinado com Enzo naquele dia. Os dois homens eram um borrão de músculos e metais, atacando e defendendo. Fintas, golpes e furtividade enfeitando cada movimento. Enquanto observava, ficou evidente para ela quem tinha a vantagem. Elara se espantou quando, depois de um comando abafado, surgiram luz e chamas. Enzo manipulava suas chamas e Leo canalizava sua luz. Começou a se deformar e se torcer, estalando até que um raio cobriu as mãos de Leo. *O relâmpago do rei*. Elara se deu conta de por que o general tinha recebido aquele apelido. Ela devia ter se encolhido diante da magia de Leo, mas sua atenção foi atraída na direção de Enzo, que tinha dado a forma de um escudo à sua própria magia, empurrando Leo pelo gramado.

Ambos brilhavam de suor enquanto lutavam, resmungos e gritos ressoando enquanto dançavam com agilidade ao redor do gramado. A luz voou quando Leo a canalizou para sua espada, mas Enzo era rápido demais. Ele a havia rebatido antes mesmo de Elara piscar. O poder, a precisão com que Enzo lutava, usando os poderes ou não, era impressionante. A luz podia ser derrotada. Enzo estava mostrando a ela como, com suas próprias chamas. Leo desapareceu no fundo quando toda a atenção dela se concentrou nele. A princesa se debruçou na sacada para ver mais de perto. Enquanto Enzo avançava de forma implacável, sem nem perder o fôlego, ela o viu abrir aquele sorriso de leão. E com uma eficiência brutal, o rapaz lançou uma linha de fogo.

Elara se engasgou alto, mas o rugido do fogo e o choque das espadas abafaram o barulho com facilidade. O coração dela batia com violência quando viu Leonardo, caído no chão. A forma com que a luz diminuiu, a forma como Enzo tinha domínio completo sobre o elemento.

Confie nele, Merissa havia dito.

Leonardo riu, Enzo sorrindo enquanto estendia a mão para ajudá-lo a se levantar. Ela piscou. O fogo do príncipe não tinha nem chamuscado as roupas do general. Controle completo, letal.

Elara entendeu naquele momento que deveria dar ouvidos a Merissa. Deveria tentar confiar em Enzo. Pelo menos para ajudá-la a dominar sua magia.

Os dois homens deram tapinhas nas costas um do outro, suor escorrendo de seus corpos. Ela viu Leonardo assentir com um sorriso irônico e logo depois fazer uma reverência de derrota. Depois saiu, deixando Enzo no gramado.

O céu sangrento emoldurou o príncipe, e Elara poderia jurar que a própria Luz estava contida em sua pele, pelo modo como brilhava. Sem ninguém para observá-la, ela se deixou levar.

Ele era realmente avassalador. Ela odiava admitir. Seus músculos eram como mármore esculpido, tonificados com crueldade para entregar a morte mais rápida. Suas costas se ondularam quando sua figura se virou, o leão que enfeitava sua pele brilhando. Os cachos ficaram desgrenhados quando os jogou para trás, bebendo de um cantil de água que havia ao seu lado. Um cacho caiu em seus olhos e, se Elara fosse uma artista, teria tentado capturar a aparência dele contra a luz, apesar do quanto o odiava, e a deixava enfurecida.

Ele ficou imóvel e tirou o cantil dos lábios. Então, com uma lentidão predatória, virou na direção dela.

Elara se agachou sob a beirada da sacada, se escondendo. *Merda, merda, merda*. Enzo não podia tê-la visto. Não tinha como. Ela não se mexeu, até um raio solitário de luz brilhar entre as barras do guarda-corpo.

A respiração dela ficou acelerada quando o raio se moveu da esquerda para a direita, como se procurasse.

A princesa observou pela pequena fresta, a mão tremendo enquanto a alcançava. Ela não sabia por que aquilo estava acontecendo, não entendia a atração que sentia. Mesmo assim, com a ponta dos dedos, tocou o raio. Ele ficou parado e aqueceu sua pele com uma sensação de formigamento. Elara respirou fundo, enfrentando o terror, forçando o dedo a continuar tocando por mais alguns instantes. O raio diminuiu até desaparecer, e ela conteve a respiração, se mantendo agachada e imóvel, por um tempo que não soube calcular. Só percebeu que o céu escureceu ainda mais, e sua perna começou a ficar com câimbra.

Seu dedo doía e ela o esfregou enquanto decidia voltar para o quarto rastejando. Xingando a si mesma, a jovem se levantou devagar, vendo, para seu alívio, que o gramado estava vazio. Quando saiu da sacada, percebeu uma movimentação. Para qualquer outra pessoa, poderia ter sido um lampejo da luz de lamparina que iluminava o terraço. Mas Elara sabia que não era isso. Ali, bem onde a luz havia estado, um filete minúsculo de sombra flutuava no ar.

Capítulo Dez

NAQUELA NOITE, ELARA CAMINHOU NOS SONHOS. Quando começou a pegar no sono, a princesa se manteve no limbo, o momento crucial entre dormir e acordar, e prendeu sua amarra ao mundo acordado. A amarra de um caminhante de sonho era seu item mais importante. Ela sempre a visualizava como um cordão que crescia bem abaixo de seu umbigo, fluindo até o chão e a ancorando à terra.

Quando era pequena, seus tutores haviam lhe contado histórias horripilantes sobre caminhantes de sonho que se soltaram, suas almas se perdendo nas Terras dos Sonhos – ou, ainda pior, nas Terras Mortas, bem ao lado, se vagassem para muito longe –, seus corpos amaldiçoados inertes no mundo desperto, dormindo, até definhar e morrer.

Confiante de que sua amarra estava bem presa, de olho na corda azul-escura e brilhante com seu padrão prateado familiar, ela subiu. A sensação sempre era um pouco como cair para cima, sua barriga subindo apontando para cima enquanto seu corpo de sonho ficava sem peso.

Ela olhou para as nuvens perfumadas de cores diferentes à sua volta. Cada uma pertencia a um sonhador, e a princesa passava às pressas entre elas.

Passou por uma com aroma de terra aquecida pela luz e sândalo, outra que cheirava a âmbar. Algumas exalavam cheiros mais doces, mais convidativos. Mas, naquela noite, sentia-se mais atraída pela escuridão do que nunca. Escolheu uma nuvem dourada que cheirava a sândalo e atravessou a névoa perfumada, entrando no sonho.

Um menino de cabelo raspado e roupas rasgadas escalava uma treliça de roseira até uma sacada no Palácio da Luz, levando uma faca entre os dentes. Ele não tinha mais de 10 anos, mas a forma com que escalava a sacada com agilidade e precisão o fazia parecer mais maduro. Elara o seguiu, os arredores se transformando em um grande quarto com cortinas transparentes esvoaçando. O garotinho passou por elas, tirando a faca da boca e se aproximando de uma figura que dormia na cama.

Sua pulsação acelerou-se quando viu o garoto pressionar a faca no pescoço da figura que dormia.

– Me dê todo o ouro que você tem – o menino exigiu.

Quando o garoto que dormia abriu os olhos, ela quase se engasgou.

Para sua surpresa, o pequeno Enzo na cama não gritou. Ele riu, de forma vazia. Uma risada bastante cínica para alguém tão jovem. E uma explosão de luz saiu dele.

O garoto com a faca soltou um grito e voou para trás, batendo no armário de Enzo, que pulou da cama, sem nenhuma arma além das mãos, fazendo com que chamas surgissem em uma delas, e na outra um raio de luz.

– Quem te enviou? – ele sibilou enquanto o garoto acendia a própria luz, crepitante e retorcida.

Enzo lançou uma bola de fogo no garoto e o raio se retorceu, desviando-a, e os olhos do jovem príncipe se arregalaram. O garoto soltou um gemido de dor e arremessou a bola de volta, chamuscando o braço de Enzo ao passar.

– Me dê seu dinheiro antes que eu te mate, príncipe – o garotinho retrucou.

– Acha mesmo que tenho medo de um rato de rua? – Enzo zombou, e deixou seus poderes se extinguirem quando se atirou sobre o garoto. Ele o socou, zangado e brutal em seus movimentos. Mas o garoto aguentou firme, revidando golpe por golpe.

Quando um dos socos do garoto atingiu o nariz de Enzo, o príncipe tropeçou, e seus olhos brilharam com luz.

O garoto cambaleou para trás.

– O que você está fazendo? – gaguejou, quando algo que Elara não podia ver começou a acontecer entre os dois.

– Estou *vendo* quem você é – Enzo retrucou. – Leonardo Acardi. Das favelas de Apollo Row. Pobre. Necessitado. E quer meu dinheiro para…

– Pare! – o garoto gritou.

– Para pagar um curandeiro pra mãe moribunda.

A luz se extinguiu, lançando os dois garotos na escuridão.

Leonardo se sentou, ofegante, limpando sangue da boca enquanto Enzo levava a mão ao nariz.

– Ela… ela teve uma febre, algumas semanas atrás. Achei que ia passar, mas só está piorando. E como "ratos de rua de Apollo Row", não podemos pagar um curandeiro.

Enzo olhou para ele, e Elara imaginou que o príncipe estivesse usando seu dom novamente, para ver se o menino estava mentindo ou não.

– Sua mãe pode trabalhar, quando estiver melhor? – Enzo perguntou.

Leo franziu a testa antes de confirmar com a cabeça.

– Ela é a melhor jardineira que eu conheço.

– Traga ela ao palácio.

– Ela não me pediu pra fazer isso – Leonardo gaguejou, já sem nenhuma bravata. – Isso não tem nada a ver com ela. Se vai punir alguém, que seja apenas eu.

Enzo inclinou a cabeça.

– Você é o único garoto que já conheci que consegue chegar perto de se igualar a mim em uma luta. Todos esses filhos de lordes são fracotes e presunçosos. – Ele estendeu a mão, e Leonardo a aceitou com hesitação, antes de Enzo o ajudar a se levantar. – Sua mãe pode ficar hospedada aqui. Temos os melhores curandeiros de Helios. E você pode ser útil treinando comigo.

Lágrimas encheram os olhos de Leonardo.

– Você está… Obrigado. Obrigado, Vossa Alte…

– Não chore – Enzo retrucou. – Não deixe ninguém te ver chorando, muito menos eu.

– Me desculpe…

– E também não peça desculpas.

Leonardo endireitou o corpo, fungando ao acenar com a cabeça.

– Obrigado – ele disse.

– Volte pra casa agora e traga ela pela manhã. Vou falar com meu pai.

Leonardo assentiu, fazendo uma reverência antes de voltar às pressas para a sacada.

– E não preciso nem dizer – Enzo falou para ele. – Não mencione pra ninguém que você colocou uma faca no meu pescoço. A menos que queira queimar por traição.

O rosto de Leonardo empalideceu um pouco, antes de assentir mais uma vez.

– Obrigado, príncipe – ele disse com a voz rouca enquanto passava uma perna sobre a mureta da sacada.

Os lábios do príncipe se curvaram.

– Me chame de Enzo.

Uma faixa de magia passou por Elara saindo do nada, e a princesa praguejou, abaixando para evitá-la. O sonho tinha mudado: em vez dos portões do palácio, ela estava em uma floresta cheia de luz matizada. Quando se virou, viu Leonardo em pé, não mais um menino, mas já adulto, com um raio se retorcendo entre as mãos. O raio crepitou, e ela cambaleou para trás. Mas quando a reconheceu, o raio desapareceu.

– Elara?

– Essa é sua paisagem onírica – ela respondeu com a voz rouca.

Ele franziu a testa ao ouvir aquelas palavras.

– Estou sonhando?

– Sim – a jovem respondeu com rapidez. – Sim, você está. Me desculpe, eu não sabia que o sonho era seu, é melhor eu ir embora.

– Você viu? – ele perguntou. Sua testa estava franzida e os olhos suplicantes, estranhamente vulneráveis para um general.

Elara assentiu.

– Não sabia que você tinha crescido no palácio com Enzo.

Leonardo suspirou.

– Se não fosse por ele, eu estaria morto. Devo minha vida a ele. E muito mais.

Ela não sabia o que dizer, então não disse nada.

De repente ansiosa, Elara se virou e tentou sentir sua amarra. Ela não devia estar ali, nos sonhos de um homem que tinha ajudado Enzo e seu pai nas incursões na fronteira entre Asteria e Helios, e havia detonado ataques como os Incêndios na Fronteira. Não deveria nem estar perto dele.

Leonardo se aproximou. Ele estava diferente, mais brando, como se no ambiente de sonho a máscara que usava de um general cansado da batalha tivesse escorregado um pouco.

– Por favor, não conte a ninguém o que viu – ele pediu em voz baixa.

Elara franziu a testa.

– Eu não contaria. Mas, por quê?

– Foi preciso sangue, suor e lágrimas para eu me tornar general do exército heliano. Para comandar a Guarda do Rei. Se descobrissem que tentei matar o príncipe de Helios... Eu seria condenado à morte. Mesmo que Enzo tentasse me defender.

– Não vou dizer nada – Elara afirmou. E estava falando sério. Ela não gostava daquele homem, mas havia algum tipo de honra dentro dele. Uma honra que contradizia tudo o que a princesa sabia sobre ele, e por isso guardaria seu segredo.

O rosto de Leonardo suavizou.

– Obrigado, Elara. Você pode ser inimiga do reino que eu jurei proteger. Mas vejo que o que está fazendo é nos ajudar. As Estrelas nos dominaram com sua arrogância e crueldade por tempo demais.

– Acho que você superestima demais minha magia.

Ele fez que não com a cabeça.

– Tenho um bom olho pra essas coisas. Como general, tenho que ter. E o que você está fazendo ajuda Enzo. O que é tudo o que importa pra mim.

– Jamais verei a bondade que você vê nele – ela disse com firmeza.

– Talvez não – Leonardo disse. – Mas eu sei que, pelas pessoas que ama, Enzo bota fogo no mundo, se pedirmos.

Elara agarrou sua amarra.

– Preciso ir – afirmou.

Ela segurou a corda azul-escura, e em uma espiral de magia, a floresta desapareceu e a jovem caminhou de volta para o mundo desperto.

Capítulo Onze

NA MANHÃ SEGUINTE, Elara sentiu que mal havia dormido após uma noite caminhando pelos sonhos de Leonardo. Quando uma batida rápida soou em sua porta, ela se levantou da cama sem pensar, desejando que Merissa entrasse sem bater.

Para sua surpresa, era Leonardo vestido sua armadura de general. Ela brilhava em dourado, com o a insígnia dos D'Oro sobre o peitoral.

– Vossa Majestade – ele disse.

Ela ficou imóvel ao ouvir seu título. Seus lábios se curvaram um pouco.

– Vou escoltá-la hoje.

– Ah, mas não precisa. Se isso tem a ver com ontem à noite, eu prometo que não...

– Tem – ele a interrompeu. – Mas eu queria agradecê-la.

Ele pegou um saco de papel e o entregou a Elara.

– Trouxe seu café da manhã.

Ela olhou dentro do saco. Havia dois pêssegos redondos lá dentro.

– São do pomar do palácio. Minha mãe os cultiva.

Elara pegou um deles e sentiu o aroma doce.

– Eles não estão envenenados – ele disse, deixando o pequeno sorriso infantil que ela reconheceu do sonho surgir em seu rosto sério. – Veja.

– Ele pegou o outro pêssego e deu uma mordida. Elara fez o mesmo com o seu.

– Humm! – ela exclamou. Era o melhor pêssego que já tinha comido, explodindo com uma doçura suculenta como se tivesse sido coberto de mel.

– Vou esperar você se vestir para levá-la até Enzo. Você vai ver Isra hoje.

– A infame Isra – Elara disse. – Quem *é* ela?

– Logo você vai descobrir.

Elara ia fazer mais perguntas, mas Merissa apareceu segurando uma bandeja com folhados e suco de pera. Seus olhos se arregalaram enquanto alternava o olhar entre Leonardo e Elara.

– Ge-General Acardi – ela gaguejou. – Não esperava sua visita.

— Sabe como deve me chamar, Merissa. — O sorriso dele mostrou dentes deslumbrantes, e Elara não segurou o sorriso quando as bochechas de Merissa ficaram coradas.

— O que o traz aqui, Leo? — ela perguntou, olhando para o chão.

— Vou escoltar Elara até Sua Alteza hoje.

Merissa arqueou as sobrancelhas.

— Certo, então é melhor você se vestir, Elara — ela murmurou, entrando no quarto.

— Já volto, general Acardi — Elara disse com uma reverência zombeteira, e empurrou a porta enquanto ouvia a risada de Leonardo.

Merissa a vestiu com roupas limpas, escolhendo uma saia com uma fenda na perna para facilitar o movimento e uma blusa curta combinando. Com cuidado, prendeu os cabelos de Elara para trás com alguns grampos de pérola enquanto a glamourizava. Então, com um suspiro, a princesa se encontrou com Leonardo, que a aguardava na porta, e o seguiu em direção a outro dia de sofrimento.

Enzo a esperava próximo ao portão do palácio, encostado na pedra morna, com os braços cruzados. Sua túnica sem mangas e calça azuis acentuavam seus olhos, que se estreitaram ao ver Leonardo a escoltando. O príncipe pressionou os lábios quando o general acenou com a cabeça para ele.

— Vejo você no treinamento mais tarde? — Leonardo perguntou.

— Não se preocupe — Enzo sorriu —, mesmo depois de um dia de combate, vou acabar com você como fiz ontem à noite.

Leonardo riu.

— Eu estava facilitando pra você.

— Vamos ver — Enzo disse.

— Elara. — O general fez uma reverência e a princesa inclinou a cabeça, virando-se para vê-lo se afastar.

— O que é isso? — Enzo questionou com aspereza atrás dela.

Ela olhou para trás e percebeu que os olhos dele estavam queimando suas costas quase nuas. Elara tinha que agradecer Merissa pela blusa que vestia, com apenas uma amarração fina nas costas, deixando-a fresca e confortável.

— Qual é o problema? Acha que é o único membro da realeza com seu selo oficial marcado na pele? — ela sorriu, jogando os cabelos nos ombros.

— E por que esse *mythas* é o selo dos Bellereve?

Ela engoliu o nó em sua garganta. Era a única Bellereve que restava.

– Porque o *dragun* fica isolado. Ele pode ser rejeitado pelos outros *mythas*. Mas, quando chamado, arrasa um campo de batalha. Sem misericórdia e sem arrependimento.

Enzo riu.

– E pelo jeito você acredita que compartilha similaridades com o *dragun*?

Ela inclinou a cabeça.

– Eu sou o *dragun*. – Ela arqueou uma sobrancelha. – Já cansou de ficar de boca aberta?

O sorriso zombeteiro tinha escorregado do rosto de Enzo.

– Vamos treinar depois de visitarmos Isra. Como vai aprender a lutar se não consegue nem se vestir de maneira apropriada?

Elara alisou a saia.

– Ah, isso? – ela perguntou.

O tecido se abriu ao redor da coxa nua quando ela tirou a adaga da bainha. Ela a apontou na direção dele.

– Por que não posso estar bonita quando te esfaquear?

– Guarde isso – Enzo sibilou, mas Elara notou a forma como os olhos dele queimaram a pele de sua coxa antes de ela recolocar a faca na bainha e soltar a barra da saia. – Esta saia não é prática.

Ela sorriu.

– Não se esqueça de que sou uma rainha. O que significa que vou usar muitos vestidos. Então deveria praticar luta com esses trajes.

– E essas flores e joias ridículas que você sempre espalha pelos cabelos? Qual sua desculpa pra elas?

O sorriso de Elara se alargou.

– Você sabe, não há mal nenhum em gostar de coisas belas.

– Isso é verdade – ele disse, e o tom perigoso em sua voz deixou os nervos de Elara atentos. Ela deu uma olhada nele, a testa franzida tinha se suavizado e o príncipe estava com um sorriso arrogante nos lábios. – Você pôde atestar isso ontem à noite, não é? Gostou de babar olhando meus *músculos glamourosos*, princesa?

Foi como se um balde de gelo tivesse sido jogado sobre a cabeça de Elara.

– Eu não sei do que você está falando.

– Ah – ele disse enquanto os dois caminhavam. – Então não estava assistindo à minha luta com Leo?

– Ah, não, eu estava – ela respondeu com frieza. – Apenas não teve baba alguma envolvida. A menos que conte quando eu estava olhando para o peitoral definido de *Leo*.

A arrogância de Enzo desapareceu e ele fez uma careta. Elara seguiu em frente.

O príncipe a segurou pelo pulso e ela se virou, o calor de seu toque agitando as sombras dentro dela.

– Você tem que ficar ao meu lado. Fique por perto e faça o que eu mandar.

Elara revirou os olhos.

– Por mais que eu ame a ideia de seguir todas as suas ordens, você pode pelo menos se dignar a me dizer por quê?

– Porque apesar da glamourização de Merissa, não sabemos quem pode estar espreitando. Um espião de Ariete, ou alguém pobre o bastante para querer matar uma herdeira asteriana pra entregar a ele, caso vejam através de sua glamourização.

– Quem poderia ver? – ela perguntou.

– Apenas um punhado de videntes, e Isra é uma delas. Apesar de que o dom da maioria dos videntes são as profecias. Vai ficar tudo bem. – Ele tirou um manto da mochila e entregou a ela. – Mas, só por garantia, coloque isso. – Enzo também colocou um manto sobre os ombros, vestindo o capuz, e Elara também colocou o dela, seguindo o exemplo.

A estrada se estreitou quando já estavam perto do centro de Sol.

Um cavalo e uma carroça passaram em alta velocidade e quase a atropelaram; mas Enzo a tirou do caminho. Suas sombras giraram dentro de seu estômago.

– Está vendo? – Ele olhou para os dois lados e a guiou para um labirinto de ruas de pedras. – Eu amo Sol, mas é meio bagunçada. Cuidado!

Elara gritou quando um homem que carregava uma bandeja de laranjas a empurrou enquanto passava.

Eles dobraram uma esquina e a paisagem foi invadida pelos tons de laranja-cornalina brilhante e amarelo-açafrão das barracas que ladeavam toda a rua à frente. Vendedores ambulantes anunciavam suas mercadorias, chacoalhando as mãos na frente dela, tentando fazer com que a jovem fosse até suas bancas.

Aromas exóticos tomaram conta de suas narinas quando passaram por barris lotados de temperos. Cebolas fritando com páprica, hortelã fresca, alecrim e o aroma tentador de pão assando. Seu estômago roncou e ela diminuiu o passo.

Com um suspiro, Enzo a seguiu até a banca onde ela havia parado.

– O que você quer? – ele perguntou.

Elara olhou para um pão de ervas com carne curada por cima que pareciam deliciosos.

Enzo falou com a mulher, dando algumas moedas a ela, e entregou a Elara uma fatia.

– Obrigada. – ela sorriu para ele, surpresa.

– Se eu soubesse que pra você ser agradável bastava te alimentar, eu a forçaria a comer o dia todo.

Ela riu contra a vontade enquanto mordia o pão ainda morno. Ele derreteu em sua língua e a princesa suspirou ao caminhar, o sal dançando em suas papilas gustativas.

– Esse lugar é diferente de tudo o que eu vi em Asteria – ela disse enquanto passavam por uma loja repleta de artefatos de vidro de todas as cores da Luz.

– Vocês não têm feiras?

– Temos mercados, mas nada parecido com isso.

Eles dobraram mais uma esquina, e a feira se estendia, barracas transbordando joias e sedas.

– Então, o que Isra vai fazer? – ela perguntou quando passaram por uma banca de flores. Sem pensar, tocou um ramalhete de não-me-esqueças.

– Ela é um oráculo. Pode desvendar por que você não consegue acessar suas sombras. Assim que as libertarmos, o restante vai ser fácil.

Elara ficou paralisada.

– Olha a seda! – gritou uma voz ao lado. – A melhor seda de Celestia! Azul-celeste, magenta. Você, moça bonita! Venha experimentar minha mercadoria.

– Não temos interesse – Enzo disse sem rodeios, seguindo em frente. Ele já estava quase desaparecendo na multidão à frente quando olhou para trás e se deu conta de que Elara havia parado.

– Leituras do passado, presente e futuro por cinco pratas cada! – gritou outra voz. – Venha até a madame Artemis agora mesmo!

Enzo voltou até onde a princesa estava, franzindo a testa.

– O que você está fazendo?

– Não – ela disse em voz baixa.

Enzo parecia exasperado.

– Como assim, não?

– Estou dizendo que não. Não vou deixar uma estranha olhar dentro de mim. E com certeza não vou ouvir outra profecia. *Não*.

– Elara – ele retrucou, entrando na frente dela quando um homem carregando uma travessa de carne fumegante passou. – Cada dia que passa é mais um dia que Ariete se aproxima de encontrá-la. Cada dia que passa é mais um dia que você não está sentada em seu trono. E cada dia que passa é mais um dia que as Estrelas continuam nos dominando. Você é nossa única arma. E precisa estar pronta para Ariete.

– Você pode parar? – ela gritou, exasperada. – Estou cansada de ouvir isso. Sei que sou uma arma. Sei que Ariete não pode me matar. – Elara fechou bem os olhos. – Eu não vou de vontade própria. Você vai ter que me carregar esperneando.

Enzo cruzou os braços.

– Desafio aceito.

De uma só vez, Elara foi levantada no ar e jogada sobre as costas do príncipe. Ela gritou, lutando contra ele, mas o homem era feito de mármore. Ele nem piscou quando a jovem tentou mordê-lo.

– Para uma princesa, você se comporta como um animal selvagem.

Ela arranhou as costas dele em resposta, e ele apenas a levantou. Elara gritou e se mexeu, os cabelos balançando enquanto o chão ficava mais perto dela. Por fim, vendo que seus esforços eram em vão, deixou o corpo mole e se contentou em planejar todas as formas como o machucaria quando ele a soltasse.

O céu estava amarelo como manteiga quando a Luz começou a chegar no pico do meio-dia. Quanto mais percorriam as ruas empoeiradas da cidade, mais dourado e branco adornavam todos os prédios à vista. Eles pareciam brilhar de dentro para fora, da mesma forma que Enzo, as pedras lisas e frias enfeitadas com elaborados mosaicos. As construções mais grandiosas pelas quais passaram – museus, fontes e outros monumentos – eram todas esculpidas com figuras detalhadas. Algumas eram a Estrela Padroeira da terra, Lyon, uma figura esguia e lustrosa usando a pele de um leão alado. Outras eram belas mulheres, santos, mártires e criaturas míticas. Nem em Asteria, uma terra conhecida por sua beleza escura, eles tinham esse tipo de arte.

Embora, justiça seja feita, Elara estivesse vendo tudo de cabeça para baixo.

Ela praguejou outra vez, batendo com os punhos nas costas de Enzo, mas ele apenas riu.

– É uma graça, de verdade, sua tentativa de me machucar.

– O que há de errado com ela? – perguntou uma pessoa que passava, apontando para ela com o queixo.

– Escapou de um dos hospícios kaosianos – Enzo respondeu, balançando a cabeça. – Estou a levando de volta agora.

Elara o xingou, e Enzo apenas riu enquanto continuava a carregá-la pelas ruas.

Eles chegaram ao fim da feira e as ruas voltaram a ficar mais largas, o cheiro de temperos e ervas no ar dando lugar para o perfume de flores veranis e pedra quente. Ela respirou o ar seco, tentando banir seu desconforto.

Enzo parou diante de uma porta azul-cobalto com um olho em azul-celeste, branco e preto entalhado no centro. O olho encarava Elara, e ela repeliu um tremor. Um menino pequeno de cabelo cacheado estava jogando uma bola contra a parede ao lado, e ela viu Enzo acenar com a cabeça.

– Olá, Rico – ele disse para o garoto. – Ela está?

O garoto abriu um sorriso com dentes separados e fez que sim com a cabeça.

– Olá, príncipe – ele disse, e franziu a testa para Elara. – Quem é ela?

Enzo a colocou no chão, sem cerimônia. Ela conteve uma palavra feia enquanto tirava a poeira do corpo.

— Ah, essa daqui? É um problema, é isso que ela é.

Rico riu enquanto Elara revirava os olhos.

— A senha é a mesma da última vez? — ele perguntou ao garoto.

Rico fez que sim novamente, e Enzo caminhou na direção do olho da porta.

— Três de Espadas — ele disse.

O olho piscou, para o horror de Elara, e a porta azul se abriu.

Um corredor vazio e escuro, que levava para o interior do prédio, os recepcionou. Enzo a guiou por ele.

Assim que os olhos dela se ajustaram ao espaço escurecido, Elara foi atingida pelo odor enjoativo de um incenso que flutuava pesadamente ao redor dela, sufocante e cheirando a magia. Os dois percorreram o estreito corredor até uma sala mal iluminada, a chama de velas filtrando uma luz roxa no espaço indefinido. Uma figura estava sentada de pernas cruzadas em uma cadeira, com o rosto virado para baixo, estudando o leque de cartas diante dela. Elara espiou as cartas por sobre o ombro de Enzo. E as reconheceu como o infame baralho Stella, um grupo de cartas com representações das Estrelas, suas armas e seus reinos. Ele podia ser usado para jogos como Bardo, ou até mesmo para tentar prever o futuro. Mas era mais conhecido para invocar uma Estrela, e para isso bastava derramar sangue sobre uma carta relevante.

O estômago de Elara revirou e ela voltou sua atenção para o restante do ambiente. Dava para ouvir o som de uma panela borbulhando, e foi só quando ela começou a apitar que a mulher misteriosa ergueu os olhos.

— Oi, Iz. — Enzo deu um beijo no rosto da mulher. Um sorriso fácil se abriu em seu rosto, e o lábio de Elara se curvou com desdém. Ele jogava charme para quem fosse.

— Olá, querido — Isra respondeu.

O sotaque da mulher era mais cortante e gutural do que a voz lírica de Enzo. O cabelo estava preso em tranças de guerra ao estilo svetano; os padrões intrincados serpeavam seu couro cabeludo em tranças pretas entremeadas com cristais de topázio e que se estendiam até bem abaixo da cintura. A vidente ainda não tinha se dado ao trabalho de olhar para Elara, que sentiu uma indignação real começar a crescer. Quando estava prestes a entrar na frente de Enzo e se apresentar, os olhos de Isra se voltaram para ela, imobilizando-a. Seus olhos eram de um castanho cativante, mais claros do que os da maioria dos helianos, e contrastavam com sua pele marrom. Ela era estonteante.

— Você era esperada — ela disse para Elara, que deu um passo cauteloso à frente.

– Isra, esta é Elara. A garota que quero que você ajude.

Um olhar carregado passou entre eles. Elara percebeu, arqueando uma sobrancelha.

– Garota? Você quis dizer rainha?

Os olhos castanhos de Isra, transformados em um redemoinho de verdes e marrons, irradiavam calor como um campo de verão.

– Enzo nunca teve muita educação. Eu tive que incutir isso nele.

Um som de diversão saiu de Elara contra sua vontade.

– Ele certamente não foi muito educado comigo.

Isra o censurou, colocado as cartas de lado em uma pilha organizada. Depois colocou vários potes sobre a mesa e acrescentou as ervas que estavam neles a uma tigela de pedra. Seus dedos dançavam, conhecendo cada planta sem olhar.

– Enzo – ela o repreendeu. – Você tem o costume de ser muito mais charmoso com mulheres bonitas.

– Bonita? Eu não tinha notado – ele murmurou.

– Sim, Enzo, deve achar que crescem escamas sob meu vestido, e chifres em minha testa, tudo porque sou asteriana.

Isra jogou a cabeça para trás e riu.

– Ah, gosto de *você*. – Ela deslizou o olhar frio para Enzo. – Agora entendo por que tentou escondê-la de mim.

Enzo apenas revirou os olhos enquanto apoiava uma perna na parede e se inclinava para trás. Isra piscou para Elara.

– Sente-se, Vossa Majestade. – Ela apontou para uma cadeira de madeira enquanto se levantava, passando por um pequeno arco para ir até onde a chaleira apitava. – Aceita um chá?

– Sim, por favor – Elara respondeu, sedenta depois da caminhada na cidade.

– Pode ser de hortelã?

– Está ótimo, obrigada – Elara respondeu.

– Como você gosta, Elara?

– Com mel. – A voz de Enzo pareceu áspera atrás dela. – Duas colheres.

Elara ficou paralisada. Ela se virou para observá-lo, mas Enzo estava fazendo a cara feia de sempre, observando o quadro de montanhas cobertas de neve logo acima da cabeça da jovem.

– Como você sa…?

– Então, Elara – Isra interrompeu da cozinha, cortando a pergunta. Dava para ouvir o som de xícaras de chá e colheres batendo. – Por que precisa de minha ajuda?

O calor subiu pelas bochechas de Elara, e ela se concentrou na mesa de madeira desgastada enquanto falava:

– São as minhas sombras. Não consigo acessá-las.

O medo estava começando a pingar como veneno em suas entranhas. Enzo falou:

– Tentei descobrir um jeito de desbloquear. Mas não consigo decifrar, são muitas malditas sombras.

Elara olhou feio para ele. Isra reapareceu com uma caneca nas mãos, e a entregou para a jovem.

– E por que quer desbloquear suas sombras? – ela perguntou.

– Como assim? – perguntou Enzo. – Você conhece os planos do meu pai. É para ela matar Ariete.

Isra lançou um olhar contundente para Enzo.

– Não você, seu tolo. Estou perguntando para Elara.

A mulher se virou novamente para Elara enquanto Enzo esbravejava de indignação.

– Por que *você* quer manipular suas sombras? – ela perguntou com delicadeza.

Elara ultrapassou com dificuldade o pânico que tinha começado a surgir.

– Porque elas são parte de mim, e andar por aí sem conseguir usá-las é como ter membros fantasmas. – Ela tomou um gole de chá para tentar impedir a rouquidão em sua voz. – Porque eu nunca mais quero me sentir indefesa.

Isra a olhou com frieza.

– Humm. Há uma ferida profunda em você, Elara.

Elara desviou os olhos.

– Não quero fazer isso.

Isra olhou para Enzo.

– Talvez seja melhor a trazer de volta quando ela estiver pronta.

– Só se for por cima do meu cadáver – Enzo retrucou. – Se não encontrarmos a causa do bloqueio dela, não vamos encontrar a cura. Meu pai não vai nos dar mais tempo. Você vai decifrá-la agora, e essa é uma ordem real.

Os olhos de Isra eram puro gelo quando olhou para Enzo com os lábios tensos.

– Se é *uma ordem real*, suponho que eu deva cumpri-la, Vossa Alteza – ela disse.

Quando voltou a olhar para Elara, sua expressão suavizou.

– Elara, você não tem nada a temer. E eu lhe dou minha palavra de que nada será usado contra você. Sinto muito ter que fazer isso sem que esteja pronta. – Ela parecia sincera. – Mas Enzo é meu príncipe. E um pé no saco.

– E se eu me recusar? – Elara indagou, forçando sua voz a permanecer estável.

Os olhos de Enzo encontraram os dela, prendendo-a na cadeira.

– Então não vai ter nenhuma chance contra Ariete.

Ela voltou a olhar para Isra, o corpo inteiro rígido.

– Você vai usar a Luz em mim? – Elara perguntou.

– Não – Isra respondeu. – Eu não possuo a Luz. Herdei do meu pai os dons de um oráculo. Para procurar respostas, ver vislumbres da alma, do passado, presente e futuro. Mas também sou metade svetana. De minha mãe... herdei um tipo mais obscuro de visão. Uma que pode se comunicar com os mortos. Assim como uma magia, fria e poderosa... – Ela se interrompeu, passando a mão nos cabelos.

Sincelos se formaram diante dela. Claros como cristal e brutalmente afiados. A temperatura da sala começou a cair. Então, com um toque, Isra terminou de triturar suas ervas enquanto Elara tentava conter um arrepio.

– Se puder fazer o favor – ela apontou para Enzo, que se afastou da parede.

O príncipe movimentou o pulso e as ervas se acenderam, liberando um perfume terroso e pungente enquanto queimavam. A fumaça envolveu Isra conforme ela a inalava.

Isra estendeu os braços, palmas das mãos para cima, e Elara as segurou, tentando não tremer. O toque de Isra era congelante. No instante que tocou Elara, a vidente respirou fundo. Seus olhos ficaram anuviados, tornando-se brancos e leitosos. A princesa estremeceu, mas continuou segurando nas mãos dela enquanto Isra murmurava em uma língua que ela não reconhecia. Tinha o mesmo tom gutural do svetano, mas a língua soava arcaica e poderosa. As velas ao redor dela tremeluziam, lançando uma escuridão intermitente.

Elara sentiu a magia de Isra se acomodar sobre ela com gentileza, como um cobertor de neve. Luz, pura e limpa. Quando fechou os olhos, sentiu que Isra procurava com hesitação, uma geada rastejando por sua alma, tentando transpor as sombras.

Esconda a caixa. Esconda a caixa.

A respiração de Elara acelerou, se transformando em arfadas rasas quando o pânico tomou conta. Ela apertou os olhos com firmeza.

Isra silenciou, e Elara sentiu quando a frieza que a vasculhava deu de cara com a caixa, a temperatura da sala à sua volta caindo severamente. A magia de Isra não parou, e uma pressão estranha se instalou na cabeça de Elara enquanto o gelo estudava uma forma de entrar na caixa.

– Não – Elara disse. Mas Isra perseverou.

As sombras que envolviam a caixa tentaram combater o gelo, mas eram inúteis, presas como estavam, dentro de Elara, e o gelo continuou a trabalhar até a caixa se abrir um pouco.

Uma verdade escapou, a mesma que Elara havia tentado com tanto afinco enterrar.

A magia de Isra fez uma pausa quando viu a memória. Lágrimas escorriam pelo rosto de Elara, ela podia senti-las, pois estava ao mesmo tempo dentro e fora de seu corpo. Uma camada fria de gelo recobriu a memória com cuidado, e ela foi recolocada, com toda gentileza, na caixa. Quando ela fechou, a jovem voltou a respirar normalmente. Mas assim que a magia de Isra começou a recuar, quando a viu abrir um caminho para fora, uma luz prateada brilhou dentro dela e fincou os dentes na magia de Isra.

– Elara?! – Ela ouviu Enzo dizer.

Ela abriu os olhos e encontrou uma brisa gelada preenchendo a sala. Os olhos de Isra ainda estavam brancos e o gelo estava tomando seu corpo inteiro com rapidez. Ela tremeu quando a temperatura caiu bruscamente.

– Que merda foi essa? – ela indagou, a voz aguda em pânico.

– O quê? – Enzo perguntou. – O que está acontecendo?

Mas Isra gemeu, e apertou Elara com mais força.

– Enzo! – Elara soltou um grito estrangulado.

As velas se apagaram, mergulhando-os na escuridão.

– Merda. – Ela ouviu Enzo se mover. Um raio de luz brilhava atrás dela conforme ele iluminava a sala e, pela primeira vez na vida, Elara não a temeu.

Isra gemeu, colunas de névoa ártica saíam de sua boca. Elara tremeu quando a mão forte de Enzo se apoiou em seu ombro, e ela sentiu a luz dele permear seu ser. Suave e quente, foi derretendo o gelo que se formava em seus membros. Suas sombras giraram rapidamente dentro dela, borbulhando cada vez mais para cima, e depois de mais uma respiração, dois filetes pequenos de escuridão saíram de suas mãos, serpeando ao redor das mãos dela e de Isra.

– Estrelas – Enzo sussurrou.

– Não se mexa – Elara disse. Ela não tirou os olhos de suas sombras, filetes gêmeos, apenas um pouco maiores do que o que avistara em sua sacada na noite anterior.

– Não vou me mexer – ele murmurou, apertando de leve.

Isra gemeu, um som baixo e choroso que logo se tornou um lamento de agonia. O olhar de Elara se voltou para ela, suas mãos ainda dolorosamente presas pelas mãos da vidente. O oráculo balançava para a frente e para trás, falando em línguas mais rápido do que antes, a cabeça sacudindo de um lado para o outro, olhos ainda leitosos e translúcidos.

Elara tentou se afastar, mas Isra a agarrou com mais força, puxando-a para perto. Os filetes de sombra se dissiparam no ar, e a princesa soltou um grito de frustração. Gelo estava se formando sobre a mesa, mas queimavam quando tentavam se formar sobre os pulsos de Elara. A ventania uivava ao redor deles, o cabelo de Elara serpeando descontrolados na tempestade. Com um berro alto, vidro se estilhaçou. Elara gritou de terror quando os fragmentos brilhantes e afiados se espalharam.

– Elara! – Enzo urrou.

Ela sentiu o corpo do príncipe entrar na frente dela, uma parede de chamas se erguendo contra o ataque enquanto ela se abaixava. Vidro tilintou ao redor deles quando ele se virou.

– Você está bem? – ele perguntou, segurando o rosto dela entre as mãos, passando os olhos para ver se encontrava algum ferimento. Ela mal conseguia falar, ainda com as mãos presas nas de Isra, os dentes batendo a ponto de doer.

– Se-seu rosto, está sangrando – ela gaguejou.

Enzo passou o dedo em um corte sob o olho, afastando as preocupações dela. A raiva dele se voltou contra Isra.

– Isra! – Enzo berrou, batendo na mesa com muita força.

Chamas saíam dele em ondas, colidindo com a tempestade de gelo que assolava a sala. Ao atravessar Elara, a luz prateada que ela tinha visto – o que quer que fosse – tinha morrido. O vento parou na mesma hora. Os olhos de Isra voltaram a ficar castanho-claros, e ela piscou, respirando fundo várias vezes como uma mulher afogada encontrando terra firme. Elara tremia quando Isra desemaranhou suas mãos. O oráculo analisou o caos com cuidado, o gelo cobrindo tudo, as janelas quebradas e o sangue escorrendo do rosto de Enzo. Por fim, sua atenção parou em Elara. Mas o brilho fácil em seus olhos foi substituído por outra coisa.

Medo.

Elara passou as mãos trêmulas sobre o rosto, colocando os cabelos para trás. Enzo estava atrás dela, apertando o espaldar da cadeira com tanta força que a madeira rangeu.

– Que merda foi aquela, Iz? O que você viu? – ele questionou por entre dentes cerrados.

Elara sentia o calor irradiando dele, aquecendo a sala enquanto Isra lutava para controlar seus poderes. A vidente passou um longo tempo olhando para a mesa, com a respiração ofegante, antes de responder:

– Eu vi por que as sombras de Elara estão bloqueadas.

– Por quê? – ele perguntou.

– Acho que ela que deveria te contar – Isra respondeu em voz baixa.

Enzo deu a volta em Elara.

– Você sabia esse tempo todo?

Elara o encarou.

Ele praguejou, andando de um lado para o outro pela sala.

– O que mais? Viu mais alguma coisa, eu sei disso.
– Quando eu... quando estava tentando sair, alguma coisa fincou os dentes em minha magia. Um poder que eu nunca tinha encontrado antes.
– Vindo de mim? – Elara quis saber.
Isra confirmou com a cabeça.
– A princípio, vi escuridão depois de suas sombras. Tanta que começou a me afogar. Mais escuro do que o preto. Não era uma cor. Era a ausência dela. Então uma luz me atacou. Prateada. Mas fria. Tão fria que queimava. Só senti esse tipo de poder em uma coisa antes. Mas é impossível.
– Droga, Isra, no quê? – Enzo resmungou.
Isra olhou para o chão, respirando fundo, trêmula.
– O único frio assim que já senti veio dos mortos.
A sala começou a girar enquanto Elara afundava na cadeira. Enzo, em silêncio, puxou outra cadeira e se sentou ao lado dela.
– O que isso quer dizer? – Elara perguntou.
Isra balançou a cabeça.
– Não sei. Minhas visões *sempre* estão corretas, mas nem sempre fazem sentido à primeira vista. – Ela mordeu o lábio, olhando para Enzo. – Teve mais uma coisa. Uma luz dourada se juntou à magia de Elara. Era tão ardente quanto a de Elara era fria. Juntas, as chamas ficaram pretas. E então, eu vi uma Estrela morrer.
– Isso é...
– É você, Enzo. Elara precisa de você pra matar um deus. Quando sombra e luz se combinarem, uma Estrela vai cair.

Enzo já tinha saído e Elara estava prestes a segui-lo, quando Isra a segurou.
– Elara?
A jovem se virou com rigidez. Ela não queria passar nem mais um minuto naquela sala.
– Você precisa contar a Enzo. Ele vai ajudá-la. Acredite em mim: se alguém vai entender, é ele.
– O que isso quer dizer?
– Apenas, por favor, confie nele.
Elara suspirou. *Por que todo mundo me diz isso?*, pensou.
– Tudo bem. Vou contar. E obrigada... pelo que fez lá dentro. O gelo...
Isra acenou com a cabeça.
– Por nada. E acho que você sabe que, no fundo, era o medo que estava contendo suas sombras. Mas a Luz não é a única coisa que você teme, é?

Elara paralisou.

– Eu vi a profecia.

Toda a calma aparente de Elara se dissolveu.

– Você sabe.

Isra inclinou a cabeça.

– *Você vai se apaixonar pelo Rei das Estrelas, e isso os matará.* É por isso que Ariete está te caçando. Não só porque você não pode ser morta por uma estrela. Mas porque…

– A profecia é sobre ele – Elara sussurrou. – E ele vai fazer qualquer coisa pra impedir que ela se concretize.

Capítulo Doze

QUANDO ELARA ALCANÇOU A RUA INUNDADA DE LUZ, Enzo estava ajustando a sela de um cavalo palomino de pelo brilhante, com outro aguardando paciente ao lado enquanto Rico acariciava seu focinho.

— Devolverei os cavalos hoje à noite — Enzo disse ao garotinho, e jogou um saco de moedas para ele.

— Adoro quando você vem nos visitar — Rico sussurrou, e Enzo riu, bagunçando os cabelos do menino.

Rico saiu correndo na direção dos estábulos, e Elara pigarreou.

Os olhos de Enzo escureceram quando ele se virou.

— Você mentiu pra mim — ele disse com a voz grave e perigosamente suave. Elara cruzou os braços.

— Sobre o quê? — ela perguntou com doçura.

— Eu juro pelas malditas estrelas — ele murmurou. — Esse tempo todo, você sabia o que estava impedindo suas sombras. Pode me contar por quê?

— Ou o quê? — ela indagou, irritada, colocando o pé em um estribo. Com um movimento ágil de sua memória muscular se manifestando, ela montou o cavalo. — Vai me obrigar a falar do mesmo jeito que me obrigou a me encontrar com Isra? Do mesmo jeito que você obrigou *Isra* a espreitar minha pior e mais vulnerável lembrança contra a vontade de nós duas?

Ela estalou a língua e seu cavalo começou a andar.

— Aonde você está indo? — Enzo perguntou.

— *Eu* estou voltando para o palácio. Você pode ir pra onde quiser. Talvez para uma daquelas encantadoras casas de prazer pelas quais acabamos de passar. Ou talvez para aquela ponte lá em frente, para pular dela. — Ela continuou em frente enquanto Enzo praguejava.

— Que os deuses me ajudem, Elara, não me teste — ele gritou enquanto ela trotava pela rua, afastando-se dele.

— O que foi? Desculpe, não estou escutando! — ela gritou em resposta, e dobrou uma esquina.

Passos retumbaram atrás dela, e ela soltou um som frustrado quando Enzo a alcançou. Ele puxou as rédeas do cavalo dela, fazendo-o parar.

— Solte meu cavalo — ela disse, em um tom fatalmente baixo.

— Na verdade, o cavalo é meu. Paguei por ele. — Ele abriu um sorriso sarcástico quando agarrou a sela atrás de Elara e montou.

— O que você está fazendo? — ela perguntou.

— Algo que devia ter feito quando a conheci. Te colocando no seu lugar.

O cavalo trotou por Sol até os caminhos começarem a se alargar, o alvoroço se aquietando. Em vez de virar à direita na direção do palácio, Enzo continuou em frente.

— Para onde está me levando? — Elara perguntou.

Enzo respondeu apenas com uma risada obscura, e ela o atacou pela terceira vez, lutando para descer do cavalo, enquanto praguejava com violência.

Enzo também xingou, apertando o braço que havia passado em volta dela.

— Você é uma *peste* — ele disse. — A criatura mais ingrata que eu já conheci.

— *Ingrata*? Pelos céus, e eu lá tenho que te agradecer por alguma coisa?

— Estou tentando *ajudá-la*. Se você não me disser o que aconteceu com suas sombras, *vou ter* que te obrigar.

Ele deu um toque nas ancas do cavalo, que começou a trotar mais rápido enquanto o chão sob Elara começava a se inclinar para cima. As construções foram ficando mais esparsas conforme Enzo fazia o cavalo subir a colina. O cascalho deu lugar à grama depois que os prédios desapareceram por completo. O braço dele ao redor de Elara ainda a prendia com uma força que a impedia de se livrar dele, por mais que se contorcesse. Mais uma vez ela praguejou.

— Você tem a boca bem suja para uma princesa.

— Ah, como pode saber disso? — ela retrucou, procurando qualquer maneira de irritá-lo.

Ele a puxou, de forma que as costas dela ficassem totalmente coladas à frente de seu corpo. Elara nunca tinha ficado tão perto dele. Ele se inclinou, e um perfume âmbar envolveu seus sentidos. Então o *hálito quente* do príncipe em seu pescoço.

— Isso é um convite? — ele perguntou.

Ora, que droga. Se ao menos Enzo não respondesse a cada provocação dela com uma melhor. Sua mente se esvaziou enquanto cada solavanco do cavalo fazia seus corpos deslizarem juntos. Ela abriu a boca para retrucar, mas não conseguiu, então só se mexeu na sela.

– Pare de se contorcer – ele ordenou. Ela parou de resistir, e deixou que seu corpo relaxasse. – Boa menina. Você *sabe* cumprir ordens.

Ela olhou feio para a frente, e Enzo fez um som presunçoso quando a princesa agarrou a parte da frente da sela.

– Então pode *por favor* me dizer aonde estamos indo? – ela perguntou enquanto a colina ficava mais íngreme e o cavalo começava a diminuir o passo.

– Um lugar onde você não terá outra escolha além de dizer a verdade.

Ela sentia cada vibração no peito dele enquanto ele falava, sua voz grave vibrando contra a pele dela.

– Parece sinistro.

Ele riu, o que não ajudou. Elara manteve a postura rígida, tentando encostar nele o mínimo possível. Estava sentindo o sal no ar, e o caminho estava mais plano.

– Já resolveu confiar em mim?

– Isso dificilmente está me dando motivos pra…

Enzo emitiu um som entre os dentes e o cavalo começou a galopar.

– Está pronta pra me contar? – ele gritou sobre o vento.

Elara via a vegetação densa que se espalhava de cada lado. Ela não respondeu, mantendo mandíbula bem fechada, embora seu estômago revirasse com a velocidade que o cavalo corria.

A única coisa que a mantinha na sela era o braço de Enzo ao redor de sua cintura. Mais um som entre seus dentes e o cavalo começou a ir ainda mais rápido.

A vegetação foi rareando e, para o absoluto horror de Elara, ela viu o que havia na direção de onde estavam indo tão rápido. A beira de um penhasco.

– Enzo, isso não tem graça! – ela gritou ao compreender por que sentia gosto de sal no ar. Ondas quebravam lá embaixo, de ambos os lados do penhasco. O fim do caminho os aguardava.

– Está me vendo rir?

Ela esticou o pescoço por uma fração de segundo e vislumbrou seu rosto: testa franzida e olhos brilhando.

– Pare agora mesmo.

– Me diga por que você não pode usar suas sombras.

Elara gritou quando o cavalo derrapou, a beira se aproximando. O oceano implacável reluzia ao refletir a Luz da tarde. Eles estavam tão alto que o impacto seria fatal.

– Uma última chance, Elara, ou eu juro pelas Estrelas que vou jogar todos nós deste penhasco.

– Está bem! – ela gritou, bem quando apareceu a borda do penhasco. As palavras seguintes saíram confusas: – Tenho medo da Luz por causa do que aconteceu comigo quando eu era criança!

Enzo movimentou as mãos, e o cavalo parou, relinchando. Pequenos seixos saltaram de seus cascos, quicando sobre a beira do penhasco enquanto Elara tentava não vomitar. O príncipe estalou a língua entre os dentes mais uma vez, e o cavalo andou para trás.

– Seu maldito *lunático*! – ela exclamou. – Você quase nos matou!

Enzo apeou do cavalo e fez um trabalho terrível para esconder sua satisfação.

– Você está viva, não está?

Ela desceu do cavalo, foi na direção dele e tentou empurrá-lo. Não teve efeito nenhum.

– Seu *cuzão*! – ela gritou.

Ele a segurou pelos pulsos com uma das mãos quando ela os levantou para empurrá-lo novamente. Com a outra segurou seu queixo com força.

– Continue usando essa sua boca suja e eu vou lavá-la com sabão.

Ela ficou imóvel nas mãos dele, o peito ofegante. Os olhos dele se voltaram para os lábios dela, espremidos entre seus dedos, e depois foram de novo para os olhos.

– O que aconteceu para deixá-la com medo da Luz? – ele perguntou com mais calma.

Suas pernas tremiam. Elara se desvencilhou dele e se sentou sobre a grama morna e inspirou fundo o ar carregado de sal do mar. Estar perto da água a estava acalmando, agora que não estava prestes a mergulhar nela.

– Eu tinha 7 anos – ela contou. – E um dos preciosos soldados helianos de seu pai invadiu meu quarto. Matou três guardas e subiu pela sacada. Ele... – Um nó se formou em sua garganta, mas o gelo de Isra estava funcionando, porque o pânico de sempre não estava tão grande quando continuou. – Ele era um manipulador de luz. Minhas sombras tentaram me proteger. Mas eu era uma criança. – Ela odiou como sua voz falhou. – Elas não eram páreo pra ele. O homem me imobilizou e disse pra eu me arrepender. Me arrepender de adorar a Escuridão. Como não consegui falar, ele enfiou sua luz na minha garganta. Disse que me purificaria de dentro pra fora. Ela queimou tudo até chegar aos meus pulmões. Eu não conseguia nem gritar. Se não fosse por Sofia, eu teria morrido. Ela lutou contra ele. Tentou afastá-lo com suas sombras, até meu pai chegar e matá-lo imediatamente.

A princesa puxou algumas folhinhas de grama entre os dedos.

– Foram meses para os curandeiros repararem o dano. Levei um ano para voltar a falar. E mesmo assim, não reconhecia minha própria voz. – Elara pigarreou. – Aquele homem era um maldito fanático. Graças ao *seu* pai. Graças à propaganda que espalhou difamando nosso reino.

Enzo estava pálido, mas ela não conseguia suportar olhar para ele nem mais um instante.

– Então, pronto – ela disse, olhando para o mar. – Aí está sua verdade. Minhas sombras se fecharam dentro de mim aquela noite. Sempre que tento chamá-las, eu me lembro da Luz. Como me senti. O que ela fez. Está feliz agora?

– Sinto muito – o príncipe disse em voz baixa. – Eu não fazia ideia.

– Não preciso de sua pena – ela disse ao se levantar. – E é tudo por hoje. Se você não me levar de volta para o palácio, vou andando.

Enzo não disse nada quando a princesa montou o cavalo, então subiu com cuidado atrás dela, dando a Elara o máximo de espaço possível, e os conduziu em silêncio de volta ao palácio.

Capítulo Treze

As semanas seguintes não foram melhores do que os primeiros dias de Elara em Helios, mas também não foram as piores. A crueldade de Enzo foi substituída por um silêncio taciturno. Na verdade, se não estivessem conversando sobre os treinos, não conversavam sobre nada. O que estava bom para a princesa.

Ela não mencionou a Luz novamente. Nem ele a manipulou na frente dela. Em vez disso, ambos se concentraram em exercícios, combate corpo a corpo e em afiar as ilusões de Elara.

Enzo mostrou a ela como combinar organicamente sua magia com a luta. Ele a encorajou a ser criativa com suas ilusões, fazer o oponente ver uma ribanceira, ou uma montanha; fazê-lo sentir que está caindo, ou voando.

Seu dom de caminhar pelos sonhos também estava avançando. Na maioria das noites, ela fazia isso onde era possível. Em geral por entre os sonhos de empregados do palácio, que não suspeitavam de nada, ocasionalmente de Leonardo, e uma vez até de Merissa. A glamourizadora havia ficado encantada com esse sonho, e as duas tinham alimentado cisnes em um lago aphrodeano cor-de-rosa antes de Elara acordar.

Com relutância, a jovem caiu em uma rotina tranquila. Merissa passava para glamourizá-la, seguida por Leonardo – que insistia que ela o chamasse de Leo, como Enzo fazia. O general lhe entregava uma fruta que vinha direto do pomar de sua mãe, e depois a escoltava para o treinamento com o príncipe. Ele havia até começado a falar com ela com mais frequência, contando histórias sobre as partes do palácio pelas quais passavam, ou comentando sobre as esculturas e pinturas e o que elas simbolizavam. Depois de treinar com Enzo, ela aliviava suas dores nos banhos e ia para a cozinha mordiscar doces e se atualizar sobre as fofocas do palácio com Merissa. Depois ia para a cama, preparando-se para caminhar nos sonhos durante a noite mais uma vez.

Mas algo dentro dela sabia que essa paz não podia durar.

Ela voltara para sua sala do trono. Era seu aniversário. Seus pais choravam e Elara tremia.

— Tudo o que fizemos foi para protegê-la, filha – eles disseram.

— Como puderam esconder isso de mim?

Sofia, atrás dela, andava de um lado para o outro, nervosa, enquanto as sombras nas paredes ficavam mais escuras.

— Achamos que, se pudéssemos manter você aqui, protegida de Ariete, ele nunca descobriria.

O sonho mudou, e então a princesa estava dançando com Lukas, apenas algumas horas depois, dando voltas no salão de baile enquanto a profecia soava em sua cabeça. Uma carta ensanguentada tremulou até o chão, os céus piscaram em vermelho, gritos soaram, e Elara soube quem tinha descido dos Céus.

O Rei das Estrelas, tão extremamente belo que os olhos dela se encheram de água quando o viu. E aquele rosto perfeito e frio se transformou em raiva quando conjurou duas lâminas em um piscar de luz estelar e as enterrou em seus pais em um segundo.

Elara gritou, ajoelhando-se sobre eles enquanto o sangue ensopava seu vestido azul-claro de aniversário.

— Fiquei sabendo de sua pequena profecia – Ariete disse com a voz alegre e suave como mel, mas ainda assim tão cruel. – Não preocupe sua cabecinha adorável com isso. Vou garantir que isso nunca aconteça.

Luz estelar vermelha brilhou dele, e corpos começaram a cair no salão de baile. Ela gritou, procurando Sofia e Lukas com os olhos, antes de a luz a cegar. Mas enquanto via os corpos de seus pais e dos outros convidados mortos se desintegrarem, a luz estelar apenas passou sobre ela.

Ele ficou parado, os olhos brilhando.

— Impossível – sussurrou.

E então ela correu.

Elara acordou do pesadelo, levantou dos lençóis ensopados de suor, cambaleou às cegas até as portas da sacada e as abriu.

O ar agradável da noite soprou sobre ela, e a jovem respirou fundo, com as mãos pressionadas no mármore liso e frio da sacada. O céu sobre ela era de um vermelho profundo, o que significava que estava no meio da noite em Helios. Enquanto ficava ali parada, a dor das lembranças do pesadelo desapareceram aos poucos, mas as palmas de suas mãos ansiavam com o desejo de se livrar da energia agitada que tinha se formado. Sem mais nada para fazer e a mente desperta, Elara praticou suas ilusões.

Entre as mãos, começou a criar um leão alado em miniatura. Para acalmar os pensamentos, concentrou-se em copiar com apuro a ilustração do livro, ainda aberto onde ela o havia deixado na noite anterior, garantindo que sua juba tivesse mechas douradas e escarlate; e que as asas fossem emplumadas com penas brancas e lustrosas. Quando terminou, até acrescentou a ilusão de fogo a ela, e o pequeno leão ficou andando de um lado para o outro ao longo da sacada enquanto cuspia fogo.

Ela olhou ao redor. Nos últimos dias, Enzo estava lhe ensinando como jogar suas ilusões. Fazer sua magia alcançar grandes distâncias. A princesa olhou para uma das sacadas do outro lado do jardim, em frente à dela, e pegou sua ilusão.

– Perfeito – ela murmurou.

Se conseguisse fazer seu leão alcançar o outro lado do palácio e voltar, sem se desfazer, ela se permitiria voltar a dormir.

Com um pequeno solavanco, o leão abriu as asas e pairou sobre o jardim, reto como uma flecha, até empoleirar-se na sacada do outro lado. A empolgação tomou conta dela. Elara estava prestes a conduzi-lo de volta quando as portas se abriram e uma figura saiu na sacada com a respiração pesada. Ela ficou imóvel, braços diante do corpo. A figura se apoiou na curva da sacada, com um lado do rosto oculto enquanto olhava para o céu. A jovem estreitou os olhos, a distância e a escuridão dificultado identificar quem era. Mas então a pessoa levantou a mão, colocando os cabelos para trás, e ela reconheceria aquele gesto em qualquer lugar.

– Pelo amor das estrelas, por que eu?

Ela lançou um olhar venenoso para o céu. Se permanecesse totalmente imóvel, talvez Enzo não a notasse. Ele parecia preocupado, a cabeça ainda inclinada para as estrelas, a expressão sombria. Mas estava tão longe que ela podia só estar imaginando. Elara deu um passo hesitante para trás, depois outro. Ela ia conseguir.

Então o leão se acendeu com as chamas com que ela o havia agraciado.

Era imaginário, é claro – ele não sentiria o calor –, mas Enzo não era *cego*. Ela forçou todos os músculos de seu corpo a paralisarem enquanto se encolhia. O príncipe olhou para a criatura, franzindo a testa. Depois olhou em volta. Seus olhos captaram a figura dela, e ele ficou imóvel.

É melhor aceitar, ela pensou, fazendo uma careta ao levantar a mão em um aceno desanimado. Ouviu uma risada suave ecoando na brisa da noite quando ele ergueu a mão em resposta.

Enzo olhou para o leão de novo, apontando para ele como se perguntasse: "Foi você?".

Como ela não podia gritar para o outro lado do jardim, apenas levantou as mãos para movimentar o pequeno *mythas*. Quando o fez voar de volta para ela, viu que o príncipe fez uma simulação de palmas e Elara estreitou os olhos.

Seu leão desapareceu com um brilho, e ela ficou olhando para ele do outro lado do jardim enquanto ele a olhava.

Sem tirar os olhos dela, Enzo dobrou um dedo, e Elara se surpreendeu quando um fluxo fino de luz atravessou o pavilhão e as barras de sua sacada. Ele formou letras projetadas nos ladrilhos, e a princesa as leu.

Muito bem.

Ela riu, voltando a olhar para ele.

As mãos dele giraram outra vez, e as letras mudaram.

O que você está fazendo aí fora? Além de ficar babando nos meus músculos.

Elara olhou para ele, horrorizada.

– Não estou – ela sussurrou, e o ar noturno estava silencioso o suficiente para sua resposta ter ecoado pela noite até ele. Enzo beijou um bíceps, sorrindo.

Então sua mão se moveu de novo.

Andei pensando muito nos últimos dias sobre o que Isra disse.

Elara prendeu a respiração. As letras mudaram de novo.

Acho que devemos tentar com suas sombras outra vez.

Os olhos dela voaram até os de Enzo.

Ele levantou as mãos em súplica, antes de girá-las pelo ar mais uma vez. A frase seguinte dizia:

O medo é só um monstro, Elara. E monstros podem ser destruídos.

Capítulo Catorze

— É O QUE EU QUERO. DESEJO DESTRUIR OS MONSTROS.

Elara abria e cerrava os punhos enquanto olhava para Enzo, que estava esperando por ela em seu lugar de sempre, no fim da grande escadaria, pronto para treinar. Poucas horas haviam se passado depois da conversa silenciosa através do jardim; e ela tinha passado o restante da noite acordada, pensando no que ele havia dito.

O príncipe estava certo. Elara não podia mais deixar o medo controlar sua vida.

Leo, que a havia escoltado como de costume, começou a bater palmas lentamente.

— Eu sabia que os discursos inspiradores de Enzo chegariam até você mais cedo ou mais tarde.

Elara revirou os olhos enquanto Enzo a observava.

— Sério?

Ela fez que sim com a cabeça de maneira resoluta.

— Bem, princesa. Por fim parece que você tem alguma determinação.

Era a primeira vez que Elara via de fato os jardins reais, que ficavam do lado oposto do palácio em relação a seu quarto. Ela acompanhou Enzo através de um arco, passando por sebes muito bem aparadas.

— Eu queria te mostrar como a Luz é adorada em meu reino. Como é usada para outras coisas, que não a violência.

A princesa tentou relaxar os ombros enquanto olhava para os belos canteiros que se estendiam em fileiras.

Diferentes trabalhadores do palácio estavam ajoelhados na terra, alguns cavando, ou plantando sementes, outro com as mãos espalmadas e emitindo luz.

Enzo seguiu na direção de uma mulher mais velha, os cabelos brilhando em cachos bem pretos, entremeados por dourado. Ela se virou quando ouviu o príncipe se aproximar e sorriu.

– Meu filhotinho – ela disse, se levantando. Seus olhos castanhos e quentes eram familiares.

– Tia – Enzo disse com ternura, beijando a cabeça dela. A mulher olhou para Elara com expectativa, e o rapaz se virou.

– Ah, está é Nova – ele mentiu. – Uma convidada de meu pai. Só estou mostrando os jardins do palácio. Nova, esta é a mãe de Leo, Kalinda.

Elara sorriu, apertando a mão dela.

– Então é você que cultiva os melhores pêssegos que já comi?

Enzo a questionou com a testa franzida, mas Kalinda jogou a cabeça para trás e riu, juntando as mãos.

– Estava mesmo querendo saber por que meu filho anda roubando pêssegos. Por isso, você pode ficar com este daqui. – A mulher estendeu a mão até uma árvore carregada de frutas. – Recém-colhido.

Ela passou um para Elara, a luz ainda quente sobre sua pele.

– Obrigada – Elara disse com sinceridade.

– Qual a sua magia, querida? Se um dia quiser ajudar, agora já sabe onde eu fico.

– Ela é vidente – Enzo mentiu rapidamente. – Como Iz.

Elara estreitou os olhos para o príncipe quando Kalinda riu.

– Ah, querida Isra. Aquela garota matou quase todos os meus vegetais com sua geada. Ela não tinha jeito nenhum pra cuidar de plantas.

– Vou dizer para ela vir até o palácio pra te ver em breve – Enzo disse, apertando a mão dela. – É melhor continuarmos com o passeio.

Kalinda deu um beijo no rosto dele, e abaixou a cabeça para Elara.

– Foi um prazer conhecê-la, Nova.

– O prazer foi todo meu – Elara sorriu.

– Pêssegos? – Enzo perguntou quando a mulher já não podia mais ouvi-los.

– Leo me leva um todas as manhãs.

– É mesmo? – Enzo disse com firmeza. – E quando foi que ficaram tão próximos?

– Ele quis me agradecer por... – Elara fez uma pausa e olhou ao redor, garantindo que mais ninguém pudesse ouvi-los – ...uma coisa que eu fiz por ele.

Enzo olhou para ela, confuso.

– O que foi que você fez por ele?

– Caminhei no sonho dele. Por acidente. E o sonho que estava tendo era... sobre a primeira vez que ele entrou no palácio.

Os olhos de Enzo escureceram.
– Então você sabe o que ele fez?
Ela confirmou.
– E não contou pra ninguém?
Elara deu de ombros.
– Não é meu papel contar.

Enzo ficou olhando um bom tempo para ela antes de continuarem até os pomares, onde mais manipuladores de luz estavam usando sua magia para ajudar as plantas e flores a crescer.

– Temos uma das melhores variedades de Celestia, graças à nossa luz – Enzo explicou. – Os verdanos, é claro, são os mestres quando se trata da terra. Mas somos o segundo melhor lugar; podemos cultivar quase qualquer tudo em Helios.

Ele parou diante de um canteiro de flores.
– Está pronta para o seu primeiro teste?
Elara respirou fundo, assentindo.

Enzo se agachou. Era bizarro. Aquele príncipe arrogante estava ajoelhado na terra, e seus cortesãos e empregados nem piscaram o olho ao ver a cena.

Ela se acomodou com cuidado ao lado dele, e Enzo ergueu as mãos. A luz brilhou delas sobre um canteiro do que parecia solo vazio. A jovem ficou tensa ao ver aquilo, mas não recuou.

E então, para sua admiração, pequenos brotos verdes surgiram do solo. Enzo fez a luz ficar um pouco mais brilhante, e flores começaram a nascer sobre os caules, pequenas pervincas.

Não-me-esqueças.

Do nada, elas floresceram. Elara observou Enzo as colher, e ele entregou o pequeno ramalhete para ela.

– Sinta-as – ele ordenou. – Elas não podem machucá-la, podem?

A princesa pegou as flores, sentiu a suavidade aveludada das pétalas, o calor da magia dele.

– Pronto – ele disse, quando ela colocou as flores atrás da orelha. – Você acabou de tocar em algo criado pela Luz.

Elara manteve as não-me-esqueças pressionadas dentro de sua cópia de *Os mythas de Celestia*. Em todos os dias que se seguiram, Enzo gradualmente a ajudou a ficar mais confortável perto do elemento que temeu a vida toda. Ele a levou para o Bairro das Lamparinas, onde alguns dos mais talentosos artesãos que ela já havia visto criavam as luzes que flutuavam pelo palácio, piscando em vários tons de damasco, bronze e dourado. Também visitaram o Quarteirão das Horas, onde os mostradores esculpidos em bronze tinham um núcleo luminoso que refletia a Luz para marcar o tempo.

Visitaram um museu, onde Enzo mostrou como as incríveis esculturas que enchiam a cidade eram esculpidas com o mesmo tipo de luz que ele manipulava. Aonde quer que fosse, o príncipe era adorado e reverenciado. Ele era caloroso, charmoso e galante. Mas nenhum cidadão o temia. Não como acontecia com o povo de Asteria.

Entre os passeios por Helios, eles treinavam. Enzo continuava exigente fisicamente, mas tinha parado de vomitar seu amargor costumeiro. Dessa forma, Elara conseguia se concentrar mais em desenvolver técnica e resistência, o desarmando cada vez mais.

Ele não tinha voltado a tocá-la com sua luz. Ela ainda não tinha pedido para ele fazer isso.

E então, outro pesadelo a atormentou, outra memória desagradável.

— *Apenas tente, Lara. Não entendo por que você não consegue. O incidente foi há anos.*

Lukas andava tendo dores de cabeça terríveis, e com isso ficava mais cruel e irritadiço a cada semana. Sua paciência havia acabado lentamente. E Elara entendia por quê. Ela era inútil. Dezoito anos tinham se passado, e não havia nem um filete de sombra à vista.

— *Como espera se tornar rainha, se não manipula um de seus poderes mais importantes?*

Lágrimas rolaram pelo rosto dela, e Lukas jogou as mãos para cima, exasperado.

— *Você é sensível demais, Lara.* — *Ela continuou a chorar, e os olhos dele suavizaram.* — *Sinto muito* — *ele murmurou, beijando o rosto dela.* — *São essas dores de cabeça. Mestre Divinet acha que tem alguma coisa a ver com minhas sombras. Mas eu só... Elara, eu a amo. Eu só quero o que é melhor pra você. Você sabe disso, não sabe? Quando subir ao trono, muitos asterianos verão isso como uma oportunidade para desafiá-la, a menos que não demonstre nenhuma fraqueza. E essas emoções... são exatamente isso. Fraquezas.*

— *Pela primeira vez, concordo com Lukas* — *Sofia disse da porta. Lukas suspirou e saiu, desaparecendo como sempre fazia perto de Sofia.*

— *Ele é muito ciumento, Lara. Muito possessivo em relação a você* — *Sofia disse, aproximando-se.*

Elara secou as lágrimas. Não queria brigar com a amiga, então permaneceu em silêncio.

– Mas essas suas emoções – Sofia disse gentilmente. – Posso ver como elas a machucam. Você precisa aprender a colocá-las numa caixa. Trancá-la e jogar a chave fora. Vai se afogar em seus sentimentos se não tomar cuidado.

Elara fungou.

– Eu sei.

Sofia alisou os cabelos da princesa.

– Apenas tente. Veja se ajuda.

Elara acordou com um solavanco. O coração ainda batendo forte, quando saiu da cama e correu até a sacada, o que estava se tornando hábito, para respirar o denso perfume de dama-da-noite que pairava no ar.

Suas emoções estavam vazando para fora da maldita caixa. Na verdade, nas últimas semanas estava cada vez mais difícil fechar a tampa.

Fechando bem os olhos, ela respirou fundo e soltou o ar enquanto dobrava seus sentimentos de maneira ordenada, exatamente como Sofia havia lhe ensinado. Estava cansada desses pesadelos. Cansada do medo que a seguia a cada passo. Ela tinha feito algum progresso, sim, mas não era suficiente.

Quando abriu os olhos, viu Enzo na sacada de seu próprio quarto, olhando para a frente. Como se soubesse. Como se estivesse esperando.

Ela acenou com a cabeça para ele.

Ele acenou em resposta.

Naquela noite, suas sombras estariam livres mais uma vez.

Capítulo Quinze

ERA O MEIO DA NOITE, e Elara estava no mesmo penhasco de que o príncipe quase os havia jogado semanas antes.

O céu brilhava em cor de vinho, banhando o penhasco com faixas vermelhas. Enzo tinha subtraído apenas um cavalo do palácio, para o desgosto de Elara, já que teriam que dividi-lo mesmo depois do que acontecera da última vez.

— Você tem certeza? — ele perguntou, abrindo e cerrando o punho. Luz se espalhava e diminuía, acompanhando o gestual, e a princesa confirmou com a cabeça.

— Quero que você me ataque com sua Luz.

— E se as sombras não vierem?

— É o que mais tenho revirado na minha cabeça. Fico pensando por que minhas sombras ficaram presas naquela noite, pois quando minha magia pensou que eu morreria, ela lutou. Minhas sombras tentaram me proteger da luz daquele fanático. Depois daquela noite, nunca mais consegui invocá-las, mas também não fiquei numa posição em que acreditava que fosse morrer. Mesmo com Ariete, eu já sabia da profecia. Sabia que não morreria, então minhas sombras não vieram.

Enzo passou a mão nos cachos enquanto puxava a espada, jogando-a de uma das mãos para a outra.

— Então eu tenho que tentar matá-la?

Elara sorriu.

— Não vai ser tão difícil. Tenho certeza de que você pensa nisso todo dia.

Enzo empurrou a bochecha com a língua e uma determinação tomou conta dele.

— Tudo bem. Mas precisamos de uma palavra de segurança, caso seja demais, ou você mude de ideia...

— Não — Elara respondeu. — Sem palavra de segurança, sem saída. Você tem que tentar me matar. E com vontade.

Ela ergueu a própria espada com facilidade, e a apontou para o penhasco.

— Mesmo que eu implore, mesmo que suplique, você me direciona bem pra ponta do penhasco. Me faça pensar que vai me jogar dele. Você já me obrigou a dizer a verdade. Agora quero que me obrigue a usar minhas sombras.

Enzo estalou o pescoço, e um véu caiu sobre ele. Chamas acenderam em seus olhos, e o medo começou a bater no coração dela.

– É melhor isso funcionar – ela murmurou para si mesma, e então Enzo atacou.

A espada do príncipe emitiu Luz, banhando todo o penhasco enquanto lutava com a noite profundamente escarlate. Elara resmungou ao desviar do golpe dele. Enzo estava pegando leve no seu treinamento. Ela não era páreo para a força bruta do príncipe Lorenzo, o todo poderoso filho da Luz. O braço dela cedeu para baixo com a violência do ataque e sua espada caiu, deixando-a sem defesa. Seus instintos de sobrevivência entraram em ação quando jogou um bando de morcegos ilusórios sobre Enzo. Ela foi pegar a espada enquanto o príncipe destruía os morcegos, mais uma vez avançando. Elara caiu no chão com as mãos espalmadas e forçou suas ilusões sobre ele. Enzo cambaleou quando viu um mar de grama agitado e cambiante, exatamente como ela havia mentalizado.

Mas o rapaz saltou com habilidade na direção dela e a derrubou no chão, fazendo-a perder o fio de sua ilusão.

Elara levantou a espada para bloquear o golpe, mas ele puxou o pulso dela e a princesa gritou quando ele a forçou a soltá-la.

O príncipe pressionou a ponta da espada contra o coração acelerado dela, deixando Elara sem fôlego. E, então, a ponta da espada se encheu de luz.

Ela gritou quando a luz a envolveu. Ficou trêmula, a memória muscular assumindo o controle ao colocá-la de volta no lugar em que havia estado dezoito anos antes. Elara gemeu, mas Enzo apenas rangeu os dentes quando mais luz se derramou sobre a jovem.

Mas não havia calor na luz dele. Não havia dor.

– Por que não está me machucando? – ela gritou.

– Não deveria precisar queimá-la de dentro pra fora – Enzo sussurrou. – Por que não está funcionando?

Ela rolou de lado e a luz dele diminuiu.

– Acho que eu não acredito que você vai me matar de verdade.

Enzo cerrou os dentes ao se afastar.

Elara se levantou.

– Pare. De. Se. Conter. – Ela ergueu a espada novamente. – O que foi? O leão ficou mole?

Enzo fez um som de alerta e levantou a arma. Elara dançou ao redor dele, golpeando e dissimulando enquanto o príncipe defendia seus golpes com facilidade.

– Sei o que você está tentando fazer – ele disse conforme chegavam cada vez mais perto da beira do penhasco. – Eu juro, Elara. Se você cair do penhasco, eu não vou atrás de você.

— E por que deveria? Achei que odiasse asterianos. — Ela cuspiu nos pés dele, e Enzo resmungou, o golpe contra a espada dela mais forte dessa vez, a luz que explodia do aço a cegando por um momento.

— Achei que me odiasse — ela disse, e avançou outra vez ao lançar a ilusão de um lobo-noturno sobre ele.

Enzo rosnou de frustração, tropeçando enquanto ela recuava na ponta dos pés na direção da beira do penhasco. A princesa sentia o medo dentro de si. Mas tinha que encará-lo. Não podia continuar sendo assombrada. Por seus pais. Por Lukas. Principalmente, por Sofia.

— Meus pais mataram sua mãe — ela disse. — Não é isso que você diz?

Ela gargalhou com frieza ao chegar na borda. Enzo correu para mais perto e a agarrou pela nuca, a outra mão segurando o tecido em seu quadril, fogo saindo dele em ondas até queimá-la, e Elara o acolheu.

O príncipe ofegava, os lábios carnudos tão perto que se Elara me movesse um pouco, roçariam nos dela.

Ela engoliu em seco ao fixar o olhar repleto de ódio em Enzo, erguendo o queixo. Ele apertou com mais força os cabelos dela. Elara nunca tinha visto um ódio como aquele que queimava nos olhos dele. E entendeu. Porque também se odiava pelo que estava prestes a dizer. Mas isso não a impediu.

— Tenho certeza de que aquela vadia adoradora da Luz mereceu.

Houve um lampejo de luz tão poderoso que jogou Elara para trás e, de repente, não havia chão sob ela.

Enquanto caía, não havia som algum a redor de Elara. Quase como se o tempo tivesse desacelerado. Ela viu Enzo na beira do precipício, abrindo e cerrando os punhos, com um olhar de choque misturado à raiva em seu belo rosto.

A princesa tentou alcançar as sombras, sentiu-as se retorcendo dentro dela. Mas elas não conseguiam passar pelas memórias.

As ondas quebravam lá embaixo.

Deuses. Ela ia morrer. Iria morrer de verdade.

Estendeu as mãos, repetidas vezes, mas as sombras não vinham.

E finalmente começou a gritar.

O tempo acelerou, o cabelo chicoteava ao redor dela, sua saia rasgando com os implacáveis sopros do vento uivante. Elara esticou o pescoço, vendo o quebrar das ondas chegando cada vez mais perto. Seu corpo ia se espatifar nas rochas se não quebrasse com o impacto do mar.

Ela voltou a olhar para cima e, para seu horror, viu Enzo pular.

Ele voou pelos céus, o corpo mergulhando na direção dela.

– Não – ela tentou gritar, mas o vento roubou a palavra de sua boca. O corpo de Enzo colidiu com o dela, que respirou fundo ao agarrá-lo com força. Os dois se encararam, chocados, enquanto continuavam a cair, cair e cair, girando nos braços um do outro.

– É assim que eu morro – ele gritou sobre o vento em um tom prosaico.

Não, não seria assim. Enzo havia pulado de um penhasco por ela. O homem que mais a odiava no mundo. O mínimo que poderia fazer era tentar salvar a vida dele.

Elara tentou mover os lábios, mas estava paralisada enquanto mergulhavam para a morte.

– Você me disse que era um *dragun*, Elara – Enzo disse por entre dentes cerrados, sem pensar em soltá-la.

Os olhos dela, inundados de terror, encontraram os dele. Ó, céus, ela podia ver a fúria serpeando dentro deles. Mas seu tom de guerreiro estava firme. O oceano se aproximava.

– Abra. Suas. Malditas. Asas.

Elara fechou os olhos, abrindo bem os braços.

– Por favor – ela implorou às sombras. – Por ele, se não for por mim.

Luz brilhou ao redor de Elara quando o príncipe ficou totalmente sem controle. Quando as sombras dela se retorceram para a frente, pareciam se inclinar em desespero na direção da luz dele – a luz que brotava flores, que não a tinha machucado mesmo quando ela implorou.

Algo dentro dela mudou, um profundo peso em seu peito.

O bloco de obsidiana tinha rachado, ejetando sombras. Fluxos de escuridão derramavam-se em torrentes dos dedos de Elara e, de repente, tanto ela quanto Enzo, começaram a subir, voando para o céu carmesim.

Elara soltou um rugido de prazer, e Enzo olhou ao redor, surpreso ao descobrir que ambos ainda estavam vivos, e montados nas costas de uma criatura feita de sombras. Um *leão*. Um leão alado. Elara poderia ter gargalhado, se não tivesse deixado seu estômago quilômetros abaixo.

O leão deslizava pelo ar, girando e pairando enquanto Elara continuava a gritar.

– Eu consegui! – ela berrou mais alto do que o rugido do vento enquanto Enzo a segurava por trás.

– Acho que deixei minhas bolas lá embaixo – ele gritou para ela sobre o clamor. Elara apenas sorriu, de braços levantados no ar enquanto o vento chicoteava seus cabelos.

Com outra vibração, ela guiou o leão em um arco, maravilhando-se com a solidez das sombras. Nem Lukas tinha conseguido dar esse tipo de substância às dele.

Enzo soltou uma risada incrédula ao olhar para baixo, para o mar agitado.

– Você é tão insana quanto Sagitton.

– Eu sei! – Elara, então, se virou para ele, e o príncipe ficou paralisado, o sorriso afrouxando. Seus cabelos ondulavam ao redor dele, e ela quase podia sentir que estava brilhando.

– Você foi atrás de mim – ela disse. Enzo deu de ombros, um sorriso preguiçoso se formando em seu rosto. Com uma explosão de poder, ele alimentou o leão de sombras com seu fogo, fazendo-o sair pela boca.

– Exibido. – Ela piscou para ele.

O cabelo dela batia no rosto dele, e Elara sentiu as mãos do rapaz segurando sua cintura com mais força enquanto voavam. Pressionando as mãos, suas sombras mergulharam em uma queda enorme na direção do mar; ela gritando de alegria, e Enzo berrando em alarme. No último instante, a princesa puxou o leão de sombras para cima e se inclinou para a frente para deslizar sobre as ondas cor de cobalto.

– Uau – ela sussurrou, voltando a olhar para Enzo.

– Uau mesmo – ele disse em tom atormentado, com o fôlego ainda perdido no vento.

Ela desacelerou as sombras para que o leão pudesse voar suavemente sobre o oceano, os borrifos do mar esfriando seus rostos. Elara se virou para ficar de frente para Enzo.

– Agora quem está se exibindo? – Ele sorriu. – Um pouquinho de poder e você já é uma rebelde.

Elara suspirou enquanto encostava na juba do leão.

– Você não tem ideia de como isso é bom – ela murmurou, ainda passando os braços na água enquanto voavam. – Eu me sinto invencível.

– O poder fica bem em você, princesa – ele disse com a voz grave.

Ela olhou para ele.

– O que eu disse… Sinto muito. Você sabe que eu não falei sério. Eu só queria fazer você…

– Eu sei – ele respondeu. – E eu não pretendia empurrá-la de um penhasco.

Elara regozijou enquanto recostava um pouco, inclinando o pescoço para olhar para o céu. O vermelho profundo tinha começado a ficar mais claro conforme a manhã chegava. Dourado misturado com vermelho e laranja-queimado; bronze puro parecia brilhar pela trama.

Seus lábios se abriram de leve, ela voltou a olhar para Enzo, que estava olhando para o céu com um anseio nos olhos. Elara mentalizou que o leão subisse mais alto, até ele atravessar uma névoa. Ela o parou, e o único som era do leão batendo suas asas de sombra.

Um chão de nuvens fofinhas os cercava, envolvidas por luz não filtrada. Um arco-íris as cortou, um caleidoscópio contendo todas as cores concebíveis. Elara viu os raios violeta chegarem ao Sul, à Asteria. O dourado os cobria. O rosa se estendia mais ao norte, em Aphrodea. Ela estendeu a mão, maravilhando-se com o modo com que a luz salpicava sua pele. Não havia tensão. Não sentiu medo quando deixou a luz tocá-la.

Pela primeira vez, admirou-se com ela.

– Você já... – Elara balançou a cabeça. – Você já se perguntou como as Estrelas criaram isso? – Ela se virou para Enzo: – Quero dizer... a vastidão absoluta, a beleza absoluta. Como seres tão cruéis podem ter feito isso?

Enzo balançou a cabeça, olhando para a Luz que fazia todos os seus traços brilharem.

– Talvez haja algo maior por aí – ele disse com voz áspera. – Talvez haja algo mais divino.

Capítulo Dezesseis

Voltaram ao despertar do palácio. Havia o som de porcelanas batendo e conversas sussurradas entre a governanta e os criados. Jardineiros aparavam as sebes, com o ruído silencioso dos cortadores no ar cheio de orvalho.

Elara tentou alcançar suas sombras, mas elas tinham desaparecido dentro de si. Ela olhou para Enzo com a respiração acelerada.

— Elas só precisam recarregar — ele explicou. — Ficaram presas por dezoito anos e foram forçadas a sair todas de uma só vez.

Mais calma e repentinamente exausta, Elara bocejou ao apear do cavalo.

— Vou levar o cavalo de volta aos estábulos. Depois preciso falar com o meu pai. Ele vai ficar feliz em saber que destravamos suas sombras.

Havia algo esperançoso no olhar dele, mas o estômago de Elara afundou. Porque, é claro. Como podia ter se esquecido? Ela era uma arma para Idris e seu filho. Um meio para um fim.

— Melhor você descansar um pouco — ele acrescentou.

Ela assentiu, sorrindo, os braços se espreguiçando.

— Obrigada. Por essa manhã. Eu... — Ela se obrigou a olhar para ele. Pela última vez. — Estou falando sério. Obrigada por me ajudar a destruir meu monstro.

Algo suavizou nos olhos de Enzo. Elara desviou os olhos, fingindo outro bocejo.

— Vou pra cama.

— Tire o dia de folga. — Ele abriu um sorriso hesitante, levando o cavalo embora. Elara o observou até ele desaparecer em uma esquina.

Então teceu um manto de ilusões sobre si, virou as costas e correu pelos portões do palácio.

Ela tirou as ilusões de cima de si quando chegou ao fim da calçada do palácio — não queria drenar sua magia rápido demais. Mas ao fazer isso, encontrou outro problema. Elara não sabia quanto tempo ainda duraria a glamourização de Merissa. Um dia e uma noite foi o que a glamourizadora havia dito, e embora a magia de Merissa ainda parecesse intacta ao redor de Elara, ela sabia que apagaria, e rápido. Pensar na glamourizadora causou uma leve pontada de tristeza em seu peito. Mas aquelas pessoas não eram seus amigos. Enzo a havia lembrado disso. Ela era uma inimiga. Uma inimiga que só tinha valor enquanto eles achassem que poderiam usá-la. Então, rezou para o que disfarce aguentasse, pelo menos até sair de Helios.

Ela se apressou pelas ruas quentes da forma mais discreta que pôde. Só precisava de um cavalo que não pertencesse ao palácio. Se conseguisse se lembrar do caminho para os estábulos perto da casa de Isra, poderia roubar um.

Virou em uma praça enfeitada da qual se lembrava, uma que tinha uma gigantesca estátua iridescente de Leyon usando a pele de leão bem no centro. Já perto dos estábulos, andando de cabeça baixa e focada em não ser vista, trombou com alguém.

– Me desculpe – ela disse, erguendo o olhar e sorrindo com uma falsa alegria. – Eu não estava... – O sorriso de Elara se desfez.

A Estrela diante dela abriu um sorriso cheio de dentes brancos enquanto endireitava sua túnica. Cada respiração dentro de Elara se tornou um chiado. Cabelos loiros ondulavam até abaixo dos ombros do deus, os músculos definidos bronzeados e brilhantes. Havia um diadema em sua cabeça, pontas de ouro se estendendo como raios de luz. Era Leyon, Estrela Padroeira de Helios, deus da Luz, das artes e da profecia.

– Tenho esse efeito sobre as pessoas – ele piscou. A Estrela era ao mesmo tempo elegante e deslumbrante, parecendo ser do mesmo mármore que se traduzia em sua figura como estatuário por todo Helios.

– Obrigada, meu venerado Lorde Luz.

Elara fez uma reverência e, mantendo os olhos no chão, começou a andar. Ela rezou com toda a força para que ele a deixasse, mas sentiu uma mão forte segurar a dela, puxando-a para mais perto.

– Quem *é* você?

A princesa paralisou. Leyon sorriu, mas embora fosse um sorriso fácil e relaxado, ela sentiu o perigo por trás dele.

– Acha que não posso enxergar através da glamourização que está usando?

– Glamourização? Não sei do que está falando, Vossa Graça. – Ela riu com relutância.

Os olhos castanhos de Leyon se estreitaram e ela pôde sentir o poder emanando dele – seu charme, a força divina que recobria o ar e deixava os olhos lacrimejando ao olhar por muito tempo. Ela olhou em volta com nervosismo para ver se alguém mais havia notado um *deus* andando casualmente entre eles. De fato, os transeuntes estavam abaixando a cabeça, tocando o terceiro e quarto dedos na têmpora como sinal de respeito.

– Você não é do meu reino – Leyon disse calmamente.

Adrenalina corria pelas veias de Elara. A Estrela a segurava com firmeza e de maneira inflexível. A jovem pensou em suas opções, perguntando-se se suas sombras tinham recobrados forças suficientes para serem lançadas, ou se sua melhor aposta era correr. Rápido.

– Cabelos pretos. Olhos prateados. Uma asteriana. Pela postura, eu diria que é da realeza. – Ele riu. O som era quente e seus olhos brilhavam com interesse. – Se eu fosse homem de fazer apostas, apostaria que acabei de trombar com a princesa perdida que Ariete está tão obcecado em encontrar.

Ela se enfureceu ao ouvir o título, e deu uma risada dura, tentando se desvencilhar dele.

– Você certamente está enganado.

Seus dedos afundaram mais.

– Você é uma garota esperta. Abrigando-se em meu domínio. – Ele inclinou a cabeça. – Ariete sabe que não pode entrar em Helios sem ser convidado.

O Convite das Estrelas. Elara se lembrava disso das aulas de História. Estrelas podiam ser convidadas para visitar os reinos umas das outras. Fora isso, sem um convite formal qualquer outra visita seria um desafio imediato à guerra. A não ser que a Estrela fosse Eli, o deus mensageiro que parecia ser bem-vindo em todos os lugares.

– Você não vai me entregar para Ariete?

Leyon jogou a cabeça para trás e riu, o som era uma rica melodia.

– E ver meu irmão conseguir o que quer? O que é isso, Elara Bellereve, espero que seus tutores de História tenham explicado sobre nossa rixa.

Elara piscou. Ela tinha se esquecido, em seu pânico cego, que Leyon era irmão do Rei das Estrelas.

– Ariete está ficando muito arrogante. Primeiro foi, sem ser convidado, para o território de Piscea. E o fato de ela estar adormecida não significa que isso cause uma guerra celestial imediata. Então, reage para tentar impedir sua profecia. E não consegue nem matar o objeto dela, uma garotinha mortal. – Ele olhou para Elara. – Sem querer ofender.

Elara arqueou a sobrancelha.

– Não estou ofendida.

– E agora, o que meu irmão está fazendo? Ele nos faz parecer fracos. Está a sua caça, desconsiderando todos os seus deveres. As Estrelas não estão contentes.

Ele deu um passo para trás para observá-la, realmente observá-la. Seu olhar subiu dos pés até os quadris dela, demorando-se nos seios antes de passar por seu rosto.

— *Você vai se apaixonar pelo Rei das Estrelas, e isso os matará*. Olha, eu acho que não me importaria nem um pouco se a profecia fosse pra mim.

— Você seria o primeiro — Elara murmurou enquanto a magia dele tomava conta dela. Deu um passo involuntário para mais perto dele. À exceção de Ariete, a princesa nunca havia estado próxima de uma Estrela. O encanto dele era quente, cheio de luz e música. Inebriante. Ela quase podia ouvir o som saindo dele, composições dolorosamente belas, podia ver cores que nunca havia ousado imaginar antes, tão ricas e vibrantes.

— Acho que você é modesta demais — ele murmurou. — Muitos homens ficariam felizes em morrer por você. Talvez deuses também.

— Aí está você! — Uma voz alta e familiar o interrompeu. Seu dono se aproximava com um sorriso arrogante, as pessoas da praça parando para olhar o espetáculo.

— Príncipe Lorenzo. — Leyon acenou com a cabeça. — Que companhia interessante você mantém. — Ele passou os olhos sobre Elara mais uma vez.

Um pequeno músculo na mandíbula de Enzo se contraiu de forma imperceptível, e ele se curvou profundamente diante da Estrela.

— Vejo que conheceu minha estimada hóspede.

— Não precisa fazer rodeios, príncipe. Eu sei quem ela é.

Chamas saltaram nos olhos de Enzo, seu dourado usual se transformando em um laranja quente.

— É mesmo?

O sorriso de Leyon se apertou.

— A única coisa que não consigo entender é por que um príncipe heliano estaria hospedando uma inimiga mortal em seu reino.

Elara ficou pálida.

— Quando Ariete matou os pais de Elara, meu pai ficou com pena dela. Sua inimizade é com eles, não com sua filha inocente. Então, quando a garota cruzou a fronteira, se tornou problema nosso. É melhor conhecer seu inimigo, e tudo mais.

Leyon deu uma risada rasa.

— Então seu segredo está a salvo comigo. Por enquanto. Diga a seu pai que faz tempo que ele não visita meu templo. Recomendo fortemente que visite. — Havia ameaça entremeada em suas doces palavras.

Enzo fez uma reverência, agarrando o braço de Elara.

— É melhor irmos — ele disse com calma, e fez outra reverência. — Meu venerado Lorde Luz.

– Adeus – respondeu. – E, Elara? Se algum dia se cansar de brincar com mortais, sabe onde fica meu templo. – Leyon piscou e continuou seu passeio, os cabelos dourados brilhando enquanto caminhava pela *piazza* com uma onda de cidadãos fazendo reverências em seu rastro.

Enzo puxou Elara pelas ruas secundárias silenciosas, levando-a em um ritmo que a deixou ofegante.

– Pode parar por um instante? – ela pediu.

– Sabe, você fez muitas coisas idiotas no curto tempo desde que a conheço, Elara, mas isso vence todas elas. – Ele estava fervilhando; a princesa quase podia ver as chamas saindo dele a qualquer momento. – Você *fugiu*.

Elara ergueu o queixo.

– O que você esperava? Que eu ficasse, como uma boa prisioneira?

– Eu pensei...

– O quê? Que as coisas tinham mudado depois de ontem à noite? Você é heliano, Enzo. E eu sou asteriana. Nossas magias abominam umas às outras. Como noite e dia. Sempre estivemos de lados opostos.

Ele piscou, e o fogo dentro dele se apagou.

– Você tem razão – ele disse, e soltou o braço dela. Elara viu que eles estavam na porta da casa de Isra, o olho entalhado a encarando. – Não sei por que esperei mais de uma asteriana. Vocês nascem para trair. Você conseguiu o que queria e fugiu.

A indignação surgiu dentro dela.

– E vocês são tão nobres, não são? Sequestraram uma inimiga e a obrigam a fazer o que querem. Eu sou sua arma, e nada mais. Por que eu deveria achar que você é alguma outra coisa além de um monstro, *Leão*?

– Ah, eu sou um monstro? – ele indagou, apoiando as duas mãos na porta atrás dela. Elara estava presa, a figura alta dele bloqueando o fluxo pálido da Luz vespertina.

Ela podia ver o calor que irradiava da pele dele, ver o bronze que brilhava dela.

– É claro que é. Eu sei sobre os Incêndios na Fronteira. – Se ela estivesse mais calma, talvez tivesse sentido medo.

– Continue... – ele sussurrou com a voz tão baixa que deslizou sobre os nervos dela, seus olhos escurecendo até o mais profundo carvão.

– Mulheres e crianças – ela quase sussurrou. – Inocentes queimados até virarem cinzas. Você destruiu um vilarejo inteiro em minutos. Iniciou um incêndio que queimou por duas semanas, impedindo nosso comércio, nosso fornecimento de alimentos. – Os olhos dela encheram-se de lágrimas, e ela rangeu os dentes para as conter, com o rosto ainda a poucos centímetros do dele.

– O que mais? – Seu olhar negro penetrou nela, sua expressão fechada e tensa.

– Então você não nega. – Ela balançou a cabeça. – Seu pai pode pensar que teve um motivo pra fazer o cerco contra Asteria. Mas ele só feriu inocentes, pessoas que não tiveram nenhuma participação na decisão que meus pais tomaram... *se* o que você diz sobre minha mãe e meu pai é mesmo verdade. – Enzo ficou tenso. – Seu pai executou todas as pessoas do próprio povo que tentaram se manifestar contra o tratamento dado pelos D'Oro ao meu reino. Ele é um tirano, e você não é nenhum *leão*. É apenas o cachorro vira-lata que faz o que ele quer.

– Cuidado, princesa. – A voz de Enzo era baixa e letal quando ele abaixou a cabeça, os olhos fixos nos dela. – Você está muito perto de cometer traição. Pessoas foram queimadas por menos do que isso.

Ela deu uma risada frágil.

– Você está falando exatamente como Idris.

Chamas luminosas irromperam sobre o corpo de Enzo. Elara se assustou, ainda presa entre os braços dele. Mas as chamas não queimaram sua pele. Eram muito geladas, e ele abriu um sorriso para combinar. Os lábios dele estavam a poucos centímetros dos dela.

– Então fuja.

– O-o quê?

Enzo lançou um olhar de desdém e se afastou da porta.

– Não vou impedi-la. Era isso o que queria, não era? Você tem suas sombras. Agora quer voltar pra casa, para o seu trono, para o seu reino. Então, vá. Não vou te impedir.

Ele se virou, batendo com força na porta de Isra.

Elara olhou para os estábulos.

– E quanto ao seu pai?

– Eu me entendo com meu pai. E você vai ter o que deseja. Quando voltar para o seu trono, vamos ser inimigos mais uma vez.

– Mais uma vez?

Enzo rangeu os dentes.

– Adeus, Elara.

A porta se abriu, e Isra apareceu com um sorriso caloroso no rosto.

– Enzo. Elara.

– Ela já está de saída, Iz – ele disse com firmeza, passando pela porta. – Não vou ser eu que vou mantê-la aqui contra a vontade por mais tempo.

Elara olhou para a mulher que havia coberto sua dor. Que a tinha visto e mantido segredo. O oráculo alternou o olhar entre os dois.

– Mas e quanto aos planos do rei Idris? E quanto a Ariete?

– Elara pode enfrentá-lo sozinha agora. Não é verdade?

Elara não conseguia entender por que a vontade de chorar estava começando a arder no fundo de seus olhos, mas forçou as emoções indesejadas a entrar na caixa, que começava a transbordar.

Os olhos de Isra se encheram de tristeza.

– Então esse é o caminho que você escolhe. Eu só te desejo sorte, Vossa Majestade.

As mãos de Elara dançavam nas laterais do corpo quando ela acenou com a cabeça.

– Obrigada por... Obrigada, Isra.

E Enzo bateu à porta.

Elara ficou do lado de fora por um bom tempo, tentando controlar a respiração. Tinha acontecido. O príncipe havia lhe dado liberdade. Ela tentou forçar seus pés a se moverem na direção do estábulo, a seguir com seu plano.

– *Então esse é o caminho que você escolhe.*

A expressão de Isra quando proferiu aquelas palavras a deixara sem ação, mas a de Enzo a congelara de vez. A fúria, seguida pelo vazio. Ele tinha pulado de um penhasco atrás dela, havia ajudado a destruir o medo que a havia paralisado por quase duas décadas.

Quando ela apertou as mãos, filetes de sombras saíram delas, e a jovem ficou paralisada.

E parecia... fosse graças a Piscea, deusa do destino, ou a alguma outra coisa, que era nesse caminho que ela deveria estar. Isra havia dito isso. Com monstro ou sem monstro, Elara precisava de Enzo. Ela não podia enfrentar Ariete sozinha.

Capítulo Dezessete

Merissa estava provando molho de macarrão quando Elara a encontrou na cozinha.

— Experimente isso — ela ofereceu, empurrando uma colher na boca de Elara.

Era delicioso: limão e manjericão fresco dançando em sua língua. A jovem sorriu com o sabor, mas, então, se aproximou de Merissa.

— Eu fugi... — ela sussurrou. — Tentei ir embora. E Enzo... deixou que eu fosse.

Merissa cortou a cebola mais devagar por um instante, antes de voltar a pegar o ritmo.

— E você voltou.

— Sim.

Merissa passou para ela uma faca de cozinha e um maço de alecrim e tomilho.

— Então não há nada mais a dizer. Por que não me ajuda a picar?

Elara pegou a faca, algo em seu peito afrouxando. Merissa abriu um sorriso para ela, e voltar a atenção para a panela fervente. Elara juntou suas ervas. Ela não contou a Merissa que, na adolescência, havia implorado para a cozinheira Daphne lhe ensinar os pratos que conhecia de toda Celestia. E não contou a ela que o cheiro do alecrim lhe dava vontade de chorar. Ou como sua discussão com Enzo tinha sido horrível, como a expressão em seus olhos a havia feito se sentir ainda pior. Não disse que estar ao lado de Merissa era o mais perto de casa que Elara havia se sentido em semanas.

Ela apenas picou.

Naquela noite, Elara estava exausta demais para caminhar nos sonhos, já que os seus próprios a assombravam com lembranças, embora o medo tivesse diminuído. Quando acordou, ela andou até a sacada, pela primeira vez se dando conta de que havia escolhido permanecer em Helios. Que aquele lugar não parecia mais uma prisão.

A força do hábito a encorajou a olhar para o outro lado, para a sacada de Enzo, e ela parou de repente.

Ele estava lá em pé, na sacada, observando-a.

Será que ele tinha dormido?

Ela não acenou. Não o chamou. Apenas ficou ali, observando-o observá-la. Seus olhos brilhavam como brasas se apagando em uma fogueira, até que o príncipe se virou e se recolheu em seu quarto.

Quando uma batida na porta a despertou na manhã seguinte, e era Leo na porta, segurando uma fruta, a jovem quase acreditou que o dia anterior havia sido apenas um sonho.

Mas depois que os dois desceram a grande escadaria como sempre, Enzo não estava lá embaixo. Leo se virou para ela.

— Você vai treinar comigo hoje.

Ela dominou a surpresa.

— E por que Vossa Alteza não está me agraciando com sua presença?

Leo abriu um sorriso tenso ao morder sua fruta.

— Ele acredita que você vai se beneficiar de minha tutela de agora em diante. Já que sua magia está totalmente desperta.

O estômago de Elara revirou. Por mais que estivesse começando a gostar de Leo, não tinha escolhido ficar para treinar com outra pessoa. Era Enzo que a ajudaria a matar a Estrela.

Ela acompanhou Leo até um espaço de treinamento vazio e empoeirado que se estendia nos fundos do castelo. Bonecos de palha estavam alinhados à parede, várias armas penduradas em suportes.

— Vamos trabalhar com as sombras que você destravou ontem – Leo disse. – Achei que seria melhor termos um treinamento privado.

Elara concordou.

— Sei que você manipula a Luz também.

Leo posicionou as mãos uma de frente para a outra. A princesa ouviu uma crepitação.

— É possível dizer isso – ele respondeu.

Puro raio se retorcia entre suas mãos, branco e letal. Sentir o poder que emanava dele de perto era muito diferente do que ela tinha visto quando o observara lutar com Enzo. Aquilo... Aquilo era diferente de qualquer poder que ela já tinha visto.

Leo abriu um sorriso calmo e confiante.

— Eu não saí das favelas de Apollo Row e vim para o Palácio da Luz por causa da minha beleza, sabe.

— Nunca ouvi falar de ninguém com esse tipo de magia — ela sussurrou enquanto Leo estendia as mãos, preguiçosamente fazendo o raio ondular entre os dedos.

Ele encolheu os ombros.

— É muito mais desgastante usar do que os raios de luz de Enzo. Mas é útil. Posso matar um inimigo carbonizado em minutos.

Elara engoliu em seco, desejando que suas sombras aparecessem. Para seu alívio, elas saíram, embora ainda não tão sólidas como antes. Até pareciam evitar o raio de Leo, enrolando-se em volta dela de maneira protetora. Ele notou, rindo de leve.

— Sim... você vai precisar delas. Senão isso vai doer.

Horas depois, Elara gemia enquanto subia as escadas, os músculos protestando depois da cansativa sessão de treinamento com Leo. Apesar de toda sua educação e das pequenas gentilezas que ele havia demonstrado desde sua chegada em Helios, o rapaz certamente as havia deixado bem longe do campo de treinamento. Ele tinha sido implacável enquanto ela tentava manipular suas sombras, mas, por mais que tentasse, elas não tomavam forma, apenas evaporavam em filetes translúcidos. Quando a princesa reclamou disso, Leo a mandara fazer cem flexões e depois mandou que ela desse cinco voltas no campo de treinamento quando Elara tentou descansar ou comentou sobre como estava quente.

Sua perna doía por causa de um choque que o general lhe dera. Completamente exausta, ela abriu a porta sem muita vontade. Merissa estava sentada sobre a cama, com os olhos acesos.

— Bem, e não é que parece que você foi atropelada?

Elara gemeu.

— Leo é sádico — ela murmurou.

Merissa riu.

— Tem toda uma razão para ele ser o general do exército. Mas não se preocupe, seu banho quente já está preparado.

— Eu já lhe disse que estou apaixonada por você? — Elara respondeu, e Merissa riu alto.

Capítulo Dezoito

ELARA AFUNDOU NA BANHEIRA ATÉ SUA PELE enrugar como uma ameixa seca, depois vestiu uma camisola de algodão macio e saiu na sacada. O ar quente da noite secou sua pele úmida. A pedra da sacada era morna sob seus pés, e a princesa suspirou. Estava, contra a vontade, começando a gostar do calor. Merissa tinha deixado um prato do macarrão com molho de limão que elas tinham feito juntas no dia anterior, e Elara comeu enquanto observava a luz baixar.

Uma coisa boa sobre Helios era que as estrelas não eram frequentemente visíveis no escarlate profundo da noite. Ela deixou um anel de sombra cair de seu dedo, tentando envolver sua taça de vinho de pêssego adocicado com ele. O anel não aderiu ao vidro, fazendo-a suspirar, derrotada, recostando no divã baixo. Talvez fosse o calor, ou o estômago cheio, ou os exercícios infinitos que Leo a havia feito fazer, mas suas pálpebras caíram, seu corpo ficou pesado.

Os sons ao redor dela foram abafados; o bater leve de panelas, o murmúrio distante de vozes e o canto dos pássaros, tudo desapareceu quando a jovem começou a respirar cada vez mais profundamente. Ela encontrou o limbo, o espaço entre mundos e, com um suspiro, ancorou sua amarra e foi caminhar nos sonhos.

Elara se moveu entre nuvens de sonhos coloridas, procurando até uma delas chamar sua atenção. Ela já tinha visto aquela antes, preta e pulsante, com chamas piscando. Podia arriscar um palpite sobre a quem pertencia. Decidiu que naquela noite, se aproximaria. E com uma respiração profunda, mergulhou nela.

O calor era insuportável. Ela praguejou baixinho enquanto tentava se orientar. Já tinha caminhado em pesadelos antes, mas nenhum como aquele. O cômodo era feito de mármore branco e frio – um mármore que lhe pareceu familiar –, mas ainda assim as chamas pressionavam. Elara ouviu um rugido de dor e começou a correr na direção dele, o espaço cavernoso parecendo dobrar, depois triplicar de tamanho ao seu redor. Por fim, encontrou Enzo no meio do espaço, ajoelhado no chão, nu da cintura para cima, curvado, enquanto a luz açoitava suas costas, suas mãos presas atrás dele. Ele gritava, suplicava, o sangue vermelho e profundo escorrendo em filetes conforme a pele cortava. As chamas caíam sobre Elara, e seu corpo estava coberto de suor. Acima de Enzo, Elara distinguiu, marcando as paredes nuas da paisagem onírica, números enormes e pintados com sangue como fita vermelhas: 3, 3, 3.

— Isso não é real — disse a si mesma, respirando fundo. Faixas de luz continuavam a bater contra o torso de Enzo enquanto seus gritos rasgavam a paisagem onírica.

Os arredores dela brilharam e mudaram, e de repente a princesa estava na sala do trono, e o rei Idris estava diante dela, reclinado sobre seu trono.

— Fiquei sabendo que a asteriana quase escapou hoje — ele disse com um tom indiferente.

Enzo, vestido e em pé, ficou tenso diante de seu pai.

— Seu arremedo de príncipe fraco e patético — Idris resmungou, e luz se formou entre seus dedos. Enzo nem piscou. — Você devia vigiar essa mulher. Devia estar transformando ela numa arma para desafiar os *deuses*.

— Sinto muito, pai. — Foi a resposta monótona.

— Vai sentir mesmo. Sabe o que acontece agora. Tire a camisa.

O tecido deslizou até o chão enquanto Elara observava, aterrorizada.

— Vire-se.

O príncipe se virou, e Elara se viu olhando dentro dos olhos vazios de Enzo enquanto luz brilhava atrás dele.

O rei açoitou a pele de Enzo e sua mandíbula travou. Elara perdeu o fôlego.

O chicote de luz o atingiu novamente, e Enzo respirou fundo.

Repetidas vezes, o pai o açoitou, até que o príncipe gritou, caindo no chão.

— Enzo! — ela gritou, saltando na direção do rapaz. Ele, então, levantou os olhos, com um olhar tão assombrado e desesperado que ficou quase irreconhecível.

— Elara? — ele indagou com a voz rouca.

O sonho mudou de novo. Estavam de volta à sala de mármore, embora ela tivesse diminuído de tamanho, os números brilhando na parede. Elara deu um passo à frente, colocando a mão na lateral do rosto de Enzo. Ele se encolheu, e a jovem tirou a mão.

— Está tudo bem — ela murmurou. — Respire.

Ele respirou fundo, trêmulo.

— Ótimo — ela disse. — Agora mais uma vez.

Enzo obedeceu ao comando dela. Elara foi colocar a mão em seu rosto outra vez e, desta vez, ele se aproximou da mão dela, fechando os olhos enquanto soltava o ar com profundidade.

— É só um sonho — ela disse, ajoelhando-se na frente dele, sem querer mover a mão.

A luz pulsou na escuridão, preparando-se para atacar. Com um rosnado, Elara estendeu a mão que estava livre, sombras saindo dela. Elas sufocaram os raios selvagens, reprimindo a fonte daquele chicote terrível, e apagaram as chamas. Fumaça preta a envolveu até suas sombras vencerem a batalha, lançando a paisagem onírica na escuridão. O ar frio soprou sobre ambos quando as chamas se extinguiram, e Elara puxou as sombras de volta para ela, soltando um suspiro lento quando a escuridão beijou os dois.

– Está vendo? – ela perguntou, levantando a cabeça dele. – É só um sonho.

Enzo abriu os olhos com cautela, olhando ao redor. As sombras dela dançaram na direção dele, e ela sorriu ao vê-las, colocando a mão de volta sobre o colo.

– Como você fez isso? – ele perguntou com a voz áspera.

Ela deu de ombros, sorrindo.

– Acho que às vezes a Luz precisa da Escuridão.

Ela se levantou, estendendo a mão para ele. Enzo aceitou, embora o toque fosse suave como uma pena na paisagem onírica, seu olhar dourado fixou-se no dela ao se levantar.

– Esse lugar ficaria melhor com alguma decoração – ela disse com leveza, olhando diretamente para os números que pingavam sangue. Estava tentando esconder de Enzo que ainda estava tremendo devido ao que tinha testemunhado. O olhar dele acompanhou o dela, sua expressão lúgubre. – O que significam aqueles números?

Enzo fechou os olhos, respirando fundo.

– Trezentos e trinta e três. O número de asterianos que matei.

Elara deu um passo para trás, soltando a mão dele.

– Eu me lembro de cada um deles. Seus nomes e seus rostos. – Os olhos dele procuraram os dela com desespero.

Elara ficou sem palavras. Sabia que ele tinha matado muita gente, e saber o número exato a deixava nauseada. Ainda assim, a princesa estava espantada por ele se lembrar. Por essas ações assombrarem seus sonhos.

– Obrigada por me contar – respondeu, por fim. – Da próxima vez que isso acontecer – acrescentou –, apenas se lembre de minhas sombras. – Os lábios dela se curvaram. – Acho que elas gostam mais de você do que eu.

Ele levantou a cabeça.

– O que você acabou de dizer?

Elara franziu a testa.

– Eu disse que acho que minhas sombras gostam mais de você do que eu.

Ele lançou um olhar estranho, substituindo aquela escuridão assustadora em seus olhos.

– O que você viu, na sala do trono...

– Não vou contar a ninguém, se é isso que o preocupa.

Os olhos dele se fecharam, e algo se retorceu dentro dela, algo que não suportava ver seu inimigo corajoso e arrogante daquele jeito tão derrotado.

– Enzo... Acho que você tem seu próprio monstro pra destruir.

O príncipe abriu os olhos ao ouvir as palavras dela, mas Elara já tinha se virado, apontando para a parede.

– Sabe, você pode fazer sua paisagem onírica ser o que você quiser. Basta estar ciente dela. – Ela abanou a mão, e os números ensanguentados desapareceram, surgindo uma parede de mármore limpa no lugar. Enzo fraquejou. – Encha a sua de boas lembranças.

Ela deu um passo na direção dele.

– Aqui está – ela deu um beijo suave no rosto dele, como o bater das asas de uma borboleta. – Já tem uma pra começar.

A respiração de Enzo ficou acelerada ao olhar nos olhos dela. O rapaz se aproximou para pegar na mão dela, mas como em todos os sonhos em que caminhava, ela mal sentiu a pele tocar a dela. Olhou para as mãos de ambos, depois de volta para ele, vendo sua forma desaparecer quando ele começou a acordar.

– Descanse, Enzo. E, lembre-se, foi apenas um sonho.

Capítulo Dezenove

Com rapidez, Elara voltou para seu corpo e pressionou a mão trêmula ao coração. Seus olhos voaram direto para o quarto de Enzo, para o brilho que irradiava de suas janelas. Ela se levantou em um salto, correndo da sacada antes que ele pudesse vê-la, depois se enfiou debaixo das cobertas, garantindo que todas as lamparinas estivessem apagadas enquanto seu coração continuava acelerado. Esperou um ou dois minutos antes de espiar pelas portas abertas da sacada. A silhueta sombreada do príncipe estava debruçada em sua sacada, olhando para a dela. Ela fechou bem os olhos, fingindo dormir, até que o sono a pegou.

Quando a jovem acordou, afastou os acontecimentos da noite anterior de sua mente. Ao se vestir para o dia, empurrou de lado as imagens do rei Idris parado sobre Enzo. Quando Merissa a glamourizou, Elara fechou os olhos contra a dor gravada nos olhos do príncipe enquanto ele olhava para ela. Quando Leo a levou para o pátio de treinamento, ela tentou se livrar da imagem apavorante dos números ensanguentados e do sofrimento selvagem na voz de Enzo. Ela o havia chamado de monstro. Mas monstros eram criados, não nascidos. O que ele poderia ter sido sem um pai como Idris? Isso importava?

— Pelo amor das *Estrelas*! — ela exclamou quando uma lâmina de luz bateu nos ossinhos de suas mãos, arrancando-a de seus pensamentos, o ferimento ardendo.

Leo arqueou uma sobrancelha.

— Você acha que Ariete vai permitir que você fique sonhando acordada?

Ela praguejou, invocando suas sombras. Tinha até transformado uma ou duas em um bando de corvos, mas quando foram para cima de Leo, dissipa-ram-se em fumaça no instante que o tocaram.

— Se eu a punisse por cada xingamento que sai de sua boca, você não teria tempo pra treinar — ele disse com doçura.

— Tenho uma ideia melhor — ela respondeu, erguendo a espada com uma das mãos enquanto puxava as sobras de fumaça para dentro com a outra. — Que tal você parar de me machucar? Talvez assim eu fale como uma *princesa*.

Elara tentou atacar mais uma vez, mas só serviu para quase cortar seu próprio dedo do pé fora quando Leo derrubou a lâmina de sua mão.

O general riu, demonstrando compaixão.

– Faça cem flexões.

Ela lançou um olhar venenoso quando foi para o chão, contando as flexões em um ritmo moderado. Seu abdômen queimava, mas a jovem notou com orgulho que estava mais fácil fazê-las a cada dia que passava.

– Você falou com Enzo?

Leo pressionou a língua por dentro da bochecha.

– Por quê? Está sentindo a falta dele?

– A única coisa daquele homem que sinto falta... – ela bufou: – ...é o fato de que como treinador ele era um bichinho fofo se comparado a você. – Elara rangeu os dentes, na metade de sua série.

– Um bichinho fofo. Vou passar o recado.

– Por favor, passe. Acrescente que ele deveria mudar o apelido para "O gatinho de Helios".

Leo riu, abaixando-se ao lado dela.

– Sim. Falei com ele.

– E o que ele disse?

– Ah, nada sobre você. Estamos planejando A Festa de Leyon hoje à noite.

– E o que é isso exatamente?

– O dia de hoje marca o aniversário da Descida de Leyon, a primeira vez que nossa Estrela desceu do céu e escolheu Helios como o reino do qual seria padroeiro. Nós celebramos a data com uma festança perto da cachoeira do palácio. – Ele analisou Elara. – Por que você não vai?

Elara riu.

– Ah, sim, uma asteriana, de quem uma Estrela está atrás, indo a uma festa para um deus heliano. Acho que passo. – Ela se levantou, voltando a pegar sua espada. – Mas... obrigada pelo convite. – Ela estava tentando ser um pouco mais complacente com o general.

– Faça como quiser. – Leo deu de ombros. – Mas fique sabendo que vai perder a noite de sua vida.

Elara planejara passar a noite na cama, terminando de ler *Os mythas de Celestia*, mas os sons da festa – música, vibrações e risadas – estavam atrapalhando. Depois de algumas tentativas, a princesa fechou as portas da sacada de maneira decidida, e tentou se concentrar na história outra vez.

Depois de ler a mesma página quinze vezes, e ainda incapaz de tirar da cabeça o sonho de Enzo que tinha visto na noite anterior, alguém bateu na porta de seu quarto.

Elara franziu a testa ao abri-la, e foi saudada por Merissa.
— Gostaria de se divertir um pouco? — ela perguntou, sorrindo
Elara fez que não com a cabeça.
— Se está falando sobre a festa, como eu disse a Leo antes, não consigo pensar numa ideia pior.
— Você precisa desanuviar um pouco. Está com tanto peso nas costas, e não faz nada além de treinar.
Elara suspirou.
— Acho que é verdade, mas eu... eu não conheço ninguém.
— Você *me* conhece — Merissa disse com firmeza. — Além disso, já escolhi sua roupa.
Ela pegou um vestido terracota de tecido levemente brilhante e com um bordado elaborado formando padrões de orquídeas.
— Então agora não pode dizer não.

Elara olhou ao redor, absorvendo o verde-esmeralda de suas cercanias enquanto Merissa a conduzia por um caminho alternativo. A princesa teve uma vaga sensação de que estavam nos fundos do enorme palácio. Parecia que a cada poucos passos mais uma fonte jorrava em uma alcova escondida, ou uma pérgula intricada se camuflava na vegetação. Quando ouviu a música e as risadas, passou a mão nos dois pentes cravados de joias com que Merissa havia prendido metade de seus cabelos.
— Nunca vi essa parte do palácio — Elara disse enquanto olhava para o crepúsculo e via o que parecia ser um labirinto de sebes bem cuidadas formando espirais concêntricas.
— A mãe de Leo ajudou a projetar tudo isso.
— Você o chama de Leo. Vocês são assim tão próximos?
Merissa ficou corada, contrabalanceando com seu vestido verde-menta, que a deixava injustamente deslumbrante.
— Somos bem próximos — ela respondeu. — Trabalhei com Kalinda durante anos.
Elara sorriu e as duas continuaram andando, o perfume de margaridas e flores estreladas permeando o ar noturno. Quando sentiu o cheiro da flor branca prateada com aroma de pó de arroz, a princesa pensou nos buquês que Lukas colhia para ela nos jardins do palácio. Em como ele corria, rindo enquanto o jardineiro o perseguia com uma pazinha, antes de empurrar as flores nas mãos dela. O estômago dela revirou ao pensar em sua antiga vida, e em Lukas, e em como nada tinha acontecido como ela esperava.

– Então, vocês nunca tiveram nada? – ela perguntou, banindo-o de sua mente.

– Ah, não – Merissa respondeu rapidamente. – Leo nunca olharia pra mim dessa forma. E eu… bem, eu não tenho muita sorte no que diz respeito ao amor.

– Se Leo não olhar pra você dessa forma, então ele é cego, Merissa.

Merissa ficou corada ao ouvir aquilo. As duas chegaram a um jardim submerso, Elara ouviu o som de água antes de vê-la. A cachoeira atrás do palácio caía em um dourado brilhante ao longo da face de um penhasco em forma de uma piscina agitada, emoldurando o espaço isolado. Vapor subia de sua superfície enquanto ela girava, e uma aglomeração de pessoas a rodeava, nadando ou balançando os pés na água. Uma pequena multidão dançava ao redor da fogueira crepitante, e havia quem estivesse esparramado na grama. Elara ficou boquiaberta quando viu um lançador de chamas jogar fogo de suas mãos em uma cascata ondulada, gritando e dançando no ritmo da música de tambores e cordas. Elara se virou de olhos arregalados para Merissa, que sorriu.

– Bem-vinda à Festa de Leyon.

Quando chegaram à borda gramada da cachoeira, Elara passou os olhos por ela. Seu estômago virou uma cambalhota enquanto seus olhos procuravam cautelosamente por Enzo.

– Elara!

Surpresa, a princesa se virou para Leo, que sorriu ao beijar sua mão.

– Ah, nossa – Elara disse. – Alguém andou bebendo?

Ele abriu outro sorriso preguiçoso ao beijar a mão de Merissa.

– Uma ou duas doses. – disse ao se virar para Elara. – E eu achei que tivesse "dispensado" a festa.

– Bem, alguém me convenceu. – Ela apontou com o queixo para Merissa.

– Merissa é um charme. Aphrodeana dos pés à cabeça.

Elara riu e Merissa agradeceu, confusa.

– Estamos sentados ali – Leo disse, e as puxou na direção da beirada da água.

Nós? Elara não gostou do que aquilo podia significar. Mas, para seu alívio, viu apenas uma mulher de tranças pretas longas e os pés na água.

– Isra! – Elara gritou.

A vidente se virou ao ouvir seu nome, sorrindo quando contemplou Elara.

– Ora, ora – ela disse. – Parece que você escolheu um caminho diferente, afinal.

Isra estendeu os braços e Elara a abraçou com cuidado.

– É uma alegria você ter ficado – Isra murmurou no ouvido dela.

Elara sorriu ao se acomodar na grama ao lado dela.

– Gostaria de uma bebida? – A vidente balançou uma garrafa, e a princesa a pegou com avidez. Precisava de mais de uma dose para acabar com a preocupação de ficar procurando Enzo em cada canto.

Ela xingou alto quando deu um gole. Leo e Isra zombaram dela.

– Isra, em nome das Estrelas, o que é isso?

– Alcardente, de Kaos.

– Mais dois goles e eu fico bêbada.

Isra piscou.

– Continue bebendo, então, princesa. As Estrelas sabem que você precisa.

Um zumbido começou a tamborilar em suas veias quando a bebida se infiltrou. O líquido a fez se sentir quente e confusa, e sua cabeça logo ficou deliciosamente embriagada. Elara permitiu que os sons da noite tomassem conta dela – o zumbido relaxante das cigarras e a conversa despreocupada entre Merissa, Isra e Leo intercalados com as risadas ao redor. Ouviu outras vozes, o som de uma melodia e uma balada estridente sendo cantada por alguém que tinha tomado vinho demais.

A canção dos músicos continuou, Elara a ouviu tocando alto ao sentir um braço a envolver. Era Leo.

– É melhor você aprender essa música, Elara – ele disse.

– *Eeeeera uma vez uma garota rotunda, que tinha uma bela...*

– BUNDA! – todos ao redor de Elara gritaram, rindo e dançando.

– *E gostava de rolar na grama até ficar imunda!*

Elara riu quando uma explosão de fogo de outro lançador de chamas iluminou a cena toda. Em seu devaneio embriagado, viu muitos manipuladores de luz apontarem as mãos para o céu, vertendo seus raios em padrões de chamas pelo céu profundamente vermelho. E nem um pingo de medo passou pela princesa.

Ela olhou ao redor da clareira ao pensar em Enzo e em *sua* luz, passando os olhos preguiçosamente pelos celebrantes espalhados sobre a grama ou dançando. Alguns estavam se beijando e se tocando em suas névoas de embriaguez. Elara engoliu em seco, evitando-os até alguém roubar sua atenção.

Enzo estava deitado na grama, com uma loira bonita e curvilínea ao seu lado, que tentava brincar com os cabelos dele. Estava desgrenhado, com a coroa torta. O príncipe afastou a mão dela e a loira riu. Ele parecia... entediado. As bochechas de Elara esquentaram, e a princesa tentou desviar antes que ele a visse, mas era tarde demais. O olhar embriagado dele passou devagar por ela, indo para o outro lado, mas depois voltou, endurecendo em reconhecimento. Elara se virou com rapidez, derrubando a bebida de Leo.

– Pelo jeito você bebeu um pouco de bebida kaosiana a mais – ele disse com ternura. Elara forçou uma risada, olhando de volta para onde Enzo estava. O olhar dele a queimava, escuro demais para decifrar. Ela olhou nos olhos dele de maneira provocativa até que, com o que parecia escárnio, o príncipe desviou a atenção. A jovem sentiu muito calor, e ficou grata quando Isra passou a garrafa de volta a ela. Elara tomou um gole, virando-a de volta com uma careta.

– Dia difícil? – Leo perguntou. Ela lançou um olhar insolente para ele enquanto Isra e Merissa se levantavam para dançar.

– Você que me diz. É você que está atacando meus pobres músculos. – Ela mergulhou os pés na água enquanto ele ria, bebendo de seu copo de vinho.

– Esta corte – ela comentou hesitante, reparando nos gemidos suaves e as demonstrações abertas de afeição ao redor. – É muito… desinibida, não é?

Leo se engasgou com o vinho, rindo.

– O que te faz dizer isso?

– Bem… em Asteria, seria considerado impróprio as pessoas se abraçarem tão abertamente. E seria absurdo se alguém da realeza fizesse isso.

– Ah – Leo disse, compreendo. – Você deve estar se referindo ao nosso estimado príncipe? – ele perguntou com inocência.

Ao longe, Elara ouviu o barulho das pessoas pulando nas águas mornas para um mergulho noturno. Trazendo a atenção de volta para Leo, a princesa confirmou com a cabeça, corando mais uma vez.

– Achei que ele estava cortejando aquela garota bonita de cabelos castanhos.

Leo jogou a cabeça para trás e riu.

– Quem? Raina? Você está enganada, Elara. Enzo não faz a corte. – Leo riu de novo como se ela tivesse sugerido a coisa mais engraçada do mundo. – O príncipe gosta de… se divertir. Digamos que as pressões de sua vida exigem uma válvula de escape. – Ele curvou os lábios sobre a taça de vinho: – E com certeza ele escapa.

Pela forma como seu rosto ardia, Elara sentiu que podia muito bem ser a própria Luz. Ela tomou outro gole, ciente de que sua cabeça já estava começando a girar, graças a seu estômago vazio.

– Você está escandalizada? – O tom de Leo era de provocação.

– Não sou uma donzela ingênua – ela respondeu de forma afiada, sentindo o aço frio da adaga em sua coxa a aterrar. – Em Asteria nós também temos amantes – ela disse de maneira enfática. – Só não é tão explícito.

Elara passou o dedo pelo cálice, pensativa. Seus pensamentos foram mais uma vez parar em Lukas.

– Eu tive um. Mas nunca sonharíamos em nos expor desse jeito diante de minha corte.

As sobrancelhas de Leo se arquearam diante da honestidade dela.

Ela sorriu.

– E eu não entendo o estardalhaço. Fazer amor não é nada especial.

– Então… – uma voz grave disse atrás dela – …talvez você não tenha encontrado um homem que soubesse seduzi-la do jeito certo.

Capítulo Vinte

ELARA SENTIU ALGUNS PINGOS DE ÁGUA baterem em seu ombro e se virou, descrente, enquanto Enzo se sentava ao seu lado. Estava todo molhado, a água escorrendo como um riacho de seu peito nu. Ele se sentara perto demais, as calças molhadas encostadas nas pernas dela, que balançavam dentro da água.

– Enzo – ela disse, meio sem fôlego –, você nunca usa camisa?

O príncipe afastou os cachos úmidos do rosto e se recostou, apoiando o corpo em um cotovelo. Com um sorriso indolente no rosto, esticou o outro braço para pegar uma taça de vinho ao lado de Leo.

– Não estou vendo nenhuma outra mulher reclamando.

Elara murmurou uma oração.

– Quanto você bebeu? – ela perguntou, olhando para ele de forma duvidosa.

– Estou agradavelmente bêbado – ele respondeu. – Mas ainda sóbrio o bastante pra me lembrar de sua conversa com Leo hoje de manhã. – O sorriso dele se alargou.

A jovem o observou por um momento, procurando por um vislumbre do homem da noite anterior, vulnerável e temeroso. Mas, vendo os lábios curvados e os olhos brilhantes, ela não o achou. Deslizando o olhar para Leo, e depois de volta para Enzo, ela disse:

– Podemos conversar?

A princesa se aproximou, apoiando a mão sobre a dele enquanto olhava para o rapaz com sinceridade. Ela notou como sua mão era quente, as gotas de água molhando sua palma. Os olhos dele voaram para a mão dela, as narinas levemente dilatadas. Então, ele olhou nos olhos de Leo, alguma ordem silenciosa passando entre ambos antes de o general se levantar e desaparecer na multidão.

– Isso não é um pedido de desculpa – ela alertou, e Enzo murmurou uma oração baixinho. – Mas... eu fiquei. O que significa que quero ser sua... aliada temporária.

Enzo franziu a testa.

– Quero dizer, é *isso* que nós somos. Temos um objetivo em comum, um inimigo em comum. Então, suponho que o que estou tentando dizer é… – Elara suspirou. Por que tinha que beber tanto? – Acho que preciso de você.

Uma expressão passou sobre o rosto de Enzo, e foi mascarada rápido demais para Elara decifrar.

– Você me ajudou a enfrentar o medo… Gostaria que trabalhássemos juntos de novo. E vai ser diferente agora, porque eu escolhi ficar.

O príncipe ficou a encarando por um longo tempo, longo o bastante para a pele dela começar a formigar, antes de responder.

– Por conta de uma infeliz reviravolta, eu também preciso de você – ele disse. – Então, aliados temporários. Acho que é isso que somos.

Algo se acalmou dentro dela, algo com que não tinha se dado conta de que se importava.

Ele se aproximou, bloqueando a visão do restante da festa.

– Tive um sonho interessante ontem à noite – ele murmurou, tão baixo que apenas Elara pôde ouvir.

– É mesmo? – Ela virou a cabeça, tomando todo o seu vinho.

– Sim. Por acaso você caminhou nos sonhos ontem? – O hálito do príncipe era uma carícia letal no queixo dela.

– Não sei do que você está falando – ela sussurrou, olhando para a frente, para que seus olhos não a traíssem. Ela podia vê-lo de canto de olho, fixado nela.

Elara sentiu a mão quente tocar seu queixo, movendo-o para ficar de frente para ele. Seus olhos buscaram os dela, e ela mentalizou uma indiferença fria no olhar.

– Você é uma péssima mentirosa. – Ele abriu um sorriso brincalhão, o toque leve enquanto se aproximava o suficiente para seus lábios se tocarem. – Obrigado.

A boca dela se mexeu, e os olhos dele passaram por seus lábios, depois voltaram para os olhos.

A princesa pressionou os lábios, assentindo de leve. Ia se virar, mas a mão dele a segurou por perto.

– Tem mais uma coisa que eu preciso te dizer – ele disse com a voz arrastada.

Elara franziu a testa enquanto Enzo olhava em volta, talvez para garantir que ninguém os ouvisse, antes de chegar mais perto dela.

– Os Incêndios na Fronteira… Eu não… – Ele soltou um suspiro pesado. – Eu alertei o vilarejo antes de acontecer. Meu pai deu a ordem, e eu sabia que não tinha escolha. Mas me certifiquei de que todos tinham saído dos arredores antes de obedecer. Só então o incinerei. Tinha que parecer real. – Ele respirou fundo. – As mulheres, as crianças, todos, estão vivos e em segurança, morando na Floresta Goldfir, do lado heliano da fronteira. Leo os visita de tempos em tempos, e leva alimentos e provisões. – Aquela sinceridade selvagem tinha voltado para os olhos dele. – Eu só… precisava que você soubesse disso.

Elara olhou para ele, analisando, surpresa. Entre seus pesadelos e o que ele tinha acabado de confessar – a *traição* que tinha acabado de revelar – ela estava falando com uma pessoa totalmente diferente.

– Acredito em você – ela disse, aliviada. – Obrigada. Obrigada por salvá-los.

Ele deu um curto aceno de cabeça, soltando a mão dela antes de virar o que restava em seu cálice em um gole. Felizmente, Leo e Isra voltaram, a última se jogando no chão, sem fôlego.

– Que maravilha você nos agraciar com sua presença – Isra provocou, passando sua garrafa a Enzo.

– Cuidado – Elara alertou. – Essa coisa é letal.

Enzo arqueou uma sobrancelha com os olhos fixos nela enquanto tomava um gole. Ele engoliu e bebida, sorrindo.

– Peso leve – ele sussurrou.

Elara mexeu a água com os pés, escutando, alheia, Leo e Enzo trocando histórias de sua infância. Isra se intrometia de vez em quando para corrigi-los ou reclamar da tortura que havia vivenciado nas mãos deles.

– Ele sempre metia Isra e eu em encrencas – Leo estava dizendo.

– Você *sabe* quantas vezes eu tive que salvar a pele de Enzo antes de ele aprender a controlar sua magia? O palácio teria sido incendiado dez vezes se não fosse o salvador aqui.

– Nossa, que exagero. Eu tinha um controle impecável.

Isra arqueou a sobrancelha.

– Leo, foi *você* que chamuscou as sobrancelhas da cozinheira daquela vez ou foi Enzo?

Leo franziu a testa, fingindo pensar.

– Enzo.

– Discussão encerrada.

Merissa apareceu, parecendo um pouco temerosa ao fazer uma mesura para o príncipe. Ele acenou com a mão no ar.

– Nada disso esta noite, Merissa. Fique aqui conosco.

Merissa se sentou, mostrando uma pequena cesta.

– Invadi a cozinha – ela disse, com um sorriso tímido nos lábios.

Isra aplaudiu alto e começou a entoar o nome de Merissa, os outros logo fazendo o mesmo. Merissa sorriu ao oferecer a cesta a Elara.

– Dourangos cobertos de chocolate – ela disse, pegando um.

Elara pegou o dourango e o colocou na boca, girando o chocolate aveludado na língua. Ela jogou a cabeça para trás de prazer.

– Preciso dizer que dourango com chocolate *é muito* especial – ela disse, saboreando.

Leo riu, Isra e Merissa parecendo confusas, e Elara se virou para olhar para Enzo. Os olhos dele estavam pretos, o olhar arrastado para os lábios dela enquanto a jovem comia. Tudo em volta desapareceu em um zumbido distante enquanto olhava para ele, alguma parte obscura dela desejando continuar. Ela levou o polegar aos lábios e lambeu o chocolate derretido. Ele se aproximou perceptivelmente, e a princesa viu que ele agarrava a grama. Os olhos do príncipe encontraram os dela, e ela abriu um sorriso digno de sua escuridão.

Então o momento se rompeu, o mundo ao redor voltando com uma explosão de música alta.

– Eu amo essa música! – Merissa gritou, puxando Elara. Rompendo o contato visual com Enzo, a princesa arrastou os pés enquanto Merissa a puxava para dançar perto da fogueira. Elara girou e deu voltas de mãos dadas com a glamourizadora até se soltarem em busca de outras. Um soldado bonito e sorridente chegou perto, e ela percebeu seus olhos da cor de pedras de topázio quando ele pegou sua mão.

– Acho melhor não – a voz de Enzo disse atrás dela. O soldado soltou a mão de Elara, erguendo os braços em rendição e se retirando. O príncipe pegou a mão dela com força, girando seu braço.

Ela semicerrou os olhos.

– Que grosseiro – ela comentou.

– Você achou? – Os olhos dele estavam arregalados com uma inocência atuada. – Não podemos arriscar que ninguém veja através de sua glamouriza-ção. – Com um sorriso encantador, ele ergueu o copo, cheio de um líquido torvelinhante cor de âmbar.

– Ambrosia, um símbolo de paz – ele acrescentou.

– Bebida das Estrelas? Isso não é muito caro?

Enzo deu de ombros, tomando um gole.

– Então você não quer experimentar?

– Eu não falei *isso*. – Ela fez uma careta.

O olhar dele queimou quando levou a taça aos lábios dela. Elara hesitou por um segundo, mas, em seguida, olhando nos olhos dele, tomou um gole enquanto Enzo inclinava a taça.

Uma doçura quente e repleta de especiarias escorregou por sua garganta. A bebida faiscou em suas veias, êxtase se misturado com a bebida que ela já tinha consumido. Elara fechou os olhos, suspirando de satisfação. Sentiu uma mudança em seu interior ao levantar as mãos para o céu. Ela girou de euforia, sombras dançando atrás de suas pálpebras. Ouviu um cântico, um toque de tambores se intensificando. Começou a rir. Enzo estava diante dela, dançando com ela, luz e fogo vertendo dele. As sombras da jovem se curvaram em direção a ele, enrolando-se em volta de sua luz. Ela se sentiu leve. Então fluxos de imagens se chocaram umas com as outras sob as pálpebras dela, atacando seus sentidos. Dois tronos – um feito de prata pura e brilhante, o outro de ouro. Chamas vermelhas e ávidas devorando ambos. Um leão rugindo, e por fim uma lâmina enfiada em um coração de pedra. Mais escuro do que qualquer sombra, mais escuro do que qualquer noite.

Capítulo Vinte e Um

Elara abriu os olhos, ofegante. Enzo estava diante dela, com uma expressão preocupada. Ainda havia risos e dança acontecendo, e as chamas saltavam e crepitavam atrás deles, porém as sombras que lançavam sobre a grama estavam deixando os nervos da princesa à flor da pele.

— Elara? Elara, você está bem?

Ela olhou para ele, franzindo a testa.

— Você está aí parada há dez minutos.

— Eu estava… nós não estávamos dançando?

Ele lançou um olhar estranho.

— Não — ele respondeu devagar. — Depois que você bebeu a ambrosia, entrou nesse… transe. E ficou imóvel desde então.

Ela piscou, as imagens em sua cabeça se dissipando.

— Acho que tomei muito vinho.

A jovem caminhou de maneira precária até seu grupo, curvando-se diante de Merissa.

— Acho que vou voltar para o palácio. — Ela suspirou, uma sensação pesando em seus ombros como um xale de aço.

— Vou acompanhá-la.

— Não, não, por favor. Prefiro ir sozinha. Preciso de um pouco de ar fresco.

Leo fez menção de segui-la, mas ela colocou a mão em seu ombro.

— Eu escolhi ficar — ela jurou. — Não precisa se preocupar, não vou fugir novamente.

O general beijou sua mão, e Isra a abraçou mais uma vez.

— Espero ver você em breve, Elara.

Ela sorriu.

— Eu também.

A princesa procurou por Enzo, mas ele não estava em lugar algum, então, encolhendo os ombros, ela saiu.

Na volta, arrastou os pés em silêncio pelo caminho oculto ao redor do palácio, o som de seus passos a acalmando e afastando a opressão obscura que tinha caído sobre ela. Ainda não queria ir dormir e se viu vagando pelos arredores do palácio, até o labirinto que Kalinda tinha ajudado a criar. A brisa a refrescou, os tons da noite escurecendo para uma tonalidade que a lembrava de seu lar. Ela sentiu uma pontada e pensou em seus pais, em Sofia e em sua casa – na vida que tinha deixado para trás.

A Luz estava baixa, lançando sombras românticas em tudo o que tocava. Estátuas de amantes abraçados e lilases claros erguiam-se orgulhosamente com as pétalas abertas, sua fragrância preenchendo o vento beijado pelo verão. Ela ouviu o barulho de água, e o som a acalmou. Seguiu-o por entre as sebes densas do labirinto. Brilha-brilhas e grilos-índigo pareciam suspirar, sua agitação lhe fazendo companhia. Ela passou os dedos pelas folhas suaves e enceradas da sebe ao se perder na paz da noite heliana.

Depois de um tempo, chegou a uma pequena clareira no centro do labirinto, onde encontrou uma fonte adornada com uma escultura no centro que se erguia três metros acima dela: uma sereia nos braços de um pirata. Ele segurava a cabeça dela com as mãos enquanto olhavam um para o outro, lábios entreabertos, prazer esculpido no rosto da sereia de modo que o mármore parecia quase vivo.

Elara deu a volta na fonte, observando a cascata de água azul e lavanda que jorrava das conchas que enfeitavam o cabelo da sereia, o tapa-olho no rosto do belo pirata. Ela mergulhou as mãos na base da fonte e molhou seu rosto quente, então se acomodou em um banco de frente para ela. Suspirou e olhou para o céu. As estrelas brilhavam em resposta.

Sempre observando, pensou, lançando a elas um olhar venenoso. A visão estranha a havia abalado. Aquilo e a confissão de Enzo, todas aquelas novas verdades reveladas, a haviam desequilibrado. O tumulto de seus pensamentos foi interrompido por um farfalhar. Elara olhou em volta com ansiedade. Então riu quando Enzo cambaleou pela clareira, parando ao vê-la.

– Tive esperanças de que você estivesse aqui – ele disse, com os olhos ainda enevoados pela bebida.

– Você me seguiu? – O coração dela acelerou quando ele se sentou ao seu lado no banco, olhando para a fonte com cascata.

– Segui – ele respondeu simplesmente.

– Estou vendo que encontrou uma camisa – ela brincou, olhando para a peça pendurada no ombro dele, úmida e grudada. – Está se sentindo bem?

O príncipe riu, tirando um cacho molhado do rosto.

– Esta é minha parte preferida do palácio – ele contou, apontando para o espaço isolado.

– A fonte é tão linda. – Elara a admirou mais uma vez. – O que o artista capturou... é o tipo de amor que almas gêmeas teriam.

Enzo achou graça, e Elara olhou para ele com desconfiança.

– Me deixe adivinhar, você não acredita em laços de alma.

Enzo suspirou.

– Não, acredito que eles já existiram. "A balada da sereia e do pirata" é um de meus contos preferidos. Mas esse tipo de magia não existe mais.

– Eu sei... – Elara respondeu em voz baixa. – Mas às vezes, quando eu olhava para os meus pais, achava que eles talvez fossem almas gêmeas. Era como se compartilhassem uma alma, assim como na balada. E eu... – Ela engoliu em seco. – Quase sinto alívio por eles terem morrido juntos. Acho que um não conseguiria viver sem o outro, de qualquer modo.

Enzo ficou em silêncio.

– Bem – ela disse rapidamente –, a estátua. Quem quer que a tenha esculpido conhecia o amor. E o conhecia com profundidade, para produzir esta obra de arte.

O príncipe passou os olhos pela estátua, depois voltou a olhar para ela.

– Ou talvez não conhecesse nada, mas ansiasse por ele como alguém anseia pelo ar para respirar.

Ela se virou para ele.

– Não achei que você fosse um poeta. A ambrosia deve ter despertado isso em você.

Ele riu.

– É estranho sentir falta de você me irritando o tempo todo?

Ela sorriu consigo mesma.

– Sentiu minha falta? Pelo jeito você bebeu muito mesmo.

– É sério, senti a sua falta.

Elara se forçou a olhar nos olhos dele, o calor da ambrosia se acomodando sobre ela.

– Por favor, não se lembre disso amanhã, mas acho que também senti alguma saudade. – O silêncio ficou pesado demais no ar noturno. – Então – ela continuou com leveza –, você tem alguma outra poesia para declamar pra mim?

Enzo se virou parar analisá-la, cabeça apoiada na mão. Seu olhar subiu pela cintura da jovem, o pescoço, as flores nos cabelos. Ela viu um pequeno sorriso se formar nos lábios dele. Então o príncipe a olhou com sinceridade.

– Você pegou Luz – ele disse com ponderação. – Mas não está apenas bronzeada...

Ele olhou para o braço dela, mais moreno devido às horas treinando sob os raios da Luz, e o pegou nas mãos. O mero contato da pele quando Enzo segurou seu braço com gentileza fez a respiração de Elara encurtar. Os olhos dele encontraram o caminho de volta para ela.

– Parece que a Luz fez amor com você.

Ele passou o polegar áspero e faiscando de calor na parte interna do cotovelo dela, e a princesa estremeceu, os lábios se entreabrindo. Ele olhou para ela.

– Isso foi poético o suficiente? – Ele sorriu com ironia e o momento se rompeu.

Ela soltou um riso nervoso.

– Não é de se estranhar a quantidade de fofoca que corre por aí de que você é um libertino. – Ela sorriu em resposta, notando que o sorriso dele não alcançava os olhos.

– Ah, com essa aparência e as palavras pra combinar, como você não cai aos meus pés? – Ele se levantou, pegando na mão dela. – Acho que é hora de eu escoltá-la até a cama.

Ela olhou para a mão dele, em desacordo.

– A *sua* cama – ele corrigiu.

– Tenho certeza de que você não quis insinuar o que insinuou.

Os lábios dele se curvaram.

– Ora, é claro que não, princesa Elara. Como você poderia pensar em mim de outra forma além de um *aliado* perfeito?

Ela mordeu o lábio, sorrindo, permitindo que ele a puxasse do banco e a conduzisse até o palácio.

Quando chegaram ao quarto dela, ela se virou para ele, alisando a saia.

– Obrigada por me acompanhar. Não era necessário.

Ele inclinou a cabeça.

– Sim, era.

– Por quê? – ela perguntou em voz baixa.

Enzo pegou a mão dela outra vez e, enquanto olhava para ela, a ergueu, e Elara teve que inclinar a cabeça para trás para acompanhar o movimento.

– Para que eu pudesse fazer isso – ele disse, pressionando a mão dela em seus lábios. O beijo suave como uma pena lançou arrepios por seu braço.

– Boa noite, Elara – disse e deu meia-volta.

– Boa noite, Enzo – ela respondeu, fechando a porta devagar.

Capítulo Vinte e Dois

Na manhã seguinte, uma dor pulsante percorria o corpo de Elara que permanecia deitada, irritada, entre seus lençóis. Merissa demonstrou empatia enquanto se agitava ao redor dela, trazendo o café da manhã.

— Você sente dores tão fortes quanto eu — ela suspirou. — Vou pegar um pouco de chá de hortelã.

— Não tem quem me tire dessa cama hoje — Elara murmurou. — Nem mesmo Sua Alteza vai me tirar daqui.

Merissa riu, e começou a preparar o chá. Alguém bateu na porta e ela se abriu, revelando o príncipe na soleira.

— Pelos céus, Enzo, eu mal estou vestida! — Elara gritou, pegando um robe na poltrona ao seu lado e o vestindo por cima da camisola fina. O sorriso dele se abriu ao olhar para ela.

— Como sempre, entrar sem permissão é bom pra mim.

— Não estou com saco para provocações, hoje. Me deixe em paz.

Ele franziu a testa.

— Você está atrasada para o treinamento.

— Ah, sério? Merissa, dê uma medalha para ele por dizer o óbvio, pode ser? — Ela encostou nos travesseiros e Merissa escondeu um sorriso. Enzo deu um passo hesitante no quarto e olhou ao redor, esbarrando os olhos no exemplar aberto de *Os mythas de Celestia* e nas não-me-esqueças prensadas que ela estava usando como marcador de página.

Ele piscou, voltando a atenção novamente para Elara.

— Você não está bem?

— Estou menstruada — ela respondeu, e os olhos dele suavizaram. Enzo fechou a porta, andando na direção dela, e a princesa se sentou, alarmada. — O que você está fazendo?

Ele se sentou na beirada da cama.

— Posso ajudar de alguma forma?

— Por que você está sendo tão gentil comigo? — Ela semicerrou os olhos enquanto ele esfregava as mãos. O príncipe evitou olhar para ela, com seu sorriso sarcástico de sempre no rosto.

– Somos aliados agora, não somos? E quanto antes eu conseguir fazer você se sentir bem e voltar para o treinamento, melhor.

– Então você simplesmente aparece, um cavaleiro de armadura brilhante que chega pra me distrair de minha dor com suas bobagens.

– Não consigo pensar em muitas outras formas de distraí-la da dor, princesa – ele ronronou. Ela arqueou uma sobrancelha. – O que foi? Acha que um pouco de sangue me assusta? – Ele abriu um sorriso amarelo. – Esqueceu que sou o príncipe guerreiro de Helios?

Elara revirou os olhos, desmoronando de volta sobre os travesseiros enquanto tentava ignorar o calor que aquelas palavras causaram nela. Ela se distraiu de sua maneira preferida, insultando-o.

– Confio em você para encontrar uma maneira de se elogiar. É um verdadeiro talento, sabia?

– Então – ele disse, ignorando-a. – Levante a camisola.

– Sabe, para um príncipe libertino, achei que você seria mais bem versado em como fazer uma mulher tirar a calcinha. Merissa já falou comigo com mais romantismo.

Enzo jogou a cabeça para trás e riu, o som era como uma explosão de luz. Elara abriu um pequeno sorriso e abriu o robe, deixando visível a fina camisola que havia por baixo. Enzo se aproximou, o colchão se inclinando com seu peso até ele estar debruçado sobre ela. Então, com os olhos fechados, o rapaz virou as mãos de frente uma para a outra, gerando um som de crepitação. Em seguida, com um sorriso furtivo, colocou as mãos sobre a barriga inchada da princesa. Ela gemeu com a sensação de alívio que o calor provocou de imediato.

– A sensação é incrível.

– Não é a primeira vez que uma mulher diz essas palavras em minha presença.

– E, do nada, você estragou tudo. – Elara tentou se afastar, mas ele a segurou, pressionando as mãos fortes em seu ventre. Ela quase tentou lutar contra isso, mas estava exausta demais e a sensação era muito boa.

– Sua magia aumenta nesse período? – ele perguntou, tirando um cacho dos olhos ao olhar para ela novamente.

– Como você sabe?

– Você fala como se eu não conhecesse as mulheres.

Houve uma pausa tensa, e Elara sentiu uma sacudidela na barriga.

– Isra – ele disse rapidamente, esclarecendo. – Como cresci com ela, aprendi *muito*. O dom dela fica incontrolável no período da menstruação. É uma maravilha de ver.

Elara riu.

– Posso imaginar.

– Uma vez, ela congelou um grupo inteiro de embaixadores de Altalune. Quase arruinou todo um acordo de comércio entre nossos reinos. – Ele riu ao se lembrar.

– Vocês têm sorte de ter um ao outro – Elara disse em voz baixa.

Enzo concordou.

– Isra é o mais próximo que tenho de uma irmã. Não há nada que não faríamos um pelo outro.

– Então como Isra ainda não está na corte?

Enzo zombou.

– Você consegue mesmo imaginá-la aqui? Ela é muito impaciente para o tédio e a etiqueta da vida no palácio. Assim que teve idade suficiente, ela partiu.

– Ouvir você falar de sua infância me faz sentir falta de Sofia.

Enzo continuou a aquecer a barriga de Elara, sem olhar para ela. A princesa abriu um pequeno sorriso.

– Ela também era como uma irmã pra mim. Crescemos juntas no palácio. Certa vez, quando éramos adolescentes e vivíamos as dores do crescimento, ela causou um apagão no reino inteiro.

– Como, em nome das Estrelas, ela fez isso? – Enzo perguntou, incrédulo.

Elara riu da expressão na cara dele.

– Eu tinha roubado o vestido preferido dela para usar no baile de solstício de inverno. Disse que ela só estava brava porque ele ficava melhor em mim.

– Parece algo que você diria – ele afirmou.

Os lábios de Elara se curvaram.

– Bem, os ânimos se alteraram. Ela me disse que eu era uma pirralha mimada e deixou a escuridão rasgar. – Ela balançou a cabeça. – Tivemos que iluminar o baile com velas no meio do dia. Mas acho que, no final, isso o deixou mais mágico.

Os olhos de Enzo brilharam.

– Sofia merece uma condecoração por sua bravura, lidando com você todos esses anos.

– Ainda não sei o que aconteceu com ela – Elara respondeu em voz baixa. – É pior não saber se está viva ou morta; se ela escapou naquele dia.

Enzo apertou a cintura dela.

– Nós vamos descobrir.

Ela olhou para ele.

– Nós?

Ele deu uma gargalhada.

– Goste ou não, parece que estamos juntos nessa agora.

Um silêncio confortável pairou no ar quando Elara sorriu, fechando os olhos e desfrutando do calor que irradiava das mãos de Enzo. Ela estava tão esgotada que mal notou quando ficou à deriva e caiu no limbo. Com a luz de Enzo sobre ela, a jovem permaneceu ali. Ela ainda sentia a pressão das mãos do príncipe sobre ela no mundo real, embora sua mente de sonhadora tivesse começado a conjurar outro cenário. Com um pensamento, desejou que Enzo movesse as mãos. Ele a queimou com um olhar quente e obedeceu, traçando padrões provocativos sobre o material fino que se esticava sobre sua barriga.

— Assim? — ele murmurou, e ela soltou um suspiro satisfeito. Ele foi movimentando as mãos em círculos maiores, indo mais para baixo. Ela olhou nos olhos dele.

— Me diga o que deseja, princesa — ele disse com suavidade.

Elara sentiu uma mudança e abriu os olhos; a paisagem onírica se estilhaçando na mesma hora.

O olhar de Enzo era fogo quando um sorriso lento se formou em seus lábios.

— Estava tendo um sonho bom?

As bochechas dela se inundaram de calor.

— Do que você está falando?

— As sombras dentro de você estão ficando mais finas quanto mais as usa, princesa. E isso significa que posso ver as emoções serpeando dentro de você com mais clareza. E nesse momento elas estão quentes de desejo. — O sorriso dele ficou ainda maior. — Fico me perguntando com quem você estava sonhando.

— Mas por que um homem inteligente como você quer provocar uma mulher no auge de seu poder? Talvez você esteja desejando morrer.

— Há muitas coisas que desejo de você.

— Se já terminou de tentar entrar embaixo de minha pele, você já pode ir. Obrigada por... isso. — Ela apontou para as mãos dele, ainda sobre ela. Elara nunca quis tanto tirar um sorriso bobo a tapas da cara de alguém.

Ele se levantou.

— Fico feliz por você estar se sentindo melhor.

— Cada vez mais, quanto mais você se afasta. — Ela sorriu com doçura.

— Se estiver se sentindo melhor amanhã, eu a encontro para o treinamento como de costume.

Ela assentiu, evitando os olhos dele ao se acomodar de volta sob os lençóis.

Da porta, ele se virou.

— Descanse. — Aquele sorriso idiota e provocador tinha saído de seu rosto. — Ah, e Elara?

Ela olhou para ele por trás do travesseiro.

— Aquele pequeno sonho que acabou de ter? É apenas um vislumbre do que eu poderia fazer com você.

Capítulo Vinte e Três

ENZO MAIS UMA VEZ ASSUMIU SUA POSIÇÃO DE PROFESSOR RELUTANTE. Nos dias que se seguiram, os dois caíram em uma rotina fácil de treinamento, seguida de almoço, que, de acordo com a observação do príncipe no mercado, sempre parecia deixar Elara de bom humor. À tarde, ela ajudava Kalinda nos jardins, ou Merissa na cozinha. Às vezes, Isra passava para ver Enzo e dava um pulo na cozinha para comer bolo ou folhado frescos com Elara e Merissa antes de ir embora.

As últimas sessões matutinas estavam lhe dando a chance de exibir seus avanços no manejo com as sombras. A princesa já podia manipulá-las apenas com um pensamento, embora ainda faltasse consistência. Em uma nova tentativa, ela lançou sombras em forma de um espectro sobre Enzo.

A Luz passou zunindo e açoitou seu braço.

– *Ai!* – Ela afastou a dor aguda.

Enzo reprovou o vergão vermelho que se formou nele.

– Ariete vai lhe dar um vergão muito pior do que este se você não levantar seu escudo.

Elara ajustou as sombras, agrupando-as na escuridão até formar uma força perversa e impressionante.

No último instante, puxou a adaga da coxa e canalizou as sombras por ela, engolindo a luz do rapaz.

– Ótimo. Mas isso está se tornando uma muleta. Você conta muito com isso. Precisa manipular suas sombras sozinhas.

– Não é verdade – ela retrucou. – Minha técnica é perfeita. Ou se esquece de que estava de costas e entre minhas pernas há pouco tempo?

– Acredite em mim, El. Eu não me esqueci. Mas da próxima vez que eu estiver de costas e entre suas pernas, espero que haja menos roupas envolvidas.

– Seu bobo! – Ela lançou uma sombra sobre ele, ficando corada quando o príncipe a dispersou de maneira preguiçosa com um movimento rápido dos dedos. Elara ignorou a espiral de calor que se formara em seu estômago devido às palavras dele, concentrando-se nas sombras nas pontas de seus dedos.

– Não me lembro de dizer que você poderia me chamar de El – ela ponderou.

O sorriso dele se aprofundou.

– É precisamente por isso que comecei a chamá-la assim.

Ela encolheu os ombros, exasperada.

– Essa tortura nunca vai terminar? Prefiro os exercícios de Leo a isso.

Com uma risada ampla, ele se sentou sobre a pedra dura do pavilhão, os músculos rígidos do abdômen desnudo ondulando.

– Mas tem uma coisa que *eu* não me lembro: você nunca me explicou por que tem uma adaga – disse, fogo dançando entre suas mãos. – Ou como a empunha *quase* tão bem quanto eu empunho uma espada.

Ela fingiu fazer uma reverência.

– Onde uma princesa asteriana aprenderia a usar uma faca como essa? Não que eu esteja reclamando – ele acrescentou. – É uma das poucas coisas que a deixam mais tolerável.

Elara se absteve de jogar outra sombra de um formato muito vulgar na direção dele. Em vez disso, desabou ao seu lado com um suspiro, sentindo os raios suaves do meio da tarde batendo em suas costas. Ela lutou consigo mesma, antes de acenar com a cabeça com determinação.

– Um segredo por um segredo?

Ele olhou para a jovem com alguma hesitação, mas concordou.

– Prossiga.

– Sofia – ela começou a dizer. – A mãe dela, Juliette, era a capitã da guarda do meu pai. É por isso que crescemos juntas. – Tristeza passou pelo rosto de Elara. – Ela foi encontrada morta alguns anos atrás.

– O que aconteceu? – Enzo franziu a testa.

Elara deu de ombros.

– Nunca descobrimos. Não havia ferimentos, então os curandeiros concluíram que foi algum problema no coração. Mas eu a vi antes de ser enterrada... – Elara balançou a cabeça ao se lembrar da imagem. – Parecia que tinha morrido de medo. Uma das guerreiras mais formidáveis de Asteria, que nunca tinha demonstrado um pingo de temor. Petrificada. Eu nunca vou esquecer da expressão nos olhos dela. Era como se tivesse visto o mal encarnado.

Elara balançou a cabeça, esvaziando-a.

– Até então, Juliette tinha ensinado a mim e a Sofia tudo o que ela sabia. Nós treinávamos todos os dias. Meus pais quiseram assim, depois do... incidente com o manipulador de luz. Eles já conheciam a profecia, e como eu estava sem minhas sombras, agora entendo por que queriam que eu soubesse me defender de alguma forma.

Ela mostrou a adaga para o príncipe.

– Sofia me deu esta adaga em meu aniversário de 16 anos. Está vendo essas obsidianas? Ela disse que suas sombras sempre estariam comigo enquanto eu tivesse a adaga. – Elara sorriu. – A argêntea, minha amiga disse que lembrava a cor dos meus olhos.

A princesa acariciou o cabo, e o dragun esculpido nele.

– Então é por isso que tenho uma adaga e sei como usá-la – ela terminou de contar. – Para me defender quando meus dons não podiam.

Elara tomou um gole de água, mãos trêmulas.

– O que foi? – ela perguntou, encarando o príncipe.

– Você já usou seus dons? – ele perguntou em voz baixa. – Quero dizer… para machucar?

Ela assentiu.

– Algumas vezes, sim. A mais recente foi aqui em Helios.

Enzo se sentou devagar.

– Quando?

Elara ficou paralisada, de repente sentindo que não devia ter respondido. O olhar penetrante do príncipe, com manchas bronze, queimava dentro da alma dela.

– Assim que cheguei. – Ela viu a mandíbula de Enzo travar. – Quando chegamos em Sol, tentei fugir de seus guardas. Alguns… me encontraram.

Enzo se moveu de maneira imperceptível, ainda com os olhos nela.

– Quem? – ele perguntou friamente.

Ela percebeu a luz, dura e gelada, se movendo entre os dedos dele, ansiando para brilhar.

– Você acha que eu sei o nome dos guardas?

– Descrição, Elara. Cabelos, olhos, como eram?

– E isso importa? – Ela soltou uma risada nervosa.

– Sim – ele respondeu.

– O líder do grupo tinha cerca de 40 anos. Cabelo castanho-claro, cicatriz na têmpora.

Enzo pensou por um instante.

– Barric – afirmou.

Uma pausa se estendeu entre ambos, e ela deixou o som dos pássaros cantando nos galhos das árvores de jasmim tomar conta dela enquanto puxava a grama entre os dedos.

– Eles tocaram em você?

Elara paralisou com o gelo na voz dele. Aquele não era o príncipe embriagado e charmoso nem o aliado provocador. Aquela era a voz do guerreiro mais letal a agraciar Celestia. A princesa não respondeu.

– Eles tocaram em você, porra? – ele insistiu.

Um arrepio desceu pelas costas dela. A voz de Enzo normalmente era melódica e quente, repleta de fogo. Mas estava fria. Calma. Calma demais.

– Barric tocou – ela sussurrou. A lembrança que havia se esforçado para enterrar, para esquecer, surgiu sem ser solicitada e o pânico a agarrou. – Ele fez os outros me segurarem enquanto rasgava meu vestido. Beijou meu pescoço. Foi até onde chegou antes de eu dar vida a seus pesadelos.

Elara sentiu a mão áspera de Enzo levantar seu queixo para que ela o encarasse. Algum calor havia retornado ao seu olhar, mas o gelo ainda brilhava por baixo. Ele ajeitou uma mecha de cabelo atrás da orelha dela, a mandíbula tensa antes de enfim dizer:

– Isso *nunca mais* vai acontecer com você.

– Eu sei. Posso me defender. – Ela arqueou uma sobrancelha.

– Sim. Mas aqui, no meu reino, você está sob minha proteção.

Ele acariciou o rosto de Elara, quase a deixando sem ar com o gesto gentil. No último momento, o príncipe se levantou e virou, sua sombra alta atravessando o campo de treinamento até o palácio. Foi só então que ela viu: a terra de onde ele estava sentado queimada e empretecida, soltando fumaça sob a luz vespertina.

Capítulo Vinte e Quatro

Na manhã seguinte, Elara despertou sentindo cheiro de fumaça. Tossiu, esticando os braços. Arregalando os olhos, viu os filetes de fumaça subindo, vindo mais ou menos da direção dos portões do palácio. Alarmada, ela cambaleou para se levantar, a visão obstruída pelos parapeitos e torres do palácio.

Vestindo rapidamente suas roupas de treinamento, a princesa prendeu a adaga à coxa e saiu correndo pelo corredor vazio, gritando por Merissa ou Leo.

– Alguém? Ajude! Tem fumaça perto dos portões do palácio!

O palácio estava silencioso como o Cemitério, e Elara lutou para domar o pânico que surgia dentro de si. Lançou-se por uma esquina, torcendo para estar indo na direção certa. Começou a ouvir o zumbido de uma multidão e o seguiu. Ela avistou Merissa, que acenou com avidez, fazendo sinal para se aproximar. Com uma sacudidela, correu até ela, segurando a túnica à sua volta.

– Pelas Estrelas, o que está acontecendo? – ela praguejou, esticando-se sobre as cabeças dos hóspedes e dos trabalhadores do palácio. Do lado oposto do que tinha vindo, havia outra entrada arqueada para o pátio, fechada com portão, e Elara viu atrás dele ainda mais gente pressionada contra as barras, com uma energia agitada deslizando por elas.

– É uma execução pública – Merissa explicou, também espiando sobre as cabeças. – Foi anunciado pouco antes do amanhecer. É a maior que já tivemos em anos.

Elara balançou a cabeça.

– Execuções *públicas*? Vocês ainda têm isso?!

Merissa olhou para Elara como se *ela* fosse insana.

– Vocês não têm em Asteria?

– Meu pai as declarou ilegais há décadas.

Merissa olhou para a princesa com relutância.

– É melhor você não assistir, então. – Ela se virou para o espetáculo.

Elara também fez menção de se virar, sentindo-se nauseada. No entanto, algo a aterrava no lugar, uma sensação pesada de puxão no estômago. A princesa se moveu, espiando por uma abertura na multidão. Sua respiração parou.

Alguns passos levavam a uma plataforma elevada, com um pórtico construído sobre ela. E ali, amarrados a um pilar da estrutura, havia cinco homens. Um deles, pequeno e furtivo, com sangue escorrendo do nariz. O seguinte, baixo e musculoso, tinha queimaduras de um lado da face.

– Pelos deuses… – a jovem sussurrou.

O seguinte parecia ter a idade de Elara, e chorava com olhos roxos e inchados. Sangue empretecido incrustado em seus lábios e pálpebras. O homem ao lado dele estava praguejando, com lacerações profundas em todo o peito descoberto. Os homens que a haviam segurado. Os mesmo que tinham assistido a tudo.

Finalmente, na ponta, lamentando-se sem palavras, a língua cortada em um toco escuro, visível quando ele pranteava, Elara o viu. Cabeça castanha-clara, a cicatriz na têmpora. A respiração dela acelerou, o coração batendo uma canção que a envolvia, abafando todo o resto: os sons da multidão, o burburinho e a zombaria.

– Não, não, não – ela disse, agarrando o pilar ao seu lado.

– Elara? Elara! – Merissa a segurou com preocupação no rosto.

– Ele… ele… – Estrelas, ela não conseguia respirar. Não conseguia falar com o peso do que via diante dela a massacrando. – Onde ele está? – ela perguntou. – Onde *ele* está?

– Quem? – Merissa franziu a testa. – Quem, Elara?

A jovem respirou fundo, a raiva deixando seu peito em chamas quando o incompreensível se tornou claro. Então, ela o viu.

Príncipe Lorenzo, o Leão de Helios, todo-poderoso Filho da Luz, o guerreiro mais letal a agraciar a terra em séculos. Enquanto passava lentamente pelos prisioneiros, vestido de preto dos pés à cabeça, com olhos tempestuosos e a mandíbula tensa. Ele parou e se virou para a multidão, olhando para eles.

– Esses homens são acusados de agressão do mais alto grau. – Sua voz foi transportada pelo espaço como a lâmina de uma espada dando um golpe fatal. – Eles sujaram o nome da Guarda da Cidade. – O príncipe cuspiu nos pés do líder do grupo, que gemia de dor.

A princesa avançou, tentando forçar a multidão a se afastar e a abrir caminho para que ela conseguisse chegar na plataforma e impedi-lo.

A luz da manhã estava ofuscada pelo brilho nos olhos de Lorenzo enquanto ele falava, a multidão murmurando de repulsa, insultando quando as acusações foram lidas.

Elara chamou por ele, mas sua voz foi engolida pela multidão.

– Que isso sirva de lição! – ele vociferou sobre todos. – Este será o destino de quem for declarado culpado de fazer o mesmo. De tocar uma mulher contra sua vontade. Que isso sirva de lição! – ele repetiu, e se virou para as figuras lamentosas amarradas aos postes, erguendo a mão elevada com elegância contra o céu claro: – Agora vocês vão *queimar*.

Com um movimento de seu pulso as chamas engoliram todos eles, os gritos cobrindo o ar espesso e agitado. Alguns da multidão gritaram, horrorizados. Outros vibraram. Enzo passou os olhos pelas pessoas, todo orgulhoso, até que seus olhos esbarraram nos de Elara. A princesa ficou sem fôlego quando viu que as chamas que o cercavam queimavam dentro de seus olhos também. O som da multidão pareceu desaparecer no fundo, registrando apenas um rugido abafado em seus ouvidos, juntamente com gritos distante e empolgados:

– Queimem, queimem, queimem!

O olhar de Enzo não a deixou, e ela não conseguiu mais suportar o fogo que a cercava. Com a cabeça girando, se desvencilhou das mãos de Merissa e saiu correndo a toda velocidade pelos portões do palácio, para longe da multidão barulhenta e do Leão de Helios.

Capítulo Vinte e Cinco

A RESPIRAÇÃO DE ELARA QUEIMAVA EM SEU PEITO quando ela subiu a inclinação íngreme para a floresta. A áspera vegetação rasteira rasgava as solas de seus sapatos macios, sua roupa prendendo-se aos galhos enquanto ela passava. Respirações irregulares escapavam dela conforme seguia, empurrando-a para a sombra. Para bem longe do som da morte.

A princesa desmoronou sob a copa das árvores no lugar em que havia treinado com Enzo pela primeira vez. A lembrança a fez recuar.

Ela se deitou, ofegante. O horror do que tinha acabado de testemunhar continuava a assombrá-la – as chamas, os gritos, o fedor de carne queimando e do fogo. Raiva e choque se misturavam em uma valsa doentia.

A escolha não era de Enzo, mas ele a havia feito mesmo assim, aquele tolo de cabeça quente. A traição era uma faca em suas entranhas, e em vez de engolir o que sentia, deixou-se alimentar pela emoção, fervilhando até a clareira se encher de sombras. Não havia nem uma fresta de luz, sua magia a havia engolido por inteiro.

Ela não sabia ao certo por quanto tempo já estava deitada ali, tentando controlar o coração acelerado e suas lembranças. A escuridão que a cercava não dava nenhuma indicação de que horas eram. De repente, o estalo de um galho a fez se levantar. Em silêncio, puxou a adaga de sua bainha. Então se agachou, uma pantera pronta para dar o bote. Viu uma sombra e a atacou, derrubando-a no chão. Momentos depois, posicionou-se sobre a vítima, que tinha caído muito facilmente para alguém tão grande.

Na escuridão, uma voz familiar disse:

– Você ama me obrigar a ficar em posições comprometedoras, não é?

Elara saiu de cima de Enzo, o estômago revirando.

– Fique longe de mim – ela sussurrou.

– El, precisamos conversar. – Ele suspirou ao se levantar.

– Não ouse me chamar assim. Você não é meu *amigo*.

Enzo se encolheu diante daquelas palavras, como se elas o tivessem atingido.

– Elara – ele disse, endurecendo o tom de voz. – Não vou embora até conversarmos.

– Então fale – ela resmungou, virando para ficar de frente para ele, braços cruzados como uma armadura diante do peito. Seus olhos começaram a pulsar. Ela se sentou sobre uma pedra plana e apertou a base das mãos neles com violência.

– El – ele disse de novo, e ela se virou e o viu agachado ao lado, sentando-se sobre os calcanhares para ficar na altura dos olhos dela.

– Eu me permiti esquecer quem você é – ela disse em voz baixa. Depois riu com tristeza. – É fácil demais quando você é charmoso, quando sorri. Fácil esquecer que você é um leão em pele de cordeiro. – Ela viu a mandíbula dele travar e seus olhos brilharem. *Ótimo*, pensou. – E então eu o vi. Aquele homem amarrado. De quem eu havia falado em confidência, com quem você sabia que eu já tinha lidado. E uma parte de minha mente quis acreditar que era uma coincidência. Que de jeito nenhum meu *aliado* teria ido atrás dele. De jeito nenhum seria por sua mão que o guarda queimaria.

Ela ergueu os olhos para a copa das árvores acima deles.

– Mas lá estava você. Como a própria Morte, sem um pingo de emoção, queimando todos eles. – Ela fechou os olhos, balançando a cabeça. – Tem alguma ideia do que você fez? Ficou marcado em minha mente, é um fardo que terei que carregar de agora em diante. E os homens que estavam com ele? Morreram por minha culpa. Porque eu te contei, confiei em você.

Havia apenas silêncio quando ela puxou o ar, trêmula.

– Você não tem nada a dizer?

Enzo se levantou, seu rosto era uma máscara na penumbra.

– Sim eu tenho algo a dizer. Nenhum deles era inocente. Aqueles merdas *tocaram* em você, Elara. Eu *vi*. Olhei dentro da alma de cada um antes de amarrá-los ao poste. Eles já tinham feito aquilo antes. Com mulheres que não conseguiram revidar. Você não foi a primeira e não seria a última.

Ele ficou andando de um lado para o outro como um gato selvagem.

– E isso aconteceu com você no *meu* reino. – A voz dele falhou, áspera. – Tem ideia de como me senti? Por você ter sido ferida sob minha proteção, quando era *minha* responsabilidade?

Ele cerrou os dentes. Elara abriu a boca para retrucar, mas o príncipe a silenciou.

– Você fica aí sentada, zangada por eu ter sido impiedoso, muito cruel em minhas punições. – Ele deu a volta nela, agachando diante dela novamente. – Você me pergunta o que eu tenho a dizer – ele resmungou, sua voz tão grave que a princesa sentiu um fogo se acender no fundo do estômago. – Eu digo que a escolha foi minha, o fardo é meu, e não ouse por um segundo tomá-lo pra você. Eu tenho a dizer que faria tudo de novo, que gostei de ver todos eles sofrerem pelo que tentaram fazer com você.

Então, ele soltou um suspiro longo.

– Mas eu *sinto muito* por ter a chateado. Era a última coisa que eu queria, El. Eles apenas… mereceram. Então nunca vou me arrepender de ter acabado com aquelas vidas.

Havia um olhar tão sincero no rosto dele que a raiva dela começou a diminuir.

– Você não pode decidir uma coisa dessas assim, Enzo. Você devia ter falado comigo, pelo menos me avisado.

– Você tem razão – ele disse com suavidade. – Não pensei em como minha atitude faria você se sentir.

Ela olhou para ele, analisando seus olhos. Rastreou os brilhos dourados que reluziam dentro deles, mas, mais profundo do que isso, um pouco do calor castanho que ela tinha passado a conhecer.

Contra sua vontade, quase sem pensar, ela afastou um cacho rebelde dos olhos do príncipe, deslizando-o com a mão para a lateral do rosto dele. Enzo fechou os olhos, soltando o ar devagar.

Emoções guerreavam dentro dela – raiva, traição, orgulho e compreensão. Elara soltou o ar por um longo tempo, tentando se decidir. Mas estava tão cansada de lutar contra a própria mente. E ali estava uma pessoa ao seu lado, alguém que que tinha realizado sua própria retaliação, ainda que extrema e sangrenta, por ela.

– Você me deve um segredo – disse, com um sorriso hesitante.

Ela havia decidido pelo perdão. Lorenzo abriu os olhos, deixando escapar uma risada surpresa.

– É verdade.

O príncipe a puxou para baixo sobre o musgo macio. Elara se apoiou nos cotovelos. Ele ficou olhando para a densa copa acima dos dois, os braços atrás da cabeça. A princesa passou os olhos sobre o peito largo e os braços dele. Sem olhar para ela, ele disse:

– Eu criei a fonte.

Os olhos dela voaram para o rosto dele.

– O quê?

Ainda olhando para cima, ele sorriu diante da descrença dela.

– Eu não sou só beleza e força, princesa. – Ele riu. – É meu dom – ele explicou enquanto fitas brancas e brilhantes saíam de seus dedos em cascata, cintilando de leve. Elas se estenderam até o tronco de uma árvore próxima, e Elara observou, surpresa, sua magia entalhar uma letra na casca.

– E? – ela disse. – De Enzo, ou Elara?

Enzo apenas piscou para ela, e lançou a luz na direção da copa. Elara ficou boquiaberta, deitada de barriga para cima ao lado dele enquanto observavam juntos. O príncipe dispersou a luz de modo que parecesse mil estrelas através da cobertura de folhas, dançando em padrões lentos.

Mais esplêndido do que estrelas, ela pensou, sorrindo.

– Criar me acalma.

Elara absorveu suas palavras, ainda hipnotizada pelos suaves clarões que brilhavam acima dela.

– Você pega um pedaço grande e feio de pedra, e vai lapidando com a Luz até essa coisa linda ser revelada por baixo. – Ele deu de ombros.

Os pensamentos da jovem voltaram para a conversa que tiveram diante da fonte e o que ele havia dito sobre a estátua.

– Então, se me lembro bem – ela perguntou com os olhos ainda colados nos brilhos dançantes no céu –, você nunca se apaixonou?

Os lábios dele se curvaram.

– Ah, um segredo por um segredo.

Os dois ficaram em silêncio enquanto ele criava arco-íris e padrões com seus poderes, as cores vibrantes refletindo em seus rostos na escuridão. Como algum dia ela havia tido tanto medo *dessa* luz? Como a havia visto de outra forma que não fosse bela?

– *Eu* nunca me apaixonei – ela disse, examinando a copa com um trago. Ela sentiu uma mudança muito pequena na tensão do corpo dele ao lado dela, mas não ousou olhar.

– Ah, sério? – A voz de Enzo era provocadora. – Nem mesmo por seu querido amante que a deixou insatisfeita no quarto?

Só pelo jeito que ele falou dava para adivinhar o sorriso sarcástico na voz dele, e Elara levantou o braço para dar um soquinho no ombro do rapaz. Ele a pegou pela mão, impedindo-a, e estendeu o braço dela no vão entre ambos. Ela ficou extremamente ciente do fato de que ele manteve a mão ali, segurando a dela.

Elara o espiou de canto de olho e o viu ainda olhando para o abrigo de folhas sobre eles, a cabeça apoiada sobre um braço.

– Nem mesmo por ele – ela disse, escondendo o próprio sorriso na voz. – Lukas e eu estávamos noivos, nosso casamento foi arranjado quando éramos crianças.

A pele de Enzo faiscou junto à dela.

– Ele é sua *alma gêmea*, então? – Escorria escárnio da voz dele.

Elara fez que não com a cabeça.

– Nunca senti paixão por ele. Ou desejo, desejo de verdade. Aquela necessidade absoluta sobre a qual li. Eu nunca senti... – Ela fez uma pausa, tentando encontrar a palavra.

– Fogo – Enzo murmurou com uma risada suave.

O estômago dela se eletrizou.

– Isso – ela sussurrou. – Fogo.

Elara podia sentir o calor emanando dele. Ela não ousou olhar, por medo do que sentiria se visse aquela mesma chama nos olhos dele.

A princesa sentiu um calor subir por seu braço, lambendo o interior de seu pulso conforme chamas invisíveis fluíam da mão de Enzo para a dela. A sensação lançou rios de empolgação por seu corpo, acariciando seu pescoço, aquecendo-a até o âmago. Ela sentiu um *anseio* tão visceral pelo toque que sua boca ficou seca, a sensação em seu estômago afundando mais e mais enquanto ela tentava mudar de assunto.

– Eu amava Lukas, mas me dei conta de que nunca estive *apaixonada* por ele, que era doce e gentil. Mas… – Ela balançou a cabeça. – Ele mudou. Uma escuridão começou a crescer dentro dele. Somos alertados sobre isso, sabe, como sombramantes. Que se não controlarmos nossas sombras, existe o risco de nos afogarmos nelas. Lukas se tornou imprevisível. Tinha terríveis ataques de mau humor. Mas sempre tinha vislumbres do garoto que conheci, o que me fazia ficar e continuar com o noivado. Nós nos conhecíamos desde criança. E… – Ela engoliu em seco, forçando a voz a não tremer. – E, então, ele me traiu. O garoto em quem eu confiava com minha vida.

– O que ele fez? – A voz de Enzo raspou em sua pele e ela arriscou olhar para ele. Seu olhar estava queimando a copa da árvore, os ombros travados.

– Ele invocou Ariete.

E pronto. Ela nunca tinha falado sobre aquilo em voz alta antes.

– Era meu aniversário. Pouco antes de seus homens me sequestrarem. Sofia tinha saído escondida comigo para o festival itinerante da cidade, e me convenceu a ir até a tenda de uma vidente para fazer uma leitura. Uma *leitura de amor*. – Elara revirou os olhos. – Ela nunca gostou de Lukas. Acho que queria que eu visse que havia outro futuro pra mim. O oráculo era uma das sacerdotisas de Lias. E… bem, ela me disse uma profecia.

Enzo acenou com a cabeça.

– Sei que uma profecia foi feita sobre você. Meu pai me disse. Mas não me contou o que foi profetizado. – Ele fez uma pausa, antes de perguntar solenemente. – O que ela lhe disse?

A mão dela tremeu, mas a mão de Enzo sobre ela a aterrou, e lhe deu a coragem para proferir a frase seguinte.

– Ela me disse que eu me apaixonaria pelo Rei das Estrelas. E que isso mataria nós dois.

Enzo não disse nada.

– Voltei chorando para o palácio com Sofia, contei a Lukas, antes de confrontar meu pai e minha mãe. Meus pais choraram e me disseram que a mesma profecia tinha sido feita em minha cerimônia de nomeação. Que tinham feito de tudo pra impedir que ela se concretizasse, para me esconder. Houve uma pequena festa aquela noite no palácio, para comemorar o meu aniversário. Apenas para as pessoas mais próximas e minha família. Era tarde, Lukas e eu estávamos dançando e eu vi uma coisa cair no chão. Uma carta de carneiro, do baralho Stella, ensanguentada.

Enzo soltou algo parecido com um sibilo de raiva.

Elara assentiu.

– Lukas apelou por seu favor. Não sei o que lhe custou, e ainda não consigo compreender o motivo. Talvez estivesse zangado, quero dizer, quando contei sobre a profecia, ele ficou furioso e precisei acalmá-lo, eu era sua noiva, afinal. Ou talvez ele achasse que poderia tentar matar a Estrela. Eu sei... – ela disse, quando Enzo riu –, não é tão fácil assim. Mas ele estava ficando cada vez mais descontrolado nos últimos meses. Ariete apareceu de onde estava num piscar de olhos, e bem... o resto você sabe.

Enzo ficou quieto por um bom tempo, e tudo que Elara ouvia era o próprio coração batendo.

– Você está destinada a Ariete? – Enzo perguntou com aspereza.

Ela fez que sim.

– Simplesmente não consigo acreditar que meu destino esteja ligado a alguém tão cruel. Como ele pode ser a outra metade de minha alma? Mas, segundo a profecia, ele é.

– Você merece sentir amor *verdadeiro*, El – Enzo declarou e começou a traçar o polegar na parte interna da palma da mão dela. A respiração de Elara ficou rasa, tentando se concentrar no show de luzes. – Você merece ser adorada. – Ainda com o polegar, ele acariciou o interior do pulso dela. – Sentir prazer. – Ele voltou à palma da mão dela. Enzo fez uma pausa. – Ser a pessoa que alguém procura primeiro em todos os cômodos que entra.

Elara se virou para o príncipe, e Enzo se virou para ela. Eles ficaram parados, olhando um para o outro enquanto a luz dele refratava sobre ambos, beijando-os com padrões e sombras.

– Eu não quero só amor. Quero reverência. – Ela desviou os olhos. – Isso é pedir muito?

Ela sentiu a mão de Enzo sob seu queixo e tremeu de leve quando o rapaz a obrigou a olhar para ele. O príncipe ficou olhando nos olhos dela por um bom tempo enquanto faíscas traçavam os olhos deles. Finalmente, um sussurro abriu seus lábios.

– Não.

Seus olhos foram parar nos lábios dela, encarando com atenção. Seus lábios se abriram, e ela sentiu uma tensão palpável no ar, algo que a consumiria se respirasse.

– Acho que seria muito fácil adorar você – ele murmurou com a voz tão suave que ela quase se derreteu nela.

– Bem, eu duvido que um deus seja capaz de muita adoração – ela disse baixinho, e se afastou.

Enzo estava alcançando os cabelos dela e se preparava para falar quando um rosnado baixo cortou o ar.

O príncipe se levantou em segundos, silencioso como um fantasma, com a mão na espada curta. Ele entrou na frente de Elara depois que a princesa se levantou lentamente, desembainhando sua adaga.

Ouviram outro rosnado, mais suave, mas mais próximo dessa vez, e Elara olhou ao redor com inquietação. Enzo praguejou, trazendo luz para as mãos para iluminar a escuridão penetrante.

Ela ficou boquiaberta. A menos de dois metros dela havia um lobo. Tão preto quando as sombras, olhos verdes como sílex. Ela poderia confundi-lo com um lobo-noturno, mas o animal diante dela não tinha cauda de fumaça, e não tinha estrelas dentro dos olhos. O lobo se aproximou, e Enzo se movimentou com sutileza, ainda a protegendo.

Os olhos dela se encheram de lágrimas quando apertou o braço de Enzo, passando por ele e se aproximando mais do lobo.

– Elara, eu já a acho insana, mas essa deve ser a pior hora para provar que estou certo – Enzo sussurrou.

– Está tudo bem, Enzo – ela sussurrou, dando outro pequeno passo, com a mão estendida.

O lobo se aproximou, com as presas perversas brilhando. E então, com um choramingo, lambeu a mão de Elara. Ela soltou uma gargalhada trêmula ao acariciar de maneira hesitante a cabeça do animal. O lobo deu um ronco baixo, sentando-se sobre as pernas traseiras ao acarinhar a mão da princesa com a cabeça.

– Que porra é essa? – Enzo sussurrou atrás dela, dando um passo para mais perto.

O lobo se virou, rosnando, e Elara conteve uma risada, deixando a adaga cair no chão.

– Enzo, conheça Astra.

– Por favor, pode me explicar, em nome das estrelas, o que está acontecendo?

– O *dragun* era o selo de minha família. Sofia transformou o lobo no dela. – Lágrimas estavam começando a se formar nos olhos de Elara quando ela se ajoelhou e colocou as mãos ao redor do pescoço de Astra, sentindo seu cheiro familiar.

– Lobos são do domínio de Piscea. E, bem, Sof sempre foi um pouco fanática pela Estrela de Asteria. Sofia não é verdana, então não podia falar com animais, mas parecia entender os lobos. E eles pareciam entendê-la. Ela domesticava todo lobo desgarrado que encontrávamos, e os lobos da Floresta das Sombras paravam de uivar quando ela estava por perto. Encontramos Astra um dia no meio da floresta do palácio. Estava ferida. Nosso zelador fez menção de disparar contra ela, mas Sofia se atirou no caminho da flecha para impedi-lo. Cuidamos de Astra até ela voltar a ficar saudável, e desde então ela ficou por perto. Principalmente de Sof.

Astra choramingou, e Elara coçou suas orelhas.

– Ela me encontrou por algum motivo – ela sussurrou. – O que foi, garota? Por que está aqui?

A loba choramingou mais um pouco, cutucando a adaga sobre a grama. Ela a pegou.

– Isso?

Enzo ainda estava em pé, embasbacado.

A loba continuava choramingando, cutucando as pedras com o focinho úmido. Elara franziu a testa.

– O que foi, Astra?

A loba apontou com mais afinco para as pedras de obsidiana brilhantes.

– Não entendo – ela disse.

Astra rosnou, eriçando os pelos ao olhar para Enzo. As sombras pareceram escurecer na floresta, e Elara estremeceu. E, então, com um choramingo e um último olhar pesaroso para Elara, a loba correu.

– Astra! – Elara gritou, cambaleando para ficar em pé. Mas a loba havia desaparecido na escuridão.

Capítulo Vinte e Seis

DE VOLTA AO PALÁCIO, ELARA SENTOU-SE NA CAMA e olhou cada centímetro da adaga. Passou a mão sobre a lâmina, apertando os cristais incrustados no cabo.

— Você não disse alguma coisa sobre Sofia e essas pedras? — Enzo andava de um lado para o outro no quarto dela enquanto observava os esforços da princesa para descobrir o que Astra tentara lhe dizer.

— Sim. Ela disse que a argêntea lembrava meus olhos, e que a obsidiana... Ela parou de falar, arregalando os olhos.

— A obsidiana significava que uma parte dela estaria sempre comigo — ela terminou.

— Tente suas sombras — Enzo disse.

Elara levantou a mão com hesitação sobre a pedra preciosa grande e brilhante, tão preta que mostrava seu próprio reflexo.

Um rastro de sombras correu de seus dedos para a pedra, e a jovem esperou com a respiração lenta, encarando a joia.

A princípio, nada aconteceu. Mas, então, sombras começaram a sair da obsidiana, mais escuras e pesadas do que as de Elara. A jovem já as havia sentido antes e soube instantaneamente a quem pertenciam.

Por fim, as sombras se transformaram em uma figura.

— Lara? — A voz saiu distorcida.

— Sofia? — Elara perguntou.

Enzo observava de onde estava, com os olhos arregalados.

— Lara? Onde você está? Astra lhe encontrou? Ela te mostrou...?

— A adaga, sim. Você é um gênio! — Elara abriu um sorriso aguado.

— Não tenho muito tempo — Sofia disse, sua sombra vacilando e se reformulando. — Lara, você está em segurança?

Elara nunca tinha ouvido Sofia entrar em pânico antes. A amiga era a equilibrada entre as duas. Sua voz aguda e tensa foi o suficiente para fazer a princesa se levantar.

— Eu estou. Mas me diga onde você está.

– No palácio. Ariete, ele… ele matou tanta gente. – A voz dela falhou. Um nó frio e duro começou a se formar no peito de Elara. – Louis, Gabriel, Jeanne e toda a Guarda do Rei.

Elara tremeu. Ela tinha crescido perto dessas pessoas. Tinha sido protegida por elas.

– E quanto a você, Sof? – ela perguntou.

Houve uma pausa.

– Ele a machucou? – Elara questionou.

– Sim – ela respondeu em voz baixa.

– E Lukas? Onde está Lukas?

Houve uma pausa.

– Lukas está…

A sombra falhou.

– Ele está vindo, Lara, precisamos de você. O baile, você tem que…

A sombra desapareceu.

Elara ficou olhando embasbacada para a adaga enquanto Enzo se mexia.

– El, você está…

– Vou voltar pra Asteria.

Ela se levantou, rapidamente secando as lágrimas.

– Você está fora de si?

Elara se virou.

– Minha melhor amiga, tão próxima de mim quanto uma *irmã*, foi aprisionada por Ariete e está sendo torturada, apenas por me conhecer.

– E o que vai fazer quando chegar lá? Você ainda não está conseguindo dar substância para suas sombras.

– Então vou usar minhas outras magias – ela respondeu, tirando uma bolsa do guarda-roupa.

– Você vai cair direto numa armadilha. Por que acha que Ariete ainda não matou Sofia? Ele está usando sua amiga como isca.

– Então eu caio na armadilha! Ele pode ficar comigo no lugar dela. Apenas não posso *ficar aqui*, sendo paparicada em Helios, andando com príncipes, enquanto Sof está lá. Ferida. Presa.

– Não. É muito arriscado.

– Não estou pedindo sua permissão! – ela gritou. – Você não é meu *guardião*.

Enzo se aproximou, agigantando-se sobre ela.

– Ah, mas eu posso ser, princesa. Você está sob meu comando. Minha palavra é a lei se eu desejar.

– Tente me fazer prisioneira de novo e veja o que acontece com você. – As sombras dela se enrolaram no pescoço de Enzo, o controle diminuindo com a raiva.

– Sua ameaça é me dar um momento de prazer? – Seu hálito se misturou com o dela quando Elara se levantou, fervilhando, as sombras saindo de suas mãos. Ela ignorou a distração e o olhar de total confiança que ele lhe lançou enquanto as sombras continuavam a apertar com mais força seu pescoço.

– O que você faria se fosse Isra? Ou Leo? – ela sussurrou.

Enzo abriu a boca, mas logo a fechou, pressionando bem os lábios.

– Ela é tudo o que me resta, Enzo – a voz de Elara falhou.

O príncipe fez uma pausa, então soltou um suspiro derrotado.

– Eu faria todo o possível para resgatá-los – ele disse.

Ela assentiu, afrouxando as sombras.

– E ela não é tudo o que te resta, El.

Elara soltou uma gargalhada.

– Ah, é. Tem você, um homem que mal começou a me tolerar. – Ela balançou a cabeça. – Eu não tenho ninguém do meu lado, na verdade. – Ela sorriu com ironia e percebeu que estava apertando o braço de Enzo, a protuberância do músculo firme enquanto suas unhas cravavam-se nele.

Enzo soltou um suspiro áspero de impaciência.

– Não vem com essa de que eu apenas a *tolero*, Elara. Você é a parte preferida do meu dia.

Atônita, Elara abriu a boca para tentar responder, mas o choque e a confusão a deixaram muda. Enzo se desvencilhou dela com um movimento gentil.

– O que você...

A porta abriu, e Leo entrou no quarto com uma expressão séria no rosto.

– Me desculpem – ele disse, alternando o olhar entre eles. – Um dos guardas informou que vocês tinham chegado juntos ao palácio. – Ele respirou fundo. – Seu pai, ele está solicitando sua presença. – Leo olhou para Elara. – De vocês dois.

Quando as portas da sala do trono se abriram, Elara se sentiu mais uma vez diminuída pela grandeza da câmara e do homem reclinado em seu trono que esperava por ela.

Enzo andava ao seu lado, o que pelo menos a fazia se sentir um pouco melhor. Leo não tinha feito comentário algum ao acompanhá-los escadaria abaixo, deixando-os na porta.

– Pai – Enzo disse, abaixando a cabeça.

– Rei Idris – Elara disse, mantendo as costas eretas com firmeza.

– Princesa. – O rei acenou com a cabeça para Elara. – Filho. – Seu tom ficou tenso.

– Estávamos treinando – Enzo explicou diante do silêncio do rei. – Leo nos disse que você queria nos ver.

Idris pegou um rolo grande de pergaminho azul-escuro asteriano. Elara viu lampejos de escrita prateada quando ele entregou o rolo ao príncipe.

– Acabo de receber.

Enzo passou os olhos sobre o comunicado, franzindo a testa com mais força conforme ia avançando. A ansiedade cresceu dentro de Elara quando ele terminou de ler e o entregou a ela. Os olhos do rapaz estavam fixos nos dela, mas ela arrancou o papel das mãos dele.

> *Para o rei Idris D'Oro e a corte de Helios*
>
> *Vocês estão cordialmente convidados à coroação do rei Lukas Saintsombre de Asteria.*
>
> *Asteria recebe as estimadas famílias reais de Celestia e sua corte para celebrar o acontecimento. Após a cerimônia, haverá um baile de máscaras em homenagem ao novo rei.*

Elara passou os olhos sobre o resto, os ossinhos de suas mãos ficando brancos de fúria. Quando viu o morcego-sombrio gravado, o selo da família de Lukas, rasgou o papel em dois com muita raiva.

– Parece, princesa, que alguém usurpou seu trono.

Enzo ainda não tinha proferido uma palavra, embora a princesa sentisse uma onda de calor a acariciar.

– Meu noivo – ela disse. Sua fúria estava prestes a derramar. – Todo esse tempo, Lukas...

– É evidente que se trata de uma trama de Ariete. – Idris interrompeu os pensamentos dela. – Abrir Asteria pela primeira vez em décadas e convidar todas as famílias reais e suas cortes é um plano pra pegar você. Eu apostaria meu reino nisso.

O rei agarrou os braços do trono, os ossinhos salientes.

– E ele estende o convite a mim em tom de escárnio. Sabendo que meu reino é inimigo do seu. Ele zomba de mim.

Elara mal ouvia. Quem se importava se o orgulho de Idris estava ferido? Lukas, *o Lukas dela*, não havia invocado Ariete em alguma tentativa corajosa e idiota de defender sua honra. Ele tinha visto a profecia como uma oportunidade perfeita de ascender ao trono.

A Senhora Destino tinha intervindo mais uma vez. Um baile de máscaras. Cortes de toda Celestia presentes. A mente de Elara começou a girar.

– É claro, nós não vamos. Nem você – Idris disse incisivamente para Elara. – Seu valor é grande demais.

A princesa se enfureceu.

– Minha melhor amiga, a única família de verdade que me resta, está sendo *torturada* naquele palácio.

Idris expressou impaciência.

– Como você sabe?

– Eu... – Elara mordeu a língua. Não seria bom revelar a Idris como ela *sabia*, de fato, que Sofia era uma prisioneira.

– E você não vai correr direto para os braços do inimigo antes de estar pronta – Idris continuou. – Meu filho vem me informando sobre o seu progresso. E de como está sendo dolorosamente lento.

Elara afastou a raiva, a mágoa e a preocupação. Acalmou o rosto.

O rei sorriu de satisfação.

– Isso serve no mínimo como um lembrete, Elara. Talvez ter seu ex-amante no trono a incentive a treinar mais.

Elara assentiu.

– Como quiser, rei Idris.

Capítulo Vinte e Sete

— Merissa, preciso da sua ajuda.

Elara encontrou Merissa na cozinha e logo a levou para fora, sem dizer nenhuma palavra até chegarem à paz dos jardins leste, o grilar dos grilos-índigo preenchendo o ar. Ela olhou para Merissa de maneira suplicante.

— Pelas Estrelas, Elara — ela murmurou. — Você está bem?

— Vou embora amanhã. Vou voltar pra Asteria, e preciso da sua ajuda.

Os olhos de Merissa se arregalaram.

— Elara, você não pode...

— Lukas usurpou meu trono. *Meu* Lukas. E a coroação dele é amanhã. Ele vai receber Ariete. Tenho certeza disso. — Ela respirou fundo. — Sofia... Essa é minha chance de salvá-la.

— E quanto a Ariete? — Merissa sussurrou. — Você não é forte o bastante para enfrentá-lo.

— Vou dar um jeito. E é por isso que preciso de você.

No dia seguinte, o plano corria bem, até o momento em que Elara se viu fazendo uma careta de frustração diante de seu reflexo no espelho, perguntando-se onde Merissa tinha se enfiado após garantir que logo estaria de volta.

A maquiagem que Merissa tinha feito em seu rosto era adorável, os lábios iridescentes e pó brilhante cintilando ao redor dos olhos. O cabelo arrumado em ondas escuras caindo sobre um ombro. Pela primeira vez, Merissa não a havia glamourizado. O convite era para um baile de máscaras, disfarce suficiente para ela se misturar na corte de Asteria como era.

O tempo não estava a seu favor. Até a cidade de Phantome eram algumas horas de carruagem, e embora o plano de Elara fosse ignorar totalmente a coroação, chegando na surdina enquanto o baile estivesse a todo vapor, ela ainda teria pouco tempo.

Uma das poucas coisas que estavam entre ela e sua partida era o espartilho desalinhado em suas mãos.

Ela o pressionou na frente do corpo com uma das mãos e tentou mais uma vez alcançar e puxar o cadarço solto nas costas com a outra. Era impossível. Com um resmungo de exasperação, a princesa soltou os barbantes e o espartilho caiu no chão. Alguém bateu na porta, e Elara, tentando controlar seu humor, voou até ela.

– Merissa, você prometeu que voltaria rápido – ela disse, abrindo a porta. E congelou.

Enzo estava apoiado no batente, um pé cruzado atrás do outro. Controlando seu pânico, notou outra coisa. Ele estava vestido nas cores formais da corte asteriana, a camisa preta com o colarinho ainda desabotoado e a gravata borboleta pendurada no pescoço. Os cabelos caíam em cachos úmidos depois de um banho, e o cheiro de óleos de âmbar preencheram os sentidos dela. Ele era a representação do pecado.

– O que você está fazendo? – ela sussurrou.

– Eu tinha uma suspeita de que você tentaria fazer algo estúpido. Como, sei lá, ir sozinha a um baile de máscaras onde o deus que pretende matá-la a espera.

Ele tirou um pedaço de linha de seu paletó índigo.

– Então eu me arrumei e serei seu acompanhante.

Um nó estava se formando na garganta dela.

– Por quê? Seu pai proibiu.

– Tem isso também. Não lido bem com ordens. E não vou deixá-la ir sozinha. Então, se você precisa ir, eu vou junto.

Os olhos dele se arrastaram dos pés dela até subirem pelo vestido e, de repente, Elara se sentiu vulnerável sob o tecido fino. Com um sorriso, o olhar dele pousou em seu rosto.

– Precisa de alguma ajuda? – ronronou.

Ela conteve um sorriso e abriu mais a porta, atravessando o quarto até o espartilho descartado.

– Merissa estava me ajudando, mas ela desapareceu sabe-se lá pra onde. – Elara soprou uma mecha desgarrada de cabelo do rosto ao voltar a olhar para ele, ainda encostado no batente da porta. – Então, a menos que saiba amarrar um espartilho e me vestir com aquele maldito vestido, talvez você pudesse descobrir onde ela se meteu – Ela abriu um sorriso doce para ele.

Enzo a olhou, desencostou-se do batente bem devagar da porta e entrou no quarto.

– Bom, princesa, desamarrar espartilhos é mais o meu lance, mas posso ajudá-la com toda certeza.

O príncipe se aproximou, e Elara sentiu um calor subir por seu pescoço até suas bochechas quando ele parou ao seu lado. Ela olhou para o próprio reflexo, a combinação de seda colada em seu corpo delineando o formato de suas curvas. A jovem pressionou o espartilho junto ao corpo, apontando para Enzo.

– Você precisa encontrar os dois laços no meio e puxar.

Enzo a analisou.

– Sabe, nunca entendi o propósito dessas coisas – ele murmurou enquanto seus polegares roçavam nos quadris dela, segurando os cordões nas mãos. Ele os puxou com destreza.

– Por que não? – ela perguntou, sua respiração acelerando.

Pelo reflexo do espelho, a princesa viu o sorriso dele enquanto puxava o cordão pelos ilhoses, o espartilho apertando a cada movimento.

– Muita coisa para eu ter que tirar depois. – A voz de Enzo acariciou seu ouvido, um murmúrio baixo. Ela sentiu arrepios pelo corpo. Tentando combater o delicioso prazer que as palavras dele trouxeram, ela se concentrou em seu reflexo.

– Está bom assim? – ele perguntou, puxando-a bruscamente de modo que ficasse junto a ele. Elara soltou um pequeno suspiro de surpresa. Com a mão ao redor de sua cintura, ele a estabilizou. Ela assentiu em silêncio enquanto um sorriso dançava nos lábios dele.

– Meu cabelo está atrapalhando? – ela indagou com inocência e o jogou de lado, expondo a nuca.

As mãos que estavam amarrando o laço do espartilho ficaram imóveis, e a princesa viu pelo espelho a testa franzida e a mandíbula cerrada de Enzo, cujo olhar penetrava o seu pescoço exposto e coberto de pó prateado. Ela sabia que ele estava sentindo o aroma do leve perfume de baunilha defumada atrás de sua orelha. Seu peito, saindo do corpete, estava ofegante, respirações curtas que ela, por dentro, insistia acreditar que eram por causa do espartilho apertado e não pelo modo como Enzo a olhava.

Ainda imóvel, ele ergueu os olhos e encontrou os dela no espelho, as mãos dele ainda envolvidas com o cordão. O hálito do príncipe era morno, fazendo com que rios de fogo dançassem nas costas dela. Naquele momento, a jovem agradeceu suas sombras por ocultarem os sentimentos que serpeavam por ela. O ar estava pesado, quase sufocante.

– Não estamos parecendo um casal da realeza? – disse Enzo, cortando a tensão.

Elara forçou uma risada e deu um tapa em Enzo. Ele sorriu e terminou de amarrar o laço com um movimento brusco e firme. Quando terminou, afastou-se dela.

– Pronto. – Ele se curvou. – Talvez eu tenha sido uma criada em outra vida.

Ela riu e ele andou na direção da porta.

– Não vou demorar.

– Vou providenciar uma carruagem. Use a escadaria dos criados.

Olhando uma última vez para ela, ele saiu do quarto.

Minutos depois, houve uma batida fraca na porta e Merissa entrou, justamente quando Elara estava quase se afogando nas dobras do vestido de baile que estava tentando colocar da maneira certa.

– Graças aos deuses – Elara murmurou quando Merissa correu para ajudar.

– Desculpe – ela disse de maneira despreocupada. – Sua Alteza precisou de minha assistência.

Elara arqueou uma sobrancelha.

– Ah, eu imaginei pelos trajes que ele está vestindo. Mas isso não explica a sua demora e ele aparecer no meu quarto enquanto eu estava apenas de combinação tentando colocar o espartilho.

Os lábios de Merissa se contorceram enquanto a moça puxava o vestido de baile de Elara, ajeitando-o e alisando-o.

– Achei que vocês precisariam de um momento a sós pra combinar um plano.

A mente de Elara voltou àquele momento a sós, aos polegares de Enzo roçando sua cintura, a forma como ele tinha olhado para o seu pescoço, a sensação da rigidez de seu corpo quando ele a puxara para perto.

Ela estalou a língua, censurando-se. *Recomponha-se, Elara, meus deuses. Seria de se pensar que você é uma virgem trêmula pela forma como está reagindo a uns toques de nada.*

Quando os ajustes terminaram, a glamourizadora se afastou e Elara admirou o resultado no espelho.

Merissa tinha feito o vestido perfeito para ela retornar a seu reino. Era do mesmo azul-índigo da noite asteriana. Constelações prateadas adornavam o decote que deixava o pescoço e o peito descobertos.

Dali, o vestido se estendia a uma cintura ajustada e depois a uma saia fluída cheia de estrelas. Ele brilhava e cintilava quando a princesa se movia. O cabelo, entrelaçado com fios prateados, caía até a cintura. Merissa lhe entregou uma delicada máscara prateada, que Elara colocou sobre os olhos. Sua aparência era a de uma asteriana perfeita, pronta para um baile real.

– Tome cuidado – a glamourizadora sussurrou, apertando seu ombro.

Elara colocou a mão sobre a de Merissa, acariciando-a uma vez. Então, puxando o ar de modo profundo e trêmulo, saiu do quarto.

Capítulo Vinte e Oito

Assim que Elara avistou a divisão no céu, de um vermelho-alaranjado brilhante para um crepúsculo escuro cor de pervinca, soube que estava perto de casa.

A carruagem quase parou após cruzarem a fronteira, tamanha a quantidade de convidados entrando em Asteria pela primeira vez em décadas. E quando a princesa sentiu o manto de crepúsculo cair sobre ela, assim como os sons e aromas familiares de seu reino, a preocupação retorcida em seu interior se acalmou um pouco.

Depois de algumas horas rodando pelas terras viçosas de Asteria, com grama índigo contornando as estradas de fibra prateada, eles chegaram às cercanias de Phantome. A carruagem trafegou pelo calçamento de pedras até chegar aos grandiosos portões do Palácio da Escuridão. Os olhos de Elara ficara úmidos ao vê-los abertos pela primeira vez na vida, uma linha de carruagens passando pelos dois.

Eles foram encorajados a descer, e um lacaio os conduziu na direção do pequeno lago que conectava as margens gramadas ao palácio. Lamparinas que brilhavam em tons variados de azul e roxo flutuavam pela noite, e a música chegou aos ouvidos deles quando desceram pela pequena margem onde gôndolas esperavam.

Enzo estendeu a mão para Elara e ela aceitou, faíscas vibrando dentro dela ao seu toque quando ele a ajudou a entrar no barco. Momentos depois, navegaram na direção do palácio, guiados por uma magia invisível, e a princesa espiou pela lateral da embarcação, sua garganta se fechando de emoção aos ver os inconfundíveis peixes-sonho prateados que serpeavam em pares pela água. Quantas vezes tinha nadado com eles em suas escapadas do palácio com Sofia?

Ao olhar além dos peixes, ela viu seu reflexo, e o de Enzo ao seu lado. A máscara preta ao redor dos olhos aprofundava o dourado e castanho, e o brinco brilhava sob a luz das estrelas. O rosto estava recém-barbeado, e ela se fixou na mandíbula tensionada. Era a única pista que o príncipe dava. Enzo ficava tão em casa em qualquer ambiente, em qualquer reino. E ali estava ele, deslizando na corte de seu inimigo, parecendo alguém que poderia comandá-la. De perto, ela notou que o smoking azul-marinho tinha intricadas estrelas prateadas bordadas, um toque complementar ao seu vestido. Ela disfarçou o sorriso com a visão daquele homem vestindo os trajes da corte asteriana. O rapaz olhou para ela, os olhos indecifráveis se acomodando nos lábios brilhantes dela.

Mal tinham se falado desde que ele a havia ajudado com o espartilho, e ela percebeu que sentia falta das brigas. Conforme a gôndola se aproximava da boca da enseada que dava acesso ao palácio, o som familiar de uma valsa elevava-se à frente. Elara suspirou consigo mesma, e Enzo se virou para ela.

– Você está bem? – ele perguntou em voz baixa. Ela mexia com a máscara prateada, que era igual à preta de Enzo.

– Sim, só estou tentando me preparar. Para o que posso ver lá dentro. – Ela respirou fundo, olhando em frente. – É tão estranho. Tudo parece igual, mas tanta coisa mudou.

Enzo assentiu, olhando para a frente.

– Nunca estive nessa parte de Asteria – ele sussurrou, virando-se para ela. – Que lugar bonito – completou, olhando para ela de um jeito que a fez engolir em seco.

– Agora entende por que sinto tanta falta daqui? – ela murmurou.

Ele silenciou por um momento, e Elara se virou no assento para observar os convidados nas embarcações atrás deles.

– Entendo – ele disse de repente. – Se fosse meu lar, nunca desejaria sair daqui.

Quando entraram na enseada, Elara se aproximou dele.

– Acho que é melhor decidirmos os nomes que vamos usar.

Enzo concordou, estendendo a mão.

– Meu nome é Alec. Encantado em conhecê-la.

Elara sorriu, apertando a mão dele.

– Meu nome é Nova, e o prazer é todo meu.

Enzo apertou a mão dela, só um pouco.

– Para deixar registrado – ele murmurou –, Elara é muito mais bonito.

Antes de ela responder, a gôndola deu um solavanco e parou em um pequeno cais na lateral da enseada. Um criado usando uma máscara com nariz de gancho e uma peruca cor de lavanda estendeu a mão quando Elara se levantou. Uma vez desembarcados, o casal de aliados entregou seus convites cuidadosamente forjados – que graças a Merissa traziam impressos o nome dos Argente, uma família asteriana abastada e enorme –, e foram conduzidos por uma escada de pedra até uma porta coberta de estrelas que dava em um dos principais corredores do palácio. Adiante, as portas do grandioso salão de baile estavam abertas, com música ecoando do espaço além.

Elara respirou fundo para se acalmar quando se aproximaram, agarrando no braço de Enzo, e os dois passaram pelas portas.

Elara engoliu a raiva que serpeava em suas veias enquanto era inundada por lembranças da última vez que estivera ali. O salão ainda era grandioso, com o teto arqueado cuja cor parecia conter o céu noturno. Felizmente, algumas coisas tinham mudado. O chão estava limpo, sem traço algum do sangue de seus pais. Nenhum grito ecoava pelo mármore. Na verdade, não havia mármore no chão. Estava coberto por grama, transformando o salão em um bosque mágico. Conforme entrava com hesitação, ela via os toques que o tinham transformado em um paraíso beijado pelo crepúsculo. Árvores retorcidas erguiam-se pelo espaço, os galhos de um azul profundo adornados com folhas com aroma e cor de lavanda. Velas flutuavam pelo ar, e no fundo do salão havia um pequeno lago adornado com rosas escuras e flores estreladas. Cisnes índigo boiavam no lago, serenos e graciosos, e vinhas de dama-da-noite perfumada subiam pelas paredes, criando uma cobertura lilás sobre todo o salão de baile. E estrelas. Estrelas por toda parte. Constelações iluminavam o telhado, como se o teto fosse o próprio céu noturno.

A princesa passou os olhos pelo salão procurando por indícios de vermelho ou preto. Seu coração se acalmou um pouco. Onde quer que Ariete estivesse, não era ali. Mas uma energia pulsante a deixou paralisada, o ar pesado de encanto. Seu olhar avistou uma figura, o ar magnético ao seu redor roubando sua atenção de imediato. Sentado à uma mesa, cercado por devotos adoradores, estava a Estrela Scorpius. Seu encanto parecia afogar, era intenso e agitado, exalando um leve odor de brisa marinha. Apesar da presença intimidadora, Scorpius parecia entediado, segurando um copo do que ela presumiu ser ambrosia, os olhos verde-água profundos e opacos, os cachos castanho-claros, na altura da cintura, brilhando sob a luz estelar mágica.

Elara se virou para Enzo.

— As outras Estrelas estão aqui — ela sussurrou quando o pânico tomou conta dela. — Ó, deuses, ó deuses. Acho que não pensei direito nisso, eu...

— Nova, *Nova* — Enzo disse, segurando nas mãos dela enquanto observava o salão.

— Sim, *Alec* — ela respondeu.

— Você vai respirar fundo. Somos dois empolgados cortesãos de Asteria. Estamos de máscara, o palácio está lotado de pessoas, e *você* passou quase toda sua vida confinada entre as paredes do castelo. Ninguém, além de Ariete e Lukas, e Leyon, suponho, sabe como você é. Vai se recompor e desempenhar seu papel.

O rapaz a puxou para a grande clareira gramada que funcionava como pista de dança no centro do salão.

– Agora você vai sorrir e olhar pra mim de forma adorável enquanto dançamos.

No salão de baile escuro e cintilante, Enzo pegou nas mãos de Elara com um sorriso arrogante nos lábios.

– Você só pode estar brincando. – Elara franziu a testa. – Temos que encontrar Sofia.

Enzo abriu um sorriso fácil ao puxá-la para mais perto.

– Temos que nos misturar. Agir como convidados. Se começarmos a agir de maneira suspeita logo que entramos no baile, seremos pegos.

Uma música familiar começou a ser tocada pela banda entre as árvores. A Valsa Celestiana. Elara se lembrou da mãe a girando pelo salão em seu ritmo lento, o pai assumindo a dança e Elara observando seus pais deslizando nos braços um do outro. Ela forçou seu pânico crescente a diminuir. Enzo estava certo.

– Estrelas do céu – ela murmurou, o coração ainda acelerado, e o segurou com mais força.

– Está com medo? – ele provocou, ainda segurando as mãos dela.

Ela posicionou a mão dele em sua cintura e, com determinação, colocou sua outra mão no ombro dele.

– Até parece.

Com mais uma respiração, suas preocupações foram trancadas em sua caixa, e ela abriu um sorriso encantador quando começaram a girar. Enzo apertou um pouco mais a cintura de Elara e uma onda de calor tomou conta dela. O sorriso arrogante dele vacilou, aquela compostura fria escorregando, mas retornando tão rapidamente que ela se perguntou se havia imaginado. Antes que pudesse refletir por algum tempo, ela foi inclinada na direção do chão por Enzo.

Elara sempre amou dançar, e sempre foi boa dançarina. Mas aquilo era… diferente.

– Essa é a parte em que você ri toda delicada e me diz que nunca dançou com um homem tão bonito e carismático.

Ele a ergueu sem esforço pela cintura e depois a colocou de volta no chão, sem perder o ritmo enquanto continuavam a girar. Os dois subiam e desciam, perdidos em seu próprio mundo sob o crepúsculo e as estrelas.

– Depois você acrescenta que dá pra saber pelo modo como eu danço que sou um amante *arrebatador*.

Elara zombou.

– Você é um dançarino mediano – ela mentiu. – O que isso diz sobre suas habilidades na cama?

Um brilho surgiu nos olhos de Enzo quando ambos bateram palma duas vezes, antes de juntarem as mãos novamente.

A boca dele foi ao ouvido dela.

– Você mente tão lindamente – ele murmurou, roçando os lábios na orelha dela. – Mas eu ficaria mais do que feliz em te mostrar meus talentos, princesa.

Os olhos de Elara se fecharam, mesmo que só por um instante.

O que quer que Enzo estivesse fazendo, estava funcionando, e a distraia do pensamento do quanto seu plano poderia dar errado.

Quando a flauta entrou, veio a segunda parte da valsa. Girando e passando entre parceiros, palmas abertas, Elara passou pelos homens mascarados, esticando o pescoço para encontrar Enzo, sorrindo ao ver os olhos dele ainda presos aos dela mesmo enquanto girava com outra mulher. Sua mão tocou na de um estranho, e ela se conteve, apenas um pouco, para não respirar fundo.

O encanto da Estrela a revestia, o mero contato da pele de um deus com a sua era elétrico. O encanto parecia nuvens de tempestade e enigmas a resolver; o aroma era de chuva e cedro. O estômago dela revirou ao fingir olhar para cima timidamente por trás da máscara, uma cortesã envergonhada e impressionada com a presença de uma Estrela. O deus pálido e de cabelos escuros olhou para baixo, seus olhos astuciosos cor de carvão fixos em Elara enquanto inclinava a cabeça, intrigado. Ela absorveu todos os detalhes que pôde. Um terno preto risca de giz, a camisa por baixo desabotoada para mostrar uma fileira de colares prateados. Um deles, com uma chave, pendia entre suas clavículas, outro, com uma lâmina, pendia mais baixo, perto de seu esterno. Ela guardou os detalhes, assentindo com discrição quando ele franziu a testa. Então, antes que se desse conta, Elara voltou para a dança.

A princesa retornou para Enzo quando a música começou a acelerar, a orquestra executando um frenesi de violinos, flautas e címbalos.

O príncipe a agarrou com ferocidade quando ela o alcançou, a avidez nos movimentos dele a dominando conforme ele a puxava para perto, conduzindo-os em um ritmo exigente.

– Eli certamente gostou da sua aparência – Enzo murmurou, acelerando o ritmo quando a música se tornou ensurdecedora.

– Minha nossa, aquele era Eli? Um dos gêmeos?

– Ele mesmo – Enzo respondeu, virando a cabeça para onde a Estrela dançava com uma ruiva arrebatadora, embora seus olhos ainda estivessem fixos em Elara.

O rapaz a levou com cuidado para a beirada do salão de baile e para fora da linha de visão da Estrela enquanto ela tremia.

A melodia os acompanhou, subindo quando Enzo a erguia, acelerando quando ele a girava. Ela podia sentir um frisson no ar, como o poder bruto que ele manipulava entre as mãos, crepitando com energia. Seu coração acelerou quando o sinal para os passos finais da Valsa Celestiana ecoou. O fogo dele a alimentou, e ela lhe lançou um sorriso. Abrindo outro em resposta, ele levantou o braço, girando-a com vigor. *Um, dois, três, quatro...*

Então, reunindo todo seu foco, ela deu três passos para trás e disparou, saltando nos braços abertos dele. Enzo a empurrou para cima, os músculos definidos sob o paletó enquanto a esticava sobre ele, segurando-a. Tonta de euforia, o mundo que cercava Elara foi deixado para trás. Ela estava entre as estrelas, visualizando arrancá-las com violência, uma por uma, seu corpo sem peso. Mal notou as outras convidadas suspensas à sua volta. Então, Enzo a colocou gentilmente no chão quando o refrão acabou e ambos se recuperaram, olhando para o salão.

O barulho que parecia distante tinha se aproximado, ficando alto; a multidão rindo e aplaudindo ao se dispersar, a música se transformando em uma nova canção. Ela piscou.

Eles saíram da pista de dança e Enzo a levou para a parede sombreada ali perto.

– Talvez seja melhor encontrarmos outros parceiros de dança, nos misturarmos, para ver o que descobrimos. – Os olhos dele estavam pensativos conforme observavam o salão. – Está vendo Lukas em algum lugar?

Ela fez que não, muito sem fôlego para responder ao acompanhar o olhar dele. Seus olhos estavam atentos a seu ex-amante de pele pálida e cabelos escuros, mas por alguma misericórdia, ainda não o havia visto.

Enzo acenou com a cabeça.

– Apenas não se afaste muito – ele alertou.

– Não vou – ela disse em voz baixa, virando-se, as saias rodando atrás dela, a marca das mãos dele ainda queimando sua cintura.

Capítulo Vinte e Nove

— PRECISO DE UMA BEBIDA — Elara murmurou para si mesma, sentindo-se descentrada.

Tinha deixado suas emoções a controlarem e agido de acordo com elas, sem nenhum tipo de plano. E ali estava ela, cercada por Estrelas, inimigos espreitando em cada canto.

Os vários encantos das Estrelas a envolviam, e nada acalmava mais os nervos de Elara do que uma taça de hidromel espumante. Ela foi até o bar, passando por convidados alvoroçados e cortesãos barulhentos e gargalhantes, ignorando o temor que aumentava a cada minuto.

Elara se juntou à multidão no bar, apoiando os antebraços no mármore frio ao tentar estabilizar sua respiração.

— Ora, ora, ora. Você está deliciosa.

Elara teria xingado as Estrelas se não fosse pela que estava bem atrás de si. Ela se virou devagar, rangendo os dentes.

— Olá, Leyon — ela sorriu.

A Estrela estava resplandecente. Um terno cintilante, com um caimento perfeito, os cabelos loiros como ouro derramado e o diadema familiar pousado sobre a cabeça. A máscara combinando com o diadema agraciava a parte superior de seu rosto, deixando os lábios carnudos serem o centro das atenções. Elara tinha uma suspeita de que era uma escolha proposital. Leyon ajustou um anel dourado enquanto se colocava ao lado da princesa, seu ombro empurrando o dela.

— Parece que você não encontrou o caminho para o meu templo depois que eu lhe estendi tão graciosamente meu convite expresso. — A voz dele era como seda. Como uma canção, e seu encanto inspirava a mesma emoção de olhar para uma delicada obra de arte.

— Receio ser ruim com caminhos — ela disse com leveza, tentando chamar a atenção do atendente do bar.

Leyon riu.

— Sabe, acho que você é a única mortal que recusou. — Ele se aproximou do ouvido dela. — O que a torna muito mais intrigante.

Elara tentou não revirar os olhos. Leyon balançou a mão no ar.

– Mas está difícil decidir se você é corajosa ou idiota, por vir aqui com tanta ousadia.

– Vamos ficar com a primeira opção. – Elara olhou ao redor. – Você não viu seu irmão ilustre, viu?

Leyon deu de ombros.

– Da última vez que o vi, ele estava se retirando com uma morena bonita e o novo rei.

Morena bonita. Sofia?

– Onde? – Elara perguntou.

– Não sei e não me importa. – Leyon suspirou. – Mas me deixe compartilhar uma pérola de sabedoria. Meu presente de despedida pra você. – Ele chegou mais perto, e a expressão usual de tédio e arrogância foi substituída por sinceridade. – Meu irmão é o deus da guerra. Quando você acha que está um passo à frente dele, ele está a três mais adiante. Elara, tome cuidado pra não cair na armadilha dele. – Ele se afastou. – Seria uma pena Celestia não poder mais contar com tamanha beleza.

A estrela beijou a mão dela, deixando uma marca que dava a sensação de poesia ao desaparecer na multidão. Elara se virou para vê-lo sair e encontrou o olhar ardente de Enzo olhando fixamente para o espaço onde Leyon estava. Ela começou a andar na direção do príncipe, mas o atendente do bar perguntou:

– Bebida, madame?

Elara fez uma pausa. Realmente lhe faria bem algo para relaxar um pouco.

– Um hidromel, por favor.

Enquanto esperava, a princesa tentou recobrar a compostura. Três Estrelas em uma hora. Graças aos céus, embora Leyon não estivesse do seu lado, pelo menos não estava do lado de Ariete. O atendente do bar retornou com uma taça cheia e ela suspirou de alívio. Ao entregar a ela, um braço bronzeado surgir por trás, fazendo sinal para o homem.

– Vou querer um também – uma voz suave entoou. – Uma mulher tão linda não pode beber sozinha.

O estranho sorriu. Ele tinha cabelos de um azul profundo que caía até os ombros, e olhos de um azul-esverdeado brilhante como o mar de Helios quando a Luz estava no ponto mais alto do céu. Usava uma máscara modulada ao redor dos olhos como ondas altas. Sua camisa aberta mostrava um pouco do tentáculo de um polvo tatuado no peito bronzeado. E o chapéu sobre sua cabeça era um tricórnio. Mesmo com a máscara, Elara podia ver que havia uma abertura em seus olhos, uma bondade. E, o mais importante, ele era mortal. A jovem sorriu.

– E quem poderia ser meu companheiro de bebida? – Ela ergueu o cálice na direção do dele e tomou um gole. O hidromel efervesceu em sua boca, com um sabor deliciosamente doce que a acalmou de imediato.

– Ah, apenas um homem que viu uma pobre mulher nas garras de Leyon – ele fingiu sussurrar. – Eu pretendia salvá-la. Mas parece que você não precisou, no fim das contas.

Ele bateu com a taça na dela, os olhos brilhando.

– Sou lorde Adrian de Neptuna, caso não tenha percebido. – Ele piscou, apontando para os cabelos.

Elara se viu rindo com a leveza da energia dele, tão alegre depois das semanas intensas em Helios. Havia algo familiar naquele homem, sua voz, sua aparência. Ela vasculhou em seu cérebro o que sabia sobre o Reino de Neptuna; a mãe sempre falava do lugar com ternura. Os dois reinos tinham sido próximos. Tinham sido os únicos a tentar permanecer com Asteria quando a Guerra contra a Escuridão começou. O rei Idris, é claro, logo colocou um fim a isso.

– É um prazer conhecê-lo – ela sorriu, estendendo a mão, a qual ele beijou. – Sou a Nova – ela disse.

– Nova – ele repetiu, saboreando o nome. – Correndo o risco de ser tão agressivo quanto aquela Estrela, você me concede esta dança?

Elara assentiu, engolindo o final de seu espumante. Saudou a sensação nebulosa por um feliz instante antes de a responsabilidade recair sobre ela. Sofia. Ela tinha que encontrar Sofia.

Adrian pegou sua mão e ela ficou imóvel. Ele olhou para ela, confuso.

– Me desculpe – ela riu, permitindo que a mão dele segurasse em sua cintura quando os dois começaram a dançar. – Nós já nos conhecemos?

Adrian franziu a testa enquanto um violino tocava uma balada dramática e tensa. Notas de trompete cascateavam no acompanhamento, sua mão suave na dela.

– Acredito que não. Tenho certeza de que me lembraria de alguém como você.

Ela riu, afastando a sensação de desconforto enquanto se movimentavam pelo salão.

– Então, me diga, lorde Adrian – ela perguntou. – Neptuna ficou feliz com a notícia da coroação?

Ele riu.

– Você quis dizer a coroação do rei fantoche? Minha família amava os Bellereve. E não posso dizer que que os cortesãos de Neptuna ficaram satisfeitos com a forma com o que o novo rei ascendeu ao trono. Todos sabemos da intervenção de Ariete. Todos nós sabemos que a princesa perdida sobreviveu ao *divinitas* dele.

Elara mordeu a língua devido à riqueza de emoções que ameaçava derramar. *Vão para baixo*, ordenou a elas.

– Como asteriana, a mudança também me surpreendeu. Assim como as notícias sobre a princesa Elara. Há alguma notícia de pra onde ela fugiu?

Adrian deu de ombros.

– Alguns rumores dizem que fugiu pra Neptuna, embora eu não tenha visto uma princesa das sombras por lá. Outros acham que ela pode ter cruzado o Oceano Olimpiano e está se escondendo no outro continente.

Elara acenou com a cabeça, seu peito se acalmando.

– Você viu o novo rei esta noite? – ela perguntou.

– Apenas na coroação. Claro, Ariete estava presente também. Mas desde o momento que a procissão voltou pra cá, não vi nenhum deles. Uma mulher na coroação estava causando confusão, e assim que os portões do palácio se abriram eles sumiram com ela.

O estômago de Elara afundou. Só *podia* ser Sofia. Sua linha de pensamento se findou quando, de canto de olho, Elara viu um lampejo de mel e ouro rosê passar. A atenção dela se voltou para a mulher que tinha passado. Ela era de tirar o fôlego. Uma beleza de fazer chorar escorria dela enquanto dançava. Seus cabelos caíam em cachos cor de mel até a cintura, entrelaçados com pérolas, rosas e penas de cisne. Sua pele tinha um tom cor de oliva que brilhava, intensificado pelo vestido de baile malva que acentuava curvas com as quais apenas uma deusa poderia ter nascido. Elara teve um vislumbre de verde esfumado quando a Estrela a prendeu com seus olhos, antes de ela ver quem estava sussurrando no ouvido da Estrela, com um sorriso afável no rosto.

Enzo.

Como se sentisse o olhar dela, ele levantou os olhos, fixando o olhar nela enquanto continuava a sussurrar no ouvido da deusa. Mas ela não era qualquer Estrela, não quando um encanto tão intoxicante, tão celestial, pairava pelo salão, fazendo todos que a encontravam pararem. Não quando Elara se deu conta de que havia visto o rosto da Estrela representado em estátuas e pinturas por suas terras.

– Aquela é Torra? – Adrian murmurou atrás dela, surpreso.

De fato, era. A deusa da luxúria e do prazer terreno em carne e osso. Elara sentiu uma pontada de ciúmes quando a divindade se virou de volta para Enzo, rindo do que o príncipe estava sussurrando.

Por que ela se importava? Os dois eram aliados, nada mais. E a maioria dos homens pensava com o pau, não pensava? Enzo era apenas isso, um homem, tão suscetível ao encanto de Torra quanto qualquer outro. Ela mordeu a parte interna da bochecha, mentalizando a raiva ondulando por seu corpo para se acalmar. Lançando um sorriso seco para ele, Elara se virou de volta para Adrian, jogando os cabelos para trás enquanto o deixava girá-la.

– Com quem ela está dançando? – Adrian perguntou, olhando para onde o olhar dela havia estado.

A princesa olhou novamente, depois deu de ombros com indiferença ao colocar os braços ao redor do pescoço dele.

– Não faço a mínima ideia.

As mãos de Adrian deslizaram para a cintura dela enquanto a magia de Torra serpeava ao redor deles. Uma espiral de prazer se formava na parte de baixo da barriga de Elara.

A música ficou mais lenta, uma vez que a banda também estava muito arrebatada pelo encanto da deusa. Todos os casais ao redor se aproximaram uns dos outros, e as luzes escureceram.

– Então, Ariete e o novo rei – Elara continuou, tentando afastar a magia que tomava conta de si. – Você tem alguma ideia de onde estão? – Ela tentou disfarçar o desespero na voz enquanto as mãos de Adrian deslizavam de volta para cima, roçando nas laterais de seus seios.

– A última vez que os vi, estavam indo na direção de portas enormes incrustadas com dois *draguns*. Isso ajuda?

A sala do trono. A pulsação de Elara acelerou enquanto assentia de maneira distraída.

Os olhos de Adrian tinham escurecidos, e ele umedeceu os lábios ao olhar para os dela.

– Você compete com Torra em beleza – ele murmurou, se aproximando, dançando devagar. Ele tinha cheiro de mar; sal e madeira flutuante. Mas Elara ansiava apenas por um cheiro quando o encanto se infiltrou em suas veias: âmbar morno.

– Cuidado pra não trazer o golpe do *divinitas* – Elara ronronou.

Adrian riu, baixo e áspero, e aquela espiral de prazer girou dentro dela. A jovem deixou o encanto de Torra sussurrar em seu ouvido, encorajando-a a agir conforme seus desejos, a se saciar do jeito que desse, com quem pudesse.

A boca de Adrian desceu na direção da dela, e os lábios de Elara se abriram, os olhos se fechando. Então duas mãos agarraram cintura dela e a tiraram dos braços dele. Enzo abriu um sorriso doce para Adrian.

– Desculpe interromper – ele disse –, mas a próxima dança da moça é comigo.

Os olhos de Adrian se estreitaram.

– Nós estávamos...

– Terminando – Enzo disse, puxando Elara.

– Alec – ela exclamou.

– *Nova* – ele respondeu com calma.

Mas algo perigoso brilhou nos olhos dele, um alerta que foi suficiente para ela se virar de volta para Adrian e dizer:

– Foi um prazer.

– Não, o prazer foi todo meu – ele respondeu, beijando a mão dela. – Dancei com a garota mais bonita do salão. – Ele piscou, depois virou as costas, indo para o meio da multidão de dançarinos.

O sorriso de Enzo se desfez, e Elara se virou para ele.

– O que você está fazendo? – ela sussurrou.

O príncipe a puxou para bem perto dele, e a respiração dela acelerou com a proximidade com que ele a segurava enquanto dançavam, muito diferente de antes.

– Sorria e ouça – ele disse por entre dentes cerrados quando começaram a valsar novamente, a memória muscular assumindo o controle. – Achei que você queria encontrar Sofia. Não flertar com Estrelas ou vagabundear com cobras.

Elara explodiu de indignação.

– Eu quero. E lorde Adrian não é nenhuma cobra. Ele foi um cavalheiro. Alguém com quem *você* poderia aprender algumas boas maneiras.

– Lorde-*pirata* Adrian – Enzo corrigiu com um resmungo. – E mesmo que ele tenha sido um cavalheiro, é isso que você quer? Um cobertor molhado pra te manter fresca à noite? – Chamas dançavam nos olhos dele.

– Bem, seja um pirata ou um cobertor molhado, ambas são escolhas melhores do que um homem que não tem educação nem graça, e que passa suas noites escolhendo garotas bonitas – ela retrucou.

– Garota bonita? É disso que você chama Torra? – Ele riu.

Elara se afastou dele. Não conseguia suportar a sensação que se arrastava sobre ela nem o encanto confundindo seus pensamentos.

– Você tem razão, ela é uma deusa. Uma que se apega a homens que não têm autocontrole, como você.

A careta de Enzo se desfez ao observá-la. Sua mão segurava firme na cintura dela.

– Eu estava tentando decifrá-la com meu poder, ver se ela sabia onde Ariete estava. Você está com *ciúmes*?

Elara tentou se virar, fugir dele ao sentir um calor terrível e inadequado subir por sua garganta. Mas Enzo a segurou, envolvendo seu pulso.

– Ciúmes? – Ela jogou a cabeça para trás e riu de indignação. – Por que eu estaria com ciúmes?

O príncipe continuou sorrindo, e a mera arrogância daquilo a fez desejar arrancar o sorriso de seu rosto.

– Você está zangada comigo por flertar com uma deusa, mas estava grudada com Leyon pouco tempo atrás. Me diga, quantas vezes ele tentou comê-la com os olhos enquanto conversavam? Aquilo te *encantou*, princesa?

– Por que você se importaria com isso? – Ela sorriu com doçura.

Suas feições ficaram abatidas e ele a girou pela lateral do salão de baile.

– Eu não me importo nem um pouco. Abaixe a calcinha para a Estrela ou o lorde que quiser.

Ele continuou a girá-la e girá-la, os dois orbitando o mesmo canto do salão bosque.

– Eu posso não ter o seu dom, mas não sou idiota. Sei quando alguém está mentindo.

Por fim Enzo parou.

– Venha comigo – ele resmungou, puxando-a para fora da pista de dança. Ela cambaleou atrás dele, quase tropeçando no vestido.

– Quer saber de uma coisa? – ela sussurrou no ouvido dele enquanto ele a puxava. – Longe de mim reclamar quando um cavalheiro quer dançar comigo ou uma Estrela me diz que estou bonita, já que ninguém mais se deu ao trabalho. – Ela o cortou com seu olhar. – Longe de mim me sentir normal por um instante em vez de ser uma peça dos jogos de um reino. Nunca uma mulher, apenas uma *arma*.

– Pelas Estrelas, você pode ficar quieta um segundo?

Ele a puxou por um corredor até as carruagens prateadas que formavam fila dos dois lados do grande espaço. As carruagens estavam adornadas com brilha-brilhas e lamparinas de fogo. Cada uma delas tinha silhuetas de casais em seu interior.

Enzo a puxou para uma carruagem vazia, batendo a porta quando ela tropeçou e caiu sobre ele no interior coberto de veludo. As pernas da princesa se enrolaram ao redor dele enquanto ele a agarrava para amortecer a queda. Elara olhou para a posição deles no chão, as máscaras de ambos fora do lugar. Ela sorriu, removendo a dela ao passo que ele arrancou a dele com um movimento, e a jovem estava prestes a fazer uma piada inapropriada sobre a forma com que estava montada no rapaz.

– Adrian tem razão – ele interrompeu, olhando para ela, as mãos em sua cintura.

O sorriso dela se desfez.

– O quê?

– Você é a mulher mais bonita da festa.

Os dois se encararam, Elara dolorosamente ciente das mãos dele segurando seu corpo. Como nunca notara como as mãos dele eram grandes? Seu pescoço exposto estava a centímetros da boca dele, e ela viu os olhos do príncipe se arrastarem para lá. Ninguém se mexeu até Enzo romper o silêncio.

– Você é a mulher mais bonita de qualquer lugar. Mas dizer isso não é suficiente. Dizer que você é bonita é uma forma preguiçosa de descrever sua aparência.

Os olhos dele buscaram os dela, então ele riu.

– Então eu não queria dizer que você era bonita. Eu queria dizer...– Ele levantou uma das mãos para colocar uma das alças finas do vestido dela de volta no lugar. – Que você parece uma Estrela caída.

Elara corou quando o calor subiu por seu corpo. Enzo afastou a mão do pescoço dela, olhando com surpresa para a substância brilhante que cobria a pele dela.

– Pó de açúcar – ele murmurou, tão baixo que ela sentiu a palavra vibrar dentro de seu corpo. Enzo fixou o olhar sobre ela ao levar o polegar aos lábios e lambeu o pó dele, sem nunca tirar os olhos do rosto dela.

Calor se acumulou do estômago ao âmago dela quando viu a língua dele girar. Aquela avidez em seus olhos a fez querer se inclinar para a frente, sentir as faíscas que irradiavam do olhar de Enzo. Ela se viu se aproximando, cada célula de seu corpo a levando para ele. O príncipe se inclinou na direção dela, as mãos firmes em sua cintura, pressionando o corpo contra o dela. Mas ele tremia, a tensão envolvendo seu corpo, a mandíbula cerrada.

– O que foi? – ela sussurrou.

Enzo balançou a cabeça, mantendo-se insolitamente imóvel.

A princesa estendeu o braço, passando o dedo com hesitação sobre os lábios carnudos dele.

– Elara – ele disse com a voz rouca quando ela abaixou a boca na direção da dele –, se você me beijar agora, eu não vou parar.

O encanto perverso de Torra a acariciou, dando-lhe um golpe de confiança. Todas as preocupações deixaram sua cabeça por um feliz momento no qual ela se permitiu se afogar na certeza do encanto.

– Então por que lutar contra isso? – ela ronronou.

Os olhos dele foram parar sobre os lábios dela, escurecendo.

– Porque, Elara, eu posso ser um monstro, mas você me faz querer ser um santo.

Algo entre um susto e um suspiro escapou de Elara.

– Eu não quero que você seja nada além do que é – ela sussurrou, e encostou os lábios gentilmente nos dele. Enzo gemeu em sua boca, o último resquício de luta que havia dentro dele se derretendo nela.

Suas mãos se entrelaçaram nos cabelos dela, puxando-a para a frente conforme ele aprofundava o beijo. A princesa gemeu quando a língua dele separou seus lábios, o gosto dele defumado e quente, como fogueiras e mel doce. Ela puxou a cintura dele em sua direção, e o rapaz gemeu junto a ela. Elara perdeu o fôlego quando ele beijou seu pescoço, fazendo sua pulsação se agitar.

– Nunca fui beijada assim – ela disse, ofegante.

Com Lukas, sempre foi como seguir a inércia, algo mecânico. Com Enzo, era como se puro fogo estivesse correndo por seu corpo ao toque dele.

– Apenas uma sombra, lembre-se, El – ele murmurou junto a ela, e ela foi chamada de volta à promessa que ele fizera em seu quarto enquanto a beijava novamente. Ele esfregou os quadris nela, e ela gemeu mais alto. Quando Enzo se afastou e a analisou, seus olhos estavam tão escuros que apenas um fino anel de dourado permanecia. Ele moveu o olhar para os seios ofegantes, depois para a boca de Elara.

– Pelas Estrelas, eu queria ouvir você gemendo por mim – ele disse com a voz rouca.

A respiração de Elara estava irregular quando ela tentou alcançá-lo, absorvendo-o com avidez. Com a língua Enzo percorreu o corpo dela com fogo, aprofundando-se na depressão da clavícula. Elara torceu as mãos pelos cachos dele, arqueando o corpo de prazer. A mão dele subiu por dentro da saia dela, deslizando sobre suas coxas enquanto a jovem jogava a cabeça para trás. Ela poderia morrer daquele calor, daquele desejo.

Enzo traçou o pescoço dela com a língua até a clavícula.

– Sei quanto esforço foi necessário para colocar esse vestido de baile, princesa, mas preciso tirá-lo agora.

Elara concordou, fazendo um barulho estrangulado e carente quando Enzo umedeceu os lábios, ajudando-a a se virar para que ele pudesse abrir os botões e desamarrar o laço em sua cintura.

Quando o vestido caiu, o príncipe a puxou de volta para perto dele até ela estar em seu colo mais uma vez, e com um toque liberou seus seios do espartilho.

– Pelos deuses. – Ele segurou um, depois o outro, apertando-os, passando os polegares ásperos sobre os picos sensíveis. Elara praguejou. – A forma como eles quase escapam daquelas blusinhas de treinamento que você usa me enlouquece – ele murmurou.

Com um gemido mal contido, o príncipe colocou um dos mamilos na boca.

Elara estremeceu, apertando mais as pernas ao redor dele quando desejo e avidez a afogaram.

– Como você acha que eu me sinto quando você desfila por aí sem camisa, com o suor escorrendo por esses músculos *glamourosos* e perfeitos – ela disse, ofegante.

Enzo riu antes de pegar o mamilo dela entre os dentes. Ela gritou, sentindo a pequena dor substituída por uma volta da língua dele.

– Você gosta um pouco mais bruto, princesa?

– Deuses, sim – ela sussurrou. Elara tinha que tirar o maldito vestido, tinha que possui-lo bem ali, na carruagem.

Como se lesse sua mente, ele percorreu as mãos de cima a baixo nas tiras do espartilho.

– O que eu lhe disse? – ele perguntou com a voz grave e deliciosa. – Sou muito melhor pra desamarrar espartilhos do que para amarrá-los.

Enzo começou a abrir o espartilho com uma das mãos enquanto a mão que estava no vestido foi parar em seu quadril.

A boca dele voltou para os lábios de Elara, a língua passando rapidamente pela dela. Havia algo desesperado nos olhos dele quando dedos ásperos tocaram em sua lingerie.

– Sim – ela sussurrou, pressionando-se contra ele. – *Sim*.

– Elara – ele gemeu enquanto a outra mão trabalhava nos cordões. – Me diga que isso é tudo pra mim. – O dedo dele enganchou na faixa de sua lingerie e ele a puxou, a fricção dela contra seu âmago tão insuportavelmente deliciosa que a respiração dela acelerou. – Me diga que você é minha.

Os olhos dela se fecharam, e a princesa abriu a boca para responder...

Um solavanco da carruagem e o grito de um bêbado fizeram ambos saírem do devaneio. Elara olhou para a porta em pânico, o encanto de Torra a deixando por um momento. Ela olhou para sua posição e a de Enzo, para os lábios inchados dele, seus seios expostos, o peito ofegante dele, e se afastou.

– Sinto muito – ela gaguejou, puxando o espartilho para cima. Ela o endireitou, então puxou o vestido de baile sobre ele, lutando para fechar os botões.

– El... – ele disse, levantando-se.

Enzo tentou ajudá-la, mas ela se afastou e ficou mexendo na maçaneta da carruagem e a abriu. O ar frio a saudou, e a princesa deu alguns passos para longe até conseguir ajeitar o vestido e colocar a máscara de volta no lugar, embora seu espartilho parecesse solto sob a roupa.

Quando se virou, a máscara de Enzo também estava de volta, sua expressão indecifrável. A magia intoxicante que ela vinha tragando tinha desaparecido, os olhos do príncipe claros novamente. Ela ignorou o coração agitado, o desejo que ainda pulsava entre suas pernas.

– Preciso encontrar Sofia – ela disse, alisando a saia.

– El, o que aconteceu lá dentro...

– Foi o encanto de Torra – ela respondeu. – Eu sei, você não precisa explicar.

Ele assentiu com firmeza.

– Exatamente – ele disse, e algo em Elara se rompeu ao ouvir aquela palavra, algo que ela nem sabia que estava inteiro.

Capítulo Trinta

ELARA ATRAVESSOU UM DOS CORREDORES POUCO ILUMINADOS, Enzo atrás dela. A princesa afastou pensar sobre o beijo, sobre o desejo que sentira e a forma como aquilo quase a consumira.

Ela só podia pensar em Sofia.

Seus olhos notaram duas figuras pressionadas em uma alcova escura, um homem e uma mulher se contorcendo com paixão. Ela arregalou os olhos quando viu asas brancas e emplumadas sobressaindo-se do homem, agitando-se com vida. Teve um vislumbre de uma mancha de purpurina no rosto dele, e sentiu o cheiro de sândalo antes de Enzo a alcançar.

– Tão previsível – ele murmurou, puxando-a para além da Estrela preocupada com outras coisas.

– Achei que as asas de Lias fossem um mito – ela sussurrou quando os dois dobraram uma esquina.

– Não, e nem sua inclinação por transar com tudo o que tiver pulsação.

Elara riu.

– E eu achando que *Torra* que era a Estrela da luxúria.

O sorriso de Enzo não pareceu tão genuíno.

– Tal mãe, tal filho.

Elara puxou o príncipe bruscamente para a direita, um atalho que os levaria à sala do trono sem ter que atravessar o salão de baile mais uma vez.

Havia apenas um ou outro convidado vagando pelos grandes corredores, todos os outros ainda dentro do salão de baile, mas mesmo assim se mantiveram nas sombras, andando com cuidado até chegarem às portas da sala do trono.

Nelas, as bocarras dos *draguns* entalhados estavam abertas, cuspindo sombras por um céu cheio de estrelas, tudo entalhado em relevo preto e prateado. As portas logo desapareceriam, substituídas por novas com representações dos morcegos-sombrios de Lukas.

Elara colocou a mão nas portas.

– El – Enzo disse.

Ela se virou. O rosto dele estava dividido entre súplica e emoções que a jovem não conseguia identificar.

– Tem certeza? E se Ariete estiver atrás dessas portas? E se for uma armadilha?

– Então será uma armadilha. A luz estelar dele não pode me matar. E mesmo se ele fizer algo que possa, eu não vou me perdoar se deixar Sofia à mercê dele.

Elara viu que Enzo estava apreensivo.

– Você não precisa ir comigo – ela disse. – Você nem devia fazer parte disso, de qualquer modo. Prometo que não vou desprezá-lo se for embora.

A risada dele era vazia.

– Só vou te deixar quando as Terras Mortas congelarem.

Elara tentou não refletir sobre aquelas palavras e pressionou a joia de safira incrustada nas garras do *dragun*. As portas se abriram com violência.

Como o salão de baile, estava exatamente como ela se lembrava. Dois tronos em uma extremidade da sala, o chão de uma obsidiana preta brilhante que refletia os arredores da sala do trono. Um espelho coberto familiar ainda estava encostado na parede. As únicas diferenças eram as faixas pretas penduradas dos dois lados dos tronos, com morcegos-sombrios prateados bordados nelas.

No fundo da sala havia duas figuras.

Uma estava presa, ajoelhada, com as mãos amarradas.

Elara já tinha levantado a saia e puxado a adaga. A princesa começou a correr, com um rosnado nos lábios.

Porque a outra figura estava reclinada em um trono, com uma coroa preta na cabeça.

Ela ouviu chamas crepitarem atrás dela, e sentiu uma onda de alívio por ter Enzo ao seu lado. Quando se aproximou, viu o olhar cinza arregalado de Sofia, a mordaça em sua boca, o vestido de baile rasgado.

E, então, os olhos pretos e brilhantes de Lukas, mais escuros do que ela se lembrava, arregalados de satisfação, enquanto as sombras na parede ao seu redor cresciam e assumiam formas monstruosas.

– Lara. Você está mais fascinante do que nunca.

Seu amor de infância estava irreconhecível. As sombras roxas sob seus olhos estavam afundadas, o preto nelas brilhante, quase maníaco. Algo perverso pulsava ao redor dele, algo diante do qual sua própria magia encolhia.

– Sof – ela disse, correndo até a amiga, pronta para cortar suas amarras. Mas Lukas rangeu os dentes e uma sombra envolveu o pulso dela. Elara puxou, mas ela permanecia firme.

Enzo estalou a língua atrás dela.

– Eu removeria isso, se fosse você – avisou.

Os olhos de Lukas voaram para Enzo, suas narinas dilatadas.

– E quem é você?

– Acho que não tivemos o prazer de nos conhecer. – Enzo avançou, ignorando Elara e estendendo a mão a Lukas.

– Sou o rei Lukas. Você deve beijar minha mão. – Ele estendeu a palma, levemente virada para baixo.

Enzo sorriu, inclinando-se para a frente, antes de estender a própria mão e agarrar o pulso de Lukas. Em um movimento rápido, o usurpador estava no chão, com uma adaga que o príncipe tinha escondido sob o paletó desembainhada e em sua garganta.

– Então esse é o noivo que sempre te deixou insatisfeita? – ele perguntou para Elara em um sussurro encenado.

Ela abriu um sorriso hesitante e voltou a se concentrar em Sofia, dando mais um puxão no pulso preso pelas sombras.

– Solte-a – Enzo ordenou, pressionando a lâmina.

Lukas não desviou o olhar repleto de ódio do príncipe, mas levantou a mão e o filete de sombras soltou Elara, se afastando dela.

Em segundos Elara já estava ao lado de Sofia, abraçando-a.

– Tudo bem, Sof. Nós vamos tirá-la daqui esta noite, você...

Enzo relaxou a adaga, e as sombras de Lukas avançaram, envolvendo seu pescoço. Elara já devia saber, devia tê-lo avisado.

Mas o príncipe Enzo apenas deu uma risada e soltou um lampejo de luz tão brilhante que iluminou toda a sala do trono e explodiu as sombras em pedacinhos.

Lukas empalideceu e uma expressão de verdadeira repulsa se formou em seu rosto.

– Ah, Lara. Você escolheu mesmo a escória heliana para manter sua cama aquecida? – A voz dele pingava repugnância, e apesar da nova força dela, seu estômago revirou.

– Achei que tivesse mais bom gosto. – Ele cuspiu nos pés dela de onde estava esparramado. – Puta da Luz.

Enzo avançou antes que Elara pudesse piscar. O usurpador lançou sua magia, sem êxito, dando em um escudo fervilhante do fogo de Enzo.

O príncipe socou o nariz de Lukas, que escorria sangue enquanto o Leão se tornava uma fera descontrolada, seus golpes acertando o alvo repetidas vezes.

Ele parou, apenas para enfiar a mão na boca do ex-noivo da amada. Lukas fincou os dentes nos dedos de Enzo, mas ele nem piscou ao pegar a língua de Lukas com a mão e puxar.

– Se disser o nome de Elara outra vez, eu juro pelas malditas doze Estrelas que vou arrancar sua língua da garganta e fazer você comer.

Lukas chorou, barulhos estrangulados saindo de sua boca até Enzo soltar.

– Você não é rei – ele sussurrou, erguendo a adaga mais uma vez para dar o golpe final.

– *Pare* – Elara suplicou.

Ela odiou seu estúpido coração mole e o pânico que sentiu. Apesar da traição de Lukas, do que ele havia feito com Sofia e com seu reino, apesar de tudo isso, ainda via um vislumbre do garoto com quem havia crescido, e não poderia vê-lo morrer.

Enzo parou de imediato. Ela colocou a mão no braço dele, o outro braço ainda ao redor de Sofia, que assistia em silêncio.

– Ele não vale a pena.

Os ombros de Enzo ficaram tensos, mas um instante depois ele os relaxou ao soltar Lukas.

– Não, você não vale a pena. Mas está marcado agora, sombramante. – Ele cuspiu aos pés dele enquanto Lukas ficava lá, segurando o nariz ensanguentado. – E você vai nos deixar sair em segurança. – Ele olhou para trás. – Vamos, El. Vamos dar o fora daqui.

Elara levantou Sofia, seu corpo tão fraco e frágil, e os dois começaram a movê-la, quando Lukas começou a rir.

Era uma risada fria e terrível, e Elara ficou imóvel.

– O que foi? – ela perguntou.

Mas ele apenas continuou a rir, olhando para algo atrás deles.

– Funcionou – ele disse, formando um sorriso ensanguentado na boca.

Elara se virou devagar, e Sofia gritou, tremendo em seus braços.

E Ariete, o Rei das Estrelas, o deus da ira, da guerra e do sangue, entrou na sala do trono, com luz estelar vermelha em seu rastro.

Ele abriu um sorriso com dentes arreganhados ao colocar os olhos carmesim sobre Elara.

– Olá, amante.

Capítulo Trinta e Um

O DEUS DIANTE DELA ESTAVA TÃO BELO e apavorante quanto da primeira vez que Elara havia colocado os olhos nele. Seu rosto era de um homem jovem, embora tivesse séculos de idade. O cabelo preto com mechas vermelhas estava penteado para trás do rosto da Estrela para combinar com seus olhos cor de vinho puxados para cima. A pele pálida era coberta por tatuagens: cartas de baralho, uma tenda de circo, um carneiro, tudo entremeado a afrescos grotescos de guerra e morte. Entre as imagens havia o torso nu de um guerreiro – um guerreiro afiado para matar – sob um paletó bem cortado. Os olhos dela se fixaram nas palavras que tinha tentado esconder desde seu aniversário, uma linha rabiscada sob seu olho esquerdo. *Violência Divina.*

Enzo saltou na frente de Elara, adaga na mão. Fogo ondulava de sua lâmina, e ele avançou sobre Ariete.

O deus desviou de seu ataque com facilidade, golpeando-o com luz estelar. Isso derrubou o príncipe e ele foi parar no chão, onde ficou imóvel.

– Não! – Elara gritou, correndo na direção de Enzo. Ele ainda estava respirando, e Ariete olhou para o rapaz, para o fogo ainda ondulando de sua lâmina caída.

– Interessante – ele murmurou.

Elara se virou, e com um uivo avançou com a adaga em punho sobre Ariete. Sua mira era imaculada, mas Ariete era uma Estrela. Ele pegou a faca no ar, segurando-a com a lâmina na palma da mão. Então seu sorriso ficou ainda mais largo, tão largo que os caninos pontiagudos ficaram totalmente visíveis conforme ele abria a mão devagar, os filetes de sangue brilhante escorrendo dela. O deus levou a faca à língua e passou a lâmina por ela.

– Ah, como eu adoro uma mulher cruel – ele suspirou com um tom cantado na voz ao dar outro passo à frente.

O encanto de Ariete recobriu a sala em um grito agudo de espadas retinindo e uma sede de sangue avassaladora. Elara olhava o tempo todo para Enzo, ainda inconsciente, e tentava acessar o que viesse de seus poderes: uma sombra, uma ilusão, qualquer coisa. Ela estendeu a mão.

– Ah, não, você não vai fazer isso – Ariete entoou e ficou sobre ela em dois passos.

Elara gritou quando a Estrela a agarrou pelo cabelo, puxando sua cabeça para trás, o pescoço descoberto para ele. Em profundo horror, ela esbravejou quando os caninos da Estrela perfuraram seu pescoço, e uma dor lancinante percorreu seu corpo. *Queimando, ó céus, queimando.*

– Veneno de demônio – ele murmurou enquanto ela sentia aquilo afogar sua magia e enfraquecê-la enquanto se afundava nela. – E a única cura é sangue de uma Estrela. – Ele riu enquanto a princesa desmaiava, Sofia gritando e suplicando.

Ariete passou o polegar sobre o rosto de Elara de maneira quase carinhosa e sussurrou em seu ouvido:

– Se não posso matá-la, então vou ficar com você. – O olhar dele foi parar sobre o corpo caído de bruços de Enzo.

Elara tentava brigar, tentava lutar, mas o veneno a puxava para baixo, para baixo e para baixo.

– Não – ela disse uma última vez, com as mãos esticadas para Enzo.

E então houve apenas escuridão.

Capítulo Trinta e Dois

DOR. UMA DOR IMENSURÁVEL, INDESCRITÍVEL. Elara lutava para acordar e sacudia o corpo, tentando forçar a magia venenosa de Ariete a sair de suas veias, sem sucesso.

Seus olhos se abriram o suficiente para ver que estava em seu antigo quarto. As pesadas cortinas índigo estavam fechadas, os livros familiares alinhados em suas estantes, as pinturas de seus *draguns* preferidos no teto. Ela sufocou um soluço de choro e tentou se sentar, tentou se mover, mas o veneno a matinha imóvel.

Uma figura se arrastou para a frente, a aura de luz estelar branca ao redor dela tornando-se visível a cada passo.

– A Matadora de Estrelas da profecia – disse uma voz sussurrante e aguda. Elara tentou puxar bocados de ar para dentro de seu corpo, embora o medo tornasse aquilo quase impossível com uma deusa iluminada diante dela.

Gem. Estrela do rancor e da trapaça.

Elara tinha crescido ouvindo histórias assustadoras sobre esta Estrela e seu irmão gêmeo, Eli. Eram duas metades, mas juntos eles eram mais poderosos do que quase todas as Estrelas. Os dois podiam partir mentes, e enlouquecer o homem mais são. Podiam comandar um mortal como um titereiro.

Elara tentou se afastar quando Gem se aproximou, mas a Estrela apenas sorriu de leve enquanto a princesa ofegava, incapaz de se levantar da cama. Assim como Ariete, Gem era deslumbrante em seu brilho suave e a perfeição de porcelana de seu semblante etéreo. Ela afastou o cabelo branco como neve do ombro, olhando para Elara dos pés à cabeça com olhos de um azul tão claro que pareciam quase transparentes.

– Onde está Sofia? – Elara perguntou com a voz áspera. Sua garganta estava latejando de dor. Pelas Estrelas, quase a mesma dor de quando lhe forçaram Luz goela abaixo. Seria do veneno? De gritar?

– Em outro lugar – Gem respondeu com leveza. – Meu rei não é tão cruel, sabe. Se você obedecer, ele vai permitir que ela fique aqui com você.

Ela se ajoelhou ao lado da cama de Elara e tirou um cabelo desgarrado de seu rosto. A princesa se encolheu, embora sua cabeça mal tivesse se movido.

– Você pode ser feliz aqui, contanto que faça o que eu disser.

Do toque dela, Elara sentiu vestígios de luz estelar branca infiltrarem-se como névoa em sua mente. O cheiro de lírios-dos-deuses enquanto Gem a investigava era tão forte que estava lhe dando ânsia de vômito.

Elara fechou os olhos com força e, com os dentes cerrados, comandou que suas sombras pegassem a caixa – aquela que continha todos os seus segredos, todos os seus pensamentos verdadeiros – e a empurrasse mais fundo em sua consciência.

Quem é você?

A voz soou dentro e fora de Elara enquanto o olhar vazio de Gem continuava a prendê-la à cama.

– Sou Elara Bellereve. Rainha legítima de Asteria – ela resmungou.

Uma risada suave ecoou pela mente dela. *Elara Bellereve. Não perguntei seu nome.*

– Eu não sei de que merda você está falando. – Elara disse, ofegante, rangendo os dentes devido à dor em seu corpo.

Como uma princesinha insignificante sobreviveu ao golpe mortal de uma Estrela?

– Por causa da profecia – ela retrucou.

A magia de Gem fez uma pausa, pulsando, esperando. *O que você está escondendo, Elara Bellereve?*

E antes que Elara pudesse puxar o ar, as gavinhas de luz estelar atacaram. Lanças de uma luz dura, fria, aterrorizante, perfuraram a mente da jovem e ela gritou. As gavinhas bisbilhotavam e forçavam, correndo e perseguindo as sombras, que fugiam e se escondiam. Lâminas passaram por sua mente, cortando e fatiando enquanto ela arqueava as costas, determinada a não chorar, a não dar essa satisfação a Gem. Em sua cabeça, viu Gem parada à sua frente enquanto sua voz suave ordenava: *Você vai me mostrar o que está escondendo.*

Elara lutou, tentando sair da cama, mas a dor em seus músculos protestou, e outro golpe de luz queimou seu cérebro.

A voz de Gem dentro dela soou calma como um lago parado quando falou novamente. *Quem é Alec?*

– Vai se foder – Elara respondeu, ofegante, escondendo os pensamentos sobre Enzo, qualquer imagem. As lembranças deles treinando, voando e dançando. Ela afastou todas elas.

Mas onde ele estava? O que havia acontecido com ele?

Por fim alguma coisa, Gem murmurou enquanto percebia as perguntas que Elara havia acabado de fazer a si mesma.

Gem soltou uma risada de leve quando uma imagem foi colocada na mente de Elara. Era nebulosa, e mostrava Enzo pendurado de um teto, com sangue dos cortes escorrendo em sua pele, ainda de máscara.

Elara franziu a testa. Por que ele ainda estava de máscara? Mas ela gritou quando outra onda cruel de dor cortou sua mente, borrando a imagem. Quando ela se tornou nítida novamente, Ariete estava lá, com luz estelar vermelha lancetando o corpo de Enzo toda vez que ele se recusava a responder as perguntas implacáveis da Estrela.

Ela conteve um soluço, rangendo os dentes enquanto sua magia tentava ultrapassar o veneno. Um filete de suas sombras saiu dela e avançou ao redor do pescoço de Gem, mas não conseguiu fazer muita coisa.

A deusa rugiu de frustração antes de Elara ser mais uma vez atingida por agulhas de luz, perfurantes e quentes, a dor quase a fazendo desmaiar. Mas as garras que se afundavam em seu cérebro não cederiam, não a deixariam ficar inconsciente. Um som inumano escapou dela, e ela agarrou sua mandíbula, tremendo.

Vou varrer sua mente para encontrar tudo o que você ama, e depois destruí-los, sussurrou a voz de Gem.

Elara permaneceu deitada, ofegando de maneira irregular.

Ela não saberia dizer se o que aconteceu em seguida durou horas ou dias. Tudo o que sabia era que era a dor mais aguda que já havia sentido. Repetidas vezes, as garras de Gem sondaram sua mente, procurando informações sobre os últimos meses. A força de vontade de Elara escorregava lentamente, a boca fixada em um grito sem som enquanto Gem silenciava seus berros. Ela ficou ali, suspensa em agonia.

Por fim, ouviu a cadeira ser arrastada para trás.

— Sua mente vai ser minha antes que isso acabe — Gem resmungou. Elara sentiu a Estrela agarrar sua mente com tanta força que ela começou a convulsionar. Só então Gem a deixou, no escuro.

Elara acordou com um líquido morno escorrendo por sua garganta. Seus olhos se agitaram e viram Ariete em cima de em sua cama, segurando sua boca enquanto ela bebia com avidez. Um entorpecimento feliz tomou conta da dor.

Assim que Elara se deu conta de quem ele era, ela se afastou, cuspindo sangue. *O sangue dele.*

— Calma — ele disse enquanto ela se lamentava. — Preciso de você lúcida pra esta conversa.

— Por que está fazendo isso? — ela sussurrou, forçando-se a engolir o soluço enquanto limpava a boca, manchando a mão de escarlate. — Se nossos destinos estão ligados, então não podemos fazer nada a esse respeito. Se vou me apaixonar por você e ser sua morte, por que só não aceita isso?

Ariete inclinou a cabeça para trás e riu, com um brilho maníaco nos olhos.

– Me deixe perguntar uma coisa, Elara. Você aceita esse destino?

Ela pensou em Enzo. No que ele tinha dito na floresta. *Você merece sentir amor verdadeiro.*

– Não – ela respondeu.

– Nossos destinos estão ligados. Mas eu sou o deus da guerra. Se você representa minha morte, então vou pra batalha.

O quarto girou quando a magia bruta e sem filtro do sangue da Estrela entrou em seu corpo. Suas pálpebras se agitaram quando a euforia tomou conta dela. O sangue de Ariete era melhor do que ambrosia. Êxtase profundo e divindade.

– Quem é Alec?

O êxtase oscilou.

– Onde ele está? – ela perguntou.

– É isso que eu gostaria de saber – ele murmurou em resposta.

Tudo dentro de Elara se acalmou por um momento. As visões de Gem não eram verdadeiras. Ele havia escapado das mãos de Ariete.

– Me conte tudo, Elara, e eu acabo com sua dor.

Mas a princesa tinha se agarrado àquele raio de luz brilhando na noite. Enzo estava em segurança. Ela apenas sorriu para Ariete.

O rosto dele se contorceu de raiva, fazendo a máscara indiferente, imortal, se estilhaçar.

– Que assim seja – ele disse, e afundou as presas de volta em sua garganta.

Dessa vez, quando a dor veio, a escuridão jubilosa já estava ali para a engolir por inteiro.

Capítulo Trinta e Três

— ELARA — UMA VOZ SUSSURROU COM URGÊNCIA. — Elara? — ela a chamou novamente, mais alto.

Paisagens oníricas giravam ao redor da jovem enquanto ela cambaleava, meio inebriada com o sangue de Ariete, meio envenenada com sua toxidade. Os dois brigavam um com o outro, tentavam controlar sua magia. Mas ela seguiu caminhando nos sonhos.

— Elara — a voz chamou.

Ela reconheceu a nuvem de sonho logo adiante, já tinha caminhado nela muitas vezes em outros tempos. Com um soluço de choro, adentrou.

Sofia estava na margem do Lago Astra, a água parada de um azul-índigo profundo, a neblina por toda a volta enquanto ela observava Elara se aproximar, tentando andar. Mas a dor a havia seguido até o sonho, e ela precisou cair de joelhos e se arrastar.

— Sof – ela disse com a voz áspera.

Ela tentou se segurar em Sofia, mas o toque da amiga não passava de fumaça.

— O que fizeram com você, Lara?

— Gem está vasculhando minha mente. Ela fica fazendo as mesmas malditas perguntas sem parar. Como vou saber por que sobrevivi a Ariete? Por que Destino escreveu o que escreveu?

Sofia ficou olhando para a água.

— Os fios se amarram de formas misteriosas – ela respondeu. — Como nossa senhora Piscea disse uma vez.

Elara segurou um suspiro.

— E quanto a você, Sof? – ela perguntou com gentileza, com medo de quebrar a amiga que parecia tão distante da garota animada com quem tinha crescido. — Estão te machucando?

— Não mais do que o normal – Sofia respondeu. — Não importa como me machucam, mesmo se eu soubesse por que você sobreviveu, eu nunca contaria.

A culpa mergulhou no peito de Elara.

— Sinto muito – ela sussurrou.

Sofia deu de ombros.

– Onde eles estão mantendo você?

– Em meu antigo quarto – Elara respondeu. – E você?

Sofia deu uma risada vazia.

– No calabouço.

– Prometo que vou tirá-la daí – Elara jurou. – Não sei como, mas não vamos morrer aqui.

– Você não vai mesmo – Sofia disse.

– E nem você – Elara afirmou, tentando acariciar o rosto da amiga.

O sorriso de Sofia era triste.

– Espero que não, Lara. Você só precisa resistir aos avanços de Gem. Esperar. Ela vai se entediar. Assim como aconteceu comigo.

– Quanto tempo vai levar?

– Não sei. Mas juro que não vai durar pra sempre. Ariete vai querer você fora daqui logo. Para algum novo jogo.

– Que sorte a minha.

Sofia riu.

Um lampejo de luz estelar iluminou a paisagem onírica, e Elara se encolheu.

– São eles – Sofia murmurou. – Volte para o seu corpo.

– Eu te amo, Sof. E vou salvá-la. Juro. – Elara tentou pegar na mão da amiga, esquecendo por um instante, mas Sofia se levantou, fora de seu alcance.

– Espero que sim. – Sofia olhou para os céus. – Por favor, não se apaixone por ele, Lara.

Elara cambaleou de volta.

– Eu nunca me apaixonaria por Ariete – ela declarou com repulsa.

Sofia apenas piscou enquanto Elara era puxada de volta para o mundo desperto.

No dia seguinte, e em incontáveis outros que Elara não conseguiu contar, Gem a visitou para tentar quebrar sua mente.

Ela entrava com alegria, distorcendo suas recordações e recolhendo todo pedaço de informação que conseguia. Gostava particularmente de se concentrar nos pais de Elara, transformando suas lembranças de uma infância feliz em coisas saídas de pesadelos, deturpando os ecos dos gritos de morte de seus pais em frases como *"É culpa sua"*. Ainda assim, a princesa manteve Enzo e o segredo de seu refúgio em Helios guardados a sete chaves, enterrados com tanta profundidade que Gem nunca poderia descobri-los. A escuridão a chamava e consolava todas as noites, leve e bem-vinda, como se o céu noturno a embalasse em seus braços, e era só então, sozinha, que Elara se permitia pensar em Enzo. Era sua única via de resistência. Uma forma de ter pelo menos uma lembrança, um pensamento, só seu. Ela imaginava a argola dele brilhando na Luz. A sarda sob seu olho esquerdo. A testa franzida quando ele a frustrava. Repetidas vezes, a jovem passava as imagens, a prova de que ela não tinha perdido a cabeça para Gem. Sua única âncora com a realidade.

Estava com febre por causa do veneno de Ariete, o deus não havia se dignado a visitá-la novamente com seu sangue desde a primeira noite. A porta para o seu quarto se abriu, e ela estava olhando para o seu pai.

– Não, não, não, não – ela choramingou, tentando se mover, embora o veneno a deixasse inutilizada. – Isso não é real, isso não é real, isso não é real.

– Querida, sou eu – a figura disse, e a voz de seu pai era tão terna que ela começou a chorar, olhando no rosto dele. – Sou eu, e eu só queria que você soubesse – a ternura em seus olhos foi substituída por malícia – que é culpa sua nós termos morrido.

Elara soltou um soluço trêmulo.

– Isso não é real. Você é *Gem*. Você não é meu pai.

Em um piscar de olhos, a forma mudou, e sua mãe se agachou diante dela. A tristeza pintava seus olhos cinza.

– Ele tem razão, querida – a figura lamentou. – Você fez isso conosco. Se eu não tivesse dado à luz você, a Estrela não teria aparecido.

Elara balançou a cabeça contra a frieza da mão de sua mãe quando ela tocou em seu rosto. Repetidas vezes, como um mantra, disse a si mesma que aquilo não era real, que era a Estrela da trapaça fazendo o que fazia de melhor. Mas quando os gritos de seus pais lhe disseram que ela era inútil, que era melhor que estivesse morta, sua mente começou a esfarelar.

Quem é Alec?, veio a pergunta, incessantemente a mesma de quase todos os dias.

– Ninguém – ela respondeu.

Uma risada fria se seguiu, até que ela apagou, como sempre acontecia, apegada a uma imagem de olhos dourados.

Quando voltou a despertar, estava molhada de suor, o pescoço duro e dolorido, o local em que Ariete havia mordido latejando. Sua cabeça caiu para a frente enquanto ela rezava por uma trégua. *Argola. Sarda. Testa franzida. Argola. Sarda. Testa franzida.* Ela repetiu isso várias vezes, até o rosto de Enzo aparecer em sua mente. Ela ainda estava ali. Ainda estava viva.

– Elara – uma voz chamou, e ela se ergueu, olhando ao redor. A dor de cabeça era tanta que quase desmaiou, uma dor que mal a deixava abrir os olhos.

– Elara – a voz disse novamente.

Parada diante dela estava a figura pálida, de cabelos escuros, de Eli. Irmão gêmeo de Gem. O Persuasor. Ela praguejou, rolando da cama para longe dele, caindo com força no chão enquanto enterrava os pensamentos de Enzo o mais profundo que conseguia. Tentou rastejar, mas seu corpo não obedecia.

– Pare, *pare*. – Ele deu um passo cauteloso à frente. – Não vou machucá-la.

O peito de Elara ofegava enquanto olhava para Eli, preparando-se para a mesma crueldade que sua irmã havia demonstrado. Seus olhos penetrantes eram indecifráveis. As mangas de camisa cor de carvão estavam arregaçadas, deixando à mostra uma cobra preta tatuada em seu antebraço, enrolando-se nele. O cabelo estava penteado para trás, sem nenhum fio fora do lugar.

– Você veio terminar o que sua irmã começou? – ela perguntou, ainda tentando se afastar dele.

– Eu vim pra te dar isso – ele disse, pegando uma pequena faca.

– Para acabar com meu sofrimento? Por que te chamam de deus da sabedoria se nem sabe que eu não posso ser morta por uma Estrela?

Um som divertido escapou de Eli quando ele passou a lâmina na mão.

– Ele bem que me alertou que você tinha uma língua ferina.

A boca de Elara secou, seu corpo cantando pelo elixir divino que pingava da palma da mão de Eli.

– Espere – ela disse, retrocedendo. – Quem disse isso?

Eli se inclinou para a frente, levantando Elara com cuidado e a colocando de volta na cama. Ele se sentou na beirada, passando a mão com hesitação sobre o ferimento em seu pescoço. Ela respirou fundo com o contato da Estrela. O cheiro de chuva a atingiu, junto ao seu poder astucioso e mercurial que nunca ficava parado, que não podia ser decifrado.

– Ariete e minha irmã são sádicos malditos – ele murmurou, fechando a mão em punho sobre a boca dela. – Agora beba.

Elara olhou nos olhos dele enquanto abria a boca com hesitação, permitindo que o sangue escorregasse por sua garganta.

Ela deu um solavanco quando sua magia saltou na direção dele. Algo interior cantou para ela, e suas sombras seguiram o chamado para dentro do ferimento na palma da mão dele.

O contato fez uma imagem brilhar em sua mente – Eli, sentado com uma mulher de cabelos brancos e longos, um céu pesado e estrelado ao redor deles – antes de a Estrela afastar sua mão.

– O que foi isso? – ele perguntou.

– Eu... eu não sei – ela disse. – Me diga você.

Ele a encarou com algo parecido com medo no olhar.

– O que foi? – ela perguntou.

– Nada. – Seja o que fosse aquela expressão, já tinha desaparecido. – É só que... bom, isso é tudo que seu corpo aguenta no momento. Vai manter o veneno de Ariete acuado, pelo menos por algumas horas.

– Por que você está me ajudando?

– Porque eu devo. Um certo príncipe comprou meu favor.

Elara ficou imóvel. *Não, não, não, não.* Todo membro da realeza sabia, era alertado desde criança, que não se fazia acordo com as Estrelas. Ela pensou na carta Stella ensanguentada que havia levado a ira de Ariete sobre ela. Uma Estrela podia ser invocada com um sacrifício de sangue sobre sua carta. Mas se o desejo de alguém fosse concedido, raramente valia o que a Estrela pedia em troca.

– O que ele fez? – ela sussurrou.

Eli pareceu levemente entretido.

– É uma história que só ele pode contar.

– Ele está bem?

Eli riu de leve.

– Bem? Ele é ferino.

Elara mordeu o lábio. O alívio tomou conta dela com a garantia de Eli de que Enzo havia escapado com vida. Mas ter um débito para com aquele deus... o que ele tinha sacrificado?

Antes que ela perguntasse mais, Eli pressionou os dedos nas têmporas de Elara. Ela se encolheu, tentando se afastar, mas ele a segurou com firmeza.

– O que você está fazendo? – ela implorou.

– Prometi que não a machucaria – ele respondeu com impaciência. – Então fique quieta.

Depois que um acordo era feito, nem mesmo uma Estrela podia quebrá-lo. Foi isso, e apenas isso, que permitiu que Elara confiasse no deus evasivo diante dela.

Eli fechou os olhos, e Elara sentiu água fria em sua mente, um bálsamo contra seus pensamentos desolados. Quase suspirou quando aquilo fluiu sobre ela, massageando-a até ela relaxar um pouco. E ouviu a voz de Eli bem distante.

– Estou colocando um escudo ao redor de sua mente – ele disse.

Ela sentiu. Paredes frias de metal, da mesma cor de seus olhos.

– Sua irmã vai perceber o que você fez.

A princesa ouviu um som de zombaria arrogante.

– Não se for bem-feito. Não sou o deus da astúcia à toa. – Ela o sentiu manipular sua mente, acrescentando enfeites e ajustes. Quando terminou, Elara soltou um suspiro longo. Sua mente estava limpa, viva.

– Quando Gem olhar aí dentro, só vai ver sua mente e algumas lembranças falsas. O suficiente pra desistir e não olhar para a parede atrás delas.

Ele endireitou o corpo, ajustando o colete risca de giz.

– É melhor eu ir embora. Meu favor já foi concedido. Fiz tudo o que podia pra mantê-la segura. – Elara assentiu, observando-o ir na direção da porta.

– Eli?

Os olhos da estrela pousaram sobre ela.

– O que ele fez? Como comprou seu favor?

A Estrela inclinou a cabeça.

– Ele teve que me contar uma verdade. Uma verdade que não suporta dizer em voz alta. Uma verdade que pode ser usada contra ele, se eu quiser.

O medo surgiu no peito dela. Abrir mão de algo tão íntimo, e ainda por cima para uma Estrela.

– Obrigada – ela sussurrou.

A Estrela não disse mais nada, assentiu e se dirigiu para a porta.

Mas, então, parou na soleira, virando-se novamente como se tivesse se lembrado de alguma coisa que quisesse dizer.

– Antes de Lorenzo, só tive contato com uma pessoa com tanto propósito e obstinação ao me invocar.

– E quem foi?

A resposta de Eli foi um sorriso vago.

E com isso ele desapareceu de sua vista, fechando a porta ao sair.

Capítulo Trinta e Quatro

QUANDO GEM ENTROU NO QUARTO DE ELARA, algumas horas depois, o que quer que Eli tivesse pintado dentro de sua mente pareceu funcionar. Depois de uma última varredura desesperada, Gem foi embora, murmurando:

– Foi uma perda do meu maldito tempo.

Pela primeira vez em dias, Elara estava consciente o bastante para registrar seus arredores. E seu corpo estava menos dolorido, o suficiente para ela se mexer.

A princesa se sentou devagar, olhando para o quarto. Viu, em sua mesa de cabeceira, sua bola de cristal de safira feita com cristais das cavernas de Verde. Seu pai havia lhe dado de presente, um bem precioso de antes de Asteria fechar as muralhas. Do lado oposto, pendurado na parede, uma representação emoldurada de "O lobo-noturno e a prata": a donzela de cabelos brancos ajoelhada na neve com o lobo antes de ambos encontrarem seus fins. Tantas partes de sua antiga vida ali, preservadas. Como se bastasse abrir a porta e seu pai e sua mãe a estivessem esperando do lado de fora. Como se nada tivesse acontecido.

Ela olhou mais uma vez para o teto com pintura de *draguns*. Lá estava o Devorador de Mitos, com seus tons lilases e rabiscos de tinta que se transformavam em suas asas de pergaminho. O guardião das histórias. A Dançarina dos Sonhos, com pele de nuvens rodopiantes, que levava seu companheiro mortal caminhante onírico planando pelas Terras dos Sonhos. Guardião da Noite, que expelia sombras tão escuras que Luz nunca poderia penetrar com ele por perto. E sua preferida de todos, Terror das Estrelas. Ela não estava em *Os mythas de Celestia*, mas Elara a havia descoberto em um pedaço de pergaminho comum escondido na seção de *Mythas* da biblioteca do palácio. Era Terror das Estrelas que ela tinha tatuada nas costas, a imagem refletida da *dragun* prateada que brilhava sobre ela, com a bocarra acesa com fogo perolado.

Elara desceu da cama fazendo uma expressão de dor ao sentir os músculos tensos e travados, o estômago dolorido e os membros fracos. Abriu as cortinas de seda e também tentou abrir a janela. Estava destrancada. Com o coração acelerado, ela a abriu, zombando da arrogância de Gem e Ariete por nem se darem ao trabalho de trancá-la. Com a brisa asteriana fria beijando suas bochechas, ela olhou para o lago escuro que tocava as margens de seu palácio. Tinha perdido as contas de quantas vezes ela, Sofia e Lukas tinham nadado ali. Elara poderia nadar por ele até chegar à floresta do outro lado. Certamente seria um destino melhor do que Ariete lhe reservava. Mas nunca deixaria Sofia. Ela fechou a janela.

A princesa foi até a porta e colocou a mão na fechadura. Seus dedos congelaram. Era fácil demais. Talvez estivesse sonhando. Mas uma rápida verificação de sua magia lhe disse que ela não estava caminhando nos sonhos. Então, girou a maçaneta com hesitação.

A porta abriu.

O corredor escuro e vazio se estendia diante de Elara enquanto ela formulava um plano. Seus dedos flexionaram, e a jovem sentiu o poço de sua magia se encher. O sangue de Eli estava ajudando, evitando que o veneno de Ariete sufocasse seu poder. Com cuidado, teceu um véu sobre si mesma, misturando-se com as sombras enquanto se apressava.

Havia apenas um pensamento em sua mente: *Sofia*.

Elara conhecia o palácio melhor do que qualquer pessoa em Asteria. Os anos presa entre suas torres tiveram seus méritos. Esquivou-se e se contorceu por passagens e escadarias na direção do calabouço, pegando um atalho específico de que se lembrava. Ao sair de uma das passagens ocultas, deduziu pelo céu violeta que devia ser tarde da noite, mas o que viu em seguida a fez cambalear e parar.

Ariete estava apenas a poucos metros de distância, falando com alguém coberto de sombras. Ele estava de costas para ela, que prendeu a respiração, envolvendo-se com mais ilusões até não ser nada além de ar.

– Ela não sabe. – O medo percorreu Elara ao ouvir a voz suave de Gem. – Vasculhei a mente da garota. Fiz com que suplicasse e gritasse. Não há nada lá dentro além de sombras e uma preocupação incessante com a filha daquela capitã.

Ariete esticou o pescoço e soltou um resmungo frustrado. Então levantou a cabeça, olhando para o teto.

– Está sentindo as sombras ficando mais escuras?

Gem negou com a cabeça.

– Você está vendo coisas, meu rei. Elas estão como têm sido por séculos.

Ariete soltou um som de insatisfação.

– E quanto ao acompanhante mascarado?

– Nada ainda. Só sei que é um heliano.

Elara cerrou os dentes, se certificando de que não estava mexendo nem um músculo quando Gem deu um passo para mais perto de Ariete.

– E se você estiver mesmo destinado à asteriana? – ela perguntou.

Houve um gargalhada insensível.

– Você ficaria com ciúmes?

Elara franziu a testa ao ver Ariete acariciar o rosto de Gem.

– Sei que a mim você não pertence – veio a resposta amarga.

– Você tem razão – Ariete respondeu com frieza. – Não pertenço.

Ele começou a se afastar.

– O balé, Gem. Garanta que ele saia sem problemas.

E, em um segundo, as duas Estrelas desapareceram.

Elara esperou alguns minutos antes de se afastar da porta, aprofundando-se mais no palácio. Quem, em nome das Estrelas, Ariete pensava que ela era? O que era o balé?

Deixando essas questões para mais tarde, ela passou por onde as Estrelas estavam paradas e virou à esquerda, chegando à entrada do calabouço. O guarda na frente roncava. Ela o reconheceu – Riccard. Certa vez ele havia lhe dado doces em uma reunião chata a que havia comparecido com seus pais. Algo doeu dentro dela ao ver o rosto familiar servindo a alguém com o coração tão escuro quanto o de Lukas. Sobre a cabeça dele, gravadas sobre a pedra preta da entrada do calabouço, estavam as palavras que sempre causaram arrepios na princesa, as últimas palavras que prisioneiros asterianos viam antes de terem a liberdade roubada: *Que a escuridão julgue sua alma. Que Piscea decida seu destino. Então a adore. Então a tema.*

Certificando-se de que suas ilusões estavam bem apertadas ao seu redor, ela avançou na direção do guarda, focando no cinto que o homem usava e no molho de chaves do calabouço preso a ele.

Estava torcendo com todas as forças para que suas sombras conseguissem pegá-lo. Mas, infelizmente, embora as gavinhas de escuridão estivessem despertas e acessíveis, elas continuavam fantasmagóricas e insubstanciais como sempre.

Ela agachou ao lado de Riccard, esticando a mão com hesitação e enganchando os dedos ao redor da argola. Rangendo os dentes, Elara estendeu a outra mão e, devagar, bem devagar, soltou-a do cinto do guarda.

Elas balançaram; a princesa prendeu a respiração quando Riccard parou de roncar. Ele se mexeu sobre o assento, e ela se obrigou a ficar imóvel. Por fim ele voltou a roncar, e ela ergueu com cuidado a argola de chaves e a afastou do cinto dele.

Soltando um longo suspiro, passou por ele e entrou no calabouço.

Quando chegou à área das celas, ladeada pelo fogo baixo dos castiçais iluminando o caminho, não perdeu tempo e percorreu o corredor de barras de ferro até chegar à última cela.

Lá dentro, Sofia estava encolhida sobre um palete de feno, ainda com o vestido de baile, que estava imundo.

– Sof... – Elara disse baixinho.

Sofia se sentou.

– Lara?!

– Estou aqui. – Ela já estava enfiando uma chave após a outra na fechadura, mas nenhuma servia. Praguejou enquanto Sofia se aproximava, cambaleando.

– Como você...?

– Depois – Elara respondeu, enfiando a próxima chave. Para seu alívio, ela serviu, e quando a girou, a fechadura estalou.

O portão se abriu, e ela correu para os braços da amiga, abraçando-a com força.

– Agora, Sof. Vamos embora.

Gotas de suor escorriam pela testa de Elara enquanto se esforçava para manter uma ilusão sobre elas duas durante a fuga pelo palácio. As amigas seguiram o mesmo atalho pela passagem oculta, subindo a escadaria dos fundos. A porta de seu quarto surgiu diante dela, e a princesa piscou. O sangue de Eli devia estar perdendo o efeito. Só mais alguns metros. Ela puxou Sofia para dentro.

A figura sentada na cama sorriu quando elas entraram.

– Você nunca foi muito boa em escapar, não é, Lara? – provocou Lukas.

Capítulo Trinta e Cinco

– A GENTE BRINCAVA AQUI DENTRO O TEMPO TODO. – Inclinando a cabeça para o teto, Lukas se levantou da cama. Elara já tinha entrado na frente de Sofia, de maneira protetora. Estava desarmada. Sem poderes, o veneno de Ariete fervilhava em seu sangue, superando o de Eli.

– Lembram daquela brincadeira? Guardião da Noite. Nós três fingíamos que éramos o famoso *mythas*, com nossas sombras. – Ele apontou com o dedo para a representação dos *draguns* sobre sua cabeça, com sombras saindo de seus dedos. – Não que você conseguisse conjurar algum deles, Lara, depois de seu pequeno "incidente" com aquele manipulador de luz.

As mãos de Elara flexionaram ao lado do corpo.

– Cale a boca, Lukas – Sofia disse.

Ele se virou devagar, com ódio puro e sem filtros no olhar, encarando Sofia.

– Sabe, nunca entendi por que é tão leal a essa vadia, Lara.

– O que você sabe sobre lealdade? – Elara questionou enquanto uma onda de náusea tomava conta dela.

As sombras nos olhos de Lukas o eclipsaram por um segundo.

– Mais ou menos o mesmo que você. Associando-se a nosso inimigo. – Ele resmungou. – Quem era o heliano? – ele perguntou calmamente.

A cabeça de Sofia virou para ela, e Elara rangeu os dentes, tentando superar o veneno de Ariete.

– Não sei do que está falando – ela disse, reunindo todas as gotas de bravata e arrogância real que podia.

– Você entregou todos nós, Lukas – Sofia disse, e Elara podia ouvir aquele temperamento familiar no tom de voz dela. As sombras cresciam nas paredes, e ela não sabia dizer se pertenciam a Lukas ou a Sofia. – *Você* nos entregou ao inimigo. A *Ariete*.

– Mentira – ele sussurrou, dando um passo à frente. Elara olhou ao redor do quarto.

– Eu vi a carta, Lukas – Elara disse. Ela tinha que mantê-lo falando. – Sei que você o invocou.

Ele soltou Sofia.

— Não, eu não fiz isso.

— Você roubou a porra do meu trono — ela gritou. — Acha que sou idiota? É claro que o invocou. Você planejou tudo. Você só se interessa pelo poder. — O quarto começou a girar, mas Elara se apegou à sua raiva, suplicando para ela a ancorar.

A boca de Lukas se mexeu, como se estivesse tentando se agarrar a uma mentira. Ela trocou um olhar com Sofia, a única pessoa que a conhecia de dentro para fora. E a amiga leu o plano em seu olhar, seguindo-o até onde ele pousou, sobre a bola de cristal de safira em cima de sua mesa de cabeceira.

Elara se aproximou de Lukas quando as sombras de Sofia pairaram na direção da bola.

— Eu queria *você*, Lara — ele por fim retrucou.

— E quando viu que não me teria, quando nosso noivado estava em perigo, você decidiu me machucar — ela respondeu em voz baixa.

— Não — ele rogou. — Eu não quis machucá-la, eu…

A boca dele se mexeu, soltando um som de frustração. Sombras escuras começaram a pulsar dele, e Elara soube que o rapaz estava perdido para elas.

A bola se levantou com suavidade da mesinha, carregada pela magia de Sofia na direção de Lukas.

— Você, o quê? Me ama? Não pretendia que meus pais fossem *assassinados*? Não pretendia *usurpar meu torno*?

Lukas colocou a mão no rosto dela, e ela hesitou diante da frieza familiar.

— Me ajude, Lara — ele sussurrou, e ela piscou. Por um momento, as sombras haviam clareado em seus olhos, deixando-os do tom de cinza que ela costumava conhecer. A jovem cambaleou para longe dele. — Por favor, me ajude — ele disse com ardor. — Minhas sombras…

A bola de cristal acertou a cabeça de Lukas, e ele caiu no chão.

O ar frio de damas-da-noite saudou Elara quando ela se pendurou nas vinhas do lado de fora da janela de seu quarto. Sofia tinha aberto a janela e segurava a princesa, suas sombras enroladas ao redor das duas para sustentá-las enquanto desciam pelas paredes do palácio.

Quando as vinhas ficaram mais finas, dando lugar apenas a pedra sólida, as sombras de Sofia se transformaram em cordas que subiram e se engancharam no parapeito da janela, permitindo que ela e Elara descessem pela parede.

As mãos de Elara tremiam quando ela agarrou as cordas de sombras, um suor frio escorrendo por suas costas.

– Não sei por quanto mais tempo consigo lutar contra isso – ela sussurrou.

– Você está indo tão bem, Lara – Sofia disse. – Estamos quase lá. Um passo de cada vez. Logo estaremos em segurança.

As palavras da amiga lhe deram a força de que ela necessitava com tanta ânsia, e Elara se agarrou a elas.

As duas continuaram descendo com cuidado enquanto as sombras de Sofia envolviam Elara com força, dando-lhe um pouco mais de suporte.

– Minhas ilusões não vão funcionar – Elara disse.

– Então vamos nos ater às sombras – Sofia respondeu com calma. Algumas de suas sombras flutuaram na direção do chão conforme se aproximavam dele, e saíram pela noite. – Só mais um pouco – ela disse.

Elara respirou fundo, descendo os últimos poucos metros, até aterrissar no banco de lavanda esponjoso abaixo. O lago se abria além dele.

– Rápido agora – Ela murmurou olhando para trás, para a parede do palácio, para seu lar, sem saber quando o veria novamente.

– Eu sei – Sofia disse ao lado dela, compreendendo. – Mas lar não é um lugar, Lara.

A princesa concordou, virando-se ao mesmo tempo que as lágrimas encheram seus olhos.

– Vamos ter que nadar – ela continuou com firmeza. – Depois que atravessarmos o lago, vamos passar pelo Bosque das Sombras. Se conseguirmos chegar nele e atravessá-lo, estaremos livres. Os lobos nos protegerão. Ariete não vai conseguir nos encontrar.

– Helios – Elara disse. – Passamos pelo bosque até a Floresta Goldfir. Teremos asilo assim que cruzarmos a fronteira.

Elara tropeçou e Sofia praguejou.

– Eu te seguro. Vamos, eu ajudo você.

Os cantos da visão de Elara começaram a escurecer conforme corriam até a margem. Ela já tinha nadado pelo fosso. Podia fazer isso de novo. Pensou em Enzo enquanto a escuridão avançava, enquanto entrava na água gelada.

Os peixes prateados giravam freneticamente em pares. Elara com água até a cintura, batia os dentes.

– Vamos Lara – Sofia a encorajou. – Não pense no frio nem na água. Vamos.

– E-eu não consigo – Elara disse por entre dentes cerrados quando a dor ficou insuportável. Ela tentou dar outro passo, mas seus membros não se mexiam.

– Acho que você precisa de uma distração – Sofia murmurou, colocando o braço ao redor da cintura de Elara enquanto a puxava para mais adiante, até a água chegar ao peito. – Hum… me fale do príncipe. Ele é tão elegante e charmoso quanto aqueles sobre os quais costumávamos ler?

Mas antes que a princesa respondesse, uma luz vermelha fluiu atrás delas, fazendo o fosso parecer sangue.

– Ah, não – Sofia sussurrou.

Elara se virou e viu o Rei das Estrelas andando na direção delas, com Gem logo atrás.

– Nade! – Sofia gritou.

Mas o corpo de Elara estava acabado. Embora sua mente suplicasse e implorasse, a dor e o veneno estavam vencendo a batalha pelo controle. Ela tentou nadar, mas tudo o que conseguiu foi afundar.

– Lara, vamos! – A súplica de Sofia era abafada sob a água. Elara tentou alcançá-la no escuro, sem conseguir falar, mal conseguindo respirar.

Sofia afundou a mão na água, agarrando Elara pelos cabelos e a puxando para a superfície.

Elara cuspia e tossia água enquanto, para seu horror, Ariete a puxava de volta para a margem. Ela viu Gem atacar Sofia e colocar uma lâmina feita de luz estelar em seu pescoço.

Na margem, Ariete a soltou, e Elara caiu na grama, ensopada. Ele agachou devagar diante dela enquanto a jovem puxava bocados de ar entre tossidas.

– Eu amo esses jogos de gato e rato – ele disse. – E você foi uma ratinha má, não foi, Elara?

A garganta dela queimava, veneno e água subindo enquanto tentava gritar, suplicar. Ela olhou para trás, para Sofia lutando contra a deusa.

– Saia de cima de mim – Sofia gritou. – Lara! Lara! Deixe ela em paz. Eu juro pelos céus que vou matar vocês todos. Deixe ela em…

– Leve-a daqui – Ariete disse.

– So-Sofia – Elara murmurou com a voz áspera.

Ela tentou se arrastar, mas luz estelar já iluminava ao redor de Gem e Sofia e elas começaram a desaparecer. Elara ficou de joelhos.

– Está tudo bem – Ariete a ergueu com gentileza nos braços. Não lhe restava um pingo de força para resistir quando ele a levantou. – Você está começando a entender que não há esperança. Você nunca vai escapar de mim – ele murmurou junto aos cabelos dela. – Para onde fugir, eu vou encontrá-la.

Quando a escuridão veio, pela primeira vez na vida de Elara, ela tentou combatê-la.

Capítulo Trinta e Seis

ELARA OLHOU PARA SEU REFLEXO NO ESPELHO ADORNADO. Seu olhar passou de sua pele pálida para as sombras sob seus olhos, levemente avermelhadas com o veneno de Ariete. Depois encarou o olhar carmesim que a observava por trás.

Dias tinham se passado. Tormento sem fim com o veneno de Ariete, que a havia arruinado, a Estrela lhe dando apenas gotas de seu sangue, o suficiente para ela poder falar, mas não o bastante para usar sua magia.

Elara observou seu vestido, todo bordado com rubis e granadas, enquanto uma glamourizadora trabalhava em silêncio em seus cabelos. Pensou em Merissa. Então sentiu vontade de chorar, e tentou voltar a se concentrar em seu próprio reflexo.

– Você vai ser a bela do balé – Ariete disse, andando pelo quarto, vestido com um terno que combinava com o vestido dela.

– Por que nós vamos? – ela perguntou de maneira entediada.

– Porque tenho uma surpresa pra você.

Elara tentou sentir pânico, mas sua caixa de emoções estava firmemente trancada.

– Onde está Sofia?

Ariete, como todas as outras vezes que ela havia perguntado, não respondeu.

Ela observou seus cabelos serem transformados por glamourização em cachos escuros, depois afastados de seu rosto com grampos de rubis que brilhavam em meio às mechas como gotas de sangue.

Ela foi maquiada, escondendo as olheiras escuras. Quando a glamourizadora chegou nas marcas de mordida no pescoço de Elara, Ariete estalou a língua.

– Deixe-as – ele disse. – O mundo deve ver que ela é minha.

– Eu nunca vou pertencer a você.

– Seu coração não. Vou me certificar disso – Ariete disse. – Mas sua alma, sua existência. Elas são minhas.

– E *Gem* não vai ficar um pouco chateada com isso? Vocês parecem bastante próximos.

Ele soltou um ruído de diversão.

– Ah, ela sacia meu apetite de vez em quando. Mas não da forma que uma mortal é capaz. – Ele passou o polegar pelo ferimento no pescoço de Elara. – Vocês me enojam, mas ainda anseio por vocês. Sabe, eu sou o mais próximo de vocês, humanos. O deus da guerra, do sangue. Compreendo sua vida fugaz, seu desespero para fazê-la valer a pena. E então, vocês fodem e matam, amam e sangram. E eu acho tudo isso tão delicioso. – Ele molhou os lábios, e ela o observou, sem conseguir desviar os olhos quando o deus tirou uma faca do nada, a arma aparecendo em um lampejo vermelho.

– Veja como eu sangro – ele disse, cortando a pele da palma da mão. Um brilho reluzente escorria do ferimento, um pó estelar líquido. – Sem substância. – Um ranger de dentes curvou seus traços. – Mas o de um humano... – Ele fez sinal para a glamourizadora, que estava pegando o último grampo para prender nos cabelos de Elara, se aproximar dele. A mulher foi até Ariete, e soltou um gemido quando ele a abraçou. Ela sussurrava orações ferventes enquanto o deus ria. – O sangue de um humano é quente, vermelho e tão vivo... – ele murmurou ao fincar os dentes no pescoço dela.

Elara se encolheu, desviando os olhos quando a mulher gemeu mais uma vez. Ele espalhou o sangue dela em seus lábios, os olhos brilhando ao empurrá-la para longe.

– Sim, o sangue mortal é tão *mais* saboroso.

A glamourizadora desabou na cama dos pais de Elara enquanto uma fúria absoluta se retorcia sob a pele da princesa.

– Somos tão dispensáveis pra você?

Ariete riu.

– Ela está bem. Diferentemente do que fiz com você, não usei meu veneno nela.

Como se respondesse, a mulher gemeu ao tocar no ferimento em seu pescoço, os olhos confusos em um estado de êxtase.

– Em geral eu só bebo de devotas. Não gosto de matar mortais sem motivo.

– Então qual foi o *motivo* de você ter assassinado meus pais? – ela perguntou.

– Não é óbvio? – Ariete respondeu. – Eles cometeram pecado estelar. Souberam dessa profecia em sua cerimônia de nomeação e esconderam de mim, das Estrelas, por décadas.

– Eram inocentes – Elara disse por entre dentes cerrados.

– Nenhum humano é, de fato, inocente. Seus pais certamente não eram. E estavam fugindo do destino havia muito tempo. Fizeram coisas terríveis, medonhas para fugir dele.

Ainda havia alguns dos grampos de rubi espalhados sobre a penteadeira, e a mão de Elara moveu-se sobre um deles.

– Há escuridão em você, Elara, assim como havia escuridão neles.

– Você não sabe nada sobre mim.

– Pelo contrário – ele riu. – Eu a conheço melhor do que você mesma. Sei que a linha entre o bem e o mal é mais fina do que uma lâmina. Sei que está equilibrada sobre ela. – Ele se inclinou para a frente, com a boca no pescoço dela. – Eu poderia te mostrar, sabe – murmurou. – Como se tornar a vilã. Como é delicioso.

– Sabe qual é o tipo mais perigoso de vilã? – ela sussurrou. – Uma mulher que não tem mais nada a perder.

Ela se virou com um grito de dor, enfiando o grampo no pescoço dele.

O choque de Ariete se transformou em dor em segundos, um sibilo escapando de seus lábios. Mas quando Elara tentou cambalear até a porta, ele começou a rir, arrancando o grampo.

Sangue brilhante escorria de seu pescoço, mas Elara não esperou para ver se o deus ia cair. Ela puxou a maçaneta, mas luz estelar vermelha bateu na porta, trancando a fechadura.

– Ah, até que você e eu vamos nos divertir. – Ariete riu, levantando-se. O ferimento em seu pescoço já estava se curando. – Estou vendo que a violência divina estava dentro de você esse tempo todo.

A carruagem, puxada por cavalos pretos, percorreu o Reduto do Sonhador. Livrarias e galerias apertavam-se lado a lado, as pedras cinza-escuras das ruas escorregadias por causa da chuva. De um lado do reduto estava um grupo de artistas com seus cavaletes, pintando sob a copa de árvores na noite de garoa. Um brilho aconchegante iluminava as lojas, e havia uma em particular para onde ela já tinha escapado uma vez na vida – um café onde ela tomou o melhor chocolate quente de sua vida.

Elara olhou para os deuses que estavam na carruagem com ela. Ariete olhava pela janela com um sorriso distante nos lábios enquanto brincava com uma pequena faca. Ao lado dele, analisando-a, estava Eli. O deus já a havia ajudado uma vez, mas como o favor de Enzo já tinha sido concedido, parecia que ele tinha perdido o interesse nas boas ações. Qualquer que fosse o destino que a aguardava no balé, pertencia apenas a ela.

– Onde está Sofia? – ela indagou outra vez.

Ariete apenas riu, e Eli mudou o foco para as próprias unhas.

A carruagem passou pela Ponte das Lágrimas e parou em frente à Casa de Ópera de Asteria. A fachada do prédio era feita de cerúlea brilhante e elementos espirais em prata. Com um floreio, o lacaio abriu a porta da carruagem.

Ariete saiu e estendeu a mão para pegar a de Elara. Ela o ignorou, descendo sozinha. Mas ele agarrou o braço dela mesmo assim, a mão forte como ferro enquanto a conduzia em meio à multidão que caminhava do lado de fora e na direção do teatro. Foi então, para alívio de Elara, que ela viu seu povo pela primeira vez, e aparentemente em segurança. Eles pareciam satisfeitos, ainda que um pouco nervosos, mas as atrocidades que Ariete cometera contra o círculo mais próximo da família real não pareciam ter se estendido aos cidadãos. Ainda.

Quando a princesa entrou a Casa de Ópera, quase suspirou. Flores azul-escuras e violeta espalhavam-se sobre a grandiosa escadaria de mármore, e um lustre de safiras brilhava sob o brilho da luz de velas. Cortesãos vagamente familiares e outros aristocratas, os que tinham jurado lealdade imediata a Lukas e Ariete, estavam reunidos na entrada. Eles a olhavam com os olhos arregalados, fofocando aos cochichos.

– A princesa perdida – ela ouviu um sussurro. – Com o Rei das Estrelas.

A multidão abriu caminho para Ariete, cada mortal nos arredores ajoelhando-se sobre um joelho. A Estrela acenava com a cabeça e sorria enquanto puxava Elara; Eli logo atrás.

Ela ouviu uma fanfarra atrás dela, mais murmúrios empolgados, e Elara se virou.

Atrás dela, entrando no teatro, com a coroa asteriana na cabeça, estava Lukas. Ele estava com um aspecto terrível, ainda mais pálido e mais doente do que antes, o que deu a Elara pelo menos alguma satisfação.

Ele sorriu ao se aproximar deles.

– A vida de prisioneira combina com você, Lara – ele disse baixinho ao abraçá-la.

Elara ficou rígida ao se afastar, embora tivesse inclinado a cabeça e aberto um sorriso encantador.

– Eu fico *mesmo* muito bem de vermelho.

A diversão no rosto de Lukas desapareceu, mas Ariete riu.

– Vossa Majestade – a Estrela o cumprimentou. – Aproveite o espetáculo.

– Meu senhor – Lukas se curvou. – Pretendo aproveitar.

Elara foi puxada escadaria acima, e olhou ao redor com voracidade. Sabia que tão logo chegasse ao topo das escadas e entrasse no camarote da realeza estaria presa. Aquela era sua última chance.

– Preciso usar o banheiro – ela disse.

O olhar de Ariete deslizou até ela.

– Boa tentativa.

– Eu preciso mesmo – ela insistiu, parando no meio das escadas.

– Eu a levo – Eli suspirou.

Ariete concordou.

– Não a perca de vista – ele disse, continuando a subir.

Eli a puxou na frente dele ao levá-la de volta para baixo, e ela molhou os lábios quando encontrou o banheiro, do outro lado da entrada.

– Seja rápida – ele disse, parando na porta. Elara assentiu, cheia de esperança ao entrar no banheiro sozinha.

Mas, ao entrar, congelou.

A deusa que ajeitava o cabelo na frente do espelho sorriu.

– Como vai, Elara Bellereve.

Cancia.

Céus, a Estrela era etérea. Cabelos prateados que brilhavam de forma iridescente, um olho azul da cor dos lagos, o outro verde como o mar, ambos brilhando ao vê-la se aproximar enquanto a princesa se via inundada pelo cheiro de flores oceânicas. Era uma fragrância suave e reconfortante, mas Elara não se deixou levar. Cancia era a deusa da dor e da penitência.

– O que você está fazendo aqui? – ela perguntou.

Elara não conseguia mais se obrigar a demonstrar às Estrelas um respeito que elas não mereciam.

Uma indignação brilhou no rosto da deusa, mas foi imediatamente sufocada.

– Não temos muito tempo – ela murmurou, e levou uma unha longa e pontiaguda, da cor de pérolas, ao pulso. Com um movimento, sangue brilhante se acumulou.

– Beba.

– O quê? – Elara exclamou.

– O príncipe de Helios comprou meu favor. E você precisa de força e de sua magia para o que está prestes a acontecer.

A cabeça de Elara girou, mas ainda assim pegou o pulso de Cancia.

– Ele está perto – Cancia disse. – Esperando perto da Ponte das Lágrimas. Use a força que meu sangue vai te dar, escape do teatro durante o espetáculo. Corra até a ponte. Lorenzo vai providenciar o resto.

Lágrimas se formaram nos olhos de Elara. Ela jurava que estava sozinha, abandonada. Mas Enzo tinha feito outro acordo por sua vida. Porém, uma coisa continuava pendente.

– Não posso deixar Sofia.

– A situação de sua amiga está sendo resolvida. O general do príncipe está no palácio de Asteria enquanto conversamos.

As pernas da princesa tremeram, e Cancia a empurrou contra a bancada.

– Beba – ela disse calmamente.

E Elara fechou os olhos, uma lágrima escorrendo em seu rosto enquanto bebia.

Capítulo Trinta e Sete

Um violino já estava tocando quando Elara chegou ao camarote. Ela ficava olhando para Eli, e desviando o olhar à força, obrigando-se a pensar em qualquer coisa, exceto na sua conversa com Cancia, caso o deus decidisse ler sua mente.

Debruçado no camarote ao lado, Lukas deu um aceno lânguido para Elara, os olhos brilhando. Uma sombra saiu de suas mãos na direção dela, acariciando seu rosto, e a jovem se afastou com repulsa.

Ela recostou na cadeira e analisou o palco.

Um homem e uma mulher dançavam, seus movimentos como água. Fluidos e graciosos, eles se beijaram enquanto dançavam, virando-se de costas para o palco um instante antes de revelar um recém-nascido chorando nos braços.

A multidão aplaudiu e vibrou quando a mulher, com felicidade iluminando seu rosto, balançou o bebê. Mas o palco escureceu, e com um lampejo de luz, uma mulher apareceu, iluminada com um brilho forte. O casal se entreolhou com medo, antes que sombras saíssem das mãos do homem e derrubassem o recém-chegado brilhante.

Elara verificou sua magia internamente, aliviada ao sentir uma onda de poder enquanto o veneno de Ariete era combatido pelo sangue de Cancia.

O palco se iluminou mais uma vez, o casal ainda dançando enquanto o pano de fundo atrás deles mudava para um palácio. O bebê foi substituído por uma garotinha, dançando e girando ao redor de seus pais. Quando desapareceram, Elara viu um clarão de luz, e o temor se acumulou em seu estômago quando viu Gem parada no púlpito do maestro, com os braços dançando no ar, de frente para o palco. Um refrão triste soou quando uma mulher entrou no palco. Estava vestida de prata e dançava ao som da música, mas algo nela pareceu estranhamente familiar a Elara.

O pano de fundo mudou, revelando estantes de livros. A mulher se movimentava com graça cheirando as flores, até sua atenção se voltar para um livro. De onde estava, era difícil para Elara distinguir o rosto da mulher. A cena mudou para um cenário de nuvens e estrelas. A bailarina dançava entre elas, fingindo dormir e acordando.

Um desconforto tomou conta de Elara. Uma melodia sinistra começou a tocar, uma lenta construção de trombetas enquanto a cena mudava para uma sala do trono, o homem e a mulher de antes sentados enquanto uma figura encapuzada entrava se pavoneando. Outros dançarinos entraram, fazendo movimentos estranhos e truncados ao dançarem ao redor da sala do trono.

A princesa estreitou os olhos, e viu que Gem estava com os braços levantados e balançava as mãos como se estivesse realmente conduzindo a dança, os dançarinos no palco seguindo o movimento com exatidão.

Um frio apertou o coração de Elara quando o capuz da figura foi retirado. Cabelos com mechas avermelhadas e maquiagem branca cobriam o rosto do dançarino. Ele levantou as mãos para o céu e raios de luz caíram delas sobre as figuras enquanto gritavam no crescendo que se formava, os violinos e flautas em frenesi. Elara virou a cabeça para Ariete, vendo que a fonte de luz estelar vinha das próprias mãos do Rei das Estrelas, brilhando e se curvando pelo teatro, de modo que parecia que o dançarino a conjurava. Quando olhou de volta para o palco, sangue – sangue de verdade, vermelho vivo – pintava os corpos dos dançarinos enquanto todas as figuras caíam, à exceção da primeira bailarina e do dançarino que fazia o papel de Ariete. A multidão ficou boquiaberta, e a princesa avançou para a frente. Ela sentiu a mão de Ariete segurar a parte de trás de seu pescoço, mantendo-a no lugar.

– O que é isso?

A voz dele era suave.

– É a sua história, Elara. E você vai ver como ela acaba.

Elara ficou sentada em choque quando começou o interlúdio, vendo as cortinas de veludo azul serem fechadas diante do horror sobre o palco, o candelabro ornado ficando mais iluminado conforme vozes empolgadas preenchiam a plateia.

– Está gostando do espetáculo?

A princesa olhou para Ariete sem vivacidade.

– Eles estão mortos? Os dançarinos?

Um sorriso cruel curvou os lábios dele.

– Dançarinos? Você não os reconheceu, princesa?

Elara não respondeu, e ele riu.

– Vejamos. No palco estavam Pierre, conselheiro de seu pai; Noelle, criada de sua mãe. – Ele balançou a mão no ar. – Não me lembro de todos os nomes, mas são as pessoas que mantiveram seu segredo. Todos que tentaram escondê-la. Mortos.

Bile subiu pela garganta de Elara, e ela a engoliu, olhando para a multidão. Estavam conversando com animação, ignorantes dos horrores que tinham acontecido atrás das cortinas.

– Eu não valho isso – ela sussurrou.

– Ah, mas vale. Porque ainda tem mais um segredo que você está escondendo de mim.

O desespero cresceu dentro dela quando o refrão do segundo ato começou, a luz de velas escurecendo mais uma vez quando as cortinas foram abertas.

Usando um vestido brilhante, a bailarina – a que fazia o papel de Elara – entrou usando uma máscara, de mãos dadas com um homem alto de cabelos escuros. Ela assistiu à cena que mostrava sua captura: um baile de máscaras, as máscaras grotescas enquanto outros dançarinos inundavam o palco, todos fazendo uma versão acelerada da Valsa Celestiana.

O coração de Elara acelerou. A multidão batia palmas no ritmo da música, empolgados por reconhecê-la. Aquilo a estava irritando, o porquê de a bailarina principal se movimentar de uma forma tão familiar, dançando em volta do palco com um homem alto mascarado, que presumiu que deveria ser Enzo.

A Estrela sentada ao lado dela balançava a cabeça no ritmo da melodia, com um sorriso no rosto. A música acelerou em um frenesi, Ariete se inclinando para a frente em sua cadeira com empolgação.

Não se mexa. Não fale.

Elara engoliu em seco, permanecendo imóvel enquanto a voz de Eli deslizava por sua mente.

Você precisa sair imediatamente, antes de mais sangue ser derramado. Ariete não vai parar. Todos que você ama vão morrer.

Ela arriscou uma rápida olhadela para Eli, mas ele estava bebericando um uísque de fogo, a imagem da indiferença, sua atenção no espetáculo macabro que se desenrolava no palco.

Agora, Elara. Use sua magia agora.

Ela se preparou, contraindo as pernas, pronta para passar por Ariete quando levantou a mão. Um brilho de ilusões dançava na palma de sua mão, a magia ansiando e saltando para se libertar após tanto tempo. A música estava ficando muito alta. Imaginando que tinha cerca de dez segundos para correr até a porta, Elara começou a contar na cabeça. Ela olhou para Eli, que acenou com a cabeça apenas uma vez.

A princesa se levantou devagar, rangendo os dentes e olhando de volta para o palco por um instante. A figura que deveria ser ela girava freneticamente com o dançarino Ariete, a música ensurdecedora.

– Eu assistiria, se fosse você. – A voz de Ariete chegou a ela, embora ele não tivesse se movido nem um centímetro, ainda inclinado para a frente, hipnotizado pelo movimento no palco. Ela paralisou, em choque, suas ilusões desaparecendo.

– Ratinha má. Sempre tentando fugir. – Ele estalou a língua, virando sua bebida sem mover o olhar.

Elara não se mexeu e olhou para o palco. A náusea tomou conta dela quando dois olhos verdes a encontraram em meio a toda uma multidão de dançarinos. Um olhar de amor e determinação.

Ao mesmo tempo, as mãos de Gem balançavam, vorazes, como se criasse sua própria sinfonia enquanto seus fantoches dançavam.

A forma como a primeira bailarina se movimentava, o modo como aquilo tinha mexido com alguma coisa em Elara, por fim fez sentido. Era Sofia, controlada com firmeza por Gem, que continuava a encarando enquanto se mantinha parada no centro do palco, fazendo o dançarino vestido como Ariete chegar por trás de Sofia, segurá-la, puxar uma faca e cortar a garganta dela.

Elara não ouviu o grito que a atingiu enquanto cambaleava pelo camarote, as mãos esticadas. Não viu o sangue jorrar do pescoço de Sofia, não ouviu o pânico da multidão, o caos que se formou em seguida. Não ouviu as risadas de alegria de Ariete. A dor a envolveu tão completamente que o tempo desacelerou. Ela se viu fora do corpo, viu Ariete se virar, com um brilho desvairado nos olhos diante da performance que havia criado. Viu Eli piscar lentamente, o único sinal de *qualquer* reação à cena. Ela sentiu seu poder se esvair. Sentiu a desesperança de tudo aquilo. E a necessidade de chegar ao corpo imóvel de Sofia. Chorando de dor e pesar que estavam destruindo sua mente, ela subiu no gradil e se jogou lá de cima.

A última coisa que ouviu foi o suspiro chocado de Ariete quando ela se jogou. A multidão continuava a gritar diante do espetáculo. Diante da pele pálida de Elara, os cabelos cor de ébano espalhados ao seu redor, o pescoço torcido no ângulo errado, e olhos vidrados com morte.

Capítulo Trinta e Oito

As lágrimas de Elara a cegavam enquanto corria, as pedras asterianas lisas dificultando seus passos. Ela escorregava, forçando os pés a se moverem, os últimos minutos se repetindo várias vezes em sua cabeça.

O rosto de Sofia. O sangue em sua garganta. As ilusões que surgiram em Elara, quase espontâneas. A queda que fez a plateia e Ariete acreditarem que foi real. Ela tinha sentido a queda quando aconteceu, quando a ilusão tomou conta, como se estivesse em dois lugares ao mesmo tempo, enquanto corria para a porta do camarote real e saía do teatro. Ninguém a vira, a ilusão era poderosa demais para ser negada. Elara não estava correndo pela grandiosa escadaria da Casa de Ópera, não estava passando pela entrada do prédio e saindo para as ruas pavimentadas com pedras. Elara estava morta.

Ainda naquele momento, ela estava ofegante devido ao esforço necessário para manter a ilusão de seu corpo caído e retorcido na Casa de Ópera. Ela não tinha um plano, não sabia quanto tempo conseguiria manter a magia acontecendo, enganando Ariete, antes de desaparecer.

Ela apenas continuou correndo.

Adiante, viu as duas estátuas que marcavam o início da Ponte das Lágrimas – duas mulheres chorando, ajoelhadas, uma de frente para a outra, esculpidas em pedra cinza. Uma sombra esperava entre elas.

– Alguém já lhe disse que você fica sublime de vermelho? – uma voz familiar indagou. Enzo saiu da sombra, mas parou, o comportamento relaxado desaparecendo quando viu o estado abalado dela.

– Tire isso de mim – ela sussurrou, afundando no chão molhado e úmido. Ela puxou o vestido carmesim. – *Tire!* – gritou, puxando as correntes de rubi do pescoço.

A corrente quebrou, deixando as pedras preciosas se espalharem ao redor dela como sangue derramado enquanto seu peito ofegava, a respiração vindo em suspiros curtos entre soluços de choro. Enzo praguejou antes de atravessar o espaço entre eles com dois passos. Ele tirou uma faca do cinto e cortou com habilidade o espartilho de renda nas costas dela. Rasgou o vestido, deixando-a sem nada além de uma combinação longa e fina.

– Está tudo bem, Elara, está tudo bem. – Ele se ajoelhou atrás dela, apertando-a contra seu corpo enquanto respirava seu perfume. – Você está segura agora.

Ela se encolheu, e ele afrouxou seu abraço.

– El, sinto muito. Leo procurou em todos os cômodos, mas não conseguiu encontrar Sofia.

– Ela morreu – ela sussurrou.

– O que você disse?

– Ela está morta. Ariete, ele a matou.

Enzo praguejou, abraçando-a quando a jovem afundou no chão.

– Sinto muito, El. Sinto muito. Como você escapou dele?

– Fingi minha morte com uma ilusão – ela disse, o mundo ficando cada vez mais afastado. – Estou tentando mantê-la até agora, mas não sei por quanto tempo mais vou conseguir segurar.

Enzo respondeu, mas ela não ouviu. Seus ouvidos apitavam quando registrou o som de pés correndo e vozes conhecidas. Merissa, e depois Isra. Elas estavam dizendo alguma coisa, mas a jovem não conseguia acompanhar as palavras quando o braço de Enzo voltou a apertá-la.

O sangue de Cancia estava começando a sumir de seu corpo, o veneno de Ariete espreitando e rastejando de volta a seus ossos. Mas ela não se importou. Não quando seus pensamentos se encheram com o pescoço de sua melhor amiga, sua *irmã*, cortado e vermelho, a vida se esvaindo de seus olhos acinzentados e espertos.

Ela viu Leo vindo do outro lado da ponte. Havia preocupação em seus olhos quando ele correu na direção deles. Quando se aproximou, Enzo explicou rapidamente o que havia acontecido, e Elara deixou tudo passar por ela.

– Temos que ir até o barco. Assim que cruzarmos pra Helios, estaremos em segurança.

A voz de Leo parecia distante para ela. O príncipe não respondeu e Leo insistiu:

– Enzo? *Enzo?*

Ainda nenhuma resposta.

– Elara.

Um instinto animal puro cortou sua dor ao ouvir aquele tom, suas costas se endireitando. Era o tom de um rei, um tom que exigia uma resposta.

– Elara – Enzo chamou mais uma vez, com a voz muito mais gentil, e ela ouviu ele se ajoelhar atrás dela novamente. – O que aconteceu com o seu pescoço?

Ele a tocou com o polegar, bem ao lado da mordida que Ariete tinha dado nela.

– Vossa Alteza – Merissa alertou. Enzo esticou a mão atrás dele com um ruído de alerta, uma bola de fogo entre os dedos. Ela se afastou.

– El? – ele perguntou mais uma vez, com toda suavidade.

– Ele me mordeu. – A voz de Elara não tinha inflexão. Ela não se importava com o que tinha sido feito com ela. Não se importava com a reação de Enzo. – Quase todos os dias, desde que fui capturada. Seu veneno sufocou minha magia. – Ela olhou nos olhos de Enzo com os olhos mortos.

Ele se levantou. Seu rosto ainda não tinha se mexido.

– Merissa, me glamourize.

– Enzo – Merissa começou a dizer –, por favor…

– *Me glamourize!* – ele resmungou. – É uma ordem, porra.

Merissa pressionou os lábios formando uma linha fina enquanto tecia sua magia, transformando Enzo em um prosaico asteriano: um homem pálido, de aparência simples, com cabelos escuros e olhos cinzentos. Ele se ajoelhou diante de Elara, que não conseguia olhar para ele.

– El – ele disse com calma. – Eu volto o mais rápido possível.

Ela assentiu, distraída.

– Enzo, o que quer que esteja pensado em fazer, não faça – disse Isra. – O plano era pegá-la e ir embora. Ariete é um *deus*, você não é páreo para ele. Qualquer vingança que pretenda buscar, *não vai ajudar*.

Enzo deu a volta em Isra, seu rosto a poucos centímetros do dela quando disse:

– Eu não estou nem aí se Ariete é a Morte incorporada. Ele não *só* tirou Elara de mim. Ele a machucou. Ele a violou. Ele a *mordeu*.

A voz de Enzo falhou quando se afastou.

– Acha que eu me importo que ele é uma Estrela? *Foda-se a imortalidade.* Até os deuses podem queimar.

Isra fez um som de repulsa, com um olhar de reprovação no rosto.

– Vocês devem ir para o barco – ele continuou. – Preparem-se pra partir. Já passou das 11 horas. Se eu não voltar quando a torre do relógio bater meia-noite, partam sem mim.

Leo assentiu com firmeza, conduzindo Elara, que mantinha os braços cruzados diante do corpo, se negando a olhar para os traços glamourizados de Enzo. Ele hesitou por um instante, e então foi até ela, dando um beijo gentil em sua testa.

– Volto logo. – Ela não conseguiu responder.

Ele deu meia-volta, flexionando os dedos e caminhando com firmeza noite adentro.

Uma camada fina de suor cobria Elara enquanto ela tentava combater o esforço enorme de manter a ilusão de sua morte. Mas o veneno em seu sangue a estava enfraquecendo, e ela soltou um grito de dor.

Merissa olhou para Leo com preocupação. Eles tinham chegado ao fim da ponte, o lago diante deles brilhando sob a luz escura. Um grande barco a remo flutuava sobre ele, amarrado a um pequeno cais na lateral do lago. Elara olhou além, para o Lago Astra, e entendeu o plano de fuga de Enzo. Mas o Lago Astra também a lembrava de Sofia. Ela oscilou.

Isra correu até ela.

– Elara?

Ela empurrou Isra gentilmente.

– Me desculpe, eu...

A princesa não conseguia respirar. Sentia-se febril.

– Ela está em choque – Leo disse, colocando o braço ao redor dela para estabilizá-la.

Dois sinos soaram ao longe, ecoando sobre a cidade. Onze e meia, Elara se deu conta. Quanto tempo havia passado desde que ele saíra?

– Vamos, Enzo – Leo disse com a voz tensa enquanto verificava o relógio de bolso.

O general soltou Elara, que voltou a afundar em uma névoa de choque distante e esforço constante. Ela não registrou o tempo passando, até que ouviu um barulho alto em um lugar distante, e Leo praguejar em voz baixa ao olhar para alguma coisa atrás dela.

– Pelas estrelas, Enzo – Isra murmurou.

Merissa ficou boquiaberta, todos os olhos atraídos para a mesma direção. Elara se virou para ver o que era e viu feixes derretidos de luz laranja pairando no ar. Não, não luzes. Chamas. E então houve um grito horripilante de dor, inumanamente alto. Bem ao longe, a Casa de Ópera estava em chamas.

Um tempo depois – Elara não estava mais conseguindo acompanhar – Leo anunciou que faltavam quinze minutos para a meia-noite. Tinham se passado quinze minutos? Enzo ainda não tinha aparecido. Leo tentou levar Elara para o barco, mas ela se desvencilhou dele, olhando sem ver a água parada e a areia na beirada do lago. Mais tempo passou. Mais esforço, mais dor em seu corpo enquanto o veneno ficava mais forte.

– Cinco minutos – ela ouviu Leo avisar.

Todo o céu estava aceso, o fogo das chamas de Enzo lambendo as nuvens.

– Dois minutos.

Finalmente, ouviram passos. Leo levantou a espada, canalizando sua luz por ela, brilhando de forma letal. Mas relaxou ao ver Enzo descendo a rua, o céu ardente subindo atrás dele. Sua glamourização tinha desaparecido. Ele estava carregando uma forma grande sobre o ombro, e Elara se deu conta de que era um corpo gemendo e resmungando.

– Lukas – ela disse em voz baixa.

Enzo rangeu os dentes enquanto carregava o usurpador, gemendo, sobre as pedras e areia úmida ao lado do cais. As roupas de Lukas estavam chamuscadas e saía fumaça dele.

– Ariete está indisposto no momento – Enzo disse levianamente, esticando os braços.

– O que você fez? – Merissa sussurrou.

Enzo não respondeu, apenas foi até Elara, para ver como ela estava.

– Você pode desfazer suas ilusões agora, El – ele disse com gentileza. – A Casa de Ópera logo será cinzas. Todos vão supor que seu corpo desapareceu nas chamas.

Elara suspirou de alívio e liberou a magia. Sentiu a ilusão desaparecer, a tensão exaustiva em sua mente se acalmou, e ela se virou para Lukas. Ele estava lamentando em voz baixa, mas ainda teve o orgulho de abrir um fraco sorriso de escárnio no rosto. Ela se levantou, andando devagar na direção dele, ira pura substituindo a exaustão e o luto apenas por alguns momentos. Ele tinha começado aquilo tudo. Tinha invocado uma Estrela.

– Você – ela rosnou, agachando sobre ele. – Você é a razão de ela estar morta.

– Do que você está falando? – ele disse com a voz rouca. – Eu não tive nada a ver com isso.

– Mentiroso – Enzo acusou.

– Eu odiava Sofia, mas não sabia o que Ariete tinha planejado. Lara, juro que nunca quis machucá-la.

– O que eu falei sobre dizer o nome dela novamente? – Enzo rugiu.

– Segure seu cachorro – Lukas sibilou, cuspindo sangue no chão.

Enzo estalou o pescoço, uma risada oca escapando dele.

– É "Leão", na verdade.

Medo, medo real, passou pelo rosto de Lukas, o primeiro vislumbre disso que Elara tinha visto.

– Príncipe Lorenzo.

– Então você ouviu as histórias – Enzo respondeu.

Lukas cambaleou para trás, mas Elara avançou, segurando sua camisa com força.

– Você começou tudo isso, Lukas. Invocou Ariete no baile de aniversário.

– Eu não invoquei porra nenhuma – ele retrucou.

Elara piscou, e pesadelos cresceram ao redor dela. Os olhos dele se arregalaram de horror enquanto ela observava, impassível.

– L-Lara, por favor – ele gaguejou. Ele tentou mais uma vez se afastar, mas dessa vez Enzo o segurou com firmeza.

– Já cansei de suas mentiras – ele disse. – Da última vez que tive a chance de matá-lo, eu te poupei. Não vou cometer esse erro mais uma vez.

Ela olhou para Enzo, e chamas se acenderam nos olhos dele.

– Elara, por favor, não. Lembre-se do que nós tínhamos. Essa não é você.

– Não, não é. A garota que eu era morreu naquele teatro. Você não vai encontrar misericórdia aqui.

Enzo atacou, luz saindo de suas mãos enquanto Lukas gritava. Elara se virou, sentando-se de novo no barco enquanto os gritos e as súplicas dele preenchiam o ar. Ela sentiu cheiro de carne queimada e fechou os olhos.

Quando os gritos se transformaram em soluços de choro, Elara se virou. Enzo estava arrastando Lukas pelos cabelos até a beira da água. E ela teve um vislumbre do que o príncipe havia feito com ele.

Ele tinha gravado "PUTA DA LUZ" em letras garrafais em seu peito, e Enzo se virou para ela.

Elara acenou uma vez com a cabeça e ele jogou Lukas nas águas profundas antes de entrar no barco.

– Rápido e forte – foi tudo o que ordenou, acomodando-se ao lado de Elara enquanto ele e Leo pegavam os remos, remando furiosamente pelo espelho de água turvo, deixando o corpo de Lukas virado de barriga para baixo na água.

Capítulo Trinta e Nove

Com o embalo do balanço do barco, Elara teve uma doce noite de sono. Preta e infinita, seus sonhos a deixando em paz. Ela acordava de vez em quando e ouvia o barulho suave da água ou os murmúrios discretos de seus amigos. Mas a realidade era demais, então a princesa voltava a afundar na escuridão reconfortante.

Foi quando nadava nessa escuridão que Elara sentiu uma presença. Seu instinto a fez acordar, e ela se sentou, a noite à sua volta no momento mais escuro.

Silêncio. Silêncio demais. Embora Leo ainda remasse, os remos não faziam barulho na água, e não havia o zumbido usual das cigarras na noite tingida de azul.

A jovem pegou no braço de Enzo e ele se virou, assentindo. Também tinha notado. Ele fez sinal para os outros, e todos observaram o lago enquanto Leo continuava a remar, mas em um ritmo mais lento.

– Tem alguma coisa aqui – Elara disse com a voz arrastada.

Como se estivesse apenas esperando ela falar, uma voz nítida e encantadora começou a cantar uma melodia melancólica. A melodia cadenciada fez os pelos de seus braços se arrepiarem e um pressentimento percorreu o pescoço dela, mas depois tudo foi dominado pelo prazer. Ela se inclinou para a frente, extasiada com o que ouvia. Leo soltou os remos, boquiaberto. O barco ficou parado enquanto a voz continuava seu lamento.

Ela cantava sobre tempos passados, sobre magia que fluía pelos céus, e sobre um amor perdido há muito tempo, um amor que nunca poderia acontecer, repleto de dor e separação. Elara só percebeu que seu rosto estava molhado quando Enzo secou uma lágrima que escorria, seus próprios olhos com um contorno prateado.

O feitiço quase tomou conta. Mas um movimento de canto de olho de Elara rompeu seu domínio. O general estava se debruçando na lateral do barco, tocando na água com um olhar de desejo estampado no rosto.

– *Leo!* – Elara gritou, deixando a adrenalina superar a tristeza pela música enquanto atravessava o barco para chegar até ele em um borrão.

O barco balançou de forma arriscada. Merissa estava olhando ao longe, chocada, Isra estava se esticando na direção da superfície do lago. Enzo praguejou, avançando para segurar a vidente, quando uma cabeça emergiu da água ao lado de Leo, uma criatura deslumbrante. Uma sereia.

Elara tinha ouvido as histórias, na verdade, uma de suas histórias preferidas em *Os mythas de Celestia* era sobre as sereias de Altalune. Havia rumores que algumas nadavam no Mar Tranquilo – nada mais do que superstição de marinheiros, Elara pensava –, mas ela tinha nadado no Lago Astra mais de uma vez, e nunca tinha visto essa criatura diante dela.

A pele da sereia era pálida como neve, o cabelo boiando ao redor dela como tinta azul-escura e cobrindo seu torso nu. Ela esticou a mão para tocar no rosto de Leo, ainda cantando sua canção. Ele tentou agarrar a mão dela, mas ela a afastava sempre que ele chegava perto. O rosto vacilou por um instante, virando-se na direção de Elara, e então, de repente, viu Enzo flutuando na água, estendendo a mão para ela com desejo.

– Enzo? – Elara gritou com a voz aguda.

– Estou aqui! – ele gritou atrás dela.

Elara arriscou se virar por uma fração de segundos e o viu puxando Isra de volta da beirada do barco antes de disparar até Merissa, que também estava arranhando a lateral com furor. A jovem deu um grito de pânico quando o barco balançou com violência, e apenas quando a agitação desacelerou conseguiu olhar na direção da água, vendo a sereia mais uma vez. Ela xingou baixinho, fechando os olhos e tentando reunir algo parecido com seu poder.

– Sua luz, Enzo – ela suplicou. Ele rosnou e lançou um arco de radiância bem no fundo da água do seu lado. Quando Elara olhou para o outro lado do lago, tentou não gritar. Dentro do arco luminoso havia muitas sereias, suas cabeças flutuando na água, esperando pacientemente para arrastá-los para baixo. Outra sereia subiu à superfície ao lado da primeira e se juntou à harmonia da canção. Enzo praguejou alto enquanto tentava pegar uma corda para amarrar Isra e Merissa juntas. Elara mal conseguia acessar sua magia, então, em vez disso, acessou sua fúria. E conjurou pura ameaça nos olhos e se virou para a criatura que estava mais perto dela.

– Solte ele – grunhiu.

A criatura parou de cantar, olhando para Elara em choque. A sereia rapidamente se recuperou, no entanto, com um sorriso lento se formando no rosto, revelando dentes afiados como navalhas.

– Você não pode ser controlada por nossa canção. – Ela suspirou. – Sabe o que isso significa, pequena humana?

A cabeça de Elara latejava, a escuridão ameaçando envolvê-la novamente. Sua energia tinha acabado, e ela vacilou. Enzo correu para o seu lado, depois de amarrar Leo, Isra e Merissa juntos com a corda, as mãos dele prontas para usar seus poderes.

– Que lindo par – a sereia murmurou. – Sabe, mal consigo decidir quem eu gostaria primeiro.

– Vou carbonizar as escamas de sua maldita cauda murcha se você tocar nela – Enzo prometeu.

O rosto adorável da sereia se transformou diante deles, seu sorriso se tornando desprezo, o que antes era bonito se tornando feio com veneno e maldade.

– Um humano não sobrevive a uma sereia. Se não vierem por vontade própria, virão pela força. – Quando ela disse a última palavra, o batalhão de sereias começou a cantarolar em harmonia atrás dela, ondulando a água enquanto avançavam. Elara ouviu Merissa gritar atrás dela quando o barco se inclinou com violência.

– Eu quero ele – ela ouviu uma sereia gritar sob eles.

Houve uma risada quando o barco se inclinou de novo, e Enzo cambaleou dessa vez, quase caindo na água. Com um grito, a primeira sereia avançou, esticando os braços sobre a lateral do barco enquanto cravava as garras nos antebraços do príncipe.

– Dê um beijo de despedida em sua querida – a sereia disse enquanto Enzo lutava para revidar, chamas brilhantes e luz saindo de suas mãos e corpo. Mas elas não serviram de nada, apagando-se no corpo molhado das sereias. – Você é meu agora. – E com um sorriso ferino para Elara, a sereia puxou Enzo do barco e para baixo d'água.

Por um momento, não houve nada na visão de Elara além da luz que cercava Enzo, ficando mais fraca quanto mais ele afundava nas profundezas do lago. E algo tomou conta dela. Não era o horror e a descrença ao ver Sofia morrer apenas poucas horas antes, ou o mero desespero de ter visto seus pais sendo assassinados. Era uma calma letal. Ela sabia que partiria aquele lago em dois antes de deixar aquela criatura ficar com Enzo.

Com um grito gutural, Elara mergulhou.

A água gélida foi como um golpe nas entranhas e todo instinto lhe dizia para respirar devido ao choque. Ela ignorou esses instintos e forçou os olhos a se abrirem nas águas turvas à sua volta. O que viu quase fez seu coração parar.

Sob a superfície, iluminados apenas de leve pela luz fraca de Enzo conforme afundava cada vez mais, havia corpos esqueléticos e caudas, pedaços de carne podre pendurada. Ela conteve a ânsia de vômito para poupar seu precioso ar enquanto girava em busca do príncipe. Encontrou sua luz já distante, indo na direção do meio do lago.

Cerrando os dentes, Elara bateu as pernas, nadando com furor cada vez mais para baixo, a pressão das águas escurecidas que a cercavam fazendo seus ouvidos estalarem. Ela chegou ao leito do lago um instante depois de ver a sereia chegar com Enzo, as nuvens de areia se levantando ao redor dela. Elara fechou bem os olhos devido aos grãos de areia na água e continuou a nadar na direção da sereia. E foi então que se lembrou de que estava sem poderes. Sem sombras para causar danos, suas ilusões e sonhos inúteis diante de uma situação de vida ou morte.

Ela ficou paralisada quando a sereia se virou, um olhar de alegria ferina no rosto da criatura. Enzo estava imóvel, a luz à sua volta diminuindo rapidamente, a sereia segurando sua mão frouxa. O último brilho de sua luz piscou e se extinguiu, deixando Elara nas águas pretas como piche.

Aquela visão – o calor, a luz de Enzo desaparecendo – foi suficiente para que algo profundo dentro dela explodisse e o inferno escapasse.

Capítulo Quarenta

Um estrondo tremendo explodiu para fora dela. Luz prateada pareceu preencher tudo ao redor, e ela sentiu um rugido pulsante ressonando na água. A luz brilhava tanto que era quase ofuscante, e uma forma no clarão flutuava perto dela. *Enzo*. A sereia o havia soltado. Ela teve um segundo para agarrar a mão dele antes que a luz prateada brilhasse ainda mais, e tanto ela quanto Enzo foram propulsionados para cima em uma velocidade vertiginosa.

Os dois romperam a superfície, Elara tentando respirar, desesperadamente agarrada a Enzo. Todo o lago ao redor dela estava inundado de luz prateada, brilhando debaixo dela. As sereias tinham parado de cantar, e havia apenas silêncio até que ela avistou Leo, Isra e Merissa no barco, piscando enquanto afastavam seu estupor. Ela se virou para Enzo, mas o príncipe não estava se mexendo. Elara não conseguia nem dizer se ele estava respirando.

– Ajudem! – ela gritou.

Com o feitiço das sereias quebrado, Leo rapidamente desatou os nós que o amarravam a Isra e Merissa e correu até a beirada do barco enquanto Elara nadava para levar Enzo, ainda inconsciente, até ele.

Leo puxou o príncipe para dentro, em seguida Isra e Merissa puxaram Elara para o barco. Ela desmoronou no chão, ainda ofegante e tossindo, ao lado de Enzo.

Leo já estava pressionando as mãos no peito de Enzo quando Elara se levantou.

– Que merda foi aquela? – Isra sussurrou, surpresa quando a luz que cercava Elara piscou e depois apagou.

Elara só conseguiu balançar a cabeça enquanto segurava na mão de Enzo. Ela não sabia o que era aquilo, apenas que a magia em si não lhe era desconhecida. Era o mesmo poder que tinha se manifestado diante de Enzo como um monstro, e que havia cravado as presas em Isra.

Leo continuou pressionando, e Enzo ainda não estava respirando.

– Você não pode partir – ela sussurrou para ele, um soluço fazendo sua respiração estremecer. – Você também, não.

Ela se aproximou da cabeça de Enzo.

– Por favor – suplicou, seus lábios encontrando os dele enquanto ela soprava ar no corpo dele quando Leo dava o comando. Isra e Merissa olhavam com preocupação. Havia lágrimas nos olhos de Isra quando Elara tirou uma mecha de cabelo molhado da testa de Enzo, seu rosto inexpressivo e sem vida.

– *Por favor* – Elara meio que gritou enquanto soprava o último bocado de ar dentro dele.

Como se a súplica fosse um comando que tinha chegado nele bem no ponto entre a vida e a morte, o príncipe respirou, os olhos se abrindo enquanto tossia e cuspia água. Ele levou alguns minutos para falar, lutando para recuperar o fôlego.

– Sabe, princesa... – ele disse com fraqueza, puxando grandes bocados de ar –, se você queria me beijar de novo... não precisava esperar que eu estivesse à beira da morte.

Elara chorou de alívio, as mãos ao redor do pescoço de Enzo, que imediatamente a envolveu com os braços, puxando-a para o seu colo enquanto ela chorava e chorava, as mãos dele acariciando suas costas para acalmá-la.

– Graças aos céus – Merissa murmurou, apertando a mão de Enzo.

Leo soltou um longo suspiro, esfregando a cabeça enquanto dava um tapinha nas costas de Enzo. Isra abraçou o príncipe com força ao redor de Elara, antes de olhar para o lago e ficar surpresa.

– Hum... sem querer estragar a experiência de quase morte de Enzo – ela disse –, mas acho que vão querer ver isso. – A voz dela cortou o alívio exausto de Elara, trazendo-a de volta ao momento presente.

Enzo se levantou com fraqueza, mas Elara colocou a mão de leve em seu ombro. Ainda ensopada, com os cabelos colados nas costas, ela ficou em pé e olhou para a água, para onde Isra estava apontando. Enquanto olhavam, ficaram todos imóveis, todos olhando em choque.

Em seu desespero para salvar Enzo, não tinham olhado para as sereias. Mas elas estavam ali, imóveis. A superfície do lago estava tomada por sereias, um mar de cabeças inclinadas, em silêncio, na direção do barco.

– O que é isso? – Merissa sussurrou.

A primeira sereia que os havia atacado levantou e olhos e nadou lentamente até o barco. Ela olhou para Elara, e depois para Enzo, que a abraçava.

– Não pode ser, e ainda assim é. – Os olhos da sereia se encheram de lágrimas quando pressionou três dedos na testa. Um sinal antigo de respeito.

Enquanto os pensamentos e a exaustão de Elara a atingiam, a sereia jogou a cabeça para trás e uma nova canção ressoou. A voz nítida não estava entremeada com sedução, mas com alguma outra coisa. Elara ouviu e reconheceu o sentimento na música que fez seu coração disparar. A sereia cantava sobre *esperança*. Ela olhou com nervosismo para Enzo, que a observava com admiração. As outras sereias se juntaram à primeira, as harmonias soando em uníssono, dessa vez uma canção de cura e recordação, sobre uma luz na escuridão.

Ao final, cada sereia interrompeu a canção gradualmente, uma a uma, até a primeira sereia finalizar a música, sua voz a última a carregar a nota. Ela fez mais uma reverência para Elara, inclinando a cabeça.

– Vamos guiar vocês de volta em segurança – a sereia sussurrou.

Essas foram as últimas palavras que Elara ouviu antes de o mundo à sua volta desaparecer, e sua consciência com ele.

Capítulo Quarenta e Um

O SOLAVANCO DE UMA CARRUAGEM. Passos. Vozes insistentes. Os sons chegavam a seu ouvido enquanto ela flutuava, sem visão e sem nome.

– É ruim. Muito ruim. Gem estava envolvida, assim como Ariete.

Gem. O nome registrado. Ela tentou se agarrar à memória, mas ela flutuou para longe.

– Ferimentos da magia de Ariete… acho que a mordida está infeccionada…

Elara franziu a testa, os olhos ainda bem fechados. Sabia que deveria sentir alguma emoção. Mas, de novo, o pensamento foi embora. A escuridão que a cobria a acalmou, aquietando-a.

– Cuidados médicos urgentes… Não vou sair do lado dela… – Outra voz sussurrou alguma coisa, depois veio um rugido: – *Não vou sair do lado dela*.

De repente, a jovem notou que estava nos braços de alguém, e sentiu que eles a apertavam. Ela sentiu o cheiro de âmbar, e um pensamento flutuante lhe disse que estava em casa. Mas a palavra *casa* pareceu estranha, então ela franziu a testa e se esqueceu.

– Leve alguém junto… comida… água… descanso… avalie-a depois que o ferimento estiver limpo. – A voz fria e séria entrava e saía. Era confiante, feminina e madura. Ela gostou do som daquela voz.

– Eu mesmo posso fazer – a outra voz retrucou. – Ninguém toca nela.

Ela se virou no aconchego quente que a envolvia. Um pensamento passageiro achou aquilo engraçado, o movimento. Então, quase quis chorar. A escuridão a acalmou como se ela fosse uma criança, mais uma vez aquietando sua mente. Tudo o que Elara sabia era que tinha que manter os olhos fechados para que a escuridão permanecesse com ela. A escuridão era sua amiga. A escuridão a protegeria.

Um leve clique, uma porta fechada. Um cheiro familiar chegou até ela, baunilha e alguma coisa limpa.

Segurança, a escuridão disse.

– Elara. – Uma voz feminina gentil a fez se encolher, assim como a sensação de mãos macias pegando nas suas.

Ela recuou com o toque. Elara. Seu nome. Ela era Elara.

– Eu consegui – ela ouviu a voz mais suave dizer. A voz era familiar. Ela não sabia ao certo por quê.

– Como...

– Conheço alguém. – A resposta veio rápida.

Elara se mexeu quando os braços que a carregavam pegaram algo da mulher.

– Obrigado – disse a voz, o homem, que a carregava. – Nos deixe agora, Merissa.

Merissa. Uma amiga. Sua amiga.

Sua amiga, Sofia.

Sangue.

Sangue.

Ela começou a hiperventilar enquanto a escuridão trabalhava para persuadi-la, a voz de sua amiga perto demais.

– Enzo, eu preciso me certificar...

– *Saia.*

Ela ouviu um pequeno suspiro e o som de uma porta se fechando com firmeza.

– Elara – a voz gentil sussurrou.

Ela murmurou ao ouvi-la. Gostava daquela voz. Confiava nela. Aquela voz a fazia se sentir aquecida.

Segurança, a escuridão sussurrou novamente.

– El, vou precisar que você acorde pra eu poder limpá-la.

A princesa se agarrou ao pescoço dele e manteve os olhos bem fechados. Não queria quebrar o encanto ainda. A escuridão era tão suave, e o mundo para além da escuridão parecia tão...

– Merda – ele murmurou, e ela se sentiu que era carregada para outro lugar. A escuridão mudou, cores fracas e formas invadindo de algum lugar. Luz atrás de suas pálpebras. Ela estava em algum lugar iluminado. Apertou as pálpebras ainda mais. – Vou deixá-la aqui enquanto preparamos um banho, está bem?

Ela sentiu maciez sob seu corpo – uma poltrona – e o som de água.

Quando sentiu que mais uma vez a tocavam, ela se encolheu.

– Sou eu, El. É o Enzo.

Enzo. Aquele nome. Ela gostava daquele nome. Gostava dele. Muito. A escuridão sorriu. *Segurança. Casa.*

– Somos só nós dois e a água morna.

Com os olhos ainda fechados, Elara assentiu uma vez com a cabeça, os lábios tremendo, lágrimas ameaçando escorrer atrás das pálpebras.

Quando ele a colocou nos braços com gentileza mais uma vez, ela derreteu neles.

– Vou colocar você na banheira – ele disse, e ela assentiu outra vez. Aqueles braços fortes a ergueram, aninhando-a, e a colocaram na água morna.

Mãos calejadas, firmes e seguras soltaram os grampos sujos de seus cabelos. Ela podia sentir o peso de sua combinação molhada contra o corpo, uma peça de roupa que ainda guardava as lembranças da morte de sua amiga.

– Quero tirar isso – ela disse, as primeiras palavras que proferia, ainda que vacilantes, a garganta seca pela falta de uso. Ela puxou a alça do ombro.

Enzo ficou um tempo com as mãos paradas no cabelo de Elara.

– Certo – ele disse com calma. Ela sentiu o tecido horrível escorregar, e afundou mais na água enquanto a deixava limpá-la.

Pareceu a ela que o rapaz tinha se afastado por um momento, e ouviu um frasco batendo nos ladrilhos.

– Você precisa beber isso agora, El. – Ela tentou se afastar. – É o sangue de uma Estrela. Vai doer. Ariete só te deu pequenas doses, e aqui tem muito. Você precisa de uma quantidade grande para se curar do veneno.

Ela começou a balançar a cabeça, e Enzo a imobilizou com gentileza.

– Por favor, El. Preciso que você melhore.

Algo no desespero da voz dele a fez relaxar, e ela abriu os lábios. Enzo pressionou o frasco na boca de Elara, e a jovem bebeu devagar.

Depois de alguns goles, sentiu enjoar, mas Enzo manteve o frasco firme.

– Beba tudo, princesa. Você consegue.

Ela cuspiu, mas continuou bebendo. O sangue era grosso, forte e doce – doce demais – e ela sentiu um pouco de ânsia de vômito. Mas Enzo não desistiu até ela engolir a última gota, a dor percorrendo o corpo de Elara.

Ela gritou, curvando-se na água ao sentir o sangue agindo em seu interior, combatendo o veneno alojado em seu corpo.

A dor era generalizada, e ela não conseguia suportá-la, não conseguia mais resistir a ela. Enquanto se contorcia, sentiu Enzo entrar na banheira, sua pele nua tocando as costas dela quando ele a abraçou. O príncipe a acariciou enquanto ela convulsionava, suplicando para a escuridão, pedindo para que a fizesse parar de sentir. A escuridão pegou sua mão e a afastou da agonia de modo que ela ficasse apenas observando.

Quando terminou, a escuridão a empurrou de volta na direção do mundo. A dor estava começando a ceder. E Enzo estava lá. E ele era seu lar. E ela estava segura.

Elara sentiu uma luz quente percorrer seu corpo, envolvendo-a e a mantendo aquecida enquanto ele cantarolava uma série de notas calmantes. Ela reconheceu a música vagamente, mas não conseguia se lembrar de qual era. A sensação da luz dele era bela e quente, assim como o rapaz.

Ela estava de volta ao próprio corpo, ouvindo a voz de Enzo murmurando. E entendeu algumas palavras.

– Tão corajosa… você está indo tão bem, princesa.

Ela estava ofegante, e suas pálpebras tremeram quando os últimos choques de dor a deixaram. Ouviu a água descer ruidosamente por um ralo, deixando-a com frio. Mas, então, a torneira voltou a jorrar, e sua mente se acalmou quando a água morna e limpa voltou a encher a pequena piscina. Ela sentiu o corpo de Enzo se mover atrás dela, e suas mãos começaram a lavá-la, o aroma do sabonete de eucalipto os envolvendo.

– Agora o cabelo – ele disse, e ela ouviu o sorriso na voz dele.

Seja qual fosse o significado daquele sorriso, ele se tornou sua ruína, e a escuridão lhe deu outro empurrão. *É seguro olhar*, ela sussurrou. Então, quando a água escorreu por seus cabelos, levando embora todos os horrores, o veneno e a sujeira, ela respirou fundo e abriu os olhos, virando-se.

Enzo ficou imóvel.

Ela observou os olhos dele, vendo todos os traços a que havia se apegado quando Gem despedaçara sua mente. Argola. Sarda. Testa franzida. Por fim o olhou nos olhos, o calor com manchas douradas que ela tinha encarado pela primeira vez na sala do trono, o que parecia ter sido há uma vida. Ele estava ajoelhado na frente dela na pequena piscina, sem camisa. Ele levou a mão molhada ao rosto dela, atrás de sua orelha, acariciando sua têmpora com o polegar.

– Senti falta desses olhos – ele murmurou. Ela os fechou de novo quando lágrimas começaram a correr livremente.

– El – ele disse. – Por favor, não chore. Você está em segurança. Eu juro.

Elara abriu os olhos e ele ainda estava lá, com as mãos em seus cabelos molhados, acariciando e acalmando.

– Você é de verdade? – ela sussurrou, as lágrimas ainda escorrendo.

– Sou de verdade – ele sussurrou e tocou o rosto dela com a outra mão.

Ele se inclinou para a frente e beijou uma de suas lágrimas. Ela chorou mais inda, e ele se abaixou para beijar a outra lágrima de seu rosto com gentileza. E a seguinte. Havia apenas o som dos beijos suaves que ele dava para enxugar sua dor e da água pingando. O príncipe a moveu quando seu choro acalmou, e começou a passar óleos em seu cabelo, cantarolando a mesma melodia suave.

– *Eu o amava mais do que a Escuridão ama a noite* – ele cantou –, *ele me amava mais do que o dia ama a Luz…*

– *Leões podem voar, e amantes vão morrer, mas meu amor vai permanecer* – ela cantou junto em voz baixa, sua voz falhando quando terminou o verso.

As mãos dele ficaram imóveis sobre os cabelos dela.

– Como você conhece essa música?

Ela franziu a testa.

– É uma canção de ninar asteriana.

Ele fez uma careta.

– Estranho – disse em voz baixa. – Achei que tinha sonhado com ela há muito tempo.

Elara não sabia ao certo o que dizer, então não disse nada.

Ele pegou alguns óleos enquanto ela assimilava os detalhes. Os antebraços dele, a forma como ficavam quando os músculos e as veias estavam contraídos. O formato de suas sobrancelhas robustas. O movimento impaciente que fazia quando seus cachos caíam sobre os olhos. Ela o estudou em silêncio, flexível em suas mãos, jogando a cabeça para trás enquanto ele passava óleo nas pontas, levantava seus braços para enxaguar a espuma, limpava as lembranças terríveis dela.

Então ele se levantou, as calças encharcadas escorrendo. Pegou uma toalha morna e fofa e enrolou Elara com ela, pegando-a e a carregando de volta para o quarto. A princesa sentiu que pousava sobre os travesseiros, e ele a vestiu com uma camisola de algodão macia antes de lençóis com perfume de baunilha serem puxados. Enzo desapareceu no banheiro por um instante, voltando com calças largas e secas, o peito descoberto. Ele andou na direção da porta, e deu para ver que Leo estava montando guarda, pois o príncipe murmurava alguma coisa para ele. Depois de fechar a porta, ele se acomodou em uma poltrona ao lado dela.

Elara estendeu a mão para tocá-lo, emoções tagarelando nas margens de sua mente. Ela se concentrou no polegar dele acariciando o dorso de sua mão, e isso a acalmou por um momento.

Um leve clique, e a curandeira entrou. Ela reconheceu a voz fria e séria de que tinha gostado e levantou os olhos. Uma mulher estava diante dela, cabelos caindo em lâminas de cobre retas nas laterais. Seus olhos eram azul-claros, o rosto aberto.

– É bom vê-la mais consciente, Vossa Majestade. – A curandeira acenou com a cabeça e se sentou na cama. Ela pressionou mãos hesitantes no pescoço de Elara. – O ferimento está com uma aparência muito melhor. Parece que Sua Alteza fez um bom trabalho.

Elara olhou para Enzo e viu seu rosto completamente sem expressão. Observando melhor, viu o aborrecimento em sua mandíbula. Seus olhos estavam em chamas enquanto ele olhava para o ferimento.

– Vou fazer aqueles dois suplicarem para morrer. – As palavras eram gelo. Então, controlando-se, ele abriu um sorriso para Elara e apertou a mão dela.

Uma magia fria a percorreu como um bálsamo conforme a curandeira analisava seu corpo.

– O veneno se foi – ela disse, e então abriu os olhos. – E o ferimento no pescoço vai sarar. – Ela olhou para Enzo. – É com a mente dela que temos que nos preocupar.

– Não precisa falar como se eu não estivesse aqui – Elara murmurou.

Enzo ocultou um sorriso.

– Pelo jeito não teremos que nos preocupar tanto quanto pensamos.

A curandeira abriu um pequeno sorriso ao abrir uma bolsa, tirando dois frascos com líquidos. Enquanto ela os preparava, Elara viu que o conteúdo de um era azul-claro, e o outro mais escuro sob a Luz que entrava pelas portas da sacada.

– Isso vai ajudá-la a dormir.

Tendo terminado de misturar os frascos, ela abriu a boca de Elara com delicadeza. A jovem se encolheu diante do contato direto e viu Enzo se aproximar. Mas a curandeira já tinha colocado duas gotas da poção na língua dela, antes de guardar seu kit.

– Muito descanso, muita comida e líquidos. Eu a confio aos seus cuidados. – Ela olhou intensamente para Enzo.

– Serei o melhor enfermeiro que ela já teve. – Ele abriu um sorriso tenso, espreguiçando-se na poltrona.

Os lábios de Elara se retorceram quando a curandeira fez um aceno com a cabeça e saiu, a porta emitindo um clique suave.

– Estou com medo de pegar no sono. – A voz dela não passava de um sussurro. Enzo franziu a testa, abaixando-se perto dela. – Consigo sentir a dor sob controle. Meus pensamentos se aglomerando contra a escuridão. Estou preocupada em sonhar.

O rosto dele suavizou.

– Não posso manter o que você vivenciou sob controle, mas prometo que vou estar aqui para apoiá-la quando acordar. Não vou te deixar.

Elara agarrou a mão dele mais uma vez e segurou nela com força – sua âncora em mares tempestuosos enquanto ela caía sob as ondas.

Capítulo Quarenta e Dois

DIAS SE PASSARAM, E ELARA ENTRAVA e saía do estado de consciência. Na maior parte do tempo, sua mente estava desprovida de tudo, mas, pouco antes de acordar, uma lembrança vinha à tona e abria seus ferimentos mentais, fazendo-a gritar. Em todas essas vezes, sentiu braços quentes a envolvendo, acompanhados de murmúrios suaves, a voz doce da curandeira e depois mais elixir espesso e pegajoso.

Os dias se tornaram semanas – quantas, ela não saberia dizer – e, quando estava lúcida, mal sentia qualquer coisa. As sombras a abraçavam quando alguém lhe dava sopa e ou levava água a seus lábios secos. Havia uma carícia gentil, e então escuridão novamente.

Certa noite, ela acordou mais uma vez angustiada e ensopada de suor, olhando ao redor do quarto com avidez. Seu olhar foi parar sobre Enzo, que tinha acordado, a camisa branca solta, os cabelos desordenados por apoiar a cabeça na mão para dormir na poltrona ao lado da cama dela. Quando a curandeira entrou no quarto, Enzo se aproximou de Elara da forma como fazia todas as noites antes da chegada da curandeira. Mas havia algo diferente em seus olhos. Depois de um momento, ele deixou a princesa e foi na direção da curandeira, e uma conversa abafada, mas acalorada, se sucedeu. Ela ouviu as palavras emergenciais da curandeira, chegando até ela por meio de uma rede de medo e pesadelos.

– Tem que... mantê-la dominada.

A voz de Enzo era um resmungo.

– Já chega... drogá-la.

– Eu sirvo ao rei.

Um silêncio tenso.

– Então pelo menos me dê isso.

Elara sentiu mãos gentis abrirem sua boca, acariciando seu lábio.

– Abra, Elara.

Ela abriu, sentindo só uma gota na língua, em vez de duas, quando a porta se fechou.

Enzo então a tirou com cuidado da cama e a fez levantar e atravessar o quarto, abrindo as grandes portas que levavam à sacada. No ar frio da noite, ele se acomodou no divã com ela, enrolando os dois em um cobertor ao se sentar, Elara encolhida em seu colo.

– Você precisa de ar fresco – ele disse, tenso.

O restante das palavras dele flutuaram para longe dela, e a jovem olhou para o rapaz em silêncio, a névoa ainda circulando sua mente. Tudo soava e parecia tão longe, tão distante. O remédio estava nadando em seu corpo, agradável e quente enquanto ela tentava se concentrar no que ele dizia. Desistindo, Elara descansou sobre o peito dele, ouvindo a pulsação estável de seus batimentos cardíacos. Ela ouviu uma batida na porta da sacada e deu um pulo. Uma cabeça apareceu na porta, com olhos sonolentos e preocupados.

– Ela está bem? – Merissa sussurrou, saindo na sacada. Se notou a intimidade em que estavam, não fez nenhum comentário.

– Foi só um pesadelo – Enzo murmurou. – Você poderia trazer um chá de camomila, Merissa?

Ela assentiu.

– É claro.

Elara a ignorou, sua mente em desespero tentando fechar a tampa da caixa sobre os horrores que queriam escapar, arranhando e gritando para sair. Algumas noites, jurava que ouvia a caixa se agitando, mas sempre havia poção suficiente para silenciá-la.

Ela piscou, movimentando-se de modo que conseguisse olhar para Enzo. Ele acariciou seus cabelos, tranquilizando-a.

– Você precisa acordar. Sentir. Não pode mais ficar presa nessa... – ele gesticulou ao redor – névoa.

– Pesadelos – ela disse em voz baixa, a primeira palavra que disse direito sabe-se lá desde quando. – Há apenas escuridão, e depois eu sempre acordo com pesadelos.

– Quer falar sobre isso?

Ela fez que não, franzindo a testa, os pensamentos logo se dissipando, como nuvens de tempestade com uma brisa. Elara não conseguia manter as lembranças.

– Dar nomes ajuda – ele disse, pigarreando. – Quando eu tenho pesadelos, saio e os falo em voz alta. – Ele riu baixinho. – Pareço um maluco, eu sei. Mas sempre sinto como se houvesse alguém lá fora me escutando. É como uma oração, mas para outra coisa que não as Estrelas. A primeira vez que fiz isso, sonhei que um anjo tinha me visitado. Ele era diferente de como *Os mythas de Celestia* os representa. Não me lembro o que ele disse, mas, quando acordei, pela primeira vez na vida me senti seguro. Forte.

— Esqueci que você também tinha pesadelos — ela disse.

Ele abriu um sorriso irônico.

— Sim, você testemunhou um dos menos agradáveis. — Enzo fez uma pausa. — Sabe, meu pai não era tão cruel até minha mãe morrer. Ou talvez ela fosse uma luz tão poderosa que obscurecia a escuridão dele.

— Sinto muito — ela sussurrou. — Por meus pais... — Ela engoliu em seco. — Sinto muito, Enzo.

Ele apertou.

— Não é você que deve pedir desculpas.

Fez-se um longo e confortável silêncio enquanto o príncipe acariciava os cabelos dela. Elara passava a mão para cima e para baixo nas costas dele ao passo que ele a segurava, sentindo a suavidade delas. Algo lhe ocorreu e ela ficou imóvel.

— Por que você não tem nenhuma cicatriz? — ela sussurrou.

Enzo ficou quieto por um bom tempo antes de responder.

— Meu pai tinha um verdano, um curandeiro. Quando minhas costas estavam tão feridas por sua luz que não passavam de uma confusão de sangue e carne, o curandeiro fechava e alisava todas as partes de minha pele, para que Idris pudesse me infligir a mesma dor de novo. Para que ninguém soubesse. Quando me tornei forte o suficiente, fui atrás do curandeiro.

Ele respirou fundo, e ela notou que ele estava tremendo.

— Não sobrou nada do homem quando terminei com ele. — Enzo soltou o ar em um longo fluxo. — Assim que comecei a ser capaz de revidar, nunca mais meu pai ousou tentar me açoitar com sua luz. Mas isso ainda me assombra. Ainda sonho com isso.

Ela apertou a mão dele. Quando olhou para o rapaz, entendeu. Ele não queria que ela sentisse pena. Só queria alguém para ouvir.

Elara acariciou a mão dele com o polegar.

— Um dia, ele vai sentir toda a dor que lhe causou.

— Eu sei. Serei o responsável por isso.

Se Elara estivesse no seu normal, poderia ter arqueado uma sobrancelha diante da traição aberta. Mas ela apenas se acomodou junto a Enzo, os ombros dele relaxando enquanto seu corpo se moldava ao dela.

— Então agora você sabe o que me acalma depois de pesadelos. O que a acalma?

Elara passou os dedos pelos cabelos, mastigando o interior da bochecha.

— Ar fresco. — Ela abriu um pequeno sorriso, e apontou para uma pilha de livros na mesa baixa. — Ler.

Você, quis dizer, a palavra na ponta da língua. Ela a engoliu por inteiro.

– Ler – ele disse, pegando *Os mythas de Celestia.*

– Este é o meu livro preferido.

Ele arqueou uma sobrancelha.

– O meu também.

Ela retorceu os lábios.

– Somos mais parecidos do que você pensa.

Com um suspiro, Elara colocou o nariz no pescoço dele. Seu cheiro era tão reconfortante, sabonete de bergamota misturado ao aroma intoxicante de âmbar. Ele ficou paralisado. Depois voltou a acariciar círculos nas costas dela com cuidado, como se tivesse medo de, caso se mexesse, quebrar o feitiço. Merissa voltou em silêncio e colocou um bule de chá sobre a mesinha. Com outro olhar hesitante entre os dois, ela abriu um pequeno sorriso e voltou a sair.

Depois de um tempo, Elara fez uma pergunta que a atormentava.

– Aquela noite em que fui levada… como você escapou?

Enzo a apertou com mais força.

– Tenho que agradecer ao destino por isso. A sala estava vazia quando eu acordei, as portas trancadas, mas queimei os painéis das janelas lacradas e pulei no fosso. Eu não fugi, El – ele disse em voz baixa. – Sabia que não teria utilidade morto ou capturado. Eu só… preciso que você saiba que não parei de tentar trazê-la de volta, nem por um instante.

– Eu sei – ela murmurou.

Elara fechou os olhos e Enzo pigarreou.

– Agora, que tal essa história? "Os espectros da noite de Asteria"? – perguntou. – "Há muito tempo, na terra hoje conhecida como Asteria, nasceu a Escuridão. Foi dali que tudo veio, e para onde tudo retornou. Uma criatura que dela nasceu foi o Espectro da Noite. Apenas um filete de sombra escurecendo a sua, ou o padrão na parede do quarto de uma criança…" – Ele parou de ler ao ver Elara sorrindo junto ao seu peito. – Você gosta de espectros?

– Espectros são amigáveis – ela disse baixinho. – Nós deixávamos comida e guloseimas pra eles toda Véspera de Hallow. Minha época preferida do ano. Eles protegem a casa.

– Hum. – Ele acenou com a cabeça. – Me conte mais.

Ela mastigou a parte interna da bochecha.

– "O nuncorvo de Castor" era outra das minhas preferidas. Eu amava seus enigmas.

Enzo fez um som divertido.

– Eu também.

– E "O lobo-noturno e a prata". Essa história sempre me fez chorar.

– Quando eu era pequeno, sempre chorava com "O coração do leão alado".

– Mas o leão se apaixonava no final – Elara disse.

– Sim. Mas era pela Luz que ele nunca poderia alcançar.

Elara assentiu.

– "As serpentes do Mar Tranquilo"; sempre quis montar nelas. Aquela parte da história em que levam a garotinha para baixo d'água, para o reino das sereias... – Ela se interrompeu.

– Você já nadou no Mar Tranquilo?

– Uma vez. – Ela abriu um sorriso fraco. – Com... – Sua visão começou a borrar. – Com minha melhor amiga. – Elara franziu a testa, confusa. Não conseguia se lembrar do nome; ele estava no limite de sua compreensão.

– Sofia? – Enzo perguntou gentilmente.

Vermelho piscou em sua visão; uma lâmina, uma garganta sendo cortada, uma ferida aberta, um palco revestido de veludo. Ela estremeceu como se tivesse sido atingida.

– Me desculpe, me desculpe... – O sussurro da voz dele era distante, mas ela se agarrou a ele, respirando fundo. Quando voltou a si, Enzo a abraçava com força, com preocupação nos olhos.

– Não, eu preciso fazer isso. – Ela cerrou os dentes diante da dor em sua mente. – Preciso sentir. Preciso me lembrar. Você tem razão. Não posso continuar flutuando acima de tudo.

Ele a abraçou com força e abriu o livro.

– Então vamos ler. Prometo que amanhã a ajudarei com isso.

Ela acenou com a cabeça uma vez, e Enzo a puxou de volta junto a ele.

– Obrigada – a jovem murmurou, o remédio começando a fazer efeito.

– Pelo quê? – ele perguntou em voz baixa.

– Por me dar um pedaço de você.

Elara já estava entre mundos e desaparecendo na escuridão quando o príncipe respondeu com delicadeza:

– Você tem mais de mim do que eu gostaria de admitir.

Capítulo Quarenta e Três

QUANDO ELARA ACORDOU, NÃO GRITOU. Ela testou os limites de sua mente. A escuridão estava no lugar, as lembranças estavam afastavas, mas tinha mais uma coisa.

Luz.

A jovem olhou para Enzo, ainda adormecido, seus braços musculosos ao redor dela. Viu o livro sobre a mesa. Sob a Luz calma da manhã, ela o analisou mais de perto do que ousaria se ele estivesse acordado. O coração de Elara batia enquanto ela liberava lentamente uma emoção para observá-lo. Culpa.

Havia sombras sob os olhos dele, e ela sentiu aquela pontada estranha outra vez quando se permitiu vivenciar o sentimento. Ele tinha ficado naquela poltrona ao lado da cama dela todas as noites, acordando junto dela. A princesa olhou para os cílios cor de carvão, a suavidade de sua testa enquanto dormia. Com o mais leve toque, passou o dedo sobre a sarda sob o olho dele até outra abaixo dela, indo até mais uma perto do outro olho. Mapeando sua própria constelação. Ela deixou o dedo percorrer a parte de baixo de seu queixo, sentindo sua suavidade. Então parou, pairando sobre os lábios carnudos. Ela viu seu olho abrir e se contrair de surpresa.

– Bom dia – ele murmurou, com os olhos nos dela.

– Bom dia – ela respondeu, removendo rapidamente o dedo.

– Você não sonhou?

– Nem um pouco.

O rosto dele relaxou quando a levantou.

– Eu posso andar, sabia? – Ela deu um tapinha no braço dele, que a abaixou com cuidado até o chão.

– Como está se sentindo?

– Lúcida.

Ele apertou a mão dela ao entrarem de novo no quarto. A pequena ação quase tirou a energia dela, deixando suas pernas bambas, e ela afundou na cama, ofegante.

– Tem alguma coisa acontecendo com a minha mente. Toda vez que tento me lembrar de uma coisa, ela vai embora.

– Por que você não descansa...

– Não, Enzo – ela suplicou. – Não quero mais descansar. Estou cansada de estar fraca e drogada. Sentindo as coisas pela metade.

Enzo assentiu.

– Está bem, então – ele disse, e foi até o guarda-roupa de Elara, escolhendo o tipo de traje de duas peças que ela estava acostumada a usar para treinar. – Vamos aos jardins.

Ele ajudou Elara a tirar a camisola e vestir as roupas, mantendo os olhos nos dela.

– Não me dê mais aquela poção – ela pediu enquanto manchas pretas começavam a dançar em sua visão.

Ele concordou, pegando no braço dela.

– Espere. E minha glamourização?

– Merissa vem visitá-la todas as noites. Ela vem garantindo que ela esteja intacta caso algum criado ou outra pessoa entre.

Elara lutou para domar o nó em sua garganta à menção do nome de sua amiga.

Ele pegou no braço dela e a levou para fora, a atitude enérgica o primeiro indício de guerreiro que ele havia demonstrado desde antes do baile de máscaras.

Ela o seguiu com a respiração ofegante. Enquanto andavam pelo palácio, ela deixou que ele a guiasse por um átrio onde a água corria devagar. Pássaros gorjeavam do lado de fora. Elara não ouvia aquele som havia semanas, entre o aprisionamento e a inconsciência. Enzo continuou a conduzi-la até passarem pelo jardim de Kalinda. Uma figura de cabeça dourada estava debruçada sobre os canteiros de flores com uma pá de jardinagem, e a respiração de Elara acelerou quando Merissa se virou.

– Elara? – ela disse em tom esperançoso, afundando a pá na terra e tirando as luvas de jardinagem.

As manchas pretas que dançavam na visão de Elara pioraram, e seu coração bateu acelerado.

– Não – ela disse com a voz áspera, dando um passo para trás. Enzo olhou para ela, alarmado. Merissa franziu a testa com preocupação.

– El?

– Não posso – Elara sussurrou enquanto imagens do olhar cinza e inexpressivo de Sofia dançavam ao redor de sua mente.

Ela se soltou de Enzo e começou a cambalear pelo jardim.

– Elara! – ele gritou atrás dela.

Ela não podia fazer aquilo, não podia ficar perto de Merissa, não podia chamar outra pessoa de amiga quando sua melhor amiga tinha sido brutalmente assassinada. Os jardins flutuavam diante dela enquanto seguia cambaleando, o caminho serpeando, árvores começando a surgir. Tudo passou em um borrão, o som de água corrente ficando próximo. Cor e som passaram rapidamente por ela até passos firmes a alcançarem.

– El...

– Me dê mais remédio – ela pediu. – Não quero sentir isso, mudei de ideia. Me deixe esquecer tudo, por favor, me deixe esquecer.

A preocupação de Enzo suavizou quando ele desceu com a princesa pelos degraus de pedra diante deles.

– Não.

Ela parou, dando-se conta de que estavam no jardim submerso onde tinha sido a festa para celebrar a Descida de Leyon. Não havia ninguém ali.

– Não? – Talvez ela não tivesse ouvido direito devido ao barulho da cachoeira. Enzo inclinou a cabeça.

– Foi o que eu disse.

Elara olhou para o céu e tentou processar o que tinha acabado de ouvir. O céu parecia ferido e opressivo, de uma cor de vinho profunda, com nuvens alaranjadas pesadas, um cheiro de metal no ar.

– Está chegando uma tempestade – ele observou.

– Por que você não quer me dar a poção, Enzo? – Uma emoção estranha girava dentro dela, uma emoção que não sentia havia algum tempo.

– Porque não posso mais vê-la assim. Tentei ser paciente e lento, mas não suporto mais. Essa sua personalidade drogada... Fugindo da dor. Não é você.

Ela franziu a testa, sentindo-se confusa. Ele andava de um lado para o outro com agitação.

– Faz semanas, noites e noites, que estou a acompanhando. Vendo você gritar e chorar por causa dos pesadelos que a atormentam, depois precisando forçar remédio por sua garganta enquanto é imobilizada.

Elara olhou para ele com frieza. Palavras estavam se formando em seus lábios antes que ela pudesse processá-las.

– Sinto muito que minha dor o incomode.

Ele cerrou os dentes e parou, olhando para ela.

– Não foi isso que eu quis dizer – ele disse em voz baixa.

Outra emoção piscou dentro dela. Mas foi embora antes que a jovem tivesse tempo de compreender.

– A Elara que eu conheço é uma lutadora. Uma rainha. – Elara piscou. – Ela enfrentaria a dor. *Ela* não é covarde.

Um trovão retumbou sobre eles, um som estrondoso que abalou os céus, as nuvens turbulentas.

– Do que você acabou de me chamar? – Elara perguntou em voz baixa. Havia um peso se formando nela. Ela podia sentir que a escuridão que a protegia estava retorcida e ávida.

Mais um estrondo de trovão, e os céus se abriram. A chuva começou a cair, gotas grossas desabando, quentes no ar úmido de Helios. A chuva começou a ensopá-lo, seus braços cruzados naquela postura sempre arrogante, encharcando sua larga camisa branca. Isso desencadeou uma irritação nela, e uma emoção mais forte estava escondida em algum lugar mais profundo. A palma de suas mãos coçava.

– *Covarde.*

O preto a envolveu, suas sombras, coçando e saltando para serem libertadas após semanas presas dentro de seus nervos. Elas serpeavam e se formavam em suas mãos enquanto Elara as botava para fora, olhos piscando. Formas monstruosas fluíam, não animais, mas algo *diferente*.

A chuva caía, ensopando-a até os ossos, mas Elara só conseguia sentir a escuridão furiosa dentro dela. As formas retorcidas avançaram em Enzo. Ele deu uma risada vaga, luz estourando de suas mãos e transformando as sombras dela em cinzas enquanto ele se levantava de um salto.

– Agora sim. – Ele assobiou. Luz bifurcou o céu no alto. Ela ficou rígida, flexionando os dedos, cabelos molhados colados na pele. – Consegui irritá-la, princesa?

Ela mostrou os dentes, retorcendo as mãos. A paisagem mudou, a chuva ainda caindo, mas suas ilusões haviam levado os dois para um lugar desprovido de estrelas, ou luz. Em vez disso, era um lugar tão escuro e tão avassalador que pesava sobre eles.

– Que lugar legal – ele disse com a voz seca, olhando ao redor antes de lançar uma onda de fogo sobre ela. Elara soltou um escudo de sombras que engoliu todo o fogo. Ele mandou outro, e mais outro, e a jovem os apagou um por um, sua magia ansiando por eles. Ansiando por mais.

A ilusão enfim se rompeu com uma explosão da luz dele, e ela se viu ofegante no gramado, com a chuva caindo sobre seu corpo.

– Isso é tudo que você tem? – ele gritou, e ela rugiu, a raiva tomando conta dela quando avançou para cima do príncipe, e eles caíram no gramado encharcado. Ela não tinha nenhuma lâmina, nada além das mãos, que seguraram a camisa dele entre os punhos.

– E quanto àquela magia prateada que você invocou no fundo do lago? – ele perguntou, ofegante. – Tem um pouco dela pra jogar sobre mim?

Elara ficou imóvel enquanto surgiam lembranças misturadas de Enzo se afogando cercado por esqueletos de caudas e águas escuras.

– Não – ela retrucou. – Não sei o que foi aquilo.

Ele avançou.

– Então que outras armas tem à sua disposição? – Ele inclinou a cabeça. – Me diga, princesa, você ainda carrega aquela adaga em sua linda coxa?

A mão quente como fogo dele subiu pela perna dela, levantando a saia encharcada. Os dedos dele roçaram a parte externa da coxa dela.

– Ariete pegou – ela respondeu com a voz rouca.

Ela parou de respirar quando seu foco se concentrou no polegar áspero dele encostando de leve em sua coxa nua. Podia ver as gotas de chuva se formando em seus cílios, pingando de seus lábios. Enzo os desequilibrou de modo que ela teve que se apoiar nos cotovelos enquanto ele avançava entre suas pernas.

– O que você sente, Elara? – A voz dele era baixa e suave. O peito ofegava.

– Raiva – ela sussurrou. – Muita raiva.

– Só isso? – Um sorriso lento se abriu no rosto dele quando inclinou a cabeça, analisando-a. Sua mão não deixou a coxa dela, sua boca compartilhando seu hálito.

– Ódio.

– Hum – ele murmurou.

Enzo se aproximou do pescoço de Elara, seu cheiro preenchendo os sentidos dela. Ouviu-se uma respiração irregular e, então, seu nariz correu pela coluna sensível do pescoço dela. A princesa puxou o ar, trêmula. Desejo, outra emoção estranha, serpeava por ela. Ele soltou uma risada, e no mesmo instante passou a língua na área sensível atrás da orelha de Elara. Ela soltou o ar de forma instável, fechando os olhos.

– Tem certeza de que isso é tudo o que você sente?

Ela abriu os olhos.

– Sim – ela rosnou.

O meio sorriso dele permaneceu em seu rosto quando o som suave do aço encheu o espaço entre ambos. A adaga dela apareceu diante dos dois, e ele a entregou para Elara enquanto sussurrava nos lábios dela.

– Então por que não me mostra o quanto me odeia?

Ela arregalou os olhos ao ver a arma.

– Como você conseguiu?

– Peguei de Ariete na Casa de Ópera.

– E esperou até agora pra devolver?

Elara estava tremendo de raiva, de exaustão, de desejo e de alívio, emoções que lhe eram estranhas depois de se arrastar de forma entorpecida pelo nada por tanto tempo.

Ela pegou a adaga, mas seus olhos permaneciam sobre ele: os cachos molhados, a camisa ensopada, quase transparente, colada aos músculos. Suas emoções estavam fervendo, e ela quase teve o impulso de jogar a lâmina de volta nele.

Em vez disso, afastou-se, lançando um último olhar repleto de ódio. Mas, por trás dele, havia desejo, e ambos sabiam disso.

Então, Elara voltou para os seus aposentos sem dizer nada.

Capítulo Quarenta e Quatro

Elara deixou a roupa jogada na porta e entrou em seu quarto de banho. Raiva emanava dela enquanto enchia a banheira, embora o frio da chuva ainda permanecesse em sua pele. Como Enzo *ousou* chamá-la de covarde depois de tudo o que ela passou?

Ela bateu com a adaga na bancada, seu cabo fazendo barulho sobre o mármore. E rangeu os dentes para evitar que batessem enquanto a água corria devagar. Enfim afundou no banho, o primeiro que tomava sozinha só as Estrelas sabiam desde quanto tempo, e ela deixou a raiva tomar conta de si.

De repente, um pensamento claro surgiu, e ela se sentou.

Raiva. Ela estava sentindo raiva. E ao fazer isso, não tinha pensado em sua dor, ou em Sofia. Estremeceu ao pensar no nome, mas quando algo dentro dela atacou e tentou encerrar a lembrança, a jovem o afastou com um rosnado.

Enzo a havia forçado a sentir. Revolta, ódio, desejo e alívio. Ela estremeceu com a lembrança da língua dele subindo por seu pescoço. Ele a havia seduzido de propósito.

Elara abriu um pequeno sorriso para si mesma enquanto se banhava.

Envolvendo o corpo com uma toalha, saiu da água.

Com sua magia drenada, sua mente estava mais clara do que havia estado em um bom tempo.

Quando voltou para o quarto, praguejou.

– Enzo!

Ele estava esparramado na poltrona ao lado da cama dela enquanto a olhava dos pés à cabeça.

– Enfermeiro, lembra? – Ele sorriu, esticando os braços atrás da cabeça.

Ela lançou um olhar contundente a ele antes de pegar uma camisola de sua cadeira e voltar para o quarto de banho para se vestir. Quando reapareceu, estava um pouco mais decente, com uma camisola de renda verde-esmeralda na altura das coxas. Ele olhou para ela, depois desviou os olhos, mas a princesa não deixou de notar a forma com que seu olhar escureceu, acendendo mais uma vez o desejo que ela havia sentido no jardim. Mas ignorou isso ao se sentar em frente ao espelho e começar a pentear os cabelos molhados.

— Precisa que eu vá chamar Merissa?

As mãos dela tremiam de forma imperceptível enquanto se penteava. Não estava pronta para vê-la ainda; nem ela nem Isra.

— Não, obrigada.

Ele se levantou e foi até onde ela estava sentada.

— Então eu vou secar seu cabelo, ou você vai pegar um resfriado.

O ar ao redor dela ficou quente quando Enzo levantou as mãos, antes de passá-las nos cabelos dela, espalhando calor sobre eles.

Ela arqueou as sobrancelhas.

— Seus súditos sabem que você é tão bom enfermeiro?

Os olhos dele se enrugaram enquanto continuava a pentear os cabelos dela.

— Aí está aquela língua ferina.

Ela tentou conter um sorriso.

Mas ao se dar conta de que estava sentindo uma ponta de felicidade, os lábios de Elara tremeram, um aperto grudento surgindo no fundo de sua garganta. Ela tentou engoli-lo. Uma vez. Duas. Seus olhos começaram a doer, uma vez que o aperto não desaparecia, mesmo quando ela tentava afastá-lo.

Seu lábio tremeu de novo quando Enzo olhou para ela com preocupação. Então as comportas se abriram.

Elara soltou um soluço de choro, e outro, antes de ceder e chorar. Ela cobriu o rosto com as mãos e Enzo ficou de joelhos, pegando uma das mãos dela. Seus ombros tremiam enquanto tentava puxar o ar, lágrimas a inundando. Ela enterrou o rosto no pescoço de Enzo.

— Está tudo bem, está tudo bem — ele murmurou.

— Sinto tanta culpa — ela disse, chorando — até mesmo por sorrir. Sofia está morta, e eu estou aqui. É minha culpa.

— Me ouça. — Enzo a afastou para poder olhar para ela. — *Não* é culpa sua. Você acredita mesmo que Sofia pensaria isso?

Elara secou uma lágrima, olhando para o teto.

— Ariete fez isso pra *me* punir. É minha culpa.

— Sabe, na cultura heliana nós acreditamos que a morte não é um fim. É o início de alguma coisa. Quando você perde um ente querido, não o perde de verdade. Ele continua vivendo dentro de você, suas memórias e seu calor. A energia permanece enquanto cada pessoa o mantém vivo lembrando-se dele. Sofia não se foi. É só o início de uma relação diferente com ela.

O rosto de Elara se enrugou e ela apertou as mãos de Enzo.

— O que ela te diria agora, se estivesse aqui?

Elara riu por entre as lágrimas.

– Ela diria… para eu me controlar e parar de sentir pena de mim mesma. E me diria pra *viver*. Sofia saboreou todos os momentos de sua vida. Ela me ensinou a ser corajosa, a desafiar as regras. Era destemida e cheia de cores, e queria que eu experimentasse todas as maravilhas que a vida tinha a oferecer.

Enzo tirou os cabelos do rosto dela.

– Então *viva*, Elara. Por ela.

Capítulo Quarenta e Cinco

O REI IDRIS ANDAVA DE UM LADO para o outro na sala do trono, com as mãos atrás das costas, enquanto Elara o observava. Enzo estava ao lado dela, a coluna reta. A princesa tinha acabado de terminar de contar a ele sobre as últimas semanas, o rei a interrogando sobre cada mínimo detalhe.

– Você desobedeceu diretamente às minhas ordens – Idris disse a ela, furioso. – E você... – ele se virou para o filho – ...quase me custou minha arma.

– Eu tenho nome – Elara disse com frieza.

Idris a ignorou com um olhar.

– Tempo perdido. Tempo que deveria ter sido gasto se preparando para matar Ariete, e não sendo *prisioneira* dele.

Enzo se agitou ao lado dela.

– Em oposição a ser sua prisioneira? – ela indagou.

– Você é uma garota tola. Uma garota mimada. Eu não lhe dei tudo? Um refúgio seguro? Um quarto no palácio. Toda a comida e liberdade que quisesse?

– Uma jaula dourada ainda é uma jaula – ela respondeu.

Idris lançou um olhar contundente para ela, virando-se para Enzo.

– Eu já cuidei de sua punição, como bem sabe. O único motivo de *ela* evitar uma punição também, é porque preciso dela o mais forte possível para o nosso plano.

Uma raiva silenciosa começou a se instaurar nos ossos de Elara quando se deu conta do que Idris pretendia. Ele já tinha machucado Enzo. O príncipe movimentou os ombros, e ela pensou na pele perfeitamente lisa sob sua camisa.

– Se você o punir – ela disse, garantindo que a ameaça recobrisse cada sílaba – eu nunca irei conjurar nem mesmo um filete de sombra por você.

O rei se virou devagar, olhando-a com atenção.

– O que é isso? A princesa das sombras tem coração?

– É claro que não – Enzo retrucou. – Ela é apenas fraca e emotiva. Nos perdoe, pai. Essa semana vai ser dedicada a retomar o treinamento e colocá-la em forma. Estamos perto com as sombras. Em algumas semanas, ela vai estar pronta.

Isso acalmou Idris, que acenou com a cabeça com firmeza, recostando-se de novo no trono.

– É melhor estar, Elara – ele disse. – Você tem sorte de seu truquezinho no teatro ter ajudado nossa causa temporariamente. Enquanto Ariete acreditar que você está morta, podemos pegá-lo de surpresa.

Elara assentiu com rigor.

– Você vai ficar feliz em saber que neste caso nossos valores estão alinhados. Vou matar Ariete nem que seja a última coisa que eu faça – ela respondeu.

As ruas de Sol estavam mais calmas do que Elara se lembrava. Ela seguiu Enzo até uma região desconhecida, onde as vielas eram mais largas, as praças limpas e guarnecidas com fontes esculpidas.

Quando passaram pelos prédios iluminados pela Luz, ela viu os pináculos enevoados do templo de Leyon.

– Você costuma entrar aí? – ela murmurou, apontando com a cabeça para as colunas extravagantes que desapareciam ao longe.

Enzo riu.

– A essa altura você já sabe que não sou do tipo religioso, e certamente não por aquele tonto pomposo de cabelo lambido.

Ela considerou aquilo por um momento.

– Não, mas você é o príncipe. Com certeza precisa cumprir seus deveres e fazer uma aparição adorando seu grande deus. Nós tínhamos que fazer uma cerimônia privada no tempo de Piscea toda Véspera de Hallow. Era um dos poucos momentos que eu tinha permissão pra sair do palácio.

– Nos feriados maiores eu me arrasto pra lá para a cerimônia, sim. O solstício de verão será a próxima vez que colocarei os pés naquele "lugar de adoração".

Eles pararam em uma praça pequena e vazia. Havia cordas de varal penduradas entre as vielas que saíam da praça, e o cheiro de lençóis limpos flutuava na brisa leve. O calor era seco e agradável, e quando ela avançou mais, um delicioso cheiro de comida surgiu.

– Quero te mostrar um lugar especial. – Enzo se aproximou dela. – Venho aqui quando as coisas estão demais pra mim. Espero que possa ajudá-la também.

Ele a levou para a porta de madeira do prédio de mármore mais próximo e os dois entraram. Sombras frias a saudaram e pareciam subir por seus braços dando as boas-vindas. Um pequeno átrio descoberto tinha uma piscina turquesa no centro, com uma luz suave marcando a sombra.

– Agora, seja gentil – ele disse como um alerta. – Nunca trouxe ninguém aqui antes.

Algo brilhou dentro dela, e Elara o guardou. Uma sensação para apreciar depois de tanto tempo arrastando-se pelo nada. Ele pegou a mão dela e a puxou pela sombra da entrada, seus passos batendo na pedra do chão, ecoando. Enzo se encaminhou para uma porta à direita, e com um brilho de sua luz, destrancou-a. Sorrindo, ele se virou para ela ao abri-la.

Luz banhava o cômodo. Inundava-o. O espaço era tão aberto que parecia não ter peso. Paredes de estuque brancas embelezavam a câmara, e um pequeno jardim fechado era exibido atrás de grandes janelas que iam do chão ao teto. Mas foi o que preenchia o cômodo que a deixou extasiada.

Esculturas e estátuas de todos os tamanhos ocupavam as paredes, alguns trabalhos em andamento, outros finalizados e polidos. Miniaturas de feras míticas estavam na bancada de trabalho no centro da sala, enquanto estátuas em tamanho real ocupavam toda a volta da bancada em várias poses. Elara deu um passo tímido na direção da que estava mais perto, uma mulher nos braços do amante, os lábios quase se tocando. Passou o dedo sobre a forma.

– Gostou? – Enzo perguntou atrás dela, ainda na porta. Ela se virou para ele.

– Enzo, você criou tudo isso? – Ela girou completando um círculo, admirando a arte.

Ele deu um sorriso de soslaio ao entrar na sala, fechando a porta. Chegou ao lado dela, perto o suficiente para a jovem sentir o aroma de âmbar.

– Sim. É o que eu faço pra me curar. – Ele foi até a bancada de trabalho e puxou um pedaço de pedra para mais perto.

– Me mostre – ela sussurrou.

Ele abriu um pequeno sorriso. Preparando as mãos, concentrou-se e feixes começaram a sair delas. Enzo expandiu os feixes até um raio puro, quase cristalino, ser projetado de suas mãos. Então, o movimentou para começar a esculpir o pedaço de pedra. Elara viu curvas suaves se formarem diante de seus olhos, as linhas brutas esculpidas e polidas. A visão de Enzo colocando seu amor na arte fez ela sentir suas próprias arestas irregulares começarem a suavizar.

As semanas seguintes foram umas das mais tranquilas da vida de Elara. Enzo mentia para o pai o tempo todo, jurando que a mantinha em um regime de treinamento extenuante, quando, na verdade, todos os dias a levava para seu ateliê enquanto ele trabalhava. A princesa levava pilhas de livros e descansava em uma *chaise longue* enquanto o príncipe esculpia, as batidas constantes e rítmicas de sua luz na pedra eram uma música suave para acompanhar a leitura.

Durante os intervalos, os dois se deleitavam em seu pequeno mundo, tomando chá de hortelã fresca. Conversavam sobre arte e música e suas vidas enquanto ele trabalhava. Aos poucos, ficou cada vez mais fácil para Elara falar sobre Sofia, manter seu espírito vivo. Ela contava histórias de suas aventuras quando crianças, os dramas de adolescentes e os problemas em que ambas se meteram inúmeras vezes, e Enzo a enchia de perguntas.

Alguns dias, o príncipe trabalhava em um projeto que não a deixava ver, um bloco alto de pedra branca que brilhava sempre que os raios do dia o atingiam. Ele o mantinha escondido atrás de uma tela e ela só recebia um pequeno sorriso sempre que lhe perguntava sobre a escultura. De vez em quando, Enzo pedia a ela para ser sua musa, para se sentar em um sofá enquanto ele a olhava e esculpia a mão delicada, ou fios de cabelo cobrindo um rosto.

A pele de Elara estava começando a brilhar novamente, os dias caminhando por Sol bronzeando seu rosto e a paz tranquila que encontrou em companhia do príncipe a ajudando a brilhar de dentro para fora. Sua forma também começou a ganhar corpo, graças aos folhados que Enzo lhe dava à força, comprados na Bruno's, a pequena padaria ao lado do ateliê. O proprietário exagerado havia dado uma olhada para ela no primeiro dia em que entrou e lhe dado uma dúzia de folhados para levar. A jovem conheceu os outros artistas do prédio também e os outros estabelecimentos da praça, aprendendo seus nomes e profissões, e sempre exibia um sorriso quando ganhou confiança para andar entre eles, pedindo ferramentas emprestadas e ajudando Enzo em seus afazeres.

De tempos em tempos, ela via Leo pelo palácio, sempre lhe oferecendo um sorriso enquanto o general corria para o quartel do exército ou para os campos de treinamento, trabalhando horas extras para que Enzo pudesse passar todo o tempo com ela.

E Merissa... Elara não tinha ousado procurá-la. Ainda havia uma culpa sem sentido ligada à glamourizadora em sua mente, como se fosse um insulto à memória de Sofia.

Mas Elara já tinha reunido coragem para visitar Isra.

Ela ainda estava temerosa antes de Isra abrir a porta, mas os olhos da vidente se iluminaram no segundo em que a viram, e a princesa ganhou um abraço apertado. Isra então a havia feito entrar, oferecendo-lhe chá e batendo a porta rapidamente na cara de Enzo.

Desde então, algumas tardes por semana, Elara mantinha um compromisso com Isra para praticar sua caminhada nos sonhos. A vidente era versada em mundos fora dos vivos, e Elara encontrou na fuga outro lugar para se curar.

Em uma de suas tardes com Enzo, quando ambos estavam sentados no gramado do pequeno jardim almoçando, que Elara fechou seu livro com um suspiro de frustração.

– O que foi? – Enzo perguntou, pegando um pedaço de pão.

– Estou irritada – ela respondeu, atirando o livro na grama.

— E o que aquele livro te fez?

— A heroína da história acabou de perder toda sua magia. Por que eles *sempre* fazem isso? Ela era tão forte e poderosa, e agora, no final, simplesmente desistiu de tudo!

Enzo riu, pegando uma uva da bandeja entre eles.

— Então você nunca abriria mão de seus poderes?

— *Nunca* — ela jurou com veemência, enrolando uma pequena sombra em seu dedo mínimo. — Na verdade, tudo o que eu quero é aprender cada vez mais sobre eles. — Elara mordeu o lábio, com uma pergunta que queria fazer havia um tempo na ponta da língua. — Você acha que poderia me ensinar?

Enzo tirou os olhos da comida e olhou para ela de boca cheia.

— Ensinar o quê?

— A esculpir. Sei que não possuo a Luz, mas andei pensando sobre meus poderes, minhas sombras... Será que funcionaria?

Enzo se levantou, a empolgação irradiando dele ao puxá-la para cima.

— Vamos tentar.

Eles correram de volta para a sala, e o príncipe puxou um pequeno pedaço de pedra pura branca, limpando a bancada de trabalho diante deles. Olhou para a pedra, verificando alguma coisa, então entrou atrás dela. Seu perfume a envolveu, e os sentidos dela se concentraram em sua proximidade, em como seu hálito aquecia sua nuca, cheirando a hortelã e a mel.

Ele pigarreou quando levantou os braços em volta dela, erguendo os da princesa para que ficassem à sua frente. A calosidade das palmas das mãos dele roçava no dorso macio das dela.

— Relaxe — ele sussurrou no ouvido dela, rindo, e Elara fez o que ele mandou. — Agora vou conduzir a Luz e mostrar como esculpir. Então você vai tentar fazer o mesmo com a Escuridão.

Ela assentiu, sorrindo para o rapaz. Sentiu os braços dele se contraírem e se virou quando ele começou a criar o poder entre suas mãos. Enzo mal respirava enquanto se concentrava em infundi-lo pelas palmas das mãos de Elara, sem feri-la até que o branco forte se envolve ambas. Ele pegou a mão dela e as estendeu e alongou, a forma sólida se formando. Então, bem gentilmente, moveu as mãos dos dois em uma dança quando uma curva começou a tomar forma na pedra.

Elara suspirou, admirada.

— Sinto sua luz através de mim. — A euforia tomou conta dela, ondas de prazer começando a se agitar enquanto o calor dele a envolvia. — É assim que você se sente o tempo todo? — ela perguntou com a voz repleta de maravilhamento.

Ele abafou uma risada, se concentrando nas mãos deles novamente.

— Não. Eu me sentia assim apenas quando criava arte.

– Você está feliz – ela sussurrou.

Ele apertou a ponta dos dedos dela.

– Agora – ele disse. – Por que você não tenta colocar uma pouco de suas sombras nisso?

Elara concordou com uma expressão de determinação. Acalmando a mente, chamou suas sombras, a respiração acelerando quando sentiu o poder se elevar.

– Relaxe – Enzo murmurou quando o corpo dela ficou tenso.

Ela derreteu nele, e soltou o ar quando as sombras começaram a sair de suas palmas. Elas dançaram junto da luz de Enzo, acariciando-a em gavinhas espiraladas. Teve a impressão de ouvir um gemido sutil atrás dela, mas foi um som tão suave que achou que tinha imaginado.

Um êxtase vertiginoso percorreu seu corpo enquanto os poderes dele dançavam com os seus, o encontro da radiância e as sombras como um dedo delicioso descendo por suas costas. Seus olhos se fecharam e a cabeça caiu para trás, se apoiando no peito dele, arrancando mais um gemido de Enzo – dessa vez ela teve certeza. Podia sentir todo o seu ser pulsando com poder, a luz dele um calor que ela não queria deixar. Os sons se abafaram ao redor deles, e tudo o que ela ouvia era o som estável dos batimentos cardíacos e da respiração irregular dele. Suspiros escapavam da princesa enquanto buscava o êxtase, sentindo Enzo a apertar com mais força conforme seu poder resplandecia. Ela ficou ofegante. Pressionou-se nele, e com uma última explosão de esforço, dirigiu suas sombras da mesma forma que Enzo tinha feito, permitindo que o príncipe ajudasse a guiar as curvas suaves pelas mãos trêmulas e entrelaçadas deles.

As sombras dela se misturaram à luz dele, e envolveram a pedra. Elara estremeceu mais uma vez; um prazer tão intenso que era doloroso. Parecia que estava parada no meio dele, sua alma nua para ele e a dele para ela. A jovem podia sentir a descarga se formando entre suas coxas, e a revelação foi tão impressionante que cambaleou para a frente, ofegante. Enzo estendeu a mão para segurá-la, rompendo todo controle que tivesse sobre ela. Elara olhou para ele com ânsia, aturdida e sem fôlego. Os olhos arregalados dele retornaram o olhar, suas bochechas coradas.

Ela tentou falar, perguntar o que havia acabado de acontecer entre os dois. Mas algo sobre a banca chamou sua atenção, começando a ficar visível enquanto suas energias combinadas diminuíam de intensidade. Elara soltou um suspiro ao ver o que havia diante deles. Segundos se passaram em silêncio. Por fim, Enzo pegou o objeto com mãos trêmulas, a escultura afiada ao toque.

– Quando sombra e luz se combinarem, uma Estrela vai cair – ele sussurrou, refletindo as palavras de Isra um mês antes. – Uma arma para matar um deus.

Capítulo Quarenta e Seis

O VIDRO ERA TÃO PRETO QUE ELARA E ENZO podiam se ver em seu reflexo. Era frio ao toque e um poder palpitante emanava dele. A princesa não possuía a visão, mas podia sentir a energia sobrenatural que pulsava dele.

— Não pode ser — Elara sussurrou, espiando sobre o ombro do príncipe.

Enzo virou o fragmento que haviam criado, segurando-o contra a Luz.

— Precisamos encontrar Isra — ele murmurou.

Os dois correram pela *piazza*, com a esperança mordendo seus calcanhares enquanto Enzo conduzia Elara pelo labirinto de vielas secundárias até chegarem à casa da vidente. Ele olhou ao redor de maneira furtiva antes de se aproximar do grande olho na porta e dizer:

— Cinco de copas.

A nova senha funcionou, a porta se abriu e Enzo puxou Elara pelo corredor frio e preenchido por incenso. Eles entraram com tudo na sala de leitura de Isra, ofegantes.

— Não era pra vocês dois serem da realeza? — Isra perguntou com doçura, esparramada no sofá enquanto segurava uma esfera de cristal roxa perto da lamparina sobre ela. — O pequeno Rico tem mais educação do que vocês dois. Oi, meu amor — ela acrescentou, jogando um beijo para Elara. A jovem sorriu em resposta.

Enzo se aproximou.

— Iz — ele sussurrou, estendendo a mão trêmula. A vidente olhou com desinteresse para o fragmento preto que estava sobre a palma da mão dele. Então, prestando atenção, ela endireitou o corpo.

— O que é isso? — perguntou com brusquidão.

Elara se aproximou.

— Nós fizemos isso hoje, Isra. A partir de um pedaço de pedra.

– Nós? – As narinas dela se dilataram quando olhou para Enzo, que cerrou os dentes, evitando seu olhar. – Vocês fundiram poderes? Você disse a ela o que isso significa?

– Chega, Isra – ele resmungou.

– Não, ele não disse. O que significa? – Elara perguntou.

Isra olhou para Enzo, e Elara a viu franzir a testa de leve, antes de sua expressão suavizar.

– Deixe para lá – ela disse. – Estou exagerando.

Os olhos da princesa se estreitaram quando a vidente pegou o vidro da mão de Enzo e respirou fundo. A magia começou a percorrer a sala, o gelo de Isra subindo pela mesa enquanto seus olhos ficavam brancos. Ela murmurou sobre ele, antes de colocá-lo de lado e piscar, seus olhos voltando a ficar castanhos.

– É o que estamos pensando? – Elara sussurrou.

– Vidro crepúsculo – Isra respondeu em voz baixa.

– Vidro o quê? – Enzo perguntou.

Isra piscou com espanto no olhar.

– Tive uma visão sobre esta lâmina, quando eu era apenas uma garotinha. Ela quebra feitiços, mas também é mais do que isso. É algo pra deter a magia de um deus. Eu vi... – Ela balançou a cabeça. – Eu vi você, Elara, enfiar a lâmina no coração de uma Estrela, e ela morreu.

– Mas... mas você não me conhecia ainda – Elara disse.

– O Destino conhecia.

– O que mais você viu, Iz? – Enzo quis saber.

Os olhos de Isra se acenderam.

– As vozes estão sussurrando que talvez seja hora de atrair Ariete para o seu campo de batalha. Para Helios.

Enzo arqueou uma sobrancelha ao ouvir as palavras de Isra.

– Minhas sombras não estão nem perto de estar prontas – disse Elara.

– Mas você não precisa delas, agora que tem isso. Você precisava de Enzo, e com a luz dele tem o que procurava. – O oráculo pensou por um momento. – Acho que já é hora de deixarmos o Rei das Estrelas saber que você está viva, não acha? – Ela sorriu. – Que momento melhor do que o solstício de verão em Aphrodea?

– Aphrodea? – Elara franziu a testa. – Por que não ficar em Helios?

– Porque de todos os reinos de Celestia, a maior diversidade se reúne em Aphrodea. Se você quer que um rumor se espalhe, que chegue a Ariete onde ele lambe suas feridas resultantes das paixões de nosso querido príncipe. Aphrodea seria um lugar pra começar.

Enzo se reclinou em uma cadeira, balançando a cabeça, chamas dançando entre os dedos.

– Eu teria que notificar meu pai a respeito de qualquer plano – ele disse com firmeza. Os olhos de Elara escureceram ao pensar no rei Idris. – Em especial se envolve deixar uma Estrela entrar em nossa casa. Leyon teria que o convidar.

– Isra tem razão – Elara disse. – Até agora, deixamos o destino tecer nossos caminhos. Eu permiti que Ariete controlasse tudo o que aconteceu comigo. Pelo menos uma vez, *eu* quero estar no controle. *Eu* quero estar preparada.

– Além disso… – Isra disse do sofá em que embaralhava suas cartas vagarosamente –, seria cruel deixar Elara aqui enquanto você vai sozinho para Aphrodea bem no solstício de verão.

– Isra – Enzo a alertou.

– Por quê? – Elara perguntou.

– Você é esperta, Vossa Majestade. Junte uma coisa com a outra. A noite mais mágica do ano, no reino da luxúria e do prazer terreno.

– Por que você… por que isso deveria importar? Por que eu me importaria? – Elara questionou. Enzo olhou para ela, a língua na bochecha tentando esconder um sorriso.

Isra riu.

– Vocês dois são tão sutis quanto a estátua em tamanho real de Leyon lá fora – ela disse, apontando para a porta.

– Somos só amigos – Elara contrapôs. – Ele pode fazer o que quiser.

Enzo olhou nos olhos dela com uma faísca de diversão no olhar.

– Sim, e eu *não* estou prestes a tirar a carta da Imperatriz desse baralho – Isra retrucou.

Ela embaralhou as cartas com que estava brincando e virou a primeira carta sobre a mesa. A Imperatriz os encarou. Isra jogou a cabeça para trás ao rir de maneira seca.

– Ah, olha só quem é.

Enzo revirou os olhos.

– Obrigada, Iz. – Ele deu um beijo no alto da cabeça dela. – Me dê alguns dias pra pensar sobre isso e contar as últimas revelações ao meu pai.

Ele e Elara saíram, perambulando pelas ruas empoeiradas, um silêncio palpável entre ambos.

– Então… – Elara arriscou, virando o pedaço de vidro no bolso. – O que *fundir* os poderes significa?

Enzo parou de repente, virando-se para ela devagar.

– Eu estava torcendo pra você se esquecer disso.

Elara arqueou uma sobrancelha.

– Não temos segredos entre nós, Enzo.

Ele suspirou, passando a mão sobre o rosto antes de desviar os olhos dela. O príncipe se concentrou com atenção na parede branca de estuque de uma casa diante deles.

– Fundir poderes com alguém é uma… coisa íntima.

– Ah – Elara respondeu, seu rosto se aquecendo.

– Normalmente é algo reservado a noivos ou amantes. – Ele pigarreou, incapaz de olhar nos olhos dela.

– Bem – ela disse, pigarreando enquanto ficava corada. – Isso produziu o vidro crepúsculo, então não vou reclamar.

Ela tocou no braço dele.

– Sobre Aphrodea…

– El, você não precisa ir. Já passou por muita coisa – ele disse atrás dela.

Elara revirou os olhos.

– Quem vai acreditar num rumor sem a prova viva? Qualquer cortesão com bom senso veria isso como nada além de um boato sem base, a menos que eu esteja lá.

Enzo pareceu achar graça ao alcançá-la, conduzindo-os na direção oposta ao ateliê.

– Do que você está rindo?

– De nada – ele deu de ombros. – Isso não tem nada a ver com o que Isra disse, tem?

Elara parou de repente, e Enzo trombou nela.

– Por favor, me diga, *que ponto* no que Isra me motivaria a isso?

O sorriso de Enzo se aprofundou, e ele a puxou até uma barraquinha de comida, fazendo sinal para o homem atrás dela.

– Não vamos fazer nenhum de nós dois de bobo dizendo com todas as letras, princesa.

Ele jogou algumas moedas para o vendedor, que entregou os quitutes enrolados em papel.

– Aonde estamos indo? – Elara perguntou quando ele a conduziu pela parte de baixo das costas por uma fileira de casas coloridas, a colina declinando bruscamente.

– Nos refrescar. Está muito abafado hoje.

Elara franziu a testa, olhando colina abaixo.

– E, de qualquer modo – ele acrescentou. – Não mude de assunto.

– Não estou mudando.

Ela fez uma careta e ficou perdida em seus pensamentos enquanto desciam a colina. Não era que estivesse em negação. Elara estava apenas *cautelosa*. Por mais que as coisas tivessem mudado entre ela e Enzo, por mais que gostasse dele... aquela profecia horrível não saía de sua cabeça. Ela não podia se deixar apaixonar. Ainda mais sabendo que estava destinada a uma Estrela. Mas não podia negar os sentimentos que estavam crescendo, nem a necessidade física que tinha começado a consumi-la sempre que estava na presença dele.

Os dois chegaram ao pé da colina e ela foi tirada de seus pensamentos.

– Então... – Enzo disse, tirando um pêssego do saco de papel. – Você ficaria completamente bem se eu estivesse cercado de mulheres aphrodeanas, todas possuídas pelo encanto de Torra em seu pico absoluto no solstício de verão?

Elara semicerrou os olhos.

– Ou está se esquecendo do que apenas uma fração do encanto dela fez com você em Asteria?

– E o que fez com você – ela retrucou. Imagens dos dois na carruagem ressurgiram, as mesmas que a mantinham acordada à noite, quente e desejosa. – Não compreendo por que eu não ficaria bem... Faça o que quiser.

Enzo deu uma mordida em seu pêssego, ainda caminhando com um sorriso idiota no rosto, quando eles pararam.

A conversa escapou de seus pensamentos quando a princesa se deu conta de onde ele a havia levado. Ela cambaleou até a beirada, arrancando as sandálias, as algas esponjosas dando lugar a uma areia branca e fina. Elara mexeu os dedos do pé na areia, suspirando, seu vestido de algodão branco ondulando na brisa fraca. Estavam em uma enseada isolada, um pequeno trecho de areia e água cristalina, mais clara do que ela já havia visto. Elara se virou para ele.

– Sei que o mar te acalma – ele disse.

Elara deitou na areia com um suspiro satisfeito. Enzo afundou ao lado dela, apoiando-se nos cotovelos.

– Voltando ao que estávamos discutindo...

– *Enzo* – Elara resmungou.

– Quero ouvir você dizer.

– Dizer o quê? – ela perguntou.

– Que pensar em mim com outra mulher não a incomoda.

Ele virou de lado para olhar para ela, e a jovem não conseguiu tirar os olhos dele. A Luz que batia no rosto de Enzo iluminava todos os seus traços. Seus olhos estavam tão derretidos que todos os tons de sua magia pareciam brilhar e se mover ao redor de suas íris. Sua pele reluzia. Ele passou as mãos pelos cabelos pretos, tirando-os do rosto. Elara engoliu o nó na garganta enquanto seguia o movimento com os olhos.

– Não te perturbaria... – ele pegou a mão de Elara e arrastou o polegar pela palma da mão dela – ...que eu segurasse a mão dela assim?

A respiração da princesa ficou curta e todo seu foco foi para aquele único gesto.

– Que eu beijasse o pescoço dela.

Os dedos dele passaram pelas clavículas dela, roçando no ponto sensível perto do queixo. Enzo chegou mais perto.

– Seus lábios.

O polegar dele roçou na boca entreaberta de Elara, os dedos entrelaçando-se nos cabelos dela.

– Puxasse os cabelos dela do jeito que eu gosto.

Ele puxou para dar ênfase e uma respiração irregular escapou de Elara. Enzo girou, de modo que ficou sobre ela, mas sem tocá-la, seus braços o sustentando dos dois lados dela. O cabelo dele caiu entre ambos quando o príncipe mergulhou a cabeça na direção dos lábios dela.

– Que eu não apenas fizesse amor com ela, mas a adorasse. – Os lábios dele estavam a um milímetro de distância. Se Elara respirasse fundo, seus lábios tocariam nos dele.

– Não era isso que você queria, princesa? Reverência?

Ele sorriu devagar para sua presa quando ela abafou um gemido. O corpo dele bloqueava a luz, de modo que estavam envolvidos em sua própria escuridão.

– Isso realmente não a incomodaria, Elara? – ele murmurou.

– Sim – ela sussurrou. – Sim, eu me importaria.

– *Até que enfim*!

Ele saltou de cima dela, pegando-a de surpresa e a fazendo fechar os olhos diante do que havia admitido. Percebendo o que tinha feito, Elara se levantou. Sem dizer nada, com as bochechas coradas, ela foi até a beira da água. Recusou-se a olhar nos olhos dele enquanto tirava o vestido e ficava apenas com a roupa de baixo, garantindo que o vidro crepúsculo estivesse em segurança no bolso de sua saia, e entrando na água.

As águas azul-celeste batiam nela como uma alma clamando de volta por seu amado. Os raios de Luz estavam baixos no céu e ela foi entrando, primeiro até a cintura, depois até o peito, até por fim estar sem peso nenhum, boiando. Mergulhou sob as ondas gentis, abrindo os olhos ao virar de costas. A água clara esfriou seus pensamentos acelerados, acalmando seu desejo.

Pele bronzeada mergulhou e subiu, e ela viu o corpo poderoso de Enzo atravessando as ondas, gotículas como diamantes voando pelos ares. Ela fez uma careta quando o rapaz chegou com um sorriso, expulsando o sal de seus cachos molhados. Elara ficou deitada de costas enquanto ele andava na água.

– Vai me ignorar mesmo?

Ele jogou água nela. Ela lançou um olhar de puro desdém antes de se afastar mais.

– Para seu registro, princesa, eu sinto o mesmo.

Os braços dela pararam de deslizar na água e ela se inclinou para a frente.

– É mesmo? – ela perguntou com prudência, ainda sem fazer contato visual.

Enzo nadou para mais perto.

– Elara, se você estivesse em Aphrodea sem mim durante o solstício – ele levantou as mãos em exasperação. – Eu incendiaria o reino todo.

Ela olhou para ele.

– O quê?

– Você ouviu o que eu disse.

O coração dela acelerou, as palavras vindo antes que ela pudesse impedi-las.

– Se realmente se sente dessa forma, então por que não me beijou de novo?

Enzo olhou para ela, incrédulo. Ela analisou o rosto dele por um instante, com veneno na língua.

– Ou você precisa do encanto de Torra pra fazer isso?

Os olhos dele se arregalaram, e ela balançou a cabeça, esticando os braços para nadar para longe. A mão dele segurou seu pulso, puxando-a de volta. Seu corpo bateu no dele sob a água.

– Você se pergunta por que eu não a beijei de novo? – ele murmurou. – Mas eu só penso nisso. Você me atormenta, Elara. E aquele maldito encanto… Não sabia se tinha sido o único motivo de *você* ter *me* beijado.

– Enzo, eu quis. Eu… eu ainda quero – ela admitiu.

O príncipe a encarou, a percepção brilhando em seus olhos com tanta força que ela quase se afastou. Em um movimento, ele a puxou para perto. As pernas de Elara se enrolaram ao redor de sua cintura instintivamente enquanto ela suspirava, e os braços envolveram suas costas nuas. A princesa sentiu seu perfume, sal e âmbar. Ele acariciou a cintura dela com os polegares, a combinação encharcada fina contra seu toque. Ela conteve um tremor.

– Deuses, eu quero te mostrar agora mesmo o que venho planejando fazer com você – ele disse perto de Elara quando sua mão subiu para acariciar a curva do pescoço dela.

A jovem inclinou a cabeça para trás, desesperada por mais do que um toque. Ele riu, passando o polegar atrás da orelha dela e segurando a cabeça.

– Mas me deixe lhe dizer uma coisa – ele continuou, sua respiração fazendo cócegas no ouvido dela. – Não vou beijá-la agora. Nosso primeiro beijo foi roubado por Torra, então o próximo vai ser apenas nosso. Da próxima vez que gemer por mim, não vai ter nenhum encanto pra culpar. Então, seja paciente, Elara, e se prepare.

Arrepios deliciosos subiram pelas costas dela. Ele estava certo; ela também não queria apressar as coisas. Os sentimentos que cresciam em seu interior não eram apenas uma distração da dor em uma tarde embriagada de desejo. Ela estava se equilibrando na beira de um precipício. Sabia que, no momento que pulasse, tudo mudaria.

Então apenas assentiu em silêncio e ele deu um beijo casto em sua testa.

— Você vai me pagar por isso — ela disse.

E, sem pensar duas vezes, ela o afundou na água com alegria.

O coração de Elara estava resplandecente com a confissão de Enzo. Pela primeira vez em semanas, ela sentiu felicidade. Felicidade verdadeira. Ainda havia um lugar de dor onde Sofia residia, mas ele tinha sido estimulado por Enzo, pela esperança.

— Obrigada — Elara disse a ele quando chegaram à porta do quarto dela. Enzo tinha parado em seu próprio quarto quando passaram por ele, e a encarava com uma camisa limpa e calças largas de linho. — Eu nem sei se já te falei isso. Nas últimas semanas, você verteu sua luz em mim.

Ele pegou a mão dela, e a tensão entre os dois cresceu e cintilou, os pulmões dela se contraindo com o toque ardente dele.

— Você já é luz, Elara. É por isso que as sombras se concentram em você.

Ela abriu um sorriso tão iluminado que doeu quando ele a empurrou para dentro do quarto. Quando o rapaz afundou na mesma poltrona que lhe serviu de cama todas as noites, Elara mordeu o lábio.

— Enzo?

— Sim, princesa.

— Tenho um pedido.

— Diga.

— Você poderia parar de dormir nessa poltrona? Eu me sinto terrível, e não pode ser bom pra suas costas. Se você não dormir o suficiente...

— Tudo bem. — Os lábios dele se curvaram, interrompendo-a. — Você não precisa *implorar* pra eu ir para a sua cama.

— Estrelas celestes e tudo o que é mais sagrado — ela murmurou, olhando para o teto.

Seu sorriso se alargou.

— Eu vou ficar. — Ele saiu da poltrona, puxando a camisa sobre a cabeça.

Elara corou, deleitando-se com o peito nu dele, e imaginou se conseguiria dormir com *aquilo* ao seu lado. Ele ergueu os lençóis, acomodando-se do lado oposto da cama.

— Devo acrescentar, no entanto, que isso não está nem aos pés de *nenhuma* de minhas fantasias sobre nós compartilhando uma cama.

Ela deu um tapinha no braço dele e ele fez um som divertido.

– Mas eu falei sério no mar – ele continuou. – Quero cortejá-la do jeito certo. Isso quer dizer que algumas roupas *vão* permanecer no lugar, apesar do quanto você tente me seduzir com essas camisolas curtas como um pecado.

Ela sorriu consigo mesma.

– Suponho que posso permitir isso.

Um braço pesado a envolveu quando Enzo se acomodou. Mas, quando ouviu a respiração dele se aprofundar, Elara não conseguiu deixar de pensar nas ameaças de Idris e nas palavras da profecia enquanto era abraçada pelo homem a quem não tinha sido destinada.

Capítulo Quarenta e Sete

NA MANHÃ SEGUINTE, ELARA FOI PARA A FRENTE das portas da cozinha real e ali ficou, abrindo e cerrando os punhos. Após um sono em que pesadelos não a perseguiram pela primeira vez em semanas, ela tinha acordado equilibrada e pronta. Era hora de ter coragem.

Ela respirou fundo antes de empurrar a porta e entrar.

Merissa estava decorando um bolo com creme de pistache e tinha açúcar de confeiteiro no nariz. Ela levantou os olhos quando a porta abriu, ficando surpresa.

— Elara — sussurrou.

Fez-se um silêncio tenso enquanto as duas se encaravam.

— Podemos… podemos conversar? — Elara se censurou por gaguejar. Agir como uma tola tímida não era algo com que estava acostumada.

— É claro — Merissa respondeu. — Só preciso terminar esta cobertura.

Elara se aproximou dela sem dizer nada, pegando outro bico de confeitar e começando a ajudar.

Ela não olhou para a glamourizadora quando disse:

— Eu queria me desculpar.

Merissa largou o saco de confeitar.

— O quê?

— Tenho a evitado e a ignorado… Sinto muito. Eu…

Deuses, aquilo era difícil. Por que tudo era tão difícil de comunicar? Ela engoliu em seco, tentando empurrar o nó que se formava em sua garganta.

— Depois do que aconteceu com Sofia — ela disse com dificuldade —, eu não conseguia suportar ficar perto de você. É só que… — Ela engoliu em seco outra vez. — Bom, você é a amiga mais próxima que tenho aqui. No instante que coloquei os pés no palácio, você fez eu me sentir acolhida. E sempre que via seu rosto, via o dela. Sentia como se a estivesse substituindo.

As lágrimas rolavam em seu rosto, e a princesa suspirou, levantando as mãos no ar em exasperação.

Merissa pegou um pano de prato e secou o rosto dela com cuidado.

– Elara – ela disse com seriedade. – Você não tem nada do que se desculpar. Nada, está me ouvindo?

Elara assentiu.

– É que eu sinto que não deveria ter outras amigas, ou me divertir, por que Sofia... – Ela teve que respirar enquanto soluçava. – Sofia passou por tudo aquilo.

Merissa a puxou para um abraço apertado.

– Você tem todo direito de se sentir assim. Mas também tem direito a seguir em frente. É o que Sofia teria desejado.

Elara abriu um pequeno sorriso.

– Uma pessoa muito sábia me disse algo parecido. – Ela abraçou a amiga novamente, apertando-a com força. – Senti sua falta – ela disse junto aos cabelos de Merissa, o perfume doce de água de rosas a envolvendo.

– E eu a sua. Fico feliz por você ter vindo. Isra passou aqui ontem e me contou as novidades.

– Sobre o vidro? – Elara indagou, abaixando a voz.

Merissa fez que sim.

– Ela tem um plano. Para Aphrodea?

Elara confirmou.

– Se Enzo conseguir convencer o rei, teremos alguma vantagem sobre Ariete.

Merissa tinha um sorriso astucioso nos lábios.

– O que foi? – Elara perguntou.

– Ah, nada – Merissa respondeu com inocência. – Talvez Isra tenha mencionado como, exatamente, vocês o fizeram.

– Pelas Estrelas – Elara murmurou, lambendo a cobertura dos dedos.

– Só o que posso dizer é que, se você está tão próxima assim do príncipe, vocês vão se divertir muito em meu reino. Sabe, eu tive uma ideia, que contei a Isra.

– E o que foi? – Elara perguntou.

– Vocês querem anunciar sua presença ao mundo. E na terra da luxúria, digamos apenas que é... costumeiro dar aos convidados uma recepção calorosa.

– Continue...

– Quando Enzo chegar, as rainhas de Aphrodea sem dúvida farão um enorme alarde e pedirão pra ele participar de uma dança aphrodeana. É um pouco mais desinibida do que as que você está acostumada em Asteria.

Elara suspirou.

– Já sei o que você vai dizer.

– Você vai ser a estrela do espetáculo… desculpe o trocadilho. – Todos os olhos vão estar sobre você quando deixarmos o mundo saber que a *rainha* Elara de Asteria está viva.

O coração da jovem se agitou com o título e ela soltou um longo suspiro.

– Bem, isso não parece nem um pouco intimidador. É uma tarefa fácil cativar centenas de pessoas de uma corte estrangeira com uma dança da qual não sei nem o primeiro passo.

O sorriso de Merissa apenas aumentou.

– É pra isso que estou aqui.

Capítulo Quarenta e Oito

O SOLSTÍCIO SE APROXIMAVA, e Elara ainda esperava por mais instruções sobre o que fazer com o vidro crepúsculo.

Enzo tinha levado o objeto que os dois tinham criado ao único ferreiro de Sol em que ele confiava, e o homem tinha fundido o fragmento a um cabo, transformando o vidro mágico em uma faca. Desde que Elara a recebera, ela a colocara presa em segurança ao lado da adaga de Sofia, as duas armas sempre em sua coxa. A princesa mal vira Leo e Enzo nos últimos dias, ambos presos na sala de guerra, criando estratégias com o rei Idris. Leyon se recusara a convidar Ariete para Helios, então estavam de volta à estaca zero.

Isra estava frequentando o palácio cada vez mais, tentando ajudar Elara a trazer substância para suas sombras.

— Ainda há um bloqueio dentro de você — ela disse durante a última sessão de treinamento na sacada de Elara. — Você o soltou no penhasco ao atravessar seu medo, mas não tem... — Ela fez uma pausa, tentando encontrar a palavra. — É como se sua alma fosse penumbra em vez da escuridão profunda da noite. Então suas sombras não têm do que se alimentar.

— Isso não é uma coisa boa? — Elara perguntou, abaixando as mãos enquanto as sombras ao seu redor escapavam.

Isra lhe passou um copo de suco de pêssego.

— Não. O poço de magia de um sombramante tem que ser preto como piche. Acredite em mim, já namorei uma.

— Você namorou uma asteriana? — Elara perguntou.

Isra assentiu, torcendo os lábios.

— Cassandra. — Ela suspirou. — Amor proibido e tudo mais. Era *muito* empolgante.

Elara riu, descrente, bem quando Enzo entrou na sacada.

— Ainda sem sorte — ele disse. — O presunçoso do Leyon continua tendo chilique. E meu pai não pode contar direito a ele a razão exata pela qual queremos convidar Ariete. Então ainda não estamos nem um pouco perto de conseguir.

Elara enrolou uma mecha de cabelo no dedo ao ponderar.

— E se não precisássemos da permissão de Leyon?

— Como assim? — Enzo perguntou. — Ariete não pode entrar no nosso reino sem ela.

— Não sem iniciar uma guerra — Elara retrucou. — Mas você acha mesmo que o *deus* da guerra ligaria pra isso? Se o objeto de todo o seu ódio estivesse escondido no reino de seu próprio irmão? Você não acha que ele viria, havendo ou não consequências?

Isra olhou para Enzo.

— Ela tem razão.

— Resultado, Iz? — Enzo perguntou, e os olhos de Isra ficaram brancos por alguns minutos antes de voltarem a ficar castanhos.

— Incerto — ela respondeu. — Muitos caminhos foram apresentados, e qual seguir é escuro demais para ver. Mas o plano não é impossível.

Enzo assentiu.

— Vou falar com meu pai.

Na manhã do solstício, Elara ainda estava saindo do estado de sono quando começou a ouvir o barulho de carrinhos passando, criados gritando ordens e música ruidosa. Com um pequeno sorriso, ela abriu os olhos e pulou da cama, abrindo as portas para a sacada. Espiou lá fora, a magia do dia mais longo do ano quente e efervescente no ar. Ele era celebrado em todos os reinos, mas Helios, com sua adoração à Luz, tinha que ser o mais espetacular. Elara lamentou o fato de não poder testemunhar as comemorações luxuosas, pois o rei Idris tinha concordado com seu plano. Ela e Enzo iriam para Aphrodea para contar ao mundo que estava viva. Depois, voltariam para Helios e esperariam por Ariete; Leyon que se danasse.

Ela olhou para o terreno e avistou uma banda praticando na sombra de um bosque. Também avistou um grupo de criados que carregavam tecidos de todos os tons de dourado, bronze e vermelho para o palácio. E se perguntou como Aphrodea estaria celebrando e depois parou para pensar no que, em nome das Estrelas, ela ia vestir.

Como se soubesse, Merissa entrou; seus belos olhos verdes ainda mais brilhantes do que de costume.

— Feliz solstício! — ela gritou, beijando Elara direto nos lábios.

Elara arqueou as sobrancelhas.

— E essa é a maior demonstração de carinho que vou receber essa semana.

— Tradição — Merissa respondeu com leveza. — Em Hélios, dá azar não beijar aqueles que se ama no solstício.

Elara sorriu quando Merissa a colocou diante de uma penteadeira.

– Temos que ir ao culto antes de partirmos para Aphrodea à tarde. Eu sei, eu sei – ela acrescentou ao ver a sobrancelha de Elara arqueada pelo reflexo do espelho. – Mas é tudo protocolar. Enzo e o rei precisam, pelo menos em nome das aparências, mostrar que são devotos das Estrelas, e de Leyon, claro. É o dia dele, mais do que de qualquer um.

Ela penteou os cabelos da princesa com os dedos, usando magia para ajudar a arrumá-los, mas não colocou uma glamourização sobre ela dessa vez.

– Não posso entrar no templo de Leyon sendo eu mesma.

– Muitas mulheres helianas usam um véu para ir ao templo no solstício. As que são devotas o bastante acreditam que não devem olhar diretamente para um deus.

– Que as Estrelas me ajudem – Elara murmurou.

– Você, Isra e eu vamos usar. Você vai estar com trajes helianos, é claro. – Ela terminou de arrumar os cabelos de Elara, passando a mão algumas vezes sobre o rosto dela antes de ir até o guarda-roupa.

– Esse vestido deve impressionar. A aparência é uma arma tão poderosa quanto qualquer espada. A realeza asteriana usando um vestido heliano vai causar uma bela comoção em Aphrodea.

Ela entregou duas peças de tecido fino para Elara.

– Quem sabe? A lingerie dourada pode ser útil mais tarde. – Merissa sorriu.

Ela foi pegar a massa de tecido dourado enquanto Elara vestia as exíguas roupas de baixo. Merissa assobiou quando chegou com o vestido, e Elara, rindo, a empurrou de brincadeira. A glamourizadora começou a vesti-la com a abundância de material dourado. Quando Merissa terminou, colocou Elara na frente do espelho e a deixou sozinha para admirar sua aparência enquanto voltava ao guarda-roupa.

O vestido era maravilhoso. Uma celebração da Luz. Duas faixas de renda caíam de seus ombros, deixando o pescoço exposto, o decote bem baixo. Costurados ao corpo dourado havia espelhos minúsculos, tão pequenos que, ao se misturar, formavam um corpete multifacetado, a Luz refletindo nela enquanto caminhava. O vestido deslizava por suas curvas, ajustado na cintura e terminando em uma saia de penas douradas que se acumulavam em seus pés. Havia uma fenda sutil do lado esquerdo. As costas eram descobertas, ornamentadas por correntes de ouro que se estendiam sobre a pele, apenas sua tatuagem prateada de *dragun* aparecendo.

Tons de caramelo enfeitavam seu decote e olhos, o cabelo ondulado e preto solto nas costas, e ela olhou com admiração para si mesma quando Merissa colocou um diadema fino e também dourado sobre sua cabeça.

– Você parece uma deusa – Merissa sussurrou, voltando para trás dela.

Elara se virou para a glamourizadora, radiante.

– Diz aquela que poderia deixar Torra no chinelo.

Era verdade. Merissa parecia ser de outro mundo. Antes de cuidar de Elara, ela já tinha alisado seus cachos, o cabelo longo cor de mel caindo reto sobre um ombro. Tinha se vestido de dourado como Elara, um vestido com rosas de seda em todo o busto, justo em suas curvas até os pés. O brilho metálico acentuava a pele bronzeada, e um dourado mais escuro delineava seus olhos, deixando o verde deles esfumado. Merissa apenas sorriu diante da observação de Elara enquanto voltava para o guarda-roupa, onde pegou dois véus. Colocou o de Elara sobre a cabeça dela e o ajeitou para que a cobrisse. O véu caía pelas costas, cobrindo a tatuagem extravagante. Depois Merissa colocou seu véu sobre a cabeça, ajustando ambos antes de se levantar para admirar seu trabalho.

As duas ficaram na frente do espelho e se abraçaram com força.

– Nunca vi duas pecadoras tão bonitas prestes a entrar numa igreja – Merissa exclamou.

– Eu não ficaria surpresa se entrasse em combustão no momento que atravessasse a soleira.

Merissa riu, dando uma última olhada nelas antes saírem do quarto.

A empolgação pulsava nas veias de Elara quando desceram, de braços dados, a grande escadaria. Ela viu o rei perto das portas principais, discutindo com o filho e o general. Idris usava vestes cor de creme com bordados dourados, uma longa capa arrastando no chão, a coroa incrustada com topázio e citrino sobre os cabelos ralos. Elara sentiu suas sombras se contorcerem dentro dela, desesperadas para se enrolarem no pescoço dele. Mas cerrou os punhos, concentrando-se na dor das unhas fincando nas palmas até suas sombras se acalmarem.

Chegando mais perto, conseguiu observar a aparência de Enzo. Sua coroa brilhava sobre os cachos recém-lavados. Ele vestia uma camisa de seda branca e um paletó cor de creme bordado com um desenho dourado elaborado. Focando melhor, percebeu o que era.

Draguns.

Pequenos e detalhados *draguns*, uma representação exata do que ela tinha tatuado nas costas.

– O paletó dele – sussurrou para Merissa.

Ela sentiu a amiga apertar seu braço.

– Ele solicitou que fosse exatamente assim.

Quando os olhos de Enzo encontraram os dela, parecendo atravessar o véu, seu coração acelerou. A conversa entre os homens morreu quando a princesa se aproximou, ainda encarando Enzo, ignorando o rei Idris e Leo. Quando ela chegou ao grupo, o príncipe acenou com a cabeça, mantendo o fingimento de indiferença.

– A princesa perdida, ressuscitada dos mortos – Idris disse com os olhos brilhando.

Elara notou Enzo ficando tenso ao seu lado, e fez mais uma careta do que um sorriso para o rei.

– Estão todos preparados? – ela perguntou.

O rei colocou a mão na parte de baixo das costas de Elara e a princesa ficou tensa enquanto ele a conduzia pelo corredor até a saída do palácio. Ela deu uma rápida olhada para Enzo quando chegou nas portas.

– Os soldados já estão posicionados na fronteira, e eu mandei patrulhas pra Asteria. Se houver alguma informação de Ariete fazendo movimentos na direção de Helios, saberemos – o rei Idris respondeu, puxando-a para o lado quando atravessaram a soleira.

– E Leyon? – Ela olhou com distração para Enzo e Leo, que andavam na direção das carruagens.

– No que diz respeito a Leyon, aceitamos sua recusa em convidar o irmão para o reino. Ir ao templo hoje vai apaziguá-lo o suficiente por ora.

Elara assentiu.

– E quando chegarmos em Aphrodea?

– Em Aphrodea, faça sua revelação valer a pena, garanta que todos saibam que a princesa Elara está viva. Que uma Estrela não pode matá-la. E certifique-se de que não haja dúvida de que você é a arma de Helios.

Os lábios de Elara se curvaram sob o véu quando o rei olhou para onde seu filho esperava. Três carruagens estavam prontas atrás dele.

– Você e meu filho podem não se dar bem, mas vão ter que fingir. Pelo menos por uma noite. Para mostrar nossa aliança.

Elara não achou que seria sábio dizer ao homem que ela e seu filho estavam compartilhando a mesma cama todas as noites. Então, apenas acenou com a cabeça.

– Belo paletó – Elara murmurou para Enzo quando ele a ajudou a entrar na carruagem.

Os lábios dele se retorceram quando se acomodou ao lado dela.

– Estou começando a gostar muito de *draguns*. O que meu pai queria?

– Ele queria ter certeza de que vou realmente chamar a atenção. E me disse pra mostrar ao mundo que estou aliada a *você*.

Enzo recostou no assento com o rosto indecifrável.

– Então acho que vamos ter que fingir, não é, princesa?

Elara sorriu.

Os dois esperaram a carruagem do rei Idris sair, seguida por outra com a Guarda do Rei. Quando a carruagem deles começou a se mover, Leo se inclinou para a frente, tirando uma garrafinha do paletó.

– Quem gostaria de um pouco de vinho *revera* antes da cerimônia? – ele ofereceu, balançando-a.

Merissa arregalou os olhos.

– *Leo*, você poderia ser mais blasfemador se tentasse?

– Ah, você não tem ideia, Merissa. – Ele piscou e o rosto de Merissa ficou cor-de-rosa.

– Pelo jeito o general já tomou um gole ou dois – Elara disse.

Ele riu, passando a garrafinha para Elara, que tomou dois grandes goles sob o véu, antes de entregá-la para Enzo.

– Precisamos de alguma coisa pra passar por esse inferno – Enzo murmurou, tomando um gole grande. Ele passou a garrafa para Merissa, que hesitou um segundo antes de virar a garrafinha.

– O que foi? – ela perguntou com timidez quando todos olharam para ela, entretidos.

Antes que se dessem conta, a carruagem parou na rua estreita que levava à grande *piazza* onde ficava o templo de Leyon. Saindo da carruagem, eles já puderam ouvir o rugido da multidão, música e gritos chegando até eles. Elara ficou mexendo com o véu, verificando o de Merissa antes de descerem na rua movimentada. Membros da Guarda do Rei, que os haviam seguido em outra carruagem, formaram um círculo ao redor do grupo quando começaram a se aproximar da multidão.

Era uma confusão. A multidão serpeava pelas vielas que levavam à praça, amontoada no calor abafado. Enzo segurou na mão de Elara, puxando-a em meio à aglomeração enquanto as pessoas ao redor gritavam para o príncipe, prestando homenagem à sua luz. Suplicavam por sua bênção, por um toque, e Enzo desempenhava bem seu papel. Ele assentia e sorria, pegando nas mãos de quem se aproximava dele pelo escudo da Guarda enquanto continuava a conduzir uma Elara desnorteada para a praça principal.

A praça estava ainda pior, a multidão se espremendo no espaço para entrar no templo, desesperada para pôr os olhos em Leyon, cabeças espiando umas sobre as outras, acotovelando-se e empurrando. Enzo continuava focado, olhando para a frente enquanto seu grupo abria caminho adiante, Leo à frente da Guarda do Rei. Conforme se movimentava, parecia que estava abrindo o mar em dois, afastando os corpos para abrir caminho para o príncipe. Os quatro caminharam até a entrada com gritos e bênçãos os acompanhando.

– Que a Luz te abençoe! – gritou uma mulher mais velha próxima a entrada para Enzo.

– A senhora também.

Enzo sorriu, fazendo o símbolo de adoração com os três dedos para a mulher. A multidão ficou enlouquecida, aplaudindo e desmaiando quando chegaram à escadaria do templo, passando por uma barreira de guardas da cidade armados.

– Enzo! – uma voz gritou, e eles viram Isra esperando nos degraus, um véu dourado sobre o rosto. – Quase fui pisoteada no meio daqueles fanáticos – ela disse, indo na direção deles enquanto lançava um olhar contundente para a multidão. – Não entendo o que os faz adorar uma Estrela que não faz nada além de olhar para seu próprio reflexo.

– Isra – Merissa a censurou. – Fale baixo. Estamos literalmente em frente ao templo dele.

– O que ele vai fazer? Me bater na frente de seus devotos?

Enzo abafou o riso ao conduzi-los à entrada fria, o clamor da multidão ficando abafado atrás deles.

– Meu pai já chegou? – ele perguntou a Isra.

– Sim, ele acabou de sentar em seu lugar.

Enzo assentiu, fechando a cara e soltando a mão de Elara.

– Isso não vai demorar – disse a ela. – Fique com Isra e Merissa. Depois da cerimônia, vamos direto para Aphrodea.

Ele fez um sinal com a cabeça antes de seguir para as portas internas do templo, acompanhado por Leo. Elara viu Enzo estender a mão para um pequeno prato repleto de luz, acrescentando um filete da sua às oferendas, e então desapareceu.

– Venham – Merissa disse, conduzindo-as para dentro.

A cerimônia já tinha começado, música de órgão ressonando pelo templo cavernoso. Os bancos estavam ocupados por nobres e aristocratas; quanto mais importantes, mais perto do altar de Leyon se sentavam. Elara se sentou em um banco no canto, nos fundos do templo, ao lado de uma grande janela feita de vitrais, e Merissa e Isra sentaram ao lado dela. O templo estava sufocante, o prédio de pedra não estava ajudando a afastar o calor. Ela passou os olhos pela multidão, recaindo sobre Enzo, sentado ao lado do rei. Na frente deles estava o altar e Leo, que liderava a Guarda do Rei de perto.

Lá, sentado sobre a plataforma elevada, de frente para a multidão de adoradores, estava Leyon. A Estrela estava acomodada em um trono cujo espaldar se estendia em raios de luz que se espalhavam de todos os lados. Vestia apenas uma túnica feita de puro ouro, sem camisa por baixo. Elara viu um pedaço de seu abdômen magro e musculoso quando ele se ajeitou, olhando para a multidão de maneira presunçosa.

A cerimônia começou, a música diminuindo quando um sacerdote iniciou a ladainha, recitando as muitas coisas maravilhosas que Leyon tinha feito por Helios e a natureza sagrada da Luz. Elara conteve um bocejo, parando de prestar atenção nas mentiras descaradas e na hipocrisia.

Céus, estava quente. O véu a sufocava, e ela sentia que mal podia respirar debaixo dele.

A cerimônia continuou, em breve os devotos tomariam *revera* como manifestação de respeito por Leyon. A princesa observou distraída enquanto faziam fila por um gole do cálice cheio de ambrosia de Leyon, ao passo que o sacerdote os abençoava com sua luz. Não estava bom, ela não conseguia mais suportar o véu. Notando que todos estavam preocupados, olhou em volta e o jogou para trás. Sutilmente, criou uma fina ilusão ao seu redor para permanecer imperceptível enquanto respirava fundo.

Merissa olhou para ela com severidade.

– É melhor você colocar isso de volta agora mesmo.

Elara olhou para ela, suspirando. Ela fechou os olhos por um instante, deleitando-se com os raios que tocavam sua pele. Um pequeno sorriso se formou em seu rosto quando sentiu o calor da luz, então ergueu os braços para puxar o véu de volta. Olhando para o altar, viu que Enzo a encarava, o copo de ambrosia nos lábios.

Ela puxou o véu de volta sobre o rosto o mais rápido que pode, antes que alguém se virasse para ver o que chamava a atenção do príncipe.

– Beba – o sacerdote dizia em tom monótono – e seja abençoado.

Os olhos do príncipe, que pareciam ternos e doces, não a deixaram quando ele tomou um grande gole.

– Você se mantém próximo da Luz?

– Sim – Enzo sussurrou, ainda sem tirar os olhos dela. Elara sentiu suas bochechas esquentarem e, de repente, ficou feliz pelo disfarce.

– Promete honrar beleza e arte, as coisas que são caras a Leyon, todos os dias?

Ela *sentiu* o fogo dos olhos dele sobre sua pele.

– Sim.

– Você renuncia à Escuridão.

Enzo riu, ainda olhando para ela através da multidão. Ela mordeu o lábio, sorrindo. Houve um silêncio quando olharam nos olhos um do outro.

– Vossa Alteza… você renuncia à Escuridão?

A multidão se agitou diante da demora. Seus lábios se curvaram.

– Sim – por fim respondeu, sem tirar os olhos de Elara.

– Então seja abençoado, a Luz tira todos os seus pecados.

O sacerdote colocou os dedos na têmpora do príncipe antes de ele abaixar a cabeça, voltando para o seu lugar.

Isra se aproximou de Elara.

– Ele *certamente* não renuncia à "Escuridão".

Merissa riu ao lado dela.

Leyon se levantou, erguendo as palmas da mão em súplica. Mas nada saiu delas: nem fogo nem luz. Elara franziu a testa, chegando perto de Merissa.

– Leyon nunca mostra sua luz?

Merissa ficou tensa, antes de se aproximar.

– Não que eu tenha visto.

Elara ia perguntar o porquê, mas o órgão começou a tocar e as portas do templo se abriram. Os presentes começaram a se levantar e a sair do lugar de adoração, voltando à multidão barulhenta que gritava:

– Salve Leyon!

Elas esperaram os fiéis se dissiparem até Enzo aparecer com o rei e a guarda.

– As carruagens nos aguardam – Enzo declarou.

Idris assentiu.

– Rumo a Aphrodea.

Capítulo Quarenta e Nove

QUANDO VOLTARAM PARA O PALÁCIO e Elara saiu às pressas da carruagem, ela se aproximou de Enzo.

– Como vamos chegar a Aphrodea?

Idris tinha prometido que cuidaria dos detalhes, mas a princesa se deu conta de que a viagem provavelmente levaria dias de carruagem, dias que eles não tinham.

Enzo piscou.

– Você vai ver.

Idris liderou a procissão, acompanhado por Leo e um guarda que Elara reconheceu vagamente de sua captura – um homem mais velho que tinha aparecido com Leo depois de sua altercação com Barric. Eles viraram em um corredor e chegaram a uma porta indefinida. Quando ela se abriu, Elara ficou boquiaberta.

Luz dançava por todo o espaço, arco-íris refletiam em espelhos que ocupavam as paredes. Havia mesas organizadas em fileiras, cada uma delas cheia de mapas de constelações e estrelas. Uma roda ocupava o centro da sala e, sobre ela, estavam os selos de todas as estrelas, junto com pequenos símbolos e escrituras gravados em dourado.

– Onde estamos? – Elara murmurou.

– Chamo isso de meu *lucirium*. Meu Observatório de Estrelas – Idris respondeu. – Há anos estou aprendendo o que posso sobre as Estrelas para chegar a esse momento e fazê-las cair.

Quando Elara passou pela roda, ela tocou com o dedo no símbolo de Ariete. Linhas e linhas de texto apareceram dentro de uma explosão de luz vermelha. O rei Idris a repreendeu com o olhar, passando a própria mão sobre o selo, fazendo a luz e o texto desaparecerem.

– Não toque em nada – ordenou quando chegaram a um espelho na ponta da sala que brilhava mais do que os outros, quase emanando sua própria luz.

Idris caminhou até ele e estendeu a mão para Leo, que pegou uma faca e fez um pequeno corte na palma do rei.

Elara arqueou as sobrancelhas.

O rei ergueu a mão e a passou sobre o relevo do leão rugindo na moldura do espelho.

– Aphrodea – ele disse com clareza.

Houve uma ondulação de luz e, para a descrença de Elara, o reflexo deles se transformou, o espelho se tornando uma espécie de janela que exibia a imagem nítida de um jardim pintado em tons de rosa e cor de mel. Aphrodea.

– Eles se chamam *soverins* – Enzo explicou, vendo a surpresa dela. – É possível atravessar com sangue da realeza.

– É uma forma dos membros da família real se reunirem e viajarem entre reinos vizinhos – Isra acrescentou. – Reuniões, encontros, tratados... é muito mais fácil e rápido usar este meio do que viajar a cavalo, se você é um monarca.

– É claro que você não tinha conhecimento da existência deles – Idris disse, olhando para Elara. – Seu pai bloqueou o *soverin* daqui para Asteria há décadas.

O rei abriu um sorriso maldoso e atravessou o espelho, Leo e o outro guarda atrás dele. Um brilho fez eles sumirem por um instante, mas logo reapareceram no jardim aphrodeano.

Elara se lembrou do espelho coberto na sala do trono de seus pais. Sofia uma vez havia brincado, dizendo que ele estava coberto por ser um portal para as Terras Mortas, e se ela espiasse, fantasmas e carniçais sairiam dele e a levariam embora. Será que aquele era o *soverin* de seus pais? Quanto mais havia para descobrir sobre seu reino?

A princesa afastou os pensamentos desconfortáveis quando Enzo a conduziu, junto com Merissa e Isra, através do espelho.

Ela sentiu que estava caindo, depois voando, depois dando cambalhotas por menos de um minuto, antes de aterrissar com firmeza sobre os dois pés no que parecia ser um jardim de rosas.

O perfume das flores era inebriante, e borboletas rosadas voavam pelo ar. Uma música animada inundou os sentidos de Elara, fazendo seus pés se retorcerem no ritmo e seus nervos dançarem. O *soverin* atrás deles piscou antes da imagem do *lucirium* de Idris desaparecer. Ele foi substituído pelo reflexo e a forma de rosas, com um cisne cor de ouro rosê entalhado no topo. O pequeno jardim estava vazio.

Isra e Merissa esticavam a cabeça enquanto Elara olhava para o palácio diante dela, em um terreno mais alto do que o que estavam, a grande capital de Venusa abaixo dele. O palácio era maravilhoso, parecia ter sido construído sobre nuvens. Os fragmentos de algodão-doce do céu aphrodeano envolviam a base do palácio enquanto colunas brancas e rosadas se estendiam na direção do céu. Havia rosas subindo por toda a construção, todos os tons de rosado imagináveis. Ela cambaleou um pouco quando Enzo se aproximou.

– Extravagante é a palavra que você está procurando – ele disse.

– Está mais pra exagerado – Isra murmurou.

– Com licença! – Merissa protestou. – Vocês estão falando do meu reino.

– Desculpe – Enzo e Isra responderam em uníssono.

Eles desceram por uma trilha para fora do jardim de rosas, ficando afastados do rei, que já estava um pouco à frente, seguido por sua guarda. Enzo a atualizou:

– Somos convidados do palácio. As rainhas sabem que estamos chegando para o solstício, elas nos convidam todo ano. Mas não sabem nada sobre você além do fato de ser uma convidada. – Ele olhou para Elara. – Isso significa que você tem que *mostrar* a elas quem é.

– Não se preocupe, Enzo. – Isra foi até ele, dando um tapinha em seu ombro. – Já pensamos em *tudo*.

– Isso não me tranquiliza – Enzo murmurou.

Assim que saíram do jardim, foram saudados por um desfile de pessoas. Eles se misturaram aos celebrantes, que cantavam com jovialidade. Elara nunca tinha visto nada parecido: a música, a comida e a alegria pura em celebrar o dia mais longo do ano. Os asterianos não comemoravam o solstício de verão, focando suas festividades no solstício de inverno e na Véspera de Hallow. Aquilo era tão vibrante, tão *vivo*, o céu iluminado como *sorbet*. Um belo aphrodeano se aproximou dela dançando, a pele bronzeada fazendo os olhos verdes parecerem ainda mais verdes.

Ele pegou na mão dela.

– Minha nossa, por que não a vi antes?

– Porque ela está comigo – Enzo retrucou, entrando entre os dois. O homem deu uma olhada para a coroa e cambaleou para a frente enquanto o príncipe plantava suas mãos com firmeza na cintura dela e a empurrava para a frente.

Seu corpo se encheu de empolgação ao sentir o toque dele, acomodando-se em seu âmago quando ele murmurou no ouvido dela:

– Lembre-se, princesa. Posso queimar esse reino todo sem pestanejar.

Ela soltou uma risada baixa enquanto andavam e desviavam das pessoas pelo terreno do palácio até o prédio principal. Ela viu Isra movimentando-se com um sossego despreocupado; as mãos entrelaçadas na direção do céu, e uma risada iluminou seu rosto enquanto ela batia os pés no ritmo da música, enredando-se com estranhos. Merissa soprou um beijo para Elara ao passar por eles. Balançava os quadris de forma sensual, tão casual com o modo como movimentava o corpo. Elara sorriu consigo mesma. Sim, Merissa era aphrodeana dos pés à cabeça.

A princesa se preparou quando chegaram às portas do palácio, o cortejo dançando pelo grande corredor aberto até o salão de baile.

– Elara – Enzo disse, e ela paralisou com o tom hesitante de sua voz. – Sou um príncipe aqui, e, bem... – Ele passou as mãos pelos cachos, ajeitando a coroa. – Eles esperam que eu... receba convidadas.

Elara arqueou uma sobrancelha. Ele a encostou em uma parede, longe da multidão, ao lado de uma pintura de Torra em uma carruagem puxada por dois cisnes sobre um lago.

– É só uma tradição idiota do solstício, mas as rainhas esperam que eu saúde membros de sua corte. E digamos que a tradição não é exatamente tão *apropriada* quanto pode ser em Asteria.

– Não se preocupe com isso – ela disse com leveza e entrou no corredor cavernoso enquanto ele a seguia, confuso.

A batida de tambor aumentou, trombetas soando quando o ritmo dançante da música a impulsionou para o enorme salão de baile, que tinha sido feito para ser tanto uma recepção quanto um salão para dança. Ela avistou duas figuras femininas descansado em cadeiras sobre uma plataforma do lado oposto da sala, assistindo ao espetáculo. As rainhas de Aphrodea eram de fato estonteantes, como ela já ouvira falar. Rainha Calliope, Elara se lembrou das aulas de História, era a mulher de cabelos ouro rosê e possuía uma das magias de sedução mais fortes da região. Sua consorte, rainha Ariadne, tinha cabelos castanho-dourados e astutos olhos verde-jade, e tinha sido alfaiate antes de sua ascensão ao trono. A pele de ambas brilhava em um tom dourado de oliva.

Quando Elara notou o restante da sala, viu que cidadãos de toda Celestia estavam dançando; Elara já tinha avistado alguns svetanos, kaosianos e concordianos, todos vestidos para impressionar. E todos sabiam perfeitamente os passos de danças que Elara nem ao menos reconhecia. Naquele momento, se deu conta, com o coração apertado, o quanto tinha sido isolada do resto do mundo e de suas culturas.

O rei Idris estava esperando, e Enzo apertou a cintura de Elara antes de soltá-la.

– É melhor eu ir cumprimentar as rainhas – ele disse, deixando-a com Merissa e Isra.

Ela o viu sair, o nervosismo tomando conta.

Isra olhou para ela.

– Vamos?

Ela assentiu, vendo Leo murmurar algo para Enzo e Idris, os dois assentindo antes de ele desaparecer na multidão.

– Vamos.

Capítulo Cinquenta

– SENHORAS E SENHORES – UM HOMEM GRITOU, e Elara se virou e viu um bobo da corte aos saltos em uma sacada sobre eles, sua voz encantada para chegar a todo o salão. – O rei Idris, de Helios, e seu filho, o *Leão* em carne e osso, chegaram. Vamos dar a eles uma saudação calorosa!

A multidão vibrou e aplaudiu enquanto a música ficava ensurdecedora.

– E os dois não estão vistosos? Eu não me importaria se o leão me desse uma mordida.

Elara olhou com uma descrença abjeta para Merissa e Isra. A vidente abafou o riso, e Merissa escondeu um sorriso atrás da mão.

– O nome dele é Alfonso – Merissa disse. – E ele é sem dúvida o melhor bobo da corte de Celestia.

Elara estreitou os olhos, tentando ver o rosto de Enzo, e achou ter visto uma leve diversão nele. Já o rei Idris havia aberto um sorriso brilhante, embora Elara tivesse visto através dele.

Algumas cordas foram dedilhadas, e Alfonso levantou a mão com afetação e a levou ao ouvido.

– Ah? O que é isso? Estamos ouvindo… uma recepção aphrodeana começando?

Houve gritos e assobios da multidão.

– Você bem sabe o que isso envolve, príncipe Lorenzo – Alfonso gritou, e Isra riu. – E você também, rei Idris, caso queira.

Idris balançou a mão no ar, e a multidão riu quando ele empurrou o filho para a frente.

– Bem, sempre vale a pena perguntar – Alfonso continuou. – Você sabe que eu gosto de uma raposa prateada tanto quanto gosto de um leão viril.

Elara zombou.

O rei Idris se acomodou em uma cadeira adornada perto das rainhas sobre a plataforma, e o príncipe Enzo foi levado para o centro da multidão, que se abriu e criou um círculo ao redor dele. Elara se movimentou, empurrando as pessoas de modo a ficar perto da frente.

– Agora, senhoras e senhores – Alfonso continuou –, hoje é um dia especial. O solstício de verão fortalece nossa magia, a Luz no céu abençoando a todos nós. E, pra comemorar, gostamos de nos divertir um pouco.

Houve gritos na multidão.

– Agora, vamos ver, qual de nossas finas damas vai tentar seduzir nosso belo heliano?!

Enzo fingiu constrangimento, colocando brevemente a cabeça entre as mãos, antes de se acomodar na cadeira. Elara olhou, achando graça. Ela sabia que ele não poderia resistir à atenção. A música acelerou, uma batida pesada de tambores e as trombetas estabelecendo um ritmo rápido e carnal.

Houve mais gritos na multidão, o bobo da corte estimulando a plateia.

Por fim, uma mulher se destacou do grupo.

– E lá vamos nós! – Alfonso gritou. – Rosa Signo, treinada pela infame lady Salomé. Vamos ver se consegue encantar nosso estimado convidado. Rosa se aproximou, cabelos castanhos balançando, o vestido diminuto roçando na pele brilhante. Ela sacudiu os quadris ao andar na direção de Enzo.

Elara estreitou os olhos. Talvez aquilo não fosse ser tão divertido quanto havia pensado.

Quando ela se virou, viu que Isra ria e Merissa espiava sobre o ombro da vidente com uma alegria pouco controlada.

Elara revirou os olhos.

– Não sei se posso fazer isso. – Ela voltou a olhar para a garota, cujas mãos desciam pelo peito de Enzo enquanto tentava seduzi-lo.

– Acredite um pouco em si mesma – Isra a repreendeu. – Não perdi uma semana inteira a ajudando a se preparar pra você dar para trás agora.

– Você? – Merissa perguntou, incrédula. – Tudo o que você fez foi ficar sentada criticando.

– Sim, e isso me custou um tanto de meu precioso tempo – Isra respondeu com rigidez.

– E o príncipe disse "não"!

Alfonso berrou quando Enzo fez um sinal com o polegar para baixo. Rosa bufou, voltando para o meio da multidão quando outra mulher sedutora de cabelos cor de vinho tomou seu lugar. A recém-chegada acenou para a multidão.

– Emerald Adonis, senhoras e senhores! – gritou Alfonso. – Ela é explosiva. Mas faíscas vão voar entre ela e um manipulador de chamas?

Emerald contorceu a cintura, entrando entre as pernas esticadas de Enzo antes de girar e sentar de leve em seu colo, inclinando-se para a frente.

– Bem, sutileza não parecer ser o forte de Emerald, mas os helianos também não são exatamente conhecidos por isso – continuou Alfonso. – Já viram o tamanho da coroa de príncipe Lorenzo, não é? – A multidão riu. – E vindo de uma longa linhagem de sedutoras, Emerald claramente sabe o que está fazendo.

Emerald pulou, encarando Enzo enquanto abria um botão de sua camisa antes de descer mais baixo. A mão de Elara se retorceu.

– Calma – Isra alertou. – Por favor, não dê uma de senhora da escuridão para cima dela.

Elara cerrou os dentes enquanto Enzo sorria para a conquistadora, inclinando-se na direção do rosto de Emerald, antes de sacudir a cabeça.

– E o Leão ainda não está satisfeito. Próxima!

Emerald apenas piscou antes de se afastar dele com leveza e soprar beijos para a multidão.

Quando a próxima mulher se aproximou, Elara sentiu como se água fria tivesse sido jogada sobre sua cabeça. A princesa reconheceu os cabelos loiro-dourados da mulher da noite da Descida de Leyon. Ela estava brincando com os cabelos de Enzo no bosque, e parecia determinada a lembrá-lo disso quando sorriu, aproximando-se na ponta dos pés para passar a mão por seus cachos, depois se pendurando sobre ele.

– E que tal este reencontro? Para os que não estavam aqui no ano passado, Melodi roubou o príncipe no último solstício de verão. Será que ela vai seduzir o príncipe pelo segundo ano seguido?

Ela viu Enzo procurando no meio das pessoas até colocar os olhos sobre Elara.

– Chega disso – ela retrucou.

Melodi tentou puxá-lo para dançar, mas ele recolheu os braços, ainda olhando para Elara. A sedutora franziu a testa enquanto se contorcia ao redor dele.

– Ah! Não está muito bom pra Melodi!

Ciúme, quente e frio ao mesmo tempo, coagulou no estômago de Elara. Ela endireitou os ombros, olhando para Merissa.

Merissa fez que sim com a cabeça.

– É agora ou nunca, Elara. Todos os olhos estão sobre você.

Capítulo Cinquenta e Um

ELARA RESPIROU FUNDO ENQUANTO ABRIA caminho pela multidão, posicionando-se onde Alfonso podia vê-la. Ela olhou para Leo, parado atrás do rei Idris, acenou para ele com a cabeça e recebeu um outro aceno em resposta. Então, olhou para a luz rosa que descia pelo teto de vidro do palácio. Um, dois, três...

Um holofote a atingiu, os poderes de Leo fluindo na direção dela quando se aproximou, os espelhos refletindo os raios como se ela fosse a própria Luz. A música parou, e uma voz à capela cantou por três segundos. Ela esperou a multidão admirar a fonte do brilho, boquiabertos e maravilhados quando a viram brilhar.

– E quem é essa? – Alfonso perguntou. – Uma estreante? Quem é essa beleza misteriosa?

Com um sorriso para Leo, que piscou de volta para ela, Elara esperou alguns segundos até a banda começar a tocar de novo e, na batida de tambores seguinte, soltou suas sombras e mergulhou o salão na escuridão.

Felizmente, a banda continuou tocando, usando a empolgação para alimentar sua música enquanto gritos e suspiros preenchiam a câmara cavernosa. As sombras a esconderam enquanto ela deslizou pela multidão, Alfonso ainda comentando com empolgação. Quando Elara avistou Enzo em sua cadeira olhando com ansiedade ao redor, ela sorriu. Fez uma contagem regressiva. Então, na batida de tambor seguinte, retirou as sombras.

A luz voltou a explodir no salão, revelando-a montada no príncipe de Helios. Os olhos de Enzo voaram para os dela, em choque.

Houve mais suspiros, murmúrios e sussurros na multidão.

– Uma asteriana?! Senhoras e senhores, isso é história acontecendo diante de seus olhos! – o bobo da corte gritou. – O que isso poderia significar caso ela encante o príncipe? Paz entre os reinos da Luz e da Escuridão?

Os espectadores superaram o choque e começaram a soltar gritos e assobios. Elara ficou perplexa. Ela achava que os outros reinos desprezavam os asterianos, mas ali estava uma massa exultante de pessoas, de todos os cantos de Celestia, vibrando por ela.

– Surpresa, príncipe – ela sussurrou para Enzo ao pressionar o corpo no dele. Ele praguejou, baixo demais para alguém ouvir, apertando a cintura dela com as mãos. Sua saia se acumulou ao redor dela quando a jovem rodou os quadris novamente como um extra, no ritmo da música, enquanto a multidão voltava a vibrar.

– O que você está fazendo? – ele sussurrou.

Ela sorriu.

– Você precisava de todos os olhos sobre mim, não precisava?

Enzo soltou uma risada de descrença enquanto seu olhar descia até onde os quadris dela se moviam como água.

– Você ficou tentado por alguma daquelas outras garotas?

– Por nenhuma – ele ronronou, voltando a levantar os olhos com uma sinceridade séria.

Em um rápido movimento, ela virou de modo a ficar de costas para ele, os cabelos caindo em cascata por suas costas. Elara sentiu o toque da mão dele apertar enquanto a outra empurrava seu cabelo para o lado.

– Não tive a oportunidade de apreciar a parte de trás desse vestido antes – ele acrescentou.

– Dê uma boa olhada, então. – Ela arqueou as costas, alargando as pernas e mergulhando para a frente para que suas costas ficassem totalmente à mostra, as delicadas correntes escorregando na pele nua.

Elara o sentiu se inclinar para a frente, passando o nariz pela cauda de seu *dragun*.

– Preciso agradecer pessoalmente quem fez isso.

– Bem, o príncipe está com certeza interessado! – Alfonso gritou. – É o máximo de atenção que ele demonstrou a uma sedutora a noite toda!

Ela rolou os quadris desde onde estava sentada.

– Se você gostou do que viu, nem imagina a lingerie dourada que estou usando para combinar.

As mãos fortes dele agarraram o meio do corpo dela, puxando-a de volta para ele. Elara sentiu uma de suas mãos subir pela frente, segurando seu pescoço enquanto ele levava seu ouvido à boca.

– Não sabia que você era tão sádica, princesa – ele murmurou, passando o nariz por seu pescoço. – Agora está simplesmente sendo cruel.

Ela abriu um sorriso perverso ao pressionar o corpo nele, arqueando a coluna.

– O que é o prazer sem um pouco de dor?

Elara se levantou, e Enzo pulando da cadeira atrás dela quando ela se virou para ele, entrelaçando as mãos nas dele. Os olhos dele queimaram dentro dela quando o príncipe a girou.

– Não espere que eu tenha um pensamento coerente agora, Elara.

Ele a puxou com força, as mãos ainda segurando a cintura dela de modo que não houvesse nem um centímetro de espaço entre os corpos quando continuaram a se agarrar ao som da música.

– Pelas Estrelas! Talvez o selo dos D'Oro devesse mudar para uma cobra, pela forma como esses quadris remexem! – Alfonso gritou, e Elara riu.

– Eu sabia que você era exibicionista, mas esse deve ser um novo nível – ela provocou.

Elara virou o pescoço para olhar para Enzo e viu as pupilas dele dilatadas, com desejo puro colorindo seus olhos.

– Com você com essa aparência, quem pode me culpar? – ele murmurou as últimas palavras, seu olhar sobre os lábios dela.

Ela não respondeu, e colocou a mão atrás do pescoço dele. As mãos calejadas dele apertaram e a aspereza delas através do material do tecido causaram picos de apreensão no corpo de Elara. Enzo se esfregou nela sem pressa, a mão descendo pela lateral do corpo até a fenda do vestido.

– Então vamos fazer um show para eles? – ele murmurou no ouvido dela, a língua solta devido à energia repleta de luxúria que pulsava pelo salão. O solstício estava atingindo o pico e, confirmando o que Isra havia dito, a energia era palpável conforme a magia do reino tomava conta.

– Vamos – ela sussurrou quando as mãos dele começaram a roçar na parte externa de sua coxa descoberta, os quadris ainda seguindo o ritmo lento da música. Ela estremeceu com o contato repentino da pele nua.

– Tem certeza de que quer brincar com fogo?

Enzo continuou subindo aquela mão deliciosa, embolando o tecido ao redor dos quadris dela enquanto o ar frio começava a brincar sobre sua pele. Ele passou o polegar sobre o ossinho do quadril dela, e a princesa gemeu em voz baixa, inclinando-se sobre o rapaz. Ela não tinha mais noção do que as outras pessoas estavam fazendo, se estavam ou não assistindo.

– Ambos sabemos que minhas sombras combinam com suas chamas – ela respondeu sem fôlego, embriagada com o ar aphrodeano, todos os seus sentidos contraindo-se com a sensação da mão diabólica dele.

– Humm… – ele sussurrou no pescoço dela. – Você não sabe o que está fazendo comigo.

Ele passou o ossinho da mão pela coxa dela, e ela arqueou mais ainda sobre ele.

– Então me mostre – ela sussurrou.

Enzo a segurou com mais força, levando um pouco mais de coerência para os pensamentos confusos dela. Aproximou-se da princesa com mais aspereza, e ela pôde senti-lo, duro junto a ela.

Ele riu de leve. Aquele maldito hálito no pescoço dela seria sua ruína. Aquilo e a mão que estava tentando ignorar, subindo cada vez mais na direção da dor entre suas pernas escorregadias de desejo.

– Enzo – ela suplicou.

Ele sibilou entre os dentes.

– Elara.

– Senhoras e senhores, acho que temos uma vencedora! – Alfonso exclamou. – O príncipe foi completamente seduzido!

Mais gritos se seguiram.

Elara piscou, registrando o que acontecia ao redor dela, e Enzo afrouxou sua pegada.

Alfonso havia descido da sacada, e a multidão se abria em volta dele, que corria adiante com empolgação, parando na frente dos dois.

– Muito bem… e quem é essa asteriana misteriosa?! Por favor, diga o seu nome, querida, pois você fez história bem aqui em Aphrodea. Uma asteriana seduzindo o príncipe de Helios, nunca ouvimos falar de nada assim. Acha que isso representa uma trégua, rei Idris?

Elara se virou para o rei, ainda sentado sobre a plataforma, que sorriu com os lábios fechados. Ele deu de ombros, com algo duro dançando em seus olhos.

O barulho da multidão era quase ensurdecedor, vibrações soando quando Elara entrelaçou os dedos com os de Enzo, e olhou diretamente para Alfonso. Ela esperou a multidão se aquietar.

– Quem é você? – Alfonso perguntou de novo com alegria.

Elara ergueu o queixo.

– Meu nome é Elara Bellereve, a rainha legítima de Asteria e sobrevivente do *divinitas* do Rei das Estrelas.

Capítulo Cinquenta e Dois

Silêncio. Silêncio total.

Ela viu Alfonso olhar ao redor, confuso, viu as rainhas se levantarem. Os olhos dela se voltaram para o rei Idris, que assistia com um divertimento frio quando Elara acenou para ele com a cabeça.

Ela respirou fundo, ancorando-se na pegada de Enzo.

— As Estrelas não conseguiram me matar — ela continuou, com a voz nítida. — Estou aqui esta noite pra mostrar que estou aliada a Helios. E para dizer a vocês que as Estrelas não são quem pensamos. Elas não são deuses benevolentes.

Murmúrios apreensivos, gritos e alguma zombaria começaram na multidão.

— Ariete desceu pra matar meus pais por esconderem minha verdade; que eu estava destinada a me apaixonar por ele, e que isso nos mataria.

Suspiros de surpresa e vaias de descrença. Elara continuou.

— Ele matou minha melhor amiga, todos os que amei e toquei. Por algo que me foi imposto.

Ela se virou.

— O rei Idris e o príncipe Lorenzo me acolheram em sua casa e me protegeram. — Ela recitou as palavras que Idris havia lhe mandado dizer. — E agora estou com eles, como sua arma. — Ela se obrigou a dizer as palavras. — Esta noite, nós a declaramos. Nós declaramos guerra contra Ariete.

A multidão irrompeu. Mais suspiros, vaias, um grito dizendo "mentiras!" e gritos pedindo a cabeça de Elara chegaram a ela. Mas em meio a tudo isso, murmúrios de preocupação e um pequeno rudimento de aplausos.

O rei Idris se levantou. As rainhas estavam gritando animadamente com ele, mas o monarca apenas assentiu, afastando-se delas.

— Acho que é hora de partirmos — ele disse ao se aproximar, e Leo os conduziu pela multidão, desembainhando a espada quando as pessoas chegaram mais perto. Elara esticou o pescoço, e viu Merissa e Isra na frente deles, apressando-se para sair do salão.

Ainda assim, a multidão gritava, Alfonso se mantinha em completo silêncio, e as rainhas tentavam passar pelo enxame de pessoas na direção deles.

Eles se apressaram pelo grande corredor, seguindo Merissa e Isra, que passaram por um par de portas adornadas à frente.

Quando Elara passou por elas, viu-se em uma sala com uma grande estátua ouro rosê de um touro no centro, outro animal associado à Estrela Torra. Parecia uma biblioteca, as paredes repletas de estantes que iam do chão ao teto, todas cheias de lombadas laminadas em diferentes tons de rosa.

– Merissa – Idris chamou.

Merissa esperava na frente, virando-se quando o rei chamou por ela.

– Agora – ordenou.

Merissa entendeu de imediato, magia rosada fluindo de seus dedos sobre Idris conforme ela o glamourizava. As roupas dele ficaram menos refinadas, os cabelos cresceram, nariz e boca mudaram e olhos escureceram. A glamourização era pesada, mais pesada do que a que Merissa punha sobre Elara todos os dias. Ela não conseguia ver um traço de quem Idris era sob ele.

– Resultados, Isra? – Enzo perguntou enquanto deixava Merissa fazer o mesmo com ele.

Elara notou que, embora a glamorização colada sobre ele também fosse pesada, se ela se concentrasse o suficiente, conseguia ver o Enzo que conhecia sob ela.

Os olhos de Isra ficaram brancos quando a vidente se forçou a entrar em um breve transe, antes de voltar ao normal momentos depois.

– Tudo bem, contanto que nos separemos. O melhor caminho é você voltar ao *soverin* agora com Leo e Paolo, Vossa Majestade. Merissa e eu iremos em seguida, e Enzo e Elara por último.

O rei Idris concordou, olhando para Elara quando Merissa começou a glamourizá-la. Elara viu o cabelo mudando de cor, o vestido se transformar.

– Você foi bem, Elara – ele disse. – Não tenho dúvida de que Ariete virá.

Elara mal prestou atenção em Idris, seu coração acelerando.

Merissa glamourizou o restante do grupo o mais rapidamente possível, o som da multidão aumentando atrás das portas.

– Agora – Isra disse, e o rei glamourizado saiu com Leo e Paolo, passando pelas portas da sala do trono.

Quando o perderam de vista, Isra se virou.

– De nada – ela disse para Enzo enquanto dava o braço para Merissa. Com um sorriso final, ambas se viraram e saíram juntas da sala do trono.

– Pelo quê? – Elara perguntou enquanto ia na direção de portas do lado oposto àquelas por onde tinham entrado.

Enzo apenas sorriu.

Elara tinha que admitir: não era à toa que os aphrodeanos eram conhecidos como o povo da beleza.

Velas flutuavam pelo céu rosado enquanto Enzo a puxava por um caminho que saía da biblioteca. Nuvens os cercaram quando desceram, e Elara ficou surpresa com a aparência surreal delas.

– Sinto que, se eu esticar o braço, consigo pegar um pedaço de nuvem, como algodão-doce – Elara disse.

– Mas dá pra fazer isso, sabia?

Elara parou, olhando para ele com incredulidade.

– Juro pelas estrelas. – Enzo colocou a mão solenemente sobre o coração.

Ela olhou para ele de novo, titubeando, e estendeu a mão com hesitação. Elara ofegou quando envolveu a nuvem rosa com as mãos. Ela puxou um fiapo, maravilhando-se com como ele ficava sobre sua mão. Olhou para Enzo de novo, que assentiu, sorrindo.

Com delicadeza, ela tocou a ponta da nuvem com a língua. Ela se dissolveu de imediato, o sabor de algodão-doce cobrindo seus lábios. Elara suspirou e colocou um pedaço na boca.

– Eu te disse – ele falou enquanto continuavam a andar. – Quer ver o que mais Aphrodea tem a oferecer?

– Não é melhor voltarmos? – Ela olhou para trás com apreensão.

Enzo deu de ombros.

– Isra nos concedeu algum tempo.

Elara, então, se deu conta de por que Isra havia dito "de nada" antes.

– Suponho que vamos desfrutar de nossa última noite de liberdade – ela sussurrou.

O cheiro de pipoca flutuou na direção dela quando Enzo a afastou das nuvens e os dois entraram nos jardins do palácio. Ela não tinha percebido antes como eram grandes. Sebes cresciam em linhas altas, formando diferentes caminhos e clareiras onde era possível se perder.

Eles entraram no labirinto e, virando uma esquina, encontraram uma grande clareira com barraquinhas. Algumas pessoas vagavam por lá, outras entravam nos caminhos que iam mais para o interior do labirinto. Ela passou pelas barraquinhas, com o príncipe atrás dela, olhando o que ofereciam. Uma delas vendia desejos, espirais de ouro presas em frascos de vidro. Outra vendia cristais de proteção e moedas. Outras, lágrimas de sereia: algumas gotas eram o suficiente para persuadir até mesmo as almas mais insensíveis.

Elara e Enzo continuaram balançando ao som da música vibrante ao fundo enquanto se embrenhavam pelo labirinto. A comoção da multidão pareceu diminuir cada vez mais, os cortesãos ao redor deles sem saber o que tinha acontecido no salão de baile. A tensão de Elara se dissipou quando ela se deu conta do quão bem Merissa a havia disfarçado. Ainda havia um pouco de nervosismo, sim, mas os visitantes que não os perseguiram pareciam estar tentando aproveitar o restante da noite também.

Diminuíram o passo em outra clareira com mais algumas barraquinhas, perto de algumas velas que, quando acesas, extinguiam toda a luz ao redor.

– Que truquezinho barato. – Ela sorriu quando um filete minúsculo de sombra se enrolou em seu pulso.

Eles chegaram ao meio do labirinto, um espaço grande onde larvas luminosas e cintilantes estavam suspensas no ar, dando a impressão de serem um céu estrelado. Casais vestidos com todas as cores do reino dançavam no centro, e uma banda tocava no canto.

– Venha – Enzo disse, olhando para os casais que dançavam. – Quero te mostrar uma coisa.

Ela levantou a saia, exultante, enquanto o seguia pelos caminhos sinuosos.

– Estou morrendo de fome – ela disse ao sentir o perfume da comida na brisa da noite.

– Chocante – ele respondeu e a puxou para dentro de uma abertura nas sebes, a área repleta de barraquinhas de comida.

Bolos recheados com mel e nozes formavam pilhas altas, pegajosos de açúcar. Ao lado deles, pães assados, quentes e inteiros, cobertos com pasta de tomate e queijos derretidos.

– Isso parece interessante – ela disse para si mesma, fazendo sinal para pedir um para cada um deles.

O homem da barraquinha sorriu e cortou dois triângulos enquanto Enzo lhe passava algumas moedas. Elara mordeu a fatia e gemeu de satisfação, o salgadinho do tomate e a massa assada dançando em suas papilas gustativas.

– Você tem prazer com tudo, não é? – Enzo perguntou, achando divertido.

– Agora sim – ela respondeu, dando outra mordida enorme. – Estou tentando viver cada momento de minha vida como se fosse arte.

Eles chegaram a uma das saídas do labirinto, que dava para o início de uma ladeira pavimentada com quartzo rosa.

Os dois a subiram e Elara foi ficando cada vez mais fascinada. Adiante, cerejeiras repletas de flores se curvavam sobre o caminho, suas pétalas cobrindo o quartzo em todos os tons de rosa imagináveis. Enzo abriu um pequeno sorriso quando a puxou pela trilha adornada de flores que serpeava cada vez mais alto ao redor do palácio.

– Prossiga – ele disse.

Ela olhou ao redor, maravilhada, enquanto continuaram a subir a ladeira.

– Prometi a mim mesma, depois da nossa conversa em minha sacada, que encontraria algo pelo que agradecer todos os dias. O cheiro de uma flor... – Ela se curvou para pegar um punhado de pétalas, cheirando-as profundamente. – O modo como a Luz atravessa minha janela quando acordo; como as palavras de um livro podem me transportar para outro tempo, outro mundo. – Ela respirou fundo e se virou para ele enquanto dizia em pouco mais de um sussurro: – Como seus olhos parecem ouro derretido. Como parecem ter aprisionado a Luz dentro deles.

O rosto de Enzo suavizou e ele pegou as duas mãos dela, puxando-a para mais perto.

Libélulas e brilha-brilhas voavam e piscavam, centelhas prateadas no ar pesado. Ela olhou à sua volta e percebeu que tinham parado sobre uma laje, o caminho sinuoso e íngreme os levando para um terraço do palácio. Elara olhou ao redor, procurando, mas não viu nada abaixo deles. Eles estavam nas nuvens.

Elara ficou boquiaberta enquanto Enzo apenas sorria. A Luz lançando-se sobre as nuvens os salpicava com rosa e lavanda, e o cheiro de doçura pairando no ar.

– Eu a trouxe aqui porque me lembrou do dia que usou seus poderes de maneira adequada pela primeira vez. Nós voamos pelo céu, dentro das nuvens...

– Eu me lembro – ela disse. – É claro que me lembro. Eu me virei para te olhar e pensei em como parecia feliz. Em como a felicidade ficava *bonita* em você.

Uma música suave começou a tocar na praça lá embaixo, o som de uma canção de amor e um piano abafado subindo com o cheiro de rosas.

Um olhar quase doloroso cruzou o rosto de Enzo quando ele estendeu a mão.

– Dance comigo, Elara. Do jeito certo?

Enzo colocou as mãos nos quadris da jovem, hesitante. Observando todas as suas reações. Seus olhos estavam parados, o topázio e mel em que ela se via constantemente a procurando. A respiração dela acelerou, e o rapaz manteve o olhar fixo nela quando ela colocou os braços ao redor de seu pescoço. Então, sem dizer uma palavra, começaram a se movimentar.

Não era a dança pecaminosa, alimentada pela luxúria, que eles tinham apresentado antes. Era um balançar suave, uma desculpa para se tocarem. A música parecia voar para encontrá-los, e os pássaros do fim da tarde interromperam seu gorjeio quando a noite caiu.

Uma brisa fria fez cócegas no pescoço de Elara quando Enzo a girou, segurando-a de costas para ele. Ambos ficaram assim, balançando, as mãos dele a segurando pela frente. Ela estava ciente de todas as partes de sua pele que tocavam a dele. A respiração dele acariciava sua nuca descoberta, e fogo descia por suas costas. A princesa ficou rígida, a intensidade de seus sentimentos a deixando dividida.

Elara sabia que, se ficasse, se deixasse seu coração ceder àquele momento, o presente como ela conhecia desapareceria. Algo cataclísmico mudaria entre os dois, e ela ficaria à mercê do destino, independentemente da mágoa que aquilo pudesse causar. Mas estava cansada de deixar sua sorte nas mãos das estrelas. Ela queria algo para si mesma, queria ignorar a profecia – ao menos por uma noite.

Olhando para o céu, sentiu a presença dura e larga do corpo de Enzo atrás do dela e, com um suspiro, jogou a cabeça para trás, junto ao peito dele.

Foi uma pequena mudança, um gesto suave.

Mas o mundo balançou.

Enzo gemeu de leve atrás dela, algo entre um sussurro e uma oração. A emoção naquele som sem palavras fez desmoronar toda a determinação que havia nela, e ela se virou. Os olhos de Enzo eram suaves e estavam abertos, encarando sem vacilar, as mãos dele ainda em sua cintura. Quando a balada chegou em seu crescendo, o príncipe deu um passo à frente e segurou o queixo dela com uma das mãos, a outra acariciando seus cabelos.

Eles guardaram aquele momento, um milissegundo que poderia ter sido uma vida.

O tempo parou e os dois olharam dentro da alma um do outro, uma pergunta em ambos os lábios.

Uma respiração.

Então, estavam se beijando, e faíscas escaparam dela em uma chuva branda.

O toque dele era suave, mas insistente. Desesperado, como um peregrino procurando uma Estrela. Tudo o que ela estava procurando estava naquele beijo. O mundo enfim fazia sentido. Elara segurou na nuca dele, puxando-o para mais perto, querendo devorar a essência dele. Enzo se afastou para sussurrar nos lábios dela, e ela gemeu, puxando-a em sua direção, caindo profundamente no beijo. A princesa estava sentindo vertigens, a dor e o desejo, sem saber ao certo, ao beijá-lo, como havia passado tantos dias sem sentir os lábios dele nos seus.

De repente, um barulho alto. Uma explosão de luz pintou o céu rosado, fazendo Elara se afastar, assustada. Ela olhou para Enzo, embriagada de desejo, os lábios inchados. Brilhos chamaram sua atenção, caindo em cascata do céu.

– Um jogo de luz – ela sussurrou, virando-se de novo para ele. – Foi *você*?

– Eu lhe disse que esse beijo seria memorável. – Ele sorriu, puxando-a de volta enquanto movimentava a mão. Outro caleidoscópio iluminado pintou o céu.

– Você demorou muito – ela sussurrou.

Enzo abriu um meio sorriso e murmurou.

– Coisas memoráveis precisam de seu próprio tempo.

Com cuidado, o rapaz passou os lábios pelo rosto dela, pálpebras, queixo, enquanto a jovem sussurrava seu nome, saboreando o som em sua língua.

– Deuses, eu amo ouvi-la dizer meu nome – ele sussurrou, antes de beijá-la novamente. Ela se deleitou com ele até ter que parar para respirar, ofegando.

– Não sei como não fiz isso no primeiro dia em que a vi – ele disse, as palavras guturais enquanto suas mãos apertavam a cintura dela.

Elara pressionou a testa na dele.

– Eu também não sei – ela sussurrou em resposta.

Ambos sorriram, compartilhando uma respiração.

– Ora, ora, que cena.

Elara virou ao ouvir a voz quente, e Enzo praguejou em voz alta, colocando-se na frente dela.

Torra apareceu em meio às nuvens, cada centímetro da Estrela da luxúria e beleza que ela era. Seus cabelos caíam até a cintura, e seu rosto, não mais coberto pela máscara do baile asteriano, era ainda mais deslumbrante. Seus lábios carnudos se curvaram em um sorriso, revelando dentes perfeitos e perolados. Havia uma figura atrás dela, ainda parcialmente coberta pelas nuvens e difícil de distinguir.

– Torra – Enzo disse com frieza.

– Oi, lindo. – Ela deu um pequeno aceno.

– Você não vai *me* cumprimentar, Lorenzo? – disse uma voz masculina. – Eu lhe fiz um favor, afinal.

Os olhos de Elara se arregalaram quando Eli saiu do meio das nuvens com um sorriso amargo no rosto. Ela viu os dentes de Enzo cerrarem.

– Com todo o respeito, o que você quer? – Elara perguntou.

Eli estalou a língua.

– E isso é jeito de saudar uma Estrela que foi ajudá-la?

– Da última vez que o vi, você estava bem feliz e parado, assistindo enquanto Ariete matava Sofia na minha frente.

O sorriso fácil de Eli ficou afiado como uma navalha.

– Acha que Cancia a encontrou no banheiro por acaso? Que eu não *deixei* ela curar você enquanto esperava do lado de fora?

– Sim, e sua *nobre* ação fez muito bem a Sofia – Elara retrucou.

– Se não fosse por mim – ele continuou –, você não teria tido força para criar a ilusão de sua morte. Ainda seria prisioneira de Ariete.

Torra olhou para Enzo.

– Lorenzo, me pergunto se você não poderia dar uma volta. Elara, Eli e eu precisamos ter uma conversinha.

Uma risada sombria escapou dele.

– De jeito nenhum.

– Ah, eu acho que você vai – Eli se intrometeu. – A menos que queira que ela saiba.

Enzo ficou paralisado. Sua reação deixou Elara nervosa. A jovem saiu de trás dele e se aproximou.

– Saiba o quê? – Ela alternou o olhar entre os dois.

Elara podia ver as chamas nos olhos de Enzo, queimando Eli. A Estrela apenas arqueou uma sobrancelha.

– Toda essa ameaça é cafona demais, Lorenzo. Não quero recorrer a ela.

– Saiba o *quê*, Eli? – ela perguntou novamente.

Ele a prendeu com seu olhar de escuridão.

– O segredo dele.

– Basta – Enzo resmungou.

– Enzo, seja o que for, eu não quero saber. O que você contou a Eli não é da minha conta.

Eli soltou uma risada afiada e Torra lhe lançou um olhar de reprovação.

– Príncipe. – Ela apontou para ele e o dispensou com um aceno.

Com um olhar tenso para a princesa, Enzo começou a andar.

– Vou ficar bem ali – ele disse com firmeza, apontando para a beirada do terraço e lançando outro olhar venenoso às duas Estrelas.

– Pelos céus, o que está acontecendo? – Elara perguntou enquanto Enzo se afastava até onde não podia ouvi-los. – E por que todos por aqui são tão comprometidos em falar usando malditos *enigmas*?

Torra riu de leve enquanto dava o braço para Elara. Eli se aproximou pelo outro lado, agigantando-se sobre ela.

– Essa conversa já estava pra acontecer há muito tempo – Torra disse com o rosto resignado.

– É graças a uma das sacerdotisas de seu filho que estou nessa confusão. – A voz de Elara tinha um tom letal e aveludado. – Sobrevivi vinte e três anos antes de ficar sabendo. Tem ideia do que isso fez com minha vida?

– Não parece que atrapalhou muito, se o que eu vi quando cheguei vale como parâmetro. – Torra tentou esconder um sorriso. Ela jogou uma mecha de cabelo atrás do ombro com a mão livre.

– Isso não…

– Não o quê, Elara? Realmente está tentando mentir para a Estrela da luxúria em seu próprio reino? Acha que não consigo senti-la emanando de você?

– Sem falar como a vejo inundando sua mente – Eli murmurou.

– Saia da minha maldita cabeça, Eli – ela retrucou.

Ele deu de ombros, retorcendo os lábios.

– Não sei do que você está falando, Torra – Elara continuou.

Torra suspirou.

– Não era por esse caminho que eu queria ir com você.

– Então me responda uma coisa. Por que eu? Por que essa profecia? Eu vou me apaixonar por Ariete? Então por que eu…

A princesa fez uma pausa, respirando pelo nariz por um momento. Olhou ao redor uma vez para confirmar que Enzo estava longe demais para ouvir.

– Por que sinto o que estou sentindo se estou destinada a outro? – Ela parou. – Essa profecia é real?

– Tudo o que foi previsto pra você vai acontecer no tempo divino – Eli respondeu com impaciência. – Se revelarmos mais, isso pode mudar o curso de seu caminho de maneira irreparável.

Elara deu uma risada fria.

– Ah, sim. As Estrelas estão sempre escrevendo nosso destino nos céus, e depois não fazem nada pra nos ajudar. Somos fantoches para vocês.

– *Não* – Torra disse com veemência. – A profecia é verdadeira. Mas também é verdadeiro o que canta em seu coração. Posso sentir. – Ela colocou a palma da mão sobre o peito de Elara. – Olhe mais fundo, Elara.

Ela moveu a mão para segurar o rosto da princesa. Torra cheirava a mel e a leite de amêndoas, e o coração de Elara doeu um pouco ao olhar para sua beleza. O olhar da Estrela se voltou para Eli.

– Acho que você está certo, Eli.

– Certo sobre o quê? – Elara perguntou.

Os olhos de Torra ficaram tristes.

– Não posso dizer. Mas espero que você prove que estamos certos. – Ela abaixou a mão.

Elara ouviu o som de passos correndo, e se virou. Enzo fez o mesmo do canto onde estava.

Merissa apareceu no caminho, o cabelo dourado solto, com Isra atrás dela.

– O tempo acabou – ela disse. – A glamourização não vai durar muito mais tempo, vamos…

A voz dela falhou quando alternou o olhar entre Eli e Torra, finalmente pousando-o sobre a Estrela. Merissa fez uma careta.

– Tudo bem, filha? – Torra disse, sorrindo.

Os lábios de Merissa se curvaram enquanto os olhos de Enzo e de Elara se arregalavam.

– Oi, mãe.

Capítulo Cinquenta e Três

— Mãe?! — Elara exclamou, passando os olhos entre as duas mulheres. — Diga que isso é algum tipo de piada.

A princesa ouviu a risada de Eli enquanto um horror absoluto crescia no rosto de Merissa. Isra estava boquiaberta diante dela.

— Sim — Enzo disse, aproximando-se deles. — Por favor, me diga que isso é uma piada, Merissa. Por favor, me diga que não estou abrigando a filha de uma *maldita Estrela* sob meu teto há anos.

Elara olhou para Merissa, depois para Torra, enquanto a glamourizadora chegava mais perto da Estrela. Deuses, como não tinha percebido? Os olhos verdes, os cabelos com mechas cor de mel. Merissa sempre teve uma beleza sobrenatural, como isso nunca foi registrado...

— Como você nunca viu o que ela era, com sua magia? — Elara questionou Enzo.

— Deve ser porque ela é parte mortal. Sempre que minha magia a percorreu, eu só vi suas partes humanas.

— Eu também deixei passar — Isra disse em voz baixa.

Merissa lançou à mãe um olhar de puro ódio.

— Ninguém sabe — ela revelou para Elara com a voz trêmula.

— Mas é impossível Estrelas terem filhos — Elara disse.

— Isso não é verdade — Merissa disse rapidamente —, e minha mãe...

Elara riu ao ouvi-la chamar a Estrela de mãe.

— *Torra* não é como as outras Estrelas. Não é como Ariete — Merissa acrescentou em um tom abafado.

Torra ergueu o queixo.

— Nós somos de uma época anterior a Ariete reivindicar sua coroa como Rei das Estrelas, um tempo de paz e paraíso quando caímos nesse mundo. Alguns de nós querem esses tempos de volta. — Ela olhou para Eli. — Não sou a única Estrela que busca o mesmo.

Elara estreitou os olhos.

— Você?

Eli sorriu.

– Garota esperta.

– Sim, Eli *gosta* de você. – Torra sorriu.

Os olhos de Eli brilharam e Elara sentiu um braço ao redor de sua cintura quando Enzo a puxou para perto.

– Tem algo a dizer, Eli? – Enzo perguntou.

– Calma, não há necessidade pra esse comportamento superprotetor – Torra interrompeu quando Eli ameaçou dar um passo à frente. – Se o que Eli e eu acreditamos é verdade, então você, vocês dois, para ser mais exata, são a chave pra destravar o paraíso e a paz que foram roubados de nós. Se provocarem a morte das Estrelas… então os céus poderão mais uma vez cair sobre a terra.

– Quando luz e escuridão se combinarem – Isra sussurrou.

– Digamos que eu acredite em você – Elara disse. – Por que eu confiaria *nele*? – Ela olhou para Eli. – Você é o braço direito de Ariete.

O deus sorriu.

– O que eu sou é um mentiroso muito convincente, querida. Vamos relembrar de novo quando eu salvei sua vida ingrata.

– Devo beijar seus pés? – Elara respondeu com alguma meiguice. – Confio em você tanto quanto confiaria que um grupo de serpentes não me picariam – ela acrescentou, endurecendo a voz.

– Então é mais sábia do que a maioria – ele respondeu.

Torra inclinou a cabeça, sem se preocupar com aquela conversa.

– Acredito que Ariete vai a Helios. Acredito que ele pode iniciar uma guerra. Mas também acredito que você tem o poder pra derrotá-lo. – Ela olhou para Enzo. – Vocês dois.

Enzo olhou para a deusa com cautela.

– E como você vai ajudar?

– Não posso interferir ainda.

Elara balançou a cabeça.

– É claro que não – ela murmurou.

– *Mas* – Torra disse com firmeza – se você matar Ariete, vou servir a você.

– Você, uma Estrela, se curvaria a mim?

– Quem teria mais poder pra liderar, senão uma Matadora de Estrelas?

Elara ouviu o som de vozes chegando pelo caminho coberto de pétalas.

– Precisamos ir embora – ela disse para Enzo.

O príncipe assentiu com firmeza, e eles foram até Isra e Merissa, para quem Elara olhou com cautela.

– Mais uma coisa.

Elara não tinha percebido que Eli os havia seguido até ele se inclinar atrás dela, de modo que seu encanto a envolveu. A sensação era de chuva fina em um dia nublado, em vez do turbilhão que havia sentido na coroação de Lukas. Elara conteve um tremor.

– Tem uma luz dentro de sua escuridão – ele disse. – Você só precisa encontrá-la.

Com isso, o deus se afastou, Torra apenas observando.

– Boa sorte – a deusa disse, e luz estelar começou a se formar ao redor dela e de Eli. O deus da astúcia deu uma última olhada para Elara antes de ambos desaparecerem em um lampejo de luz.

– El – Merissa começou a dizer. – Eu não…

– Vamos voltar pra Helios – Elara disse rapidamente, sem conseguir olhar para a semiestrela nos olhos.

Capítulo Cinquenta e Quatro

QUANDO VOLTARAM PELO *SOVERIN*, Elara continuou passando pelos espelhos que pareciam mais turvos sob a luz noturna. *Continue andando*, ela disse a si mesma. Para longe de Aphrodea, das Estrelas e de tudo.

Alguém segurou na mão dela e a jovem se virou, esperando que fosse Enzo, mas era Merissa.

— Por favor. Podemos conversar?

Elara suspirou.

— Claro.

Ela olhou para Enzo, que observava Merissa com olhos de falcão.

— Tente não perder a festa, princesa — ele disse em voz baixa.

Isra se animou.

— Ah, sim, chegamos no momento perfeito.

Elara nem perguntou do que eles estavam falando. Apenas conduziu Merissa em silêncio do *lucirium* até o seu quarto, no andar de cima.

Ela permaneceu em silêncio até a porta estar firmemente fechada atrás delas, e se virou.

— Quem é você?

— Sou tudo o que eu era antes — Merissa disse com a voz rouca. — Juro pra você, Elara.

— Então me explica. Foi só uma coincidência que você, a filha de uma Estrela, tenha sido designada pra me auxiliar aqui?

— Minha mãe perguntou sobre você — Merissa admitiu. — Quando você chegou. Ela sabia de tudo: da profecia e que tinha sobrevivido à explosão letal no palácio. Foi uma coincidência divina que eu já estivesse trabalhando no palácio.

— Não acredito em você — Elara disse, embora sua convicção já estivesse minguando. — Por que trabalhar como empregada de Idris se você tem o sangue de uma estrela? Certamente poderia viver nos Céus se desejasse.

Merissa sacudiu a cabeça.

— Não — ela disse com veemência. — Eu não poderia. Estrelas podem ter filhos. Mas elas não têm. E há um bom motivo pra isso. É uma fraqueza, eu seria um alvo em potencial. Minha identidade foi mantida oculta durante toda a minha vida. E eu nunca seria aceita entre as Estrelas.

Elara se permitiu absorver as palavras.

— Mas certamente sua mãe poderia te dar uma casa, riquezas...

— Tem muita coisa sobre minha infância que você não sabe – Merissa disse baixinho. – Muita coisa que não me sinto pronta pra compartilhar. Torra é uma Estrela. Não é uma Estrela das terríveis, ao menos. Mas nem por isso foi uma boa mãe. Tudo o que tenho consegui por meus próprios méritos.

— Você... tem alguma magia estelar?

Merissa levantou a palma da mão e um leve fluxo de luz estelar rosado brilhou fracamente. Elara arregalou os olhos.

— É só isso. E um pouco do encanto da minha mãe e do meu irmão, uma magia de luxúria e amor que me recuso a usar. Além da magia de glamourização que herdei de um pai aphrodeano que nunca conheci.

— Irmão – Elara disse. – Puta merda. Lias é seu irmão.

— Meio-irmão – ela respondeu com frieza. E Elara soube que não deveria pressionar mais. Ela olhou para Merissa, analisando a semideusa: os olhos abertos e suplicantes, as mãos entrelaçadas.

— Você tem mais alguma coisa pra me contar? – ela perguntou.

— Foi o sangue de minha mãe que dei a Enzo pra você tomar. – Merissa mordeu o lábio. – E isso é tudo. Não tem mais nada sobre mim que você já não saiba.

Elara suspirou, e então, sem pensar duas vezes, abraçou Merissa com força. Merissa ficou paralisada, mas logo se entregou ao abraço.

— Sinto muito – Elara disse perto dos cabelos dela.

— Eu também – Merissa respondeu.

Quando as duas se afastaram, Merissa estava secando os olhos.

— Agora me diga: o que vai acontecer na comemoração de hoje à noite? – Elara perguntou com os olhos brilhando.

Merissa abriu um sorriso aguado.

— No solstício de verão, quando a Luz começa a diminuir, costuma haver um sarau na sala do trono. Embora os D'Oro sempre jurem que odeiam a Escuridão, eles ainda parecem ser tomados por ela nessa noite. Por uma noite, eles cedem ao pecado.

Alguém bateu de leve na porta. Era Isra, com uma garrafa de hidromel na mão.

— Prontas pra uma noite de escuridão e libertinagem? – ela perguntou.

Elara sorriu.

— Sempre.

✳

Merissa estava dando os toques finais no novo traje de Elara, quando a princesa contou a ela e a Isra sobre o beijo nas nuvens de Aphrodea.

A glamourizadora suspirou de maneira sonhadora.

— Então, você acha que vai acontecer hoje à noite?

Isra revirou os olhos.

— Acho que essa é a forma muito delicada de Mer perguntar se vocês vão transar.

Elara riu.

— Céus, eu quero. Ele é tão... — Ela gemeu para dar ênfase.

Merissa abriu um sorriso perverso.

— *Nunca* deixe ele saber isso, mas se tem uma coisa sobre esse homem, é que dá pra ver que ele sabe como satisfazer uma mulher. Está no jeito que ele anda.

Elara sentiu calor.

— Deuses, Merissa — Isra resmungou —, por favor, não diga isso a ele. Ele não precisa fortalecer mais o ego.

Isra levantou-se da cama e foi até o guarda-roupa de Elara para ver os vestidos pendurados. Isra estava usando um vestido maravilhoso cor de tangerina que deixava pouco para a imaginação, e Elara sabia que os olhos de toda a corte estariam colados nela.

— O que foi? — Merissa perguntou quando notou que Elara tinha se aquietado.

— É só que... eu pensei muito em Sofia hoje. Em como estaria orgulhosa de mim. No quanto ela estaria se divertindo com vocês duas. Ela teria amado vocês. — A princesa tentou afastar as lágrimas olhando para o teto. — Principalmente Isra — ela disse, e riu.

Os olhos castanhos de Isra se acenderam com alegria.

— Ela está com você, El. Sempre estará com você.

Merissa pegou as mãos de Elara, puxando-a para inspecioná-la por inteiro.

— Pelos céus, este deve ser meu melhor trabalho.

Quando Elara virou, Isra deu um assobio baixo.

— Tem certeza de que não quer ser meu par? Sou muito mais bonita do que Enzo.

Elara riu, virando-se para o espelho de corpo inteiro.

Ela mal se reconheceu. Nunca tinha usado um vestido como aquele. Painéis transparentes da cor de esmeraldas escorregavam por suas pernas e se acumulavam como lava derretida a seus pés. Uma fenda tão alta que dava para ver a curva de seu quadril subir por uma coxa, mostrando toda a extensão da perna bronzeada. Duas alças finas enfeitavam seus ombros, e o decote mergulhava dramaticamente. Merissa tinha prendido o cabelo cor de ébano em um rabo de cavalo alto, com uma faixa dourada na base, o comprimento descendo até a cintura. O visual deixava seu rosto severamente aberto, mostrando todos os planos acentuados de suas maçãs do rosto altas. Para completar, kajal esfumado para um olhar felino, os lábios brilhando como diamantes, maduros para beijar.

Seus olhos recaíram sobre a lingerie dourada visível no alto da fenda do vestido.

– Sim – Merissa disse, acompanhando os olhos de Elara. – Acho que é melhor você tirar isso.

Isra uivou e Elara a empurrou na cama, mas foi até o banheiro fazer o que Merissa havia aconselhado, morrendo de nervoso pensando em como a noite poderia se desenrolar.

Capítulo Cinquenta e Cinco

O coração de Elara batia acelerado de expectativa enquanto caminhava de braços dados com Isra e Merissa. Com a cabeça erguida, a jovem parou no alto da grande escadaria, avaliando o cenário abaixo. Mulheres usando tecidos finos vagavam, a batida sensual da música alimentando o feitiço escuro que parecia lançado abaixo de Elara. Viu um casal contra uma parede, beijando-se de maneira apaixonada; em outra parte, uma mulher estava com as pernas ao redor da cintura de um soldado alto e musculoso, o vestido enrolado nos quadris. As sombras dentro de Elara serpeavam, ansiando sentir o prazer estabelecido diante dela.

Ela se virou para Merissa, cujos olhos já estavam atipicamente escuros, e depois para Isra, cujo olhar frio estava analisando a cena abaixo com uma mistura de deleite e desejo. As três começaram a descer as escadas devagar, notando com satisfação as cabeças se virando em sua direção.

Tantos soldados quanto cortesãos esbarravam os olhos na perna descoberta de Elara, nas curvas de Isra e na sugestão de vestido de Merissa, bem longe do vestido mais recatado que a moça tinha usado em Aphrodea. Um soldado bonito, sem camisa e com os músculos firmes, aproximou-se de Isra e lhe ofereceu a mão.

– *Saia daqui* – ela zombou, desviando dele.

Elara abafou uma risada.

Ela ouvia a música reverberando mais alto, tanto que dava para senti-la pulsando dentro de si. Sua batida era diferente da música de Aphrodea, um ritmo lento com violinos e bateria que apenas aumentavam a expectativa que se movia pelo corpo dela.

Quando chegou na entrada da sala do trono, sabendo que Enzo devia estar esperando atrás daquelas portas, a pulsação de Elara começou a rugir em seus ouvidos. Daquele momento em diante, a verdadeira libertinagem começaria.

O guarda que estava na entrada, embasbacado com a visão, tossiu.

– Depois de vocês, garotas.

A porta se abriu.

Enzo estava esparramado em seu trono, sem o paletó e com a camisa desabotoada. Uma energia imponente irradiava de seus olhos em chamas, enevoados com ambrosia, a coroa inclinada na cabeça de cabelos escuros. Ele conversava com Leo, que exalava fumaça rosa da boca, fumando um cachimbo de maneira indolente. Uma mulher de pele cor de oliva, cabelos preto-azulados e olhos castanho-escuros estava conversando e rindo com os dois.

– Ah, *ali está* meu par – Isra murmurou, os olhos fixos na bela mulher.

– Você não me contou que estava cortejando alguém – Elara sussurrou.

– É casual – ela respondeu, passando os olhos pelo corpo da mulher.

Os olhos de Elara se estreitaram quando outra pessoa chegou ao lado de Enzo – Raina, a garota de cabelos castanhos que havia visto em sua primeira noite no palácio. A mulher começou a competir pela atenção de Enzo, mas, para o alívio de Elara, ela rapidamente se cansou de ser ignorada e foi embora.

Estabilizando os nervos, a princesa começou a caminhar, Merissa e Isra ao lado dela. O trio não se apressou para percorrer o longo corredor da sala do trono. Elara mal registrou o cheiro doce de fumaça que preenchia o ar e os corpos se retorcendo nas sombras da sala, dançando e se esfregando, ou se movimentando e gemendo em cantos atrás de tecidos transparentes que cobriam as paredes da sala cavernosa. Seus olhos fixaram em Enzo enquanto ela levava o tempo necessário, desejando que o príncipe olhasse para ela.

Ela viu o corpo dele enrijecer como se a sentisse antes de vê-la. Seu olhar voou para a jovem. Os dois olharam nos olhos um do outro, a taça de ambrosia na mão dele caindo no chão enquanto um olhar predatório ocupava seu rosto. Seus lábios se abriram. Leo se virou para ver o que havia causado a comoção de Enzo e cravou os olhos em Merissa. Ele engasgou com a fumaça que estava inalando, tossindo. Elara conteve um sorriso.

Ela não notou quando Isra e Merissa se afastaram e, de repente, estava sozinha, a poucos passos do trono de Enzo, perto o suficiente para sentir o inebriante perfume de âmbar que sempre o acompanhava. Ele se endireitou na cadeira, um músculo em sua mandíbula ficando tenso.

– Elara. – O som era lento, em uma voz que ela não reconhecia, e seu nome proferido por aquela boca perversa fez uma espiral de calor passar de seu estômago para seu âmago.

– Príncipe. – A resposta dela não passou de um sussurro.

Enzo cerrou os dentes e ela viu as mãos do príncipe se agarrarem no braço da cadeira quando ele se inclinou para a frente.

– Achei que talvez você não viesse esta noite.

Ela inclinou a cabeça.

– Sentiu saudade?

O olhar dele escorregou da barra de sua saia de *chiffon* até a fenda do vestido. Ele se mexeu sobre o trono e olhou nos olhos dela, seu charme e compostura rotineiros deslizando como uma máscara.

– Sempre. – Ele sorriu aquele mesmo sorriso de leão ao se levantar.

Enzo estendeu a mão, as mangas da camisa arregaçadas para mostrar os braços largos e musculosos, firmes com a tensão.

– Venha comigo – ele ordenou.

Elara se aproximou.

– Acho que mudei de ideia sobre aceitar ordens suas.

Um som baixo escapou dele antes de responder:

– Você tem segundos, princesa – ele disse com calma –, antes que o pouquíssimo controle que eu tenho desapareça e eu decida que não me importo em ter público.

Ela pegou na mão dele, nervos à flor da pele, e Enzo a levou para as sombras. Afastando o tecido transparente, a expectativa ameaçava engoli-la ao ver o que havia diante dela. Peles cobriam o pequeno compartimento, um dos muitos que ocupavam as paredes da sala do trono apenas aquela noite. Havia um divã baixo no centro, comida espalhada em bandejas sobre uma mesa ao lado dele. Um grande cachimbo de vidro estava posicionado perto dos assentos. Em sintonia com o solstício, com seu lado obscuro assumindo o comando, a princesa se virou para Enzo que entrou atrás dela, puxando o tecido transparente para fechar. Ela o empurrou para o divã, e o rapaz riu de leve.

Ela se juntou a Enzo, montando nele, e com um gemido, os lábios dele se chocaram contra os dela. O príncipe estava quente – febril. Elara se deleitava em seu calor enquanto os dedos tocados pelo fogo desciam pelas costas descobertas dela. A língua dele reivindicava a dela, varrendo sua boca. A jovem se deleitava com ele, ciente de que em poucos momentos Enzo a desvendaria por completo.

Ele enrolou a mão no comprimento de seu rabo de cavalo.

– Gosto disso – murmurou junto ao pescoço dela, dando um puxão para dar ênfase ao que dizia, de modo que a nuca dela permanecesse descoberta.

O desejo percorreu o corpo de Elara em um instante, ansiando por mais. A princesa se esfregou nele, sentindo-o duro sob seu corpo, e o leão rugiu em resposta. Ela se manteve na posição, os cabelos presos entre as mãos enquanto ele lambia e beijava seu pescoço, seus gemidos preenchendo o espaço. Então, lentamente, como se tivesse todo o tempo do mundo, Enzo a soltou, sentando-se mais para trás no divã enquanto ela permanecia montada nele.

– Você parece pecaminosa. – Ele pegou o cachimbo.

Elara riu.

– Nunca fui tão devotada.

Enzo umedeceu os lábios, olhando para os dela.

– Quer um pouco? – ele perguntou, oferecendo-lhe o cachimbo em voz baixa.

A mente dela já estava enevoada pela fumaça e pelo álcool, e a jovem se viu aceitando, mordendo o lábio.

– Aphrofumo – ele explicou com os olhos pretos. – Alguns dizem que é afrodisíaco. Não que eu ache que vá precisar perto de você.

Enzo sugou o cachimbo profundamente, sem tirar os olhos do rosto dela, e Elara observou os lábios dele.

– Abra a boca, princesa – ele disse prendendo a respiração, e afastando os lábios dela com o polegar .

Com a boca a um milímetro de distância da dela, soprou a fumaça doce dentro de sua boca. Ela inalou com avidez, sentindo um quê de algodão-doce na fumaça, o ato de intimidade a deixando em chamas enquanto o vapor doce se espalhava rapidamente em sua corrente sanguínea. O sabor a lembrou das nuvens de Aphrodea.

O restante do mundo desapareceu, a única sensação era a pulsação acelerada indo de seu âmago a seu coração e voltando, levando prazer por suas veias. Ela gemeu, arqueando as costas ao deixar a cabeça inclinar para trás. Cheia de sensualidade e uma coragem desinibida devido ao aphrofumo, seus olhos recaíram sobre a bandeja de comida mais próxima. Enzo seguiu seu olhar, vendo os dourangos cobertos de chocolate.

– Lembro do quanto você amou comer dourangos – ele murmurou, estendendo o braço para pegar uma da bandeja. – Como a observei comê-los, esses seus lábios lindos sugando e girando ao redor enquanto olhava para mim. – Ele se aproximou mais e disse em voz baixa. – Lembro de pensar comigo mesmo que nunca tinha sentido tanta inveja de uma fruta.

Ele ergueu a frutinha entre ambos.

Olhando nos olhos dele, a princesa lambeu o dourango que o rapaz tinha estendido e gemeu de prazer, o desejo percorrendo seu corpo com o sabor e com as palavras dele. Enzo demonstrou sua aprovação, passando as mãos sobre o corpo dela, explorando cada centímetro com avidez. Depois, com aço nos olhos prateados e atordoada com a droga, ela pegou o dourango da mão dele com os dentes e afundou a boca ao redor de dois de seus dedos, chupando o chocolate derretido deles.

Ele praguejou baixinho.

– Elara – ele suplicou com um desejo pesado na voz enquanto seu polegar acariciava o ossinho do quadril dela.

Enzo paralisou, chocado.

– Elara Bellereve. Por favor, pelas Estrelas, me diga que você está usando calcinha.

Ela olhou para ele e arqueou uma sobrancelha.

– Por quê? O que você acha?

Ele esticou o pescoço ao soltar um longo suspiro, olhando para o céu.

– Seu plano de todos aqueles meses atrás está funcionando. Você está tentando me matar, cacete.

Ela riu, aproximando-se para beijá-lo, mas ele a imobilizou.

Gentilmente, com muito mais gentileza do que ela esperava, ele beijou sua testa. Depois, para descrença da jovem, o rapaz a tirou de cima dele, acomodando-a no divã enquanto se ajoelhava na frente dela.

Com uma respiração profunda, ele pegou a coroa dourada no alto de sua cabeça.

– Elara, antes de qualquer outra coisa acontecer, quero lhe dar isso. Minha coroa. – disse tão baixinho que ela teve que se esforçar para ouvir.

Enzo colocou a coroa com reverência sobre a cabeça de Elara, e uma onda de riso escapou dela, a cabeça girando devido à fumaça. Ela ficou séria quando viu a sinceridade no olhar dele.

A respiração de Elara acelerou quando os dedos dele percorreram de seu tornozelo à panturrilha, mantendo contato visual com ela o tempo todo. Sentiu uma lambida de fogo ao passo que magia ondulava dele, seguindo o mesmo caminho de seus dedos. Estremeceu, recostando-se. A saia do vestido se abriu de tal maneira que uma perna ficou exposta pela fenda na altura do quadril ao ar frio do compartimento.

– Sabe como você fica bem usando minha coroa, Elara?

O peito dela estava ofegante ao observar a mão dele subir pela parte interna de sua coxa, aquelas chamas correndo um pouco mais acima.

– Combina mais comigo do que com você, eu sei – ela provocou, sorrindo mesmo enquanto seu estômago revirava, todos os sentidos aumentados.

Enzo passou os ossinhos das mãos por um nervo na parte macia do interior de sua coxa. Ela puxou o ar, ficando tensa. O canto de sua boca se retorceu para cima.

– Combina. Continue com ela. Eu sempre quis saber que sabor tem uma rainha.

Ele deu um beijo suave no joelho dela, e Elara jogou a cabeça para trás, os olhos se fechando.

– Você vai seguir minhas ordens?

Os olhos dela se abriram.

– Depende. Você vai fazer valer a pena?

Ele passou a língua nos dentes.

– Estou contando com isso.

– Então, sim.

Os lábios dele se movimentaram acima da coxa. Elara prendeu a respiração, querendo sentir apenas os lábios e língua dele sobre ela.

– Abra mais as pernas.

Elara obedeceu, acomodando-se mais para trás no sofá.

– Agora, pegue a mão e se toque pra mim. Exatamente como tenho certeza de que já fez muitas vezes depois de nossas sessões de treinamento.

Enzo se sentou sobre os calcanhares, com arrogância estampada nos lábios. Só isso fez com que ela mordesse os lábios ao seguir a ordem dele, pensando nas vezes que *tinha* se tocado sob a cobertura da escuridão, sempre as mãos dele substituindo as suas em suas fantasias.

Com a respiração acelerando a cada movimento, Elara abaixou a mão, colocando-a sob a abertura do vestido. Sem calcinha, o contato de seu dedo contra o sexo a fez abafar um gemido, e os olhos de Enzo escureceram ao ver a sombra do movimento sob o material fino.

– Isso mesmo, princesa – ele a encorajou. – Me mostre o que estou perdendo.

O deslizar de sua mão saciou apenas parte da necessidade que a invadia, e ela tentou persegui-la, tentou seguir o prazer. Mas não adiantou. Ela queria Enzo. E soltou um suspiro frustrado.

– Precisa de uma ajudinha? – ele perguntou, inclinando-se para a frente, envolvendo os sentidos dela em âmbar ao se apoiar dos dois lados da poltrona e lamber um rastro da clavícula ao ouvido dela.

– Sim – ela conseguiu responder, ofegante.

Enzo cobriu a mão dela com a dele, antes de pressionar com firmeza. Ela gemeu quando ele arrastou as mãos dos dois de forma sincronizada sobre sua carne sensível.

– Deuses, meu sonho é provar essa bocetinha linda – ele sussurrou, antes de se afastar.

Elara ofegou quando ele sorriu, pressionando um beijo no pescoço dela antes de se abaixar por seu corpo novamente. O príncipe tirou a mão de Elara, olhando para ela, sua boca pairando sobre seu sexo.

– Agora, diga por favor – ele sussurrou.

Ela estremeceu quando a respiração dele a acariciou, depois arqueou-se quando o rapaz passou a língua sobre o material que cobria sua pele. Gemeu ao sentir o calor úmido através do tecido, desenhando um círculo irresistível ao redor dela. Ele sugou, olhando nos olhos de sua princesa, e ela xingou, convencida que poderia gozar só com aquilo. Nunca em sua vida havia sentido tamanho desejo e desespero, todos os nervos de seu corpo pulsando.

– Estou esperando – ele murmurou, afastando a boca.

O desejo queimava acima de qualquer orgulho que ela tivesse. Mais um giro de sua língua bastaria.

– Por...

Um rasgo no tecido transparente cortou sua frase.

Em um instante, Elara desapareceu enquanto o rei Idris entrava no pequeno espaço. Enzo olhou ao redor, confuso, depois com raiva quando o pai olhou com desprezo para o compartimento e para Enzo, que rapidamente se levantou.

– Desculpe interromper o que quer que *isso* seja – ele gesticulou para a cena diante dele e franziu a testa. – Lorenzo, você e eu precisamos conversar.

– Agora não, pai – ele retrucou, levantando-se e passando os olhos pelo compartimento.

– Você vai ouvir, e vai ouvir bem – o rei respondeu com um grunhido baixo.

Com outro olhar desesperado para as paredes do compartimento, o príncipe se virou totalmente para seu pai.

– Fale logo, então – Enzo disse com frieza, ajeitando os cabelos e colocando as mãos nos bolsos.

– Ariete pretende marchar para Helios.

– O quê? – Enzo sussurrou.

O rei Idris confirmou com a cabeça.

– Ele não pode usar sua luz estelar ara descer devido às proteções de Leyon em nossas fronteiras. Mas pode entrar fisicamente. A notícia chegou agora de nossos espiões. Ele está convocando uma Reunião de Cúpula das Estrelas. E, conhecendo o Rei das Estrelas, eles concordando ou não com a quebra do acordo em seu reino patrono, ele virá. Eu diria que não temos mais do que dois dias até ele partir.

Elara controlou a respiração enquanto permanecia presa em sua fenda de realidade.

– No entanto, tem algo que você precisa saber.

Enzo esperou.

– Num ataque de raiva ao descobrir que tinha sido enganado por Elara, Ariete destruiu o palácio asteriano. Não sobrou nada. E não há governante. Ao que parece, o rei Lukas desapareceu semanas atrás. O reino está sem monarca. Em profunda desordem. Não há ninguém pra assumir o trono, já que a maioria que tinha laços com a coroa foi morta quando Elara escapou. – O rei deu um pequeno sorriso enquanto a visão de Elara borrava com lágrimas. – Asteria está um caos. E pronta pra ser tomada. Nossas tropas já abateram dezenas de seu insignificante exército estacionado na fronteira, sem um governante.

Lágrimas começaram a cair dos olhos de Elara enquanto a princesa perdida tremia em silêncio. Ela conhecia seu exército. Tinha visto muitos dos soldados todos os dias no palácio.

– Por quê?

– Por quê? – Idris riu. – Porque os asterianos são parasitas, Lorenzo. Sabe, um dia você também pensou assim. Não me diga que caiu na bruxaria da princesa?

– É claro que não – Enzo retrucou.

– Porque notei como a olhou em Aphrodea.

Elara viu a expressão de Enzo se transformar em repulsa, ao mesmo tempo que seu coração acelerou.

– Você disse pra fingirmos. Nós fingimos. Ainda não suporto a asteriana.

– Espero que sim, Lorenzo – Idris respondeu. – Porque ela é sua inimiga. Espero que nunca se esqueça disso.

Ele saiu, Enzo tenso ao se virar lentamente.

– Elara? – ele chamou.

Mas ela permaneceu em silêncio, coberta por sua magia.

Elara ouviu um suspiro e passos suaves quando ele saiu do compartimento. Assim que isso aconteceu, ela desabou, sua ilusão e suas esperanças se estilhaçando ao seu redor.

Capítulo Cinquenta e Seis

Elara correu, aos prantos, pelos corredores escurecidos, ilusões a envolvendo novamente, segurando a coroa de Enzo junto ao vestido.

O som de música sensual a enjoava, e ela tentava expulsar a sensação soporífera da cabeça. Seu povo. Seu reino.

Enquanto absorvia Luz e andava com príncipes, eles estavam sendo mortos. Deixados cada um por si. Não apenas a sua corte, mas também seus cidadãos. Sem governante, sem protetor. Eles tinham sido abandonados. Por ela.

A princesa levou a mão ao estômago ao chegar em seu quarto, mexendo na maçaneta e batendo a porta ao entrar. Desmoronando na cama, pensou em todos que havia abandonado, todos que tinham confiado nela. Ela devia ter ficado. Permanecido em Asteria, mesmo que isso significasse ser o cachorrinho de Ariete, em vez de permitir que esse destino recaísse sobre seus súditos.

Alguém bateu na porta, e ela paralisou. Prendeu a respiração, tentou aquietar o choro. Mas ele recomeçou.

Elara já sabia quem era antes mesmo de abrir a porta. Secando os olhos, ainda segurando a coroa dele, ela abriu.

A visão quase partiu seu coração em dois. Enzo estava parado diante dela, encostado na porta, com o rosto aflito. Sua camisa estava amassada e os cachos emaranhados.

— El — ele disse, fazendo menção de entrar.

— Enzo — ela disse com firmeza, bloqueando seu caminho.

Ele olhou para o braço dela barrando a porta, depois a encarou, confuso.

— Enzo, o que aconteceu lá não pode acontecer de novo.

— El...

— Não. Ouça. Por favor — ela acrescentou de maneira mais suave, as paredes ao seu redor desmoronando sobre si mesmas. — O que aconteceu *lá dentro* nunca deveria ter acontecido, para começo de conversa. — Elara ficou ereta, endireitando os ombros. — Eu fui egoísta. Egoísta de uma maneira imperdoável. Com todos ao meu redor. Com meu povo, meu país. Até com você.

Ela engoliu o nó em sua garganta.

– El, se você ouviu o que conversei com meu pai, saiba que não quis dizer nada daquilo, e Asteria...

– Eu sei – ela disse. – Mas a verdade ainda é a verdade. Nós *somos* inimigos. Seu pai acabou de admitir que matou membros de meu exército. Ele quer tomar Asteria pra si, e você não pode fazer nada para detê-lo.

Enzo quis argumentar, mas ela continuou.

– Deixei meu coração me guiar em vez de minha cabeça. E pessoas morreram por causa disso. Antes de tudo sou a herdeira do trono, e deveria ter aceitado meu destino, em vez de arrastar pessoas inocentes tentando mudar seu curso.

– Elara, foda-se o...

– Pare. – Ela imobilizou os lábios dele com a mão trêmula. Enzo a estudou em silêncio, com os olhos escuros enquanto ela sentia a queimadura de seu olhar. – Sinto muito. Sinto muito por achar que isso era algo além de uma aliança temporária.

– Elara, o que você está fazendo? – As palavras eram farpas entrando no coração dela. A jovem engoliu em seco, vendo o punho dele cerrar contra a parede, a mandíbula se contorcendo.

– Sinto muito ter envolvido você, quando ambos sabemos que estou destinada a uma Estrela. – Ela segurou a coroa na frente dele. – Acho que deve ficar com isso.

Enzo olhou para a coroa, depois para ela, os olhos brilhando como brasas. O príncipe se afastou da parede, com seu aroma de fogueira e âmbar. Pegou a coroa da mão dela. Por um instante, Elara viu o ímpeto de dizer alguma coisa cruzar o rosto dele. Ele levou o punho a boca, contendo-se.

– Como desejar, princesa – ele respondeu, por fim, em voz baixa e com um sorriso tenso.

Então foi embora, deixando-a encostada no batente da porta. Não olhou para trás enquanto seguia pelo corredor.

Quando o viu desaparecer, ela afundou no chão, todo o seu corpo assolado pelo sofrimento. Não saberia dizer quanto tempo ficou ali, mas, em algum momento, Merissa apareceu na sua frente.

Sua amiga não disse nada, apenas pegou Elara do chão, fechou a porta e a ajudou a se trocar. Ela a colocou na cama com cuidado, e se deitou ao seu lado. Não perguntou por que a princesa estava chorando, nem presumiu. Acariciou os cabelos de Elara até, depois de um tempo, pegar no sono ao lado dela.

Elara permaneceu acordada, observando a poltrona vazia em que Enzo tinha dormido todas as noites enquanto ela se curava, sabendo que nada mais seria da mesma forma.

Capítulo Cinquenta e Sete

Na manhã seguinte, foi Leo que apareceu na porta dela, dizendo que assumiria seu treinamento rigorosamente até Ariete chegar em Helios. Elara teve a sensação de ter retrocedido meses, para a última vez que ela e Enzo pararam de se falar. Odiava o fato de estar aliviada por ter que treinar com o general, e também odiava o fato de estar decepcionada. Ela não tinha esse direito.

Piscou diante da claridade de Sol ao cavalgar ao lado de Leo em silêncio. A ausência de Enzo era um vácuo frio e vazio, e ela teve que morder o interior da bochecha para conter as lágrimas que se formavam. Leo olhou para ela ao chegarem no caminho familiar que levava à floresta, onde tinha treinado com Enzo pela primeira vez.

— Venha – ele disse com gentileza, levando os cavalos para um espaço com sombra entre as árvores. – Elara, Enzo me contou o que aconteceu ontem à noite.

— Você deu a ordem? – ela perguntou. – Para matar meu exército na fronteira?

— Não – Leo respondeu. – Juro que não fui eu. O rei Idris deu a ordem diretamente para as tropas acampadas na fronteira.

Elara acenou com a cabeça.

Leo umedeceu os lábios.

— Talvez ache que eu estou falando fora de hora, mas não me importo... Por que está fazendo isso? – ele perguntou. – Afastando Enzo? Até quem não a conhece percebe que você não quer isso.

— Não importa o que eu quero. Importa o que vai acontecer se eu ignorar o bom senso.

— Sei que Enzo não se importa com a profecia – Leo disse. – E nem a vê mais como inimiga. Eu o vejo com você. Eu o conheço.

— E o que importa? Mesmo sem a profecia, tenho um reino pra salvar, pessoas estão morrendo por minha causa. Porque eu fugi.

— Bem, você tecnicamente *foi sequestrada* – Leo respondeu com leveza.

Elara fez um som sarcástico.

– Mas eu tive a chance de retornar ao meu povo. De fugir. Ficar. E lutar. E não fiz isso. Porque sou covarde. E egoísta, para piorar. Disse a mim mesma que era porque eu deveria ser treinada como uma arma. Só então eu poderia voltar pra reivindicar meu trono. Mas estava mentindo. Eu quis ficar aqui. – Ela respirou fundo. – Então, sabe de uma coisa? É certo que eu esteja destinada a outra pessoa. O coração de Enzo é bom demais pra mim.

Leo soltou um suspiro lento e se afastou para olhar para ela contra Luz.

– Elara, sabe há quanto tempo eu conheço Enzo?

– Desde que vocês eram garotos – ela afirmou.

– Exatamente. Desde que éramos garotos. Eu o vi crescer. E o vi com mulheres. Eu o vi ficar entediado semana após semana com qualquer nova garota que estivesse em seus braços. Também vi o vazio em seus olhos. Vi como ninguém parecia ter o que ele procurava. – O general fez uma pausa, pensativo: – Eu já o vi falar de amor e o testemunhei esculpir isso em mármore. Vi em seus olhos a necessidade de algo mais profundo. – Leo soltou uma risada. – E, então, você chegou. Uma tempestade de fumaça e sombras. E acho que nunca vou me esquecer disso.

– Esquecer do quê? – Elara perguntou.

– A forma com que seus olhos se iluminaram da primeira vez que você falou com ele, com a língua tão afiada. – Ele riu ao se lembrar. – A forma como ele admitiu pra mim não muito tempo depois disso que nunca tinha conhecido alguém que ele teve a sensação de já conhecer desde sempre, profundamente. Alguém que podia enxergar através dele, quando era ele que fazia essas coisas. Elara, apenas me responda uma coisa. Quando o mundo é esvaziado, o que você procura? Porque eu sei o que Enzo procura. Quem Enzo procura.

Leo virou o rosto para Elara, seus ternos olhos castanhos deixando sua alma descoberta.

– Ele procura por você em todos os cômodos.

O estômago de Elara afundou quando sua mente voltou para quando ela estava deitada ao lado de Enzo no bosque. Ela lutou para reprimir o pânico e a alegria que cresciam em seu coração, a magnanimidade daquilo em que havia caído ameaçando dominá-la. Fez-se um longo silêncio até ela levantar os olhos, repletos de lágrimas, para olhar para Leo.

– Eu também o procuro.

Elara conseguiu continuar evitando Enzo. Ela se concentrou na iminente ameaça de Ariete, permitindo que Leo lhe passasse exercícios impiedosos, empunhando a lâmina de vidro crepúsculo como a arma letal que era. E, ainda assim, as palavras do general pesavam cada vez mais em seu coração. Então, Elara fez o que fazia de melhor; empurrou tudo para baixo, fechando bem a caixa que havia dentro dela, alimentando sua escuridão.

Quando não estava com Leo, ela importunava Merissa trabalhando com a amiga na cozinha, suplicando para que lhe mostrasse como glamourizava. Elara queria entender todas as dicas e truques que Merissa conhecia para aprimorar suas próprias ilusões.

Foi em um momento como esse que Leo entrou correndo na cozinha, olhos arregalados. As mãos de Elara congelaram na massa que estava sovando enquanto Merissa polvilhava farinha sobre ela.

— É Ariete, não é? – ela perguntou, as mãos ficando frouxas.

Leo confirmou.

— Ele fez a Reunião de Cúpula das Estrelas. As Estrelas se recusaram a quebrar sua regra, Leyon de maneira incondicional. Então Ariete disse a eles que entraria em Helios, sem se importar se isso daria início a uma guerra celestial. Ele marcha pra Helios amanhã.

— E onde está Leyon agora?

— Esperneando nos céus. Está exigindo que as Estrelas deem um golpe contra seu rei. Ele não ousaria combater o irmão sozinho.

— Treinamento, *agora* – Elara disse, limpando as mãos no avental e saindo da cozinha. – Merissa, preciso de você lá também.

Merissa franziu a testa e correu atrás de Leo e Elara.

Eles percorreram um corredor silencioso.

— Enzo sabe? – Elara perguntou a Leo.

— Sim, está a sua procura. Eu o vi atravessando o grande corredor momentos antes de eu encontrá-la

— Então precisamos treinar fora do palácio.

— Elara, acabamos de receber a notícia de que Ariete estará aqui amanhã. Enzo vai ficar irado se sairmos e ele não conseguir encontrar você.

A princesa soltou um longo suspiro.

— Eu sei. Sei que isso não é justo com ele. Ou com você. Ou com qualquer um. Mas se eu o vir, vou ficar distraída, e *não posso* me distrair quando encontrar meu destino com Ariete. Por favor, me diga que você compreende?

Leo esfregou o rosto com a mão.

— Está bem. Mas se eu o vir antes de sairmos, não vou mentir pra ele, Elara.

Eles atravessaram o palácio com rapidez, Elara pegando caminhos que já lhe eram familiares, até chegaram à trilha que levaria à floresta.

— Merissa, quero que você assista – ela disse enquanto subiam. – Fique de olho em pontos que eu deixar abertos, pontos em que Ariete poderia atacar.

E então, quando chegaram ao solo plano, ela puxou a adaga do lugar de sempre, perto da coxa, apontou-a para Leo, e eles começaram a dançar.

Quando terminaram, Elara foi direto para o seu quarto, saudando a dor de seus músculos e o latejar em sua cabeça. Era tarde, o palácio em silêncio com todos dormindo. Quando foi virar no corredor, parou. Enzo estava encostado em sua porta, um olhar cansado no rosto. Ela mordeu o lábio, retirando-se com o máximo de silêncio possível.

Não podia fazer aquilo.

Só o rosto dele já fazia seu coração trovejar, o puro desespero que estava gravado nele, a preocupação. *Covarde*, uma voz em sua cabeça sussurrou. Estava certo; ela era.

Saindo na ponta dos pés, ela entrou em um corredor que levava aos jardins do palácio, tingido de carmesim pelo céu noturno heliano.

Elara escalou pela treliça de rosas que subia por seu lado do palácio, pensando nas vezes em que voltava escondida para seu quarto em Asteria. Escalou a parede com facilidade, chegando com suavidade em sua sacada.

Mas, quando atravessou o quarto, hesitou. Elara sabia que Enzo ainda estava do outro lado, a luz de velas que passava pelo pequeno vão embaixo da porta estava obscurecida por uma sombra. Ela sabia que não devia. Que qualquer pensamento nele podia abrir as comportas que tinha trabalhado muito para fechar nos últimos dias. Ainda assim, seu coração suspirou quando foi até a porta. Afundou junto a ela, deslizando para o chão, fechando os olhos enquanto pressionava as costas contra a madeira. Talvez só daquela vez, Elara se permitiria essa fraqueza. Uma lágrima escorreu de seus olhos fechados. Talvez só mais uma vez, ela se permitiria ficar perto dele, com apenas uma porta entre ambos.

Quando o sono a abraçou gentilmente, Elara caiu em seus próprios sonhos. Estava no ateliê de Enzo. No entanto, na calma branca e pacífica do espaço, havia um buraco enorme no chão. Ela andou na direção do precipício escancarado, uma tempestade enfurecendo-se nas profundezas escuras sob ele, um abismo que parecia infinito.

Uma bola de fogo, mais quente e brilhante do que a própria Luz, queimava do outro lado do abismo, e ela sentiu com uma certeza gelada de que havia outra, brilhando em prateado, atrás dela. Então ouviu gritos – berros irregulares e desesperados, vindo do vazio. E lá, pendurado na beira do abismo, tentando sair dele, estava Enzo, seus dedos escorregando centímetro a centímetro.

Elara acordou pingando suor frio, com as costas e o pescoço duros junto à porta. Respirou fundo algumas vezes, lembrando-se de que o sonho tinha sido de sua própria criação. Ela se levantou, trêmula, olhando com os olhos semicerrados para as portas abertas da sacada. A penumbra de um vermelho profundo que entrava confirmava que se tratava da parte mais escura da noite. Ela olhou para a porta, mas o amarelo forte da luz de velas estava novamente entrando desimpedido pelo vão. Enzo tinha ido embora.

Andando de um lado para o outro no quarto e tirando o vestido colado ao corpo suado, ela decidiu ir para os banhos do palácio, ansiando pela calma da paz, da água e da escuridão.

Capítulo Cinquenta e Oito

No meio da noite, a casa de banhos era exclusiva de Elara, o som suave dos grilos-índigo estrilando do lado de fora e as paredes escuras lembrando o crepúsculo de sua terra natal. A princesa suspirou, soltando várias vezes o ar, trêmula, quando afundou na água até seus batimentos cardíacos voltarem ao normal. Aquele era um bom lugar para pensar, o som da água corrente acalmando seus nervos à flor da pele. No entanto, seus pensamentos voaram imediatamente para Enzo. Ela tentou suprimi-los, mas, sem outra distração, teve que os encarar.

Estava apaixonada por ele. E não só isso, quando o príncipe a havia beijado nas nuvens, ela tinha sentido um relâmpago de poder inegável. A sensação tinha sido familiar. Um reconhecimento silencioso. Como se depois de toda busca, sua alma tivesse dito *"Oh, aí está você"*.

Eram as palavras da profecia, proferidas por duas videntes, que pesavam tanto sobre ela. E as responsabilidades que a aguardavam. O fato de suas lutas não terem nem começado. A guerra se aproximava. Ariete estava próximo. E ela não estava nada perto de recobrar seu trono, ajudar seu povo.

Enquanto se via presa a seus próprios pensamentos emaranhados, a jovem ouviu o som distante da porta da casa de banho abrindo.

– Merda – sussurrou, olhando ao redor em busca de um lugar para se esconder. *Lá*. Uma cachoeira que escondia uma alcova acenava para ela.

Elara nadou até ela fazendo o máximo de silêncio possível, abaixou-se sob o fluxo e sentou-se no banco aquecido. Forçou os ouvidos, sem conseguir ouvir muita coisa devido ao som da água. Espiou nas sombras e viu uma figura alta se despindo, distorcida no fluxo da água. Suas bochechas ficaram quentes de constrangimento com a possibilidade de um homem estar ali com ela. Perdendo a figura de vista, sua respiração acelerou quando tentou nadar em silêncio mais para o fundo do canto escondido.

Alguns minutos de silêncio se passaram. Então, de repente, a cortina de água se abriu, e o coração dela parou.

– Ora, princesa, que surpresa agradável.

Enzo.

Um sorriso lento se abriu em seu rosto quando ele saiu da vazão da cachoeira e ajeitou os cachos para trás. Seus músculos ondulavam conforme as gotas de água desciam em cascata por seu corpo. O príncipe observou os cabelos molhados dela e seus ombros expostos no ar com um sorriso ávido. Ela afundou mais na água, pulsando de ansiedade. Fez uma careta.

– Bem, isso é inapropriado – ela murmurou. – Mas eu não esperava menos. Quero dizer, por que você *não estaria* aqui, numa casa de banho, no meio da noite enquanto estou completamente nua?

Ele riu.

– Você fala como se também não estivesse aqui... no meio da noite... enquanto *eu* estou completamente nu.

Elara se esforçou muito para não se concentrar no peito largo e nu de Enzo, mas falhou. Ela mal tinha ouvido o que ele havia dito, de tão focada que estava na água que escorria por seu torso cor de bronze e desaparecia na superfície que só chegava aos seus quadris. Com um esforço visível, a jovem se absteve de olhar mais para baixo. Em vez disso, fez uma careta.

– O que você disse?

– Eu perguntei – seu sorriso aumentou ainda mais – por que você está aqui a essa hora?

Ela soltou um suspiro e se mexeu ao longo do banco, desenhando círculos na água, e resolveu pelo menos descarregar alguma verdade.

– Tive um pesadelo.

Enzo olhou para ela com preocupação enquanto a princesa inclinava a cabeça para trás, olhando para as pinturas de nuvens e constelações que cobriam o teto.

– Então vim pra cá, onde tenho a sensação de estar em casa. – Ela olhou para ele por um segundo além da conta. – E você?

– Sempre venho aqui pra clarear a mente quando não consigo dormir – ele respondeu em voz baixa. – Ou seja, todas as noites dessa semana. – Elara arqueou as sobrancelhas. – Embora eu não estivesse esperando que uma mulher molhada e nua estivesse esperando por mim, uma que por acaso estava com as pernas ao redor da minha cintura algumas noites atrás. – Ele sorriu, mas havia uma leve tensão. Ela revirou os olhos e jogou água nele. – Vamos apenas ignorar o que aconteceu, é isso?

– Ignorar o quê? – Elara perguntou. – O fato de eu estar molhada e nua ou o que aconteceu no solstício?

Ele abaixou os olhos, e embora a jovem soubesse que o rapaz não conseguia ver nada sob a água no escuro, cruzou os braços e as pernas de qualquer modo, sentindo-se exposta demais.

– Eu quis dizer o que aconteceu no solstício – ele respondeu, aproximando-se. – Mas agora que você mencionou, estou muito mais ocupado com o que está sob a água.

– Porco. – Ela o molhou mais uma vez, e ele riu. Ela se apegou a isso, perguntando-se quanto tempo demoraria para ele parar de rir de suas piadas. – Sobre o que temos que conversar? Eu já lhe disse como me sinto. Não devíamos ter nos envolvido. Já é doloroso o bastante. Só vai ficar pior.

A mente dela voltou às palavras que o rei dissera, e elas fervilharam em suas veias. Elara nadou para mais longe dele ao mesmo tempo que as palavras reviravam em seu estômago. Mordeu o lábio para não desmoronar, para não querer beijá-lo de novo.

– Então você está dizendo – ele afirmou, levantando novamente na água – que isso terminou?

Ela confirmou com firmeza.

– Temos que parar. Eu estava errada em ignorar a profecia, em pensar que podíamos ser mais do que amigos.

– Eu a procurei o dia todo – ele disse em voz baixa. – Você me evitou todos esses dias. É isso que uma *amiga* faz?

– Eu estava treinando pra ficar o mais preparada possível para quando Ariete chegar.

Enzo chegou mais perto, e ela viu os olhos dele piscarem quando distinguiu seu rosto mais claramente na penumbra.

– Não minta pra mim, Elara – ele disse. – E, o mais importante, pare de mentir para si mesma.

A indignação cresceu nela.

– Não estou mentindo – ela sussurrou. – Concordamos em ser aliados. As últimas semanas foram um erro, nos deixamos levar por estarmos perto um do outro o tempo todo.

Covarde, covarde, covarde, a voz em sua cabeça gritava.

Enzo soltou uma risada fria, balançando a cabeça. Ele se virou, voltando para a cachoeira. Então parou, praguejando baixinho enquanto ela prendia a respiração, a tristeza erguendo a cabeça lentamente ao vê-lo partir. Ele se virou, gotas de água voando pelo ar.

– Eu fui *mais do que isso* – ele resmungou. – E sei que você sentiu também.

O príncipe voltou a se aproximar, ficando a centímetros dela, a água girando ao seu redor, fazendo-o parecer o próprio Scorpius, Estrela dos oceanos, enquanto a raiva faiscava em seus olhos.

– Os últimos meses não significaram *nada* pra você? – O peito dele estava ofegante, fúria recobrindo todas as palavras. – Eu fiquei com você todas as noites. Te mostrei a minha arte. Eu te dei minha *coroa*. Isso não diz nada? Deuses, Elara. – Ele balançou a cabeça, olhando para os céus, depois a abaixou. – Você realmente não sente? – Sua respiração era uma carícia morna nos lábios dela.

– O quê? – ela sussurrou.

A voz dele era gutural, quase falha, quando respondeu:

– Esse *desejo* infinito.

E, com um gemido, a boca dele estava sobre a dela.

Não foi nada parecido com os outros beijos. Este era Enzo em sua glória total. Sua língua forçou a boca dela a se abrir, e Elara se rendeu, suspirando quando as mãos dele se entrelaçaram em seus cabelos molhados e sedosos. Todas as partes do corpo dela estavam pegando fogo, e a jovem agarrou a nuca dele enquanto o príncipe a beijava com uma força que enviava descargas elétricas através dela. Ele puxou a cabeça dela com brusquidão para beijá-la até a orelha, sua mão apropriando-se de seu pescoço.

– Enzo – ela gemeu, o peito pressionado ao dele, ambos molhados e escorregadios.

– Sim, princesa – ele sussurrou, subindo com a língua pelo pescoço dela. – Diga meu nome. Ele é seu.

Ela podia senti-lo debaixo d'água, duro junto a seu umbigo, e foi preciso toda a sua força para Elara não o envolver com as pernas.

A boca dele se afastou dela enquanto seu peito ofegava. As mãos ainda estavam nos cabelos de Elara quando ele respirou no pescoço dela.

– Me diga *agora* – ele murmurou. – Eu a desafio. Me diga que só quer ser minha amiga. *Aliada*. Me diga que isso não é nada.

Ela estava ofegante, desejando a sensação da língua dele na sua novamente.

– Só. Amigos –sussurrou.

Enzo a puxou de volta para o banco submerso na água e afundou, inclinando-se sobre ela.

– Minta pra mim de novo – ele ronronou enquanto sua mão subia pela coxa dela na água morna, fazendo-a estremecer. O príncipe sugou o lábio inferior dela, e ela gemeu quando o polegar dele começou a fazer círculos na pele interna macia, cada vez mais perto de onde ela latejava com uma dor que nunca a havia deixado.

– Eu te odeio – ela disse.

Ele mordeu o lóbulo da orelha dela com gentileza e se afastou, vendo-a se contorcer na água. Então, com os olhos escuros de desejo, se inclinou sobre ela, as mãos desesperadamente próximas de onde precisavam estar. O hálito dele era quente quando lambeu o vão de seu pescoço e sussurrou:

– *Não somos amigos.*

Com isso, acariciou o sexo dela com o polegar, e Elara jogou a cabeça para trás, estremecendo. Os círculos foram ficando cada vez mais concentrados quando ele a abraçou, o polegar ainda trabalhando. Enzo soltou um suspiro, cerrando os dentes.

Ela o devorava com a boca, desejando todas as partes dele dentro dela, esquecendo-se de toda a pressão, das regras e do colapso iminente. Elara gemeu mais alto quando Enzo colocou um dedo dentro dela, fogo ondulando por seu corpo. Ela começou a movimentar o quadril em círculos junto a ele, e o rapaz praguejou baixinho e a levantou, as pernas dela envolvendo sua cintura enquanto a pressionava com carícias languidas, no ponto macio dentro dela que ansiava por liberação. Elara tentou alcançá-lo embaixo d'água, mas ele a impediu.

– Hoje não – ele disse com a voz áspera. – Quero observar você gozar pra mim.

Ela olhou para ele. Suas palavras a deixaram tão perto do clímax que a princesa achou que gritaria sobre a água. Sentindo a excitação dela, Enzo enfiou um segundo dedo. Ela mordeu o ombro dele para conter um grito, e isso apenas o fez gemer em aprovação. Ele pressionou com mais força e mais fundo enquanto o polegar acariciava seu botão sensível. Ela sentiu a intensidade como uma onda rugindo e atingindo o ápice. Aquilo crescia dentro dela, rápido demais para controlar. Suplicando, continuou a se esfregar nos dedos dele, seus braços fortes a segurando.

– Enzo – ela gemeu, desesperada.

– Minta pra mim agora – ele sussurrou. – Me diga enquanto cavalga meus dedos que somos *apenas amigos*. Me diga, enquanto *eu* te sinto, que *você* não sente nada. – Havia raiva na voz dele, desespero.

Elara desacelerou, o coração batendo forte enquanto o prazer a invadia. Ela estava tão perto.

– Você quer que eu a deixe terminar, não é? – ele sussurrou, mordendo o pescoço dela.

– Sim – ela suplicou, a segundos de distância.

Os dedos dele paralisaram, e ela cambaleou para trás, seu prazer sendo arrancado.

– O que você...?

– Então admita, apenas pra mim – ele sussurrou, a outra mão segurando o queixo dela enquanto compartilhava seu ar como se fosse sua força vital. As respirações dela eram irregulares ao passo que a mão dele começou a trabalhar devagar, a pressão voltando a se formar.

– Sou uma mentirosa – ela suspirou.

— Sei que você é — ele murmurou. — Agora, goze pra mim, Elara.

Foi a gota d'água. A onda quebrou, e ela se estilhaçou ao redor dele, apertando-se enquanto ele continuava a trabalhar com os dedos. Seu clímax diminuiu e fluiu, ouro brilhando em volta dela até por fim voltar à realidade. A jovem agarrou os ombros dele, seu peito ofegante conforme respirava pesadamente. Ele afastou os dedos devagar e a sentou de volta no banco, beijando sua testa.

— Queria te fazer gozar desde o primeiro momento que me ignorou em nosso primeiro jantar — ele disse, olhando para ela com atenção.

Seus olhos eram iguais ao do Leão das histórias, aterrorizantes e magnéticos. Como se percebesse, o rosto dele suavizou, os olhos ficando mais leves. Os últimos tremores de êxtase a deixaram, o atordoamento se dissipando o suficiente para ela reunir seus pensamentos, verdades que havia desejado falar em voz alta desde que o rejeitara na porta do quarto.

— Enzo... — Ela olhou para o teto. — O que sinto por você... nunca senti por ninguém antes. Mas ambos conhecemos a profecia. Sabe o que está acontecendo no meu reino. Não posso cair nisso com você. O único final que vejo é repleto de dor pra nós.

Ele pressionou os lábios, resignado.

— Se de fato é isso que você quer.

— Não é o que eu quero. Mas é o que precisamos. — Elara tentou fortalecer sua determinação.

Enzo ficou em silêncio por um longo tempo.

— Está bem — disse, por fim, suspirando. — Vamos levá-la pra cama. Você precisa descansar para o que está por vir. — Ele se virou, as costas ondulando quando olhou para trás. — Tenho a sensação de que vai dormir melhor agora.

Eles caminharam em silêncio, Elara tão perdida em seus pensamentos que mal conseguia formar uma frase. Quando chegaram à porta do quarto da princesa, Enzo se encostou na parede e olhou para ela.

— Elara, amanhã o deus da guerra virá. Nós vamos lutar juntos. Da forma que treinamos. E eu só... quero que se lembre-se de que é a porra de um *dragun*. Que vai vencer Ariete, mesmo sem minha ajuda. Sei disso.

Elara sentiu seu coração começar a rachar.

— Bom, era isso... isso é tudo o que eu queria dizer. — Enzo suspirou. — Até amanhã.

— Até amanhã — Elara sussurrou, vendo-o se afastar.

E foi só quando o viu virar no corredor e desaparecer de sua vista que o medo começou a engoli-la. Um terror de que talvez, apesar de sua convicção, ela fosse morrer no dia seguinte, com tanto em seu coração sem ser dito.

Foi aquele pensamento, e as últimas palavras de Enzo, que forçaram Elara a sair de seu quarto e a passar pelos portões do palácio para procurar a única pessoa que ela achava que poderia ter as repostas que buscava.

Capítulo Cinquenta e Nove

— Não sabia pra onde ir — ela disse baixinho, afundando no calor reconfortante da entrada da casa de Isra.

A vidente se acalmou, abraçando Elara.

— O que aconteceu?

Elara mordeu a parte interna da bochecha para conter o choro enquanto Isra a levava para dentro de sua casa, esfregando os olhos.

— Essa profecia... Eu tentei fugir dela, tentei encontrar uma brecha. Mas não posso negar meus sentimentos, minha verdade.

Isra a fez se sentar e desapareceu na cozinha com um bocejo abafado. Elara ouviu barulhos na pequena cozinha quando Isra começou a preparar um chá. Ela voltou alguns momentos depois, entregando a amiga uma xícara quente de chá de hortelã com mel. Ela enrolou uma toalha com cuidado nos ombros de Elara, secando seus cabelos, que ainda estavam molhados.

— Quando estou perto de Enzo, eu sinto... sinto que sou atraída pra ele. — Ela tocou o coração. — Aqui. Eu o desejo mesmo quando ele está bem na minha frente. Já tentei afastá-lo, mas ele não me ouve. — Ela soltou uma respiração trêmula. — Como posso dar meu coração se a profecia diz que pertenço a outro?

— Você nunca me contou o que aconteceu na noite do solstício de verão — Isra disse calmamente.

— Estávamos num dos compartimentos do solstício. Enzo me deu sua coroa, e então...

— Ele lhe deu a *coroa* dele?! — Isra interrompeu, a descrença arregalando seus olhos.

Elara ficou paralisada.

— Sim... Ele a colocou em minha cabeça. Mas foi só um jogo bobo. — Ela fez uma pausa, começando a sentir apreensão.

— Elara, me diga exatamente o que ele disse e fez.

— Ele... — Ela franziu a testa, tentando reagrupar as lembranças enevoadas e repletas de fumo. — Ele se ajoelhou diante de mim e tirou a coroa. Disse "Eu te dou minha coroa, Elara", e a colocou em minha cabeça.

Isra pausou por um longo momento, analisado a princesa.

— Ele ajoelhou diante de você — ela sussurrou. — Enzo nunca ajoelhou diante de ninguém. Nem mesmo de seu pai, o *rei de Helios*, Elara. — Isra soltou um longo suspiro. — Na corte heliana, há uma tradição. Ela data de séculos. Dar a coroa significa que, quando subir ao poder, ele a escolherá como rainha, ou que perderia o próprio reino por você.

O coração de Elara acelerou. Ela devia ter escutado errado.

— Isso não pode ser verdade.

— É costume uma pessoa dar a coroa a alguém, depois mostrar a pessoa que a recebeu à corte, uma vez que decidiu que ela é o futuro que escolheu. Sem dúvida, se não tivessem sido interrompidos, ele teria saído do compartimento com você, e todos a veriam usando a coroa.

Lembranças voltaram à mente de Elara, uma tropeçando na outra conforme compreendia a magnitude do que Enzo faria por ela, e o que já tinha feito.

— As sereias. — As palavras dela não passavam de um sussurro. — Uma delas olhou para mim e me disse, *me disse*, que sua canção não me afetava. E me perguntou se eu sabia o que aquilo significava.

Isra assentiu.

— A canção das sereias não funciona com aqueles que já estão apaixonados. Essa é a verdade, Elara. Enzo está apaixonado por você.

As mãos de Elara tremiam. Ela não conseguia contê-las.

— Quando nos conhecemos, e você me decifrou... você me disse que tinha visto Enzo e eu combinando nossos poderes — ela disse. — Você viu mais alguma coisa, não viu?

Isra suspirou.

— Sim, mas isso é ele que deve te contar. Mas eu juro para você, Elara, a dor que a profecia pode causar em você e Enzo e da qual sente tanto medo... vale a pena. — Os olhos dela suavizaram. — Não é melhor deixar seu coração sentir cada pico e vale da vida, do que o fechar e não sentir nada? O prazer do amor não compensa a dor?

Ela olhou para o relógio pendurado sobre a cabeça de Elara.

— Fale com ele, Elara. Ele passou por aqui faz um tempo, a caminho do ateliê. Apenas... vá até ele. Ainda há tempo antes de amanhã. Pelo amor das Estrelas, apenas diga a ele, está bem? Diga que você também está apaixonada por ele.

Seus passos batiam nas pedras conforme corria, seguindo o caminho familiar pelas ruas escurecidas de Sol até o ateliê de Enzo.

A porta da rua estava trancada. Elara não deixou que isso a impedisse e deu a volta no prédio, escalando a parede que dava para o jardim suspenso e suspirou de alívio quando encontrou uma janela aberta.

Hesitando por um momento, puxando uma respiração trêmula, ela passou pela abertura e entrou no ateliê.

Enzo não estava lá.

O espaço estava como o haviam deixado quando criaram o vidro crepúsculo semanas antes, seus livros espalhados pelo divã macio, as ferramentas de Enzo espalhadas sobre a bancada de trabalho. Uma garrafa de água ainda jazia sobre a pequena mesa do jardim. Ela entrou em silêncio, mas mais lágrimas ameaçavam rolar. Cada momento feliz, cada lembrança boa e pura do que tinha acontecido naquele espaço. Elara foi até a bancada de trabalho e passou a mão sobre as ferramentas, um sorriso triste crescendo no rosto ao se lembrar de Enzo lhe obrigando a comer folhados de baunilha naquele mesmo lugar.

Ela soltou um soluço de choro. Ele não estava ali, e Ariete estava chegando.

Elara se virou, seus olhos avistando a tela atrás da qual Enzo tinha trabalhado, marcada com tinta e gesso, uma fina camada de poeira sobre ela. O projeto secreto. Ela sorriu quando passou os dedos sobre o material da tela e a colocou de lado.

Soltou um suspiro áspero.

Uma mulher estava esculpida em um pedaço gigantesco de pedra, tão alto quanto Elara. Era perfeitamente detalhada, os braços estendidos com uma naturalidade indomada, os cabelos espalhados ao redor, um brilho de coragem nos olhos. Os lábios da mulher estavam esculpidos em um sorriso de semijúbilo, e flores – não-me-esqueças, Elara percebeu – ornamentavam as mechas rebeldes de seus cabelos. Ela passou as mãos nas curvas da figura sob um vestido que parecia estar sendo puxado pelo ar ao redor delas. E soube, ao dar um passo para trás e absorver a arte, que estava olhando para si mesma.

Com um sorriso trêmulo e choroso, passou os dedos em seus olhos, espelhados na pedra, vivos em triunfo. As formas tinham sido esculpidas com tanto cuidado, um momento capturado no tempo.

Ela pensou em quando caiu do penhasco. O medo, seguido pela esperança. Enzo tinha capturado tudo isso. Ele a havia capturado no momento que ela tinha matado um monstro.

– Elara – uma voz sussurrou atrás dela.

Ela se virou, coração acelerado.

– Enzo – ela disse, sufocada. – Achei que você tinha ido embora.

O príncipe estava na porta do ateliê, segurando um copo de água.

– Estou aqui – ele disse com a voz áspera.

Ela deu um passo na direção dele.

– Sou eu. Essa escultura. No dia em que pulamos do penhasco.

– Eu… – Ele rangeu os dentes, engolindo. Seu maxilar se movia enquanto debatia se devia ou não falar. Fechou os olhos, com determinação no rosto. – Foi quando eu soube.

– Soube o quê? – A voz dela era apenas um sussurro.

– Que você era minha alma gêmea.

Algo saltou dentro do coração dela.

– O que você acabou de dizer?

– Minha mãe me disse, pouco antes de partir pra sua viagem a Asteria, que metade de minha alma estava faltando. Ela disse que podia ver minha contraparte perfeita esperando por mim.

– Não pode ser. – A voz de Elara estava rouca. – Minha profecia não permitiria isso.

– Não faz sentido, eu sei. Mas só posso te contar a minha verdade. Uma verdade que acho que você também sente.

– Mas você me odiava. – As mãos dela estavam tremendo, então as pressionou nas laterais do corpo.

– Quando eu a empurrei daquele penhasco, percebi que havia uma chance de você morrer, e algo puxou em meu peito. Um puxão físico. Eu não tinha escolha, não tinha domínio. Pulei atrás de você porque meu coração mandou.

Um nó tinha começado a se formar na garganta de Elara.

– Você ficou tão zangado comigo no dia seguinte, quando tentei ir embora.

– Eu não queria admitir o que sentia. E então, quando visitei Isra depois de lhe dizer pra ir… Ela me contou o que mais tinha visto quando a decifrou. Ela viu isso também, El. Nossas almas estão ligadas. Assim que ela confirmou o que eu suspeitava, entrei em negação. Fiz de tudo pra impedir que fosse verdade. Tentei continuar a odiá-la, te afastar. Por causa de quem você era, da profecia, do meu pai…

Ele suspirou.

– Mas agora, nada mais importa. Além de saber que estou apaixonado por você, Elara. E que você é quem andei procurando a vida inteira. Esse era meu segredo, meu pagamento para Eli. Que minha alma gêmea era uma garota que nunca poderia me amar de verdade.

– Enzo…

– Não, El. – Uma barragem pareceu se romper enquanto as palavras saíam dele. – Preciso que entenda. Você disse que não poderíamos ser nada além de amigos, e eu teria aceitado isso. Depois que a acompanhei de volta dos banhos, eu soube. – Sua voz estava áspera enquanto ele se afundava no batente da porta.

– Eu aceitaria as migalhas que você me oferecia. Tomando-a em goles, mesmo quando queria me afogar, se isso significasse que poderia estar perto de você.

Elara tremia conforme cada palavra a acariciava. Um silêncio se estendeu entre os dois enquanto Enzo mexia as mãos, o nervo em sua mandíbula se contorcendo. Ela olhou para ele, as palavras guerreando em seus lábios, até que enfim falou:

– *Se afogue em mim.*

Ele levantou a cabeça, todos os músculos atentos. Eles travaram olhares. Uma respiração irregular escapou do rapaz. Então, em cinco passos, Enzo estava sobre ela. As mãos entrelaçadas em seus cabelos.

– Eu também te amo – ela sussurrou junto aos lábios dele. – Acho que fui me apaixonando desde o que dia em que o conheci. Foi tão fácil te amar, Enzo. Sua força, sua paixão e seu coração de leão corajoso. – Elara colocou a palma da mão sobre o peito dele, que batia de forma instável. – Esperei a vida toda por você.

O sorriso que ele abriu diante das palavras dela foi a coisa mais bela que a princesa já tinha visto, mais bela do que qualquer tesouro de mármore que ele conseguisse esculpir. Luz brilhava dele quando encontrou os lábios dela. Elara arqueou nele, um gemido escapando de sua boca enquanto suas sombras o envolviam. Enzo a abraçou com força, tão perto, que a dor era intensa. Ela enrolou as mãos nos cachos dele e puxou, inclinando seu pescoço de modo que pudesse beijá-lo. Um gemido escapou dele quando suas mãos percorreram o corpo dela, sem saber ao certo por onde começar, agora que era toda dele. Afastou os lábios dela por um segundo enquanto tirava trabalhos e papéis da superfície da bancada. Então a levantou, e ela o envolveu com as pernas enquanto ele a erguia sobre a bancada. O desejo percorria o corpo dela ao observar o quanto o príncipe estava desvanecido – só por ela.

Seus dedos ásperos levantaram o vestido dela, e ela se viu já molhada enquanto o rapaz empurrava a cabeça dela para o lado, beijando e lambendo o arco de seu pescoço.

– Eu a imaginei estendida sobre essa mesa de trabalho desde o momento que entrou no ateliê – ele murmurou. – Minha musa.

Elara gemeu em resposta enquanto ele se afastava para olhar para ela. Sua mão subiu mais com urgência, e a outra começou a abrir seu cinto, e Enzo a abraçou novamente.

– Fui falar com Isra – ela sussurrou enquanto ele mergulhava a cabeça, suas mãos puxando o vestido dela. Os seios da jovem saltaram dele e ele praguejou, sugando e lambendo com a língua até seus lábios envolverem o mamilo dela.

– Estrelas – Elara exclamou.

Ele gemeu, os dentes roçando na pele sensível, lançando flechas de fogo através dela.

– Você foi, princesa? – ele murmurou, interrompendo a exploração com a boca apenas por um momento antes de movê-la para o outro seio.

Elara se inclinou com suavidade para olhar para ele.

– Ela me contou tudo. Sobre dar a coroa a alguém. O que significa.

Enzo fez uma pausa e se afastou. Pânico percorreu o corpo dela enquanto se perguntava se deveria ou não ter mencionado aquilo. Então, sem tirar os olhos dela, Enzo afundou lentamente à sua frente, sua forma alta ficando no nível dos quadris de Elara. Ele se segurou na bancada, com os braços dos dois lados dela.

– Fui interrompido de forma grosseira na noite em que a dei pra você. E é uma pena, já que expressei certo desejo de querer saboreá-la enquanto você a usava. Mas não importa. Tenho certeza de que seu gosto vai ser igualmente divino sem coroa. – Seu sorriso se curvou quando levantou a saia de Elara, antes de enganchar os braços nas coxas dela, as mãos agarrando sua pele macia. Ele levantou os olhos para a encarar.

– Algo me diz que você gosta que eu fique de joelhos.

– Nunca vi uma imagem tão linda – Elara afirmou.

– Em vez de uma rainha, vou transformá-la numa deusa. Assim posso te adorar como devo. – Seu sorriso se tornou positivamente felino quando levantou o vestido dela até a cintura. Elara se sentiu exposta ao ar frio e estremeceu.

– Sim – ele sussurrou. – Acho que vou rezar pra você com minha língua.

Ela pousou o pé de leve sobre o peito dele, empurrando-o para trás. Enzo olhou para ela, confuso, depois com desejo, ao observá-la, com o desafio brilhando nos olhos.

– Implore – ela disse.

Ele soltou uma risada leve, mordendo o lábio quando Elara sorriu.

– Ah, você é perversa.

A princesa ergueu um ombro.

– Segui suas ordens, é justo que você siga as minhas.

Enzo gemeu, os olhos virando para o sexo dela.

– Por favor – ele sussurrou.

– Por favor, o quê? – ela ronronou.

– Por favor, Elara, me deixe prová-la.

Os olhos dele queimavam ao olhar fixamente nos dela. Elara mordeu o lábio, erguendo os quadris e pegando o vestido com as duas mãos enquanto o puxava sobre a cabeça, descartando-o no chão. Ele enganchou os dedos na calcinha dela e a tirou, deixando-a nua. Enzo sorveu a forma nua dela, seus olhos percorrendo todos os centímetros, absorvendo cada curva. Ela sentia seu olhar como se fosse uma coisa tangível, arrastando chamas pelo corpo dela.

Ela se obrigou a olhar nos olhos dele enquanto abria as pernas.

– Pegue o que é seu – ela sussurrou, e Enzo não hesitou.

Sua língua afundou nela, pressionando com força. Elara ficou ofegante, agarrando-se na beirada da bancada enquanto rios de prazer dançavam em seu corpo. As mãos dela se entrelaçaram nos cachos grossos dele, cravando-se, enquanto se balançava no puro êxtase dele sobre ela. Um som que ela não sabia que era capaz de fazer lhe escapou quando ele girou lentamente a língua.

– Deuses, o seu maldito sabor, Elara. – Ele disse como se estivesse zangado. Aprofundou-se em suas coxas mais uma vez, finalizando o sentimento com um beijo lento e irresistível. – Como cerejas levemente aquecidas. Doce. Para. Caralho. – Ele gemeu nela e seus braços travaram ao redor de suas coxas mais uma vez, pressionando por mais, cada vez mais profundo. Ela nunca tinha sentido prazer assim. Era uma divindade nos braços de Enzo, os lábios dele eram como uma prece febril sobre seu corpo, reverente e adorável. Elara arqueou as costas, a cabeça caindo em êxtase quando uma lamúria escapou de sua boca.

– Eu sei, princesa – ele murmurou, parando por um tempo. – Eu sei.

A língua dele dançava, provocando e batendo antes de tomá-la como um todo, depois se afastando, lançando através dela ondas de ouro que a atingiam e levavam ao clímax. Ela sentiu como se estivesse se afogando; sentiu que estava voando. Tudo o que existia era aquele momento e ele, ajoelhado diante dela, adorando-a. E justamente quando achava que não poderia voar mais alto, ela sentiu Enzo colocar, bem devagar, um dedo dentro dela.

– Pelos céus, Enzo – ela sussurrou enquanto ele a preenchia.

– Meu nome nos seus lábios deve ser meu som preferido em toda Celestia – ele disse, o som profundo reverberando através dela. Elara estremeceu, mexendo-se ao tentar criar alguma fricção, qualquer coisa para saciar a dor que crescia dentro de si. Mas Enzo manteve o dedo parado, os olhos travados nos dela.

– Diga de novo – ele pediu com a voz rouca.

– *Lorenzo* – ela gemeu.

Com um suspiro, ele enfiou um segundo dedo dentro dela, e os curvou, mexendo-os com uma lentidão quase enlouquecedora enquanto girava a língua mais uma vez. A combinação a deixou no limite, e a princesa sentiu-se se desfazendo com suas carícias fortes e insistentes.

– O que foi mesmo que você disse que nunca tinha sentido antes? – Ele chupou devagar e ela estremeceu contra sua vontade. – Ah, sim – ele sorriu. – Fogo.

Para a total descrença de Elara, ela começou a sentir chamas mornas a lamberem enquanto Enzo pressionava a língua nela. Um filete de fogo saiu dançando de sua língua, e ela sentiu brasas pulsando e desenhando círculos ao redor dela. O calor era delicioso, quente o bastante para começar a sentir um formigamento.

Um rugido soou em seus ouvidos enquanto a língua e as chamas de Enzo a acariciavam, o calor vibrando e ondulando.

— Enzo, eu vou...

Enzo se afastou.

— Não, ainda não.

Ele tirou os dedos de dentro dela enquanto a princesa ofegava diante do vazio, o choque de chegar tão perto do ápice lhe tirando o ar.

— O que você está fazendo? — ela perguntou, sem ar.

Enzo passou a língua sobre os lábios, cobertos por ela, mas não respondeu. Ele passou o polegar preguiçosamente sobre seu centro, fazendo-a estremecer.

Os olhos do príncipe estavam pesados de desejo enquanto se encaravam, Enzo ainda de joelhos.

— Diga que você é minha, Elara — ele disse suavemente, e lembranças do encontro amoroso deles no baile asteriano ecoaram por ela quando viu algo parecido com uma súplica nos olhos dele.

— Eu sou sua — ela sussurrou.

Ele fechou os olhos e respirou fundo. Quando os abriu, havia apenas um fino aro dourado ao redor de suas pupilas. E, sem dizer uma palavra, o rapaz se levantou, erguendo-a de modo que suas pernas envolveram a cintura dele. Enzo a beijou com profundidade, e o sabor de si mesma nos lábios dele fizeram Elara estremecer de prazer mais uma vez.

Ele a colocou no chão, sobre os lençóis brancos estendidos por todo o estúdio para protegê-lo do pó de mármore e de gesso. Os primeiros raios do amanhecer começavam a brilhar através das grandes janelas, refletindo nas esculturas e nos bustos que os cercavam. Elara virou, passando os dedos sobre um grande busto que estava no chão ao seu lado, os dedos deslizando sobre os lábios da figura. Enzo esperou um momento quando ela arqueou as costas e estendeu os braços dela para trás, fechando seus olhos enquanto se deleitava na luz e na sombra que brincavam sobre ela.

— Vou esculpir você do jeito que está agora — ele sussurrou, puxando a camisa sobre a cabeça. Seus músculos ondulavam, tensos ao se aproximar de Elara, apoiando-se nos braços de cada lado dela.

Ele puxou uma mecha de cabelos dela entre os dedos. Elara sorriu para ele. A Luz dançava sobre ele, os raios dourados do início da manhã refletindo no bronze de sua pele.

— Nada vai ser igual depois disso, você sabe, não sabe?

– Já não é há um bom tempo – Elara sussurrou. – E eu ainda escolho você.

– Elara – ele sussurrou. – Você me tornou um homem melhor, sabia disso? Estava cego pela Luz havia tanto tempo, que nunca vi a beleza nas sombras. Você abriu meus olhos. Você me fez enxergar.

Elara derreteu, e sombras delicadas serpeando da ponta de seus dedos o acariciaram.

Enzo fechou os olhos ao receber o carinho enquanto desabotoava a calça devagar, deixando-a cair e a chutando para longe quando seu comprimento rígido foi libertado. Elara parou de respirar, um rugido surdo e forte ecoou dentro dela.

Quando levantou os olhos, ele a observava, petrificado.

– Abra suas pernas pra mim, princesa.

Ela se sentou, apoiada nos braços, os olhos sobre ele, sabendo exatamente o que queria e o que faria fossem quais fossem as consequências. E com aço nos olhos e erguendo o queixo, ela fez o que ele havia pedido. A princesa o viu se contorcer e mordeu o lábio, sem acreditar que era capaz de provocar tal reação nele sem nem o tocar. O príncipe estalou a língua, arrastando de leve os olhos para os quadris dela, os seios, demorando-se para absorver o que lhe havia sido negado por tanto tempo, até embaixo.

– Deite-se – ele murmurou.

Ela se deixou cair para trás sobre o lençol enquanto ele imobilizou seus braços sobre a cabeça com uma das mãos, a outra descendo pelas coxas, tão perto de onde doía.

– Por favor – ela meio que suplicou.

Os lábios dele se curvaram.

– *Agora* a princesa aprendeu as boas maneiras da realeza.

Enzo enfiou um dedo dentro dela enquanto lambia e mordia seu pescoço, beijando até chegar aos seios. Ele girou a língua ao redor de seu mamilo, e ela se arqueou na direção dele.

– Você está encharcada – ele gemeu nos ouvidos dela enquanto continuava, entrelaçando a outra mão com a de Elara sobre a cabeça dela.

Ela não podia dizer nada àquela altura. Nem um único pensamento coerente lhe vinha à mente, apenas o desejo por mais, mais e mais. Ela tentou incitá-lo com os quadris.

– Paciência é uma virtude, Elara – ele sussurrou junto à pele dela.

– E provocar deveria ser um pecado, *Lorenzo* – ela retrucou, sem fôlego.

Ele riu de leve, tirando os dedos dela devagar. Enzo se posicionou sobre ela, os braços musculosos dos dois lados.

Elara estava com os olhos fixos nos dele, sua pele brilhando. Estava tão bonito que os olhos dela lacrimejaram. Ela podia sentir a rigidez dele roçando em sua entrada e esfregou os quadris nela. Enzo paralisou, acariciando a têmpora dela, a bochecha, abrindo seus lábios. Após um instante olhando em seus olhos, ele empurrou lentamente para dentro dela.

Elara gritou, e ele capturou o som com a língua, querendo saborear seu prazer enquanto ele dançava entre os dois. Ela estava tão preenchida por ele que não conseguia pensar.

– Deuses – Enzo sussurrou enquanto continuava investindo. – Que encaixe perfeito.

Elara tinha pensado o mesmo, e as palavras dele a inundaram de mais prazer. Ele se acomodou até o fim, unindo-se àquela mulher enquanto ela ofegava.

Ela nunca tinha sentido nada parecido, certamente não com Lukas – a sensação de tamanha plenitude, tamanho pertencimento, desejo e prazer tão brutos.

– Eu não sabia que isso podia ser tão bom – ela disse, ofegante.

Elara se esfregou nele, impaciente por fricção, retorcendo os quadris enquanto ele observava.

– Malditas estrelas – ele sussurrou, deixando a cabeça cair para trás, puxando o ar profundamente. E começou a se mover com ela de maneira ritmada, devagar no começo, para que ela pudesse se ajustar a ele. Enzo se afastou e espalmou os seios dela, puxando o mamilo enrijecido. Ela gemeu com a sensação, prazer ondulando por todo o seu corpo ao senti-lo dentro e fora dela. Ela se esfregou com mais força, querendo mais. Ele praguejou novamente, ficando paralisado.

Elara parou, olhando para ele.

– Você está bem? Isso está bem?

Enzo soltou uma risada leve.

– Você parece o paraíso, e se continuar fazendo isso, vou gozar antes de você. E isso é diferente de *todas* as fantasias que eu tive.

Um pequeno arrepio percorreu o corpo dela.

– Fantasias, hum? Conte mais.

Ele deu uma risada obscura ao sair dela. Elara fez um som de protesto, mas ele se manteve sobre ela, ofegante.

– Qual você quer ouvir? – A cabeça dele desceu para o pescoço dela. – Aquela em que eu tirei aquelas suas roupas de treino suadas e minúsculas e te fodi loucamente?

Elara tentou recobrar um pouco de compostura, embora seu corpo estivesse agindo por conta própria, agarrando as costas dele, seus quadris inclinados.

– Aquela quando eu a fiz sentar no trono enquanto ajoelhava e a saboreava até a última e doce gota? Eu poderia continuar, princesa. – Ele lambeu o ponto pulsante quando enfim deslizou de volta para dentro dela. Elara gemeu quando algo começou a se apertar em seu estômago.

– Parece que você não conseguia me tirar da cabeça – ela sussurrou.

Enzo achou graça enquanto enrolava os cabelos dela na mão, puxando-o e dando beijos em seu pescoço.

– Você me consumia, Elara – ele disse, aumentando a velocidade. – Todos os momentos, eu queria você perto de mim, mesmo que fosse só pra lutar.

Ele empurrou mais fundo, mais rápido, e Elara pendeu a cabeça para trás.

– Você me queria tanto assim? – ela perguntou, ao mesmo tempo que o prazer se tornou demais, ameaçando engoli-la.

– Você não faz ideia. Você tem todas as partes de mim, El.

Ela paralisou os dois por um instante, segurando o rosto dele entre as mãos.

– Tenho certeza de poucas coisas nesse mundo, Enzo. Mas uma coisa que sei é que você *é* metade de minha alma. – Ela aproximou o rosto do dele, beijando-o com ferocidade. – Eu te amo – ela sussurrou. – Até meu último suspiro e além.

Enzo a segurou junto a ele enquanto se movimentavam ao mesmo tempo e ele beijava seu pescoço, seus lábios e sua língua, saboreando as palavras que ela lhe dava.

– Eu te amo, eu te amo, eu te amo.

Ela perdeu toda a determinação, a dor aumentando até se transformar em ondas quebrando enquanto gozava, fechando-se ao redor dele. Vendo-a perder o controle, ele gozou com ela, repetidas vezes, seus corpos batendo e tremendo em espasmos de êxtase, e apenas o nome dela se repetindo nos lábios dele:

– Elara, Elara, Elara.

Capítulo Sessenta

— QUERIA FICAR ASSIM PRA SEMPRE.

Deitada entre os lençóis aquecidos pela luz, Elara soltou um suspiro. Enzo estava com a cabeça apoiada na barriga dela, com o corpo entre suas pernas, enquanto a princesa brincava com seus cachos, torcendo-os distraidamente com os dedos. Os dois tinham pegado no sono e acordado, e com o nascer do dia a luz entrava mais clara.

— Eu também — ele sussurrou.

Não foi preciso dizer mais nada, o peso das entrelinhas entre ambos. Não demoraria muito e teriam que enfrentar Ariete.

Elara observou Enzo passar os ossinhos das mãos sobre as estrias prateadas e onduladas em seus quadris.

— Amo isso — ele murmurou. — Elas me lembram ondas do mar.

Elara se sentiu satisfeita consigo mesma sob o olhar dele, capturando sua suavidade, a quietude, enquanto podia.

— E isso — ele gemeu, afundando as mãos nas curvas macias dos quadris dela, que haviam ganhado forma nos últimos meses. — Eu poderia cravar meus dentes aqui.

— Enzo — ela riu, afastando a cabeça dele enquanto ele ria.

— Gosto deles também — ele murmurou, esticando-se e empurrando para o lado a camisa que ela tinha vestido para beijar seus seios fartos. — Sim, eu amo.

Ela revirou os olhos, suas bochechas ficando rosadas.

— O que mais eu amo? — ele ponderou, descendo a mão entre as pernas dela.

— *Enzo* — ela o chamou novamente, virando-se de barriga para baixo. — Sabe o que eu amo?

Elara beijou a sarda sob o olho esquerdo dele.

— Isso.

Ela passou o dedo sobre seus cílios pretos como carvão, se alongando sobre o rosto.

— E mais isso.

A princesa esfregou a orelha sedosa dele com o polegar, passando sobre a argola dourada.

– E isso também.

Ele acariciou seus cabelos e ela continuou, sorrindo.

– Sabe, quando eu era prisioneira e Gem vinha me interrogar... – ela contou em voz baixa, brincando com um fio solto do lençol ao senti-lo ficar tenso – ...esses eram os detalhes que me ancoravam. Eu os mantinha numa caixa fechada em minha mente quando Gem tentava destrui-la. É bobo, eu sei.

O rosto de Enzo era pura emoção quando ela o puxou para perto, de modo que ficou aninhada no peito dele, o coração batendo mais rápido do que antes.

– Mal posso pensar nisso sem explodir em chamas – ele disse. – Quando você foi tirada de mim, eu... – Ele fez uma pausa, balançando a cabeça. – Estava pronto pra incendiar Celestia.

Elara acreditou na promessa selvagem nos olhos dele ao dizer aquilo.

– Ah, fala sério... – Ela brincou. – Você não teria feito isso de verdade. Pense em todos os pobres inocentes que seriam pegos no fogo cruzado.

Enzo deu uma risada obscura.

– Você superestima minha compaixão, Elara, e subestima o quão profundamente *minha* você é. Eu deixaria o mundo inteiro queimar se isso a mantivesse aquecida.

Um calor egoísta percorreu seu corpo enquanto ela se aninhava mais nele.

– Então você botaria fogo no mundo por mim – ela disse. – Bem, *eu* transformaria o mundo em escuridão por você. Se fosse levado de perto de mim, nem uma única luz brilharia até que voltasse – ela acrescentou em voz baixa, precisando que ele compreendesse.

Ele a abraçou forte em resposta.

Os sinos do templo bateram a oitava hora, e Elara levantou a cabeça.

– É melhor voltarmos – ela disse, tirando a camisa e a entregando a ele.

– Queria que você ficasse com ela – ele disse, pegando-a. – Acho que prefiro você com ela do que com qualquer vestido de baile que já vi. – Ele a beijou no pescoço para enfatizar.

– Animal territorial – ela riu, colocando o vestido. – Não deixe Merissa te pegar falando isso.

Quando Enzo também terminou de se vestir e pendurou a espada na cintura, ele a pegou nos braços e ambos olharam para o espaço uma última vez. Elara observou as esculturas, as ferramentas e lençóis, os livros espalhados sobre a mesa. Ela nunca fazia pedidos para as Estrelas. Mas fez um pedido para outra coisa, desejando poder voltar para aquele lugar, com Enzo, depois que tudo acabasse.

– Antes de voltarmos, tem um lugar onde eu gostaria de te levar – ele disse, apoiando o queixo na cabeça dela.

O ar no Cemitério dos Anjos era como ela se lembrava: rarefeito, seco e quente. Elara o respirou profundamente, tossindo um pouco devido aos grãos de areia que sentiu entrar até o fundo de sua garganta, as areias vermelhas ao seu redor se movimentando.

– Eu me lembro de ter dito que esse não era um lugar muito alegre – ela afirmou, olhando com cuidado ao redor da plataforma circular sobre a qual estavam. – Continuo achando a mesma coisa.

Enzo riu, andando ao redor da plataforma, de um lado para o outro.

– É tão estranho lembrar que da última vez que estivemos aqui não nos suportávamos.

– Eu culpo a tensão sexual – Elara riu.

– Juro que você está ficando mais arrogante a cada dia – Enzo respondeu, andando na direção dela.

– Tenho um ótimo professor. – Ela sorriu, beijando-o com profundidade ao passo que ele envolvia os braços ao redor dela. – Então, por que me trouxe aqui? – ela perguntou, desvencilhando-se dele. Elara semicerrou os olhos contra a Luz e o brilho dos céus, dourados como um ranúnculo amarelo.

– Tenho esse pequeno ritual – ele começou a explicar. – Você vai achar que é bobagem, só uma superstição. Mas, antes de uma batalha, sempre venho aqui. Sinto esse tipo de magia ancestral, talvez um resquício dos *mythas* poderosos que lutaram séculos atrás.

Enzo olhou para uma das estátuas de anjo gigantescas, a pedra dourada esculpida se agigantando sobre eles. Elara acompanhou o olhar dele, olhando para o mar de areia adiante. O deserto vermelho e móvel se estendia por quilômetros, até onde o olho podia ver, depois se fundia às Areias do Pecador, no domínio da Estrela Capri.

– Parece bobagem – ele rompeu o silêncio –, mas andar onde o lendário leão alado de Helios andou uma vez, onde lutou e conquistou… Isso me dá força. Para enfrentar qualquer coisa que apareça pela frente.

Elara apertou a mão dele.

– Não tem nada de bobagem. Por que o Leão de Helios não quereria ficar perto de seus iguais? – Ele beijou a testa dela. – Você acredita que todos os *mythas* existiram? Caminharam neste mundo antes de nós? – ela perguntou.

– Acredito – ele respondeu. – E talvez outros seres também. – Enzo se sentou sobre a plataforma circular, fazendo sinal para ela se juntar a ele.

– Está vendo isso?

O príncipe passou a mão sobre o disco, tirando a areia vermelha que o cobria. Depois traçou com o dedo sobre a pedra, mostrando os desenhos e símbolos que Elara tinha notado antes, de longe. Ela observou as gravações desgastadas pelo vento e pela luz.

— Essas são as Estrelas — ele explicou.

Era uma roda com o símbolo de cada Estrela ao longo de sua circunferência. Ela viu as espadas cruzadas de Ariete no topo, a rosa de Torra e o tridente de Scorpius. Alguns outros símbolos familiares das Estrelas.

— Mas isto… — Enzo continuou. — Sempre me perguntei o que era.

Ele tirou a mão da roda e apontou em direção aos símbolos que pairavam em seu próprio círculo, envolvendo as Estrelas. Elara franziu a testa ao olhar para eles. Todos os símbolos eram estranhos, com círculos e anéis os cercando, alguns arcos crescentes, outros que pareciam raios brilhando.

— Minha mãe me trazia aqui — Enzo disse, e Elara acariciou o dorso da mão dele com o polegar. Seus olhos estavam perturbados, presos no passado. — Ela dizia que era pra eu me lembrar de que era um leão, tão digno de estar aqui quanto qualquer uma das criaturas aladas que lutaram antes de mim. Ela sempre foi enigmática, suponho que pela maldição de ser um oráculo. Mas jurou que tinha visto meu destino, e que eu era mais poderoso do que acreditava. Meu pai, como você sabe, nunca foi religioso. E minha mãe também não era. Ela… ela me disse que meu poder vinha de algo maior do que as Estrelas.

Ele levantou as mãos, e luz faiscou delas. Elara observou quando ela inundou a plataforma, espalhando-se pelas areias e subindo pelas estátuas de anjo, cobrindo-as.

— Mas Enzo — ela sussurrou. — Nada é mais perigoso do que uma Estrela.

— Você é.

Ela fez que não com a cabeça.

— Eu sobrevivi à morte, apenas isso.

— Não, Elara. Tem algo dentro de você. Posso sentir. — Ele passou os olhos pelo rosto dela. — Da mesma forma que sinto a maré mudando, como se um enorme xadrez tivesse começado, com jogadores que ainda nem imaginamos, todos movimentando suas peças. Tive a mesma sensação quando coloquei os olhos em você pela primeira vez. Que você faz parte de algo maior.

As palavras pareciam tão familiares, tão *verdadeiras*, que Elara quase parou de respirar.

— Quando voamos num leão de sombras, você disse que se perguntava se havia algo maior do que as Estrelas — Elara disse. — E se for cada mortal que fica contra elas? E se a única coisa que as mantém no poder é nossa crença nelas?

— *Finalmente.* — Um estrondo ressoou ao redor deles.

— Malditos céus! — Elara exclamou em voz alta, levantando-se e virando-se para a fonte do barulho.

Enzo se colocou na frente dela em segundos, o fogo já ardendo em uma das mãos, uma faca na outra.

– Você tem uma boca bem suja pra uma filha da realeza – a voz estrondou novamente, e os olhos de Elara se arregalaram em choque. Ela deu dois passos para trás enquanto Enzo inclinava a cabeça para cima, sua pele empalidecendo.

– Deuses sagrados – ele sussurrou.

Houve um tremor de abalar a terra quando uma das gigantescas estátuas de anjo, ainda coberta pela luz de Enzo, *se moveu*, tirando as mãos dos olhos.

– Estou sonhando – Elara disse com a voz trêmula. – Isso não é real.

A anja riu, e o som voou pelas areias.

– Ah, mas é sim. E estamos esperando há *muito* tempo por vocês dois.

– Nós?

Um rugido cortou o ar em dois, e o próprio som fez Elara tremer. Uma parede de ar os atingiu, e ambos cambalearam para trás. O rugido soou de novo, dessa vez mais perto. E quando Elara espiou através das areias, sob a sombra da anja, viu o porquê.

Ela manteve os olhos fixos na forma que se aproximava, o coração acelerado quando a forma colossal se apresentou com mais nitidez. Um leão alado. Outra rajada de vento os atingiu quando a fera bateu as asas. Os olhos de Elara recaíram sobre as penas brancas como a neve, a juba gloriosa completando a visão. O pelo dourado brilhava sob a Luz da tarde e Elara viu dentes perversamente longos atrás de uma boca que se curvou em um ranger de dentes.

– *Mythas* – ela sussurrou, petrificada.

Enzo estava completamente imóvel ao lado dela, os olhos repletos de descrença e maravilhamento.

– Então eles não são apenas lendas – ele sussurrou em resposta.

– É o que estamos vendo – ela disse de maneira seca.

O leão se aproximou até estar a apenas alguns metros de distância, seus olhos fixos em Elara. O príncipe levantou a mão, pronto para protegê-la se fosse preciso.

– Espere – ela ordenou, levantando a mão para Enzo.

Ele obedeceu, apagando a chama na mesma hora.

O leão continuou a encará-la, e a jovem sentiu sabedoria em seu olhar. Então, diante dos olhos descrentes deles, o leão se curvou, suas asas se dobrando e sua enorme juba ondulando na brisa.

– O que é isso? – ela sussurrou.

– É o que você chamaria de bênção – uma voz retumbou mais uma vez.

– Malditas *Estrelas* – Enzo exclamou, dando um pulo de susto ao se voltar para a anja.

– Tenha modos, meu jovem – a estátua retrucou.

– Como isso pode ser real? – Elara sussurrou, alternando os olhos entre o leão e a anja.

– Existe magia nesse mundo, não existe? – a anja respondeu.

Elara confirmou com a cabeça.

– Existe muito mais magia que foi esquecida ou extinta. – O sorriso da anja se transformou em um ranger de dentes.

– Quem é você?

Havia uma parte distante de Elara em choque com o fato de estar se dirigindo a uma anja de pedra. Que estava *falando* com uma estátua.

– Meu nome de anjo é glorioso demais pra sua língua humana destruir. Mas você pode me chamar de Celine.

– Espere, *a* Celine? – Enzo perguntou. – Que participou da última luta contra o leão Nemeus?

A anja pareceu abrir um sorrisinho.

– Ela mesma. Quem vocês acham que ele é? – Ela apontou para o leão alado, esperando majestosamente enquanto os observava.

– Pelos céus e tudo o que é sagrado – Enzo disse baixinho.

– Mas você é de pedra – Elara disse.

– Quando as estátuas foram erguidas em minha homenagem, depois que Nemeus me matou, minha alma veio parar aqui. *Mythas* nunca morrem de verdade.

Nemeus pareceu rugir em concordância, um profundo ronronar ressoando em sua garganta.

– Espere um minuto – Elara disse. – Nemeus matou você. Então são inimigos mortais, certo?

A anja olhou para o leão, sorrindo.

– Temos um inimigo em comum agora. – O leão grunhiu, concordando. – As Estrelas.

– Foi por isso que os *mythas* viraram lenda? Por causa das Estrelas?

– Nós nos escondemos. Esperando por aqueles que teriam poder de derrubá-las. – Celine alternou o olhar entre Enzo e Elara. – Esperando por vocês.

– Sem pressão, então – Enzo murmurou.

– Por que não falaram conosco antes? – Elara indagou. – Já estivemos aqui.

– Rá! – Celine exclamou. – Acham que estavam prontos pra ouvir tudo isso antes? Vocês estavam tão feridos, tão zangados com o mundo. Nossas palavras teriam entrado por um ouvido e saído pelo outro.

– O que vieram nos dizer? – a voz de Elara ficou dura, sua paciência com a anja se esgotando.

– O que vocês sabem sobre o mundo antes das Estrelas?

– Como assim, "antes das Estrelas"? – Elara perguntou. – Elas nos criaram. Cada mortal é agraciado com uma gota de magia de sua Estrela padroeira.

– As Estrelas são mentirosas – Celine disse com severidade. – Fizeram vocês acreditarem que seus poderes são graças a elas. Mas já notaram que nenhuma delas pode manipular o tipo de magia que vocês mortais podem?

Um estrondo abafado começou nos ouvidos de Elara quando se lembrou do templo de Leyon. Em como ele não tinha conjurado um único raio de Luz no dia que a celebrava.

– Os dois poderes principais das Estrelas são o encanto e a luz estelar. Com os dois, elas podem influenciar massas, podem controlar como uma pessoa se sente. Podem cometer *divinitas*. Mas nunca deram nada de presente a vocês.

– Então quem deu? – Enzo perguntou.

– Os Celestes.

Elara nunca tinha ouvido a palavra antes.

– Eles eram maiores do que as Estrelas, mais poderosos também. O nome de seu mundo é em homenagem a eles.

O estrondo nos ouvidos de Elara aumentou.

– É deles que derivam seus poderes. Eles, que foram erradicados de todos os livros de História, de todas as histórias. Eram os governantes.

– Se eles são tão poderosos, como as Estrelas passaram a governar? – Elara questionou.

– As Estrelas são poderosas por meio de suas artimanhas. Elas usaram a enganação, em vez da força, para matar os Celestes.

– Mas como podemos derrotar um *deus*, se os todo-poderosos Celestes não conseguiram? – Enzo perguntou.

– Vocês se unem – Celine respondeu. – Por muito tempo, as Estrelas mantiveram seus reinos divididos, encorajando a fusão da magia apenas com um noivo do mesmo reino. Mas vocês dois desobedeceram a essa regra, não foi?

Elara sentiu a lâmina de vidro crepúsculo em sua perna.

– Combinados, vocês são uma arma. Empunhem-na.

Enzo acenou com a cabeça.

– É melhor irmos agora – ele disse, puxando Elara.

Nemeus se levantou, abrindo suas gloriosas asas emplumadas. Elara se aproximou com cautela do leão, que estava sacudindo a juba.

– Vossa Alteza – ela disse, curvando-se com graça. Ela se virou e viu os lábios de Enzo se curvando. – O que foi? – ela murmurou. – Com certeza ele é da realeza.

Nemeus inclinou a cabeça como se a entendesse perfeitamente. Seus olhos dourados se fixaram nos de Enzo, e um rugido profundo saiu da garganta do *mythas*. Depois abriu as asas e alçou voo, cuspindo fogo pelo céu ao abrir a bocarra.

Uma corneta ressoou pelo espaço árido, vindo de bem longe, e Elara ficou imóvel.

Ela soou de novo, e Enzo se virou, olhando na direção do palácio.

Ela conhecia aquele som. Era o som da guerra.

– Ariete está aqui – ela disse com a voz áspera.

Celine virou a cabeça, as asas se eriçando.

– Que os Celestes estejam com vocês.

Enzo começou a se virar quando Celine gritou:

– Uma última coisa, Elara Bellereve.

Elara olhou para a colossal figura de pedra.

– Quero falar com você a sós – a estátua disse.

Ela acenou com a cabeça para Enzo, para que ele esperasse, e voltou até onde estava Celine.

– Vou lhe dar um conselho que pode salvar sua vida. – A voz da estátua estava mais baixa, mais suave.

– Sim? – ela sussurrou.

– Mantenha a lâmina Matadora de Estrelas perto de você. Aconteça o que acontecer, não a entregue ao príncipe.

Elara franziu a testa e respondeu em um tom um pouco frio:

– Por quê? Confio nele com minha própria vida.

– Não me faça perguntas que não posso responder. O destino me impede de falar mais. Apenas confie na palavra do *mythas*.

Elara estreitou os olhos.

– O dia em que alguém desse reino dizer alguma coisa com toda clareza será o dia de minha morte.

– Pois que este dia esteja bem distante em seu futuro. – As mãos de Celine se moveram quando ela as levou de volta ao rosto. – Rezo para que nos encontremos novamente – ela disse.

A estátua voltou a ficar imóvel, as mãos de Celine cobrindo os olhos por completo enquanto Elara corria de volta para Enzo. Ela ignorou o olhar questionador dele, uma vibração de intuição no fundo de suas entranhas lhe dizendo que era melhor manter a conversa para si mesma. E foi assim que seguiram para a batalha.

Capítulo Sessenta e Um

Os dois chegaram aos portões do palácio, Enzo já com a espada em punho. O lugar estava calmo, calmo demais. Nenhum criado vagava pelo pátio, nenhum guarda estava de sentinela, nenhum cortesão andava pelos jardins.

Elara puxou Enzo para longe dos portões, hesitando.

— Enzo... Se... se as coisas não saírem como o planejado lá dentro, se Ariete me levar de novo...

— Então vou atrás de você.

— Mas e se a profecia...

— Elara — ele disse gentilmente, segurando o rosto dela. Ela absorveu todos os detalhes dele contra a luz, com muito medo de nunca mais vê-lo. — Acha que algo tão frágil quanto o destino poderia me afastar de você? — Ele tocou os lábios nos dela. — Eu *desafio* as Estrelas.

Elara piscou para conter lágrimas.

— Eu te amo — ela sussurrou.

Enzo a beijou mais uma vez, antes de se virar para os portões.

— Espere aqui — ele disse. — Vou localizar Ariete.

— Não vou ficar aqui.

— El — ele disse. — Por favor. Só até eu saber onde Ariete está. É você que ele quer. Não vai adiantar nada você entrar na briga. Volto logo.

Elara suspirou.

— Está bem — ela disse. — Mas, por favor, tenha cuidado.

Fogo ondulou da espada de Enzo quando ele piscou.

— Sempre.

Elara tentou não entrar em pânico ao vê-lo entrar no palácio. Fixou o olhar nele até a parte de trás de sua cabeça desaparecer de vista.

Sem saber quanto tempo tinha passado enquanto andava de um lado para o outro com uma sensação de terror crescendo no peito, já estava estranhando que Enzo ainda não tinha voltado. Espiou entre os portões do palácio tomados pelo silêncio. Sabia que Ariete só podia estar em algum lugar ali dentro.

Quando estava prestes a jogar a precaução pelos ares e entrar, Enzo reapareceu, correndo em sua direção.

– Sala do trono – ele disse, ofegante. – Ele está na sala do trono.

– Ele o viu?

Enzo fez que não.

– Está pronta? – ele perguntou.

Elara confirmou com a cabeça, pegando as adagas ao passar pelos portões na direção dele. O cheiro de lírios-dos-deuses tomou conta dela quando passaram pelos canteiros de flores que ficavam dos dois lados das portas principais.

– Eu fico com o vidro crepúsculo – Enzo disse.

Elara hesitou, lembrando-se do alerta de Celine. Então pegou as facas, entregando a ele a lâmina escura como a noite. Ela segurou firme a adaga de Sofia.

E eles andaram na direção de seu destino.

As portas da sala do trono agigantavam-se diante deles, exatamente como da primeira vez que Elara entrara em Helios.

– Mais uma vez – Elara disse. – Vou usar minhas sombras para cegar Ariete. Vamos desorientá-lo com minhas ilusões. Quando ele vacilar, você aproveita a oportunidade com o vidro crepúsculo. Lembre-se, precisa perfurar o coração dele.

Enzo assentiu, cerrando e descerrando os dentes enquanto Elara respirava fundo e abria as portas.

Duas figuras esperavam perto dos tronos distantes, mas uma parecia estar ajoelhada, e a luz vermelha crepitante que ondulava da outra confirmou a Elara que Ariete aguardava.

Ela reuniu o poço de magia em seu interior, as sombras já saindo de seus dedos e começando a cobrir a sala. Mais alguns passos e iria atacar. Ouviu Enzo atrás dela, mas não ousou virar para verificar. Todo o foco estava no deus que havia tirado tudo dela. Quando se aproximou, viu que figura estava ao lado dele.

Idris.

Ajoelhado, curvado, com uma mordaça na boca, surrado e ensanguentado.

Elara arregalou os olhos, mas rangeu os dentes, desejando com todas as fibras de seu ser não sentir um pingo de medo ao levantar a adaga.

– Olá, querida. – Ariete sorriu, e ela se permitiu apenas um segundo para dominar o choque quando analisou o rosto dele. Metade estava desfigurada com cicatrizes que se estendiam em linhas douradas, como um garfo de luz.

Elas cercavam um de seus olhos, que tinha mudado de carmesim para laranja brilhante, como se uma brasa da chama de Enzo ainda estivesse lá dentro.

– Vou te dar uma chance de se render antes de te matarmos – Elara disse. – Mas parece que você não está tão longe da morte.

Ariete riu e estendeu a mão.

– Me dê a Matadora de Estrelas.

Elara riu, suas sombras suspensas atrás dela, enquanto se preparava para mergulhar a sala do trono na escuridão.

Mas Enzo passou por ela e foi até a plataforma.

– Enzo, o que você está fazendo? – ela perguntou, suas sombras se apagando.

E, para o horror de Elara, Enzo colocou o vidro crepúsculo sobre a palma da mão de Ariete, que a aguardava.

Capítulo Sessenta e Dois

As beiradas da mente de Elara começaram a ficar pretas quando Enzo se virou, ao lado de Ariete, com um sorriso cruel no rosto.

— Enzo, o que é isso? — ela perguntou, sua voz deixando transparecer um leve tremor.

O rei Idris gritava atrás da mordaça, os olhos repletos de fúria.

— Princesa Elara — Enzo zombou. — Achou mesmo que algum dia eu seria seu aliado?

— Não compreendo. — A caixa fechada dentro dela, que tinha ficado calma nas últimas semanas, estava começando a se agitar.

Enzo trocou um olhar com Ariete, que soltou um ruído de alegria.

— Meu pai queria essa aliança. Queria você como uma arma. — Ele lançou um olhar desdenhoso para o rei curvado que tentava gritar. — Mas eu a vi pelo o que realmente é. Uma moeda de troca. Então deixei meu pai seguir com seu planinho enquanto eu tramava. Uma troca justa, com nosso estimado Rei das Estrelas. Sua vida, e a de meu pai, pelo trono de Helios.

— Não — Elara disse em tom cáustico. — Não é possível. Os últimos meses…

— Ah, sim. — Um pequeno sorriso se abriu nos lábios do príncipe. — Para fazer você acreditar, para fazer todos acreditarem. Foi divertido brincar com você, devo admitir. Ela é uma boa foda — ele acrescentou para Ariete.

Elara disparou enquanto Ariete ria, mas seu escudo não estava levantado, todo o seu treinamento tinha sido esquecido, e o deus soltou luz estelar, amarrando os pulsos e os pés dela e a fazendo cair no chão.

— Por quê? — A palavra escapou dos lábios dela.

— Você não é a única boa de ilusões, Elara — Enzo disse. — Foi fácil fingir, e ainda mais fácil fazê-la confiar em mim. — Ele riu. — Você é fraca.

Ao analisar o rosto dele, Elara se viu olhando para um estranho. Mil lembranças passaram por seus olhos, todas mentiras.

Ariete se levantou.

— Você pode se familiarizar com o calabouço enquanto faço alguns preparativos. Não vou deixar você fugir de novo, Elara. Vai para o céu comigo.

E embora eu não seja capaz de matá-la, vou garantir que fique presa num bolsão de escuridão até a princesa perdida de Asteria não passar de uma lembrança neste mundo.

Em menos de dois passos o deus estava sobre ela, tateando seu corpo com brutalidade procurando por armas. Quando chegou no alto de suas coxas, ela sibilou, e ele riu ao levantar seu vestido, estalando a língua ao descobrir que as bainhas estavam sem nada.

Ariete a levantou, empurrando-a na direção das portas enquanto ela relutava. Idris tentou lutar, se mover e gritar.

– Silêncio – Ariete rugiu, e o rei se encolheu.

Elara foi arrastada por toda a sala do trono. Só quando chegou na saída conseguiu se desvencilhar de Ariete e se virou, de cabeça erguida, ombros para trás.

Ela reuniu todos os pesadelos que pôde de seu coração partido, e se concentrou nos olhos frios e vazios do príncipe.

– Eu sobrevivi ao *divinitas* – ela disse. – Vou sobreviver a você também.

Capítulo Sessenta e Três

Ariete a arrastou pelos degraus do calabouço, passando por guardas de olhos vazios e entrando em uma cela sinistra. Ela caiu com tudo sobre a pedra coberta de feno.

— Só algumas horas, querida, e logo voará para o seu novo lar. — Ele sorriu ao fechar bem as grades da cela. — Mapeei uma parte perfeita do céu pra você, onde ninguém vai conseguir encontrá-la.

A Estrela riu ao deixá-la lá, prometendo que estaria de volta ao escurecer. Elara se encolheu no chão, forçando-se a respirar enquanto as paredes a encerravam. O sofrimento subia por sua garganta, uma dor indistinta em seu crânio. Seus pensamentos eram avassaladores, eram demais. A realidade era tão inconcebível que foi muito difícil não desmoronar.

Soluços de choro assolaram seu corpo, deixando sua respiração rasa. Foi bombardeada por recordações. Enzo perto da fonte, Enzo lhe dando um beijo de boa-noite, Enzo dançando com ela em meio às nuvens, lavando seus cabelos com cuidado, fazendo-a se recompor e fazendo amor com ela. Uma por uma, aquelas lembranças a queimaram, chicotearam seu coração até quase sentir dor física. Suas sombras se elevaram por dentro, ficando cada vez mais escuras. A caixa trancada dentro dela, já se agitando, começou a chacoalhar, sua tampa abrindo centímetro a centímetro até as sombras a quebrarem. E todas aquelas emoções que tinha empurrado bem lá no fundo, na Escuridão, puxaram-na para a obscuridade com elas.

O céu estava preto, o tipo de escuro que parecia um azul bem profundo. Não havia nenhuma estrela. Nem uma brisa ou um eco. Foi isso o que Elara estranhou primeiro no lugar em que se encontrava. Mas a terra que se estendia diante dela era bem aberta, e ela respirou fundo, trêmula, e começou a andar.

O bosque crescia e se movimentava ao redor, cheia de árvores antigas, sua idade revelada pelos nós e espirais em seus troncos. Ao olhar para as folhas, viu imagens se formando: lembranças que tinha sufocado.

Os galhos começaram a se distorcer, a se retorcer formando garras longas e finas que a agarravam conforme andava. Ela se desvencilhou delas, mas surgiram mais do outro lado, puxando seu vestido e o cabelo. Elara começou a correr, mas cada passo era como deslizar na lama. Lutou, e abaixou, mas eram fortes demais, aquelas árvores e as lembranças. Viu o fanático com a luz, se viu sendo segurada contra uma árvore por Enzo, a morte de seus pais, a de Sofia, a traição de Lukas e Enzo entregando o vidro crepúsculo para Ariete. Soluçou e soluçou ao parar de lutar, afundando no centro do bosque, o vestido em farrapos.

Mas assim afundou na grama macia, as árvores se acalmaram, endireitando-se enquanto ela se encolhia. O silêncio era tão absoluto que quase se tornava um som, até mudar para um leve esguichar quando começou a chover. As gotas de prata iridescente começaram a cair com mais força e mais velocidade, colando seus cabelos cor de ébano na testa, removendo o que restava de seu vestido, misturando-se com suas lágrimas até ela não saber o que era o quê.

Elara se deitou e se deixou ficar. Respirou fundo. Sentiu a pressão aumentar em seu peito, sentiu uma dor indistinta, e então permitiu que a chuva a abrisse, um grito sem palavras escapando dela. Naquele lugar surreal entre a vida e a morte em que tinha ido parar, com seu corpo físico em outro mundo, e sua alma espalhada no chão, a chuva parecia entrar nela. Falava de luto. De sofrimento. De promessas não cumpridas e mentiras, do que a havia transformado em covarde, do que a havia feito de tola. A dor era forte, as palavras dentes e garras que a dilaceravam. Mas era real. E então, ela a recebeu. Viu os fragmentos de suas sombras na noite sem luz. O horror, a repulsa, as partes de si das quais vinha fugindo havia tanto tempo.

Sombras saíam dela, dançando pelo bosque até convulsionarem e se deformarem. Elara as viu formarem uma figura. Uma figura que se aproximou.

– Estava esperando por você – a sombra disse, sua voz um farfalhar aterrorizante que rastejava sobre a pele dela.

Enfim foi confrontada pelo que vinha evitando havia tanto tempo. Tudo o que tinha guardado. Ao seu próprio modo distorcido, era glorioso. Ela não tinha que esconder. A rendição tornou-se intensa, e a jovem expôs a garganta para o corte de seus pensamentos mais obscuros, de verdades. Elara não tinha uma desculpa a que recorrer e nem motivo para continuar fugindo. E podia simplesmente *ser*.

A chuva continuava a cair, batendo em sua pele. Sua sombra estava deitada ao seu lado. Elara alcançou sua mão e entrelaçou os dedos com ela.

A chuva começou a levar embora quem ela era. Arrancou a pele de Elara, os farrapos de sua alma, o dano em seu coração. Deuses, aquilo doía.

A sombra falou novamente.

– Há quanto tempo está fugindo de mim?

Elara não respondeu.

Ela falou de novo.

– Você me alimentou. Ainda assim, não olhou pra mim nem uma vez.

Elara sentiu pena, rangendo os dentes contra o ataque furioso das gotas pesadas como grãos de chumbo.

– Como achou que poderia usar suas sombras contra uma Estrela quando você mesma não consegue encará-la?

Elara estava imóvel, deixando as palavras soarem em seus ouvidos.

– Onde eu estou? – perguntou.

– Em sua própria paisagem onírica – a sombra respondeu com aspereza. – Bem lá no fundo dela. Mais longe do qualquer um deveria ir. Você está aqui pra se entregar.

– Me entregar? – Ela deu uma risada vazia. – Já entreguei o suficiente. Meu coração. Meu reino. O que resta para eu entregar?

– Tudo, Elara. Todas as partes sombrias e terríveis de você.

Ela não respondeu, mas sentiu a verdade nos ossos.

– Agora você começa a ver – a sombra disse. – A Escuridão não pode existir sem a Luz, nem a Luz sem a escuridão. Você tem os dois, Elara. Não adianta fugir do escuro dentro de você e aceitar apenas o dia. Também não adianta marginalizar a Luz e se dobrar às sombras. Entregue-se.

E com total clareza, como o amanhecer atravessando a noite, ela entendeu. Ela não era nem perfeita nem imperfeita. Nem vilã nem heroína. Era ela mesma. Só isso. Uma garota que havia perdido, sofrido e seguido seu caminho da única maneira que conhecia. E que tinha se apaixonado. Aquilo não fazia dela uma tola, nem a enfraquecia. Aquilo a tornava corajosa.

– Sempre te disseram que você sentia de maneira muito profunda. Que era sensível demais. Mas não pode mudar quem é, Elara. Então você engoliu essas emoções. E, agora, aqui estamos.

– Aqui estamos – Elara repetiu.

– O que deviam ter lhe ensinado é como é corajoso ser vulnerável num mundo tão cruel. Como é melhor sentir todos os raios e sombras do que não sentir nada.

Elara deitou-se na grama vertiginosa e ondulante e se permitiu sentir.

Ela sofreu. Por seus pais, por Sofia, por quem tinha acreditado que Enzo era. Afogou-se em seu medo sobre o que o futuro poderia lhe reservar. Ao fazer isso, a chuva continuou a descascar seu antigo ser até rachaduras prateada brilharem, o piche preto que cobria sua alma sendo descartado. Ainda de mãos dadas com a sombra, que murmurava palavras suaves de gentileza. E com um último grito, ela se abriu, mais brilhante do que qualquer Estrela e mais escura do que qualquer sombra, como uma tempestade que desperta.

Capítulo Sessenta e Quatro

ELARA SALTOU DO CHÃO, OFEGANTE, absorvendo a cela úmida e a luz tremeluzente de tochas. Sentiu o poder se agitar em sua pele, a mesma coisa profunda e ancestral de sua paisagem onírica.

De repente, percebeu o que estava errado.

Dor, ela pensou, descrente. A dor que constantemente parecia pesar sobre seu coração havia desaparecido.

Uma gargalhada borbulhante quase lhe escapou antes de se conter. A traição de Enzo ameaçava puxá-la para baixo outra vez. Uma parte pequena e frágil dela estava se agarrando a um brilho de esperança de que aquilo tudo fosse algum truque cruel, uma artimanha elaborada. Algo perturbava sua mente, um pensamento que parecia muito importante, mas não vinha à tona. Ela mordeu o lábio, puxando uma mecha de cabelo entre os dedos enquanto repassava repetidas vezes cada detalhe de suas lembranças com Enzo.

Não acreditava que Isra soubesse dos planos do príncipe. Nem Merissa nem mesmo Leo. Ela *não podia* acreditar naquilo, que *todos* a trairiam daquela forma. Mas eles só a conheciam havia poucos meses, enquanto conheciam Enzo uma vida toda. Quem ela era para eles, de verdade?

Elara apertou o dorso do nariz, tentando dar sentido a seus pensamentos. Tinha *sentido* a ligação de alma entre ela e Enzo. Aquilo não podia ser mentira. Por que o príncipe teria criado vidro crepúsculo com ela apenas para entregar àquele que pretendiam matar? Por que teria mutilado Ariete se ele era um aliado?

Seus olhos se estreitaram quando repassou o alerta de Celine. Ela a havia aconselhado a não dar o vidro crepúsculo ao príncipe. Algo naquelas palavras a incomodavam. Por quê? Por que não alertar Elara mais claramente sobre Enzo? Por que a anja havia sido civilizada com ele se sabia a verdade?

A mente de Elara trabalhava e raciocinava quando a Luz passou pela rachadura da janela de sua cela. Por fim, quando ouviu passos seguros de si do lado de fora da cela, soube que havia chegado a uma conclusão. Havia apenas uma forma de testar sua teoria. Ela viu alguém esticar a mão bronzeada e cheia de joias para destrancar a porta.

Elara não se moveu quando Enzo entrou na pequena cela, passando pelos guardas, que nem saíram de seus postos. O príncipe chutou o portão gradeado para fechá-lo, e o trancou. Ela fingiu desinteresse ao passar os olhos pelas linhas cruéis do rosto dele, observando o brilho de seu brinco, o leve perfume de lírios-dos-deuses permeando o espaço.

O rapaz estava girando a lâmina afiada de vidro crepúsculo nas mãos, a superfície preta reluzindo sob a luz de velas.

– Cuidado pra não se cortar – ela disse em tom preguiçoso.

Enzo se virou para ela, formando um sorriso lento no rosto.

– Confesso que estou um pouco magoado por você não estar mais atormentada, Elara. Achei que estaria de joelhos.

Elara riu.

– Você sempre se deu muita importância.

O sorriso de Enzo se curvou com veneno.

– Sabe, andei me perguntando por que você está com isso. – Ela apontou para a lâmina na mão dele. – Por que se deu ao trabalho de criar isso comigo se estava trabalhando com Ariete – ela disse, examinando as unhas das mãos.

Enzo estreitou os olhos, mas nenhuma resposta veio.

– Uma lâmina pra matar uma Estrela – ela continuou. – Que arma formidável.

– Eu tomaria cuidado com o modo como fala, caso contrário estará nas Terras Mortas amanhã.

Elara riu.

– Ah, não, acho que não. Ariete não pode me matar, lembra? – Ela se levantou. – Então talvez seja você que vai conhecer as Terras Mortas em breve.

Ela piscou, e a primeira ilusão em que estava trabalhando – a de uma Elara desarmada e indefesa – desapareceu, mostrando uma lâmina embainhada na coxa direita. Rápida como um raio, a jovem a puxou, seu vidro perverso brilhando em preto como ônix. Enzo cambaleou para trás até encostar na parede, com exatamente a mesma adaga na mão enquanto olhava, confuso e com medo, para a mão dela e a dele. Ela se aproximou devagar.

– O que foi que você disse pra mim? "Você não é a única boa de ilusões", foi isso?

Ela estalou os dedos e a lâmina na mão de Enzo se transformou na adaga de Sofia enquanto Elara balançava a *verdadeira* lâmina de vidro crepúsculo. A lâmina tinha ficado em seu poder o tempo todo. E com um sorriso, ela a afundou no peito dele.

Capítulo Sessenta e Cinco

ENZO ESTAVA CAÍDO, OFEGANTE, sobre uma poça de seu próprio sangue, as mãos tremendo enquanto tentava estancar o fluxo que escorria de seu peito. A cor do sangue começou a mudar, brilhando. Elara olhou para o príncipe com um rosto desprovido de sentimento.

— Um pequeno conselho de uma anja — ela disse, se agachando diante dele. — Pode chamar de intuição feminina.

Ela passou o dedo sobre a faca saliente enfiada em seu peito enquanto ele arquejava.

— Vocês esconderam a verdade de nós por todos esses anos. As formas como podíamos destruir vocês. — Ela olhou com desdém para a cor se esvaindo do rosto de Enzo, de seus olhos. — Não é verdade, Enzo?

Ela parou, colocando a mão nos lábios fingindo se desculpar.

— Ou devo dizer... Gem?

Um ranger de dentes surgiu nos lábios brancos quando a imagem de Enzo se transformou lentamente na Estrela pálida, o cabelo branco ensopado com o sangue brilhante, os olhos sem cor repletos de ódio enquanto convulsionava.

— Como você sabia? — ela perguntou.

— Seus jogos mentais são medíocres. — Elara suspirou. — É a deusa da trapaça e não consegue acertar nem isso. Devo admitir que me enganou a princípio. E depois que Celine me alertou pra ficar com a lâmina de vidro crepúsculo, soube que tinha que escondê-la numa ilusão. Mas havia alguma coisa me incomodando, uma sensação que não me deixava. Sabe, eu não conseguia entender por que ficava sentindo cheiro de lírio-dos-deuses. E depois, quando você voltou, entendi. — Ela sorriu para Gem. — Detalhes são importantes, e eu conheço todos os detalhes de Enzo. Nada de sarda. Nada de testa franzida. E seu brinco era prateado, não dourado.

Ela suspiro e se levantou, olhando para Gem com desprezo.

— A lâmina não tocou seu coração, garanti isso. Posso poupar sua vida se me disser onde ele está.

Gem riu com fraqueza.

– De jeito nenhum.

O rosto de Elara ficou solene.

– Eu te dou minha palavra, Gem, que vai sair daqui livre se me disser onde está Enzo.

Os olhos de Gem se estreitaram e ela tossiu, respirando com dificuldade.

– Por que você me ajudaria? – Ela fez uma careta. – Depois do que fiz com você?

– Porque não sou como você.

Gem a observou por um instante.

– Está bem – sussurrou.

Elara puxou a lâmina e Gem gritou de dor.

– Ele está no *lucirium* de Idris. Encantei os guardas de lá – ela disse, ofegante.

Elara sorriu com frieza, flexionando os dedos ao redor do cabo da Matadora de Estrelas.

– Você ajudou a matar Sofia. Quero que saiba que teria lhe dado uma morte agonizante por isso, sem contar o que fez comigo.

Suas sombras avançaram, enrolando-se na garganta de Gem. Os olhos da Estrela se arregalaram quando Elara cravou a lâmina de volta, dessa vez bem no coração.

– Você deu sua palavra.

Gavinhas pretas saiam das narinas de Gem enquanto Elara continuava a sufocá-la, uma empolgação tomando conta. A luz nos olhos azul-claros de Gem começou a se apagar, e seu rosto acinzentou enquanto agarrava a própria garganta.

– Não. Eu disse que eu não era como você. – Elara enfiou a lâmina mais fundo no peito da deusa. – Sou pior.

No momento que Elara matou Gem, o encanto da Estrela sobre os guardas se rompeu. Ela viu os dois desabarem no chão quando foram libertados do tormento da deusa. Mas Elara tinha coisas mais importantes com que se preocupar. Enrolou as sombras nas barras da cela e *puxou*. Foi prazer que sentiu correndo por suas veias quando as barras entortaram e se retorceram sob a pressão de suas sombras completamente livres.

Quando os guardas acordassem, eles dariam de cara com o cadáver de uma Estrela. Mas mesmo que soassem um alarme, seria tarde demais.

Ela passou pelos corpos deles, invocando uma ilusão para se transformar em nada e sair do calabouço. Por sorte, os corredores estavam vazios. Elara se perguntou para onde tinham ido todos os moradores do palácio, torcendo para que tivessem fugido assim que Ariete chegou. Ela fez uma prece por Merissa antes de sair correndo na direção do *lucirium*.

Achou estranho não haver nenhum guarda posicionado do lado de fora. Ela agitou a maçaneta e viu que a porta estava trancada, mas trancas não podiam mais detê-la. Empurrou suas sombras na fresta da porta até a fechadura estalar, e então empurrou a porta.

Caído no chão, do outro lado da porta, estava Leo, inconsciente.

Depois dele, viu o príncipe Lorenzo e o rei Idris.

Enzo se virou na direção dela, surpreso, e Idris permanecia curvado em uma cadeira. Um dos olhos do rei estava fechado de tão inchado, o nariz coberto de sangue ressecado. E o *soverin* atrás deles estava rachado.

– O que aconteceu? – Elara perguntou.

Enzo não disse nada, apenas correu na direção de Elara e a beijou. Ela quase chorou por estar nos braços dele mais uma vez. Mas se obrigou a permanecer focada enquanto se afastava gentilmente.

– Ora, ora – uma voz disse atrás deles. – Parece que eu estava certo.

Enzo se virou devagar para o pai, que olhava para os dois com repulsa em seu olho bom.

– Garoto idiota.

– Cuidado, pai – ele o alertou com calma.

Idris se levantou.

– O que eu lhe disse sobre ter um coração mole e tolo? Todos esses anos desperdiçados, tentando treiná-lo como um guerreiro. E foi só botar o olho numa *puta* asteriana que você trai nosso reino.

Um raio de Luz bem forte bateu em Idris. O rei voou para trás, batendo em um dos espelhos que ocupavam a sala, e o vidro se estilhaçou.

– Diga mais uma palavra – Enzo sussurrou.

O choque no rosto do rei foi rapidamente dominado, e ele deu uma risada fraca, fazendo sua própria luz brilhar em um terrível chicote e acertar o rosto do filho.

Elara gritou e Enzo gemeu, segurando o rosto. Com um rosnado, ela invocou suas sombras, mas Enzo levantou a mão.

– Esta batalha é minha – ele disse, e, com relutância, ela se afastou, embora seu coração estivesse acelerado.

Enzo conjurou sua própria luz – uma parede dela – e a explodiu sobre o pai, cuja cabeça rachou novamente contra o espelho. O rei gemeu de dor, mas lançou outra chicotada, que dessa vez acertou os joelhos do príncipe.

– Enzo – Elara suplicou.

– Não, Elara – Enzo respondeu com severidade.

Ele estava ofegante, os olhos fixos em seu pai.

Idris cambaleou para longe da parede e se aproximou, sem nada além de desprezo estampado no rosto.

– Sabe, você puxou essa fraqueza da sua mãe.

Mais raios atacaram, e Enzo permaneceu ajoelhado, embora Elara visse que todo o seu corpo queria ceder.

– Não ouse falar dela – Enzo arquejou. Sangue escorria por seu corpo, um espelho terrível da imagem que ela tinha visto nos sonhos dele.

– Quer saber de verdade por que ela morreu?

Elara ficou paralisada, e até Enzo pareceu prender a respiração.

– Há muito tempo procuro uma forma de derrotar as Estrelas. E em minha busca, todos os videntes empregados por mim buscavam a verdade junto comigo. Até que recebi o que queria. As respostas vieram de duas videntes, cada uma me trouxe uma visão. A primeira foi sobre um vidro tão escuro que engolia até a luz estelar. E a vidente o chamou de *vidro crepúsculo*. Consegue adivinhar quem me disse isso? Que garotinha svetana eu deixei ficar no palácio?

– Isra – Enzo sussurrou com rouquidão.

Idris riu.

– A segunda visão foi sobre uma garota, recém-nascida, com uma magia tão sombria que podia sobreviver ao *divinitas*. Uma garota que se apaixonaria pelo Rei das Estrelas, e isso mataria os dois. Dois Matadores de Estrelas. E isso foi falado pra mim. Se o Rei das Estrelas fosse morto, o restante das Estrelas cairia.

– O que isso tem a ver com a minha mãe? – Enzo resmungou, mas Elara não disse nada, sua boca ficou seca.

– Eu segurei o fio do destino de Elara tanto quanto Piscea. A vidente que me trouxe a segunda visão foi minha esposa.

O coração de Elara se transformou em chumbo.

– O que você disse?

– A mãe de Lorenzo era uma das videntes mais poderosas de Helios. Quando proferiu a profecia, revelada pelas Estrelas ou algum outro destino, eu a enviei a você. A princesa recém-nascida de Asteria. Eu mal podia acreditar em minha sorte. Ordenei que ela a pegasse e a roubasse na noite posterior à sua cerimônia de nomeação.

– Não – Elara sussurrou.

Enzo levantou a cabeça devagar e Idris continuou:

– Sim, mas parece que minha esposa de coração mole tinha outras ideias. Ela alertou seus pais sobre a profecia, em vez de cumprir a ordem de seu rei. Isso não a ajudou no final. Seus pais ainda a mataram, só por saber o que ela sabia.

Elara foi tomada por náuseas.

O rei falava em tom monótono, como se não tivesse nenhuma ligação com as palavras que estava dizendo.

– Uma pena, de verdade. – Ele olhou para Elara. – Então eu a perdi, seu pai fechou Asteria e manteve você atrás das muralhas, embora meus homens ainda estivessem tentando encontrar... meios de acessá-la.

A mão de Elara se contorceu, sombras saindo delas, mas o rei Idris apenas olhava para elas achando graça.

– Você mandou aquele guarda – ela disse com a voz rouca.

Enzo olhava fixo para Idris, com fúria absoluta estampada no olhar. Fogo começou a lamber as cordas leves que o amarravam.

Idris sorriu.

– Um de meus soldados de mais confiança. Assim que tocou em você, se transformou num fanático.

Elara sempre havia odiado Idris, mesmo antes de o conhecer. Mas conforme o rei falava, revelando seu papel em cada momento triste de sua vida, ela prometeu a si mesma que, se Enzo não o matasse, ela o mataria.

– Você abriu o jogo um pouco cedo demais, Idris – ela disse, forçando a voz a ficar estável embora a raiva mal contida a fizesse tremer.

– Estou contando isso pra que entenda. Que tudo o que sempre foi, desde o dia que nasceu, é uma arma. Uma arma que eu estava destinado a empunhar. Você foi impetuosa, desobedeceu a ordens, correu para Asteria, seduziu meu filho e seguiu seu *coraçãozinho* tonto. Espero que agora compreenda o seu lugar. Sua vida está em minhas mãos.

– Se Ariete não conseguiu me matar, duvido que você consiga – Elara disse lentamente ao se recompor.

– Talvez não – ele disse. Mas posso machucá-la, até você parar de resistir ao seu destino.

Raios de luz voaram para Elara, mas Enzo rugiu, as chamas devorando com avidez a luz que o mantinha preso. Ele saltou na frente dela. O Fogo ondulou em um escudo contra a magia de seu pai.

– Você é mesmo filho de sua mãe, traidor do próprio reino.

A voz do rei cresceu em um estrondo, e ele lançou luz sobre o filho, derrubando-o no chão. As mãos de Elara já estavam erguidas, mas Enzo ergueu as suas, detendo-a.

– Sabe o que eu disse quando os pais de Elara mataram sua preciosa mãe?

Idris se sentou sobre os calcanhares diante do filho, levantando o queixo dele.

– *Ótimo*. Era o que ela merecia.

Elara começou a sentir cheiro de fumaça.

– Enzo – ela disse com a voz áspera.

Os olhos do príncipe se voltaram para ela, e havia puro fogo dançando neles, além de dor, tanta dor que ameaçava sufocar essas chamas.

– Eu matei meu monstro – ela disse. – Agora é a sua vez.

Chamas saltaram do corpo de Enzo, e Idris sibilou quando foi empurrado para trás.

Enzo se levantou devagar, dando um passo cambaleante atrás do outro, enquanto mais fogo saía dele, correndo pela sala.

– Você não vai me matar, Lorenzo. Você é um covarde – o rei disse, mas Elara ficou satisfeita de ver um brilho de medo em seus olhos quando as chamas se aproximaram.

– Sou? – Enzo abriu um sorriso irônico quando olhou para sua magia crescendo e dançando ao redor deles. – Foi covardia minha chorar enquanto meu pai me açoitava *repetidas vezes*? Ou foi covardia *sua* exercer seu poder sobre um garotinho?

– Lorenzo – Idris alertou quando as chamas começaram as lamber suas botas.

– Eu era uma criança. – A voz de Enzo tremeu. – Você pode ter apagado as cicatrizes do meu corpo, mas não conseguiu apagá-las de minha mente.

Enzo balançou a cabeça.

– Não sou mais um garotinho. Nem um príncipe. Eu sou rei – o Leão de Helios disse. – Que eu possa reinar por muito tempo.

O fogo se aproximava de Idris, e ele invocou luz para tentar contê-lo. Mas as chamas de Enzo eram muito furiosas e poderosas, e devoraram o escudo do pai, envolvendo seu corpo. O rei tentou gritar, a boca aberta em agonia, mas o lábio de Enzo se curvou e empurrou chamas pela garganta do monarca. O corpo de seu pai estremeceu e convulsionou. As chamas passaram de laranja a azul, então branco brilhante. Com um último rugido, Enzo afastou as mãos, o grito cheio de anos de dor que tinha sido forçado a suportar. E o todo-poderoso rei Idris, de Helios, tornou-se cinzas.

Capítulo Sessenta e Seis

– Estou tão orgulhosa de você. Estou tão orgulhosa de você – Elara sussurrou repetidas vezes enquanto abraçava Enzo.

Ele ainda estava ajoelhado, as chamas se extinguindo enquanto ambos olhavam para a pilha de cinzas no chão. Ela limpou os cortes do corpo dele com seu vestido.

Enzo não disse nada por um momento. Depois piscou, os olhos retornando ao dourado normal.

– É melhor irmos. Ainda podemos usar o elemento da surpresa com Ariete.

Elara concordou, levantando-se devagar.

– Mas é melhor você ver um curandeiro antes.

– Não há nenhum no palácio. O lugar está deserto.

– O que aconteceu, Enzo? Como Ariete...

– Ele me pegou quando eu estava explorando o palácio. Disse que meu pai, verme fracote que era, já tinha confessado tudo sob pressão e até falado sobre o vidro crepúsculo. Os planos de fazer as Estelas caírem. – Enzo cerrou os dentes. – Fui jogado aqui com meu pai pouco depois por Leo, aquele merda traidor.

Elara ia explicar, mas houve uma agitação perto da porta.

– O-o que aconteceu? – Leo perguntou com a voz arrastada, segurando a cabeça e se levantando.

– Eu te nocauteei, seu desgraçado desleal – Enzo praguejou, a magia já se manifestando dele.

– Foi Gem! – Elara gritou, correndo para ficar entre Enzo e Leo.

O príncipe fechou os olhos quando Leo ergueu as mãos, pressionando-se contra a porta.

– Foi Gem. Ela usou seu encanto sobre os guardas.

O rosto de Leo mudou de confuso para ferido, depois para surpreso.

– Malditas Estrelas, Enzo. Você realmente acha que minha lealdade é tão fraca? Estou ao seu lado desde que éramos pequenos.

Enzo respirou fundo, analisando o general, as narinas ainda dilatadas.

– Enzo – Elara disse com calma.

A magia de Enzo se extinguiu, e Elara saiu do meio deles enquanto Enzo abraçava Leo.

— Desculpe — ele murmurou. — E também sinto muito por ter te nocauteado.

Leo soltou uma risada seca enquanto dava tapinhas em suas costas.

— Você já fez coisa pior comigo.

— Precisamos encontrar Ariete. Agora. Merissa está fora do palácio? — Elara perguntou.

Leo assentiu.

— Ela começou a ajudar na evacuação do prédio quando as cornetas soaram o aviso de guerra. Até onde eu sei, ela foi para a casa de Isra até ser seguro voltar.

— Ótimo. — Ela olhou para os dois. — Andei pensando em como podemos pegar Ariete desprevenido. Tenho um plano. Vou precisar que vocês o executem como se nossa vida dependesse disso.

Elara voltou para a cela, suas sombras desentortando as barras enquanto esperava. Com pouca deliberação, procurou sua amarra, fechou os olhos e caminhou nos sonhos.

A cela estava mais escura quando Elara voltou para o corpo, sua viagem completa. E foi bem a tempo, ao ver as faixas escarlate no céu.

Tinha escurecido.

O portão de sua cela abriu com um rangido de metal sobre pedra.

Ariete estava ali, com Enzo ao seu lado. O calor no olhar de Enzo tinha evaporado completamente. Ariete deu um passo à frente.

— Pronta pra passar o resto de sua vida miserável nos céus? — Ariete perguntou.

Elara levantou a cabeça.

— Até ficaria feliz, contanto que seja longe o bastante de você.

Ariete riu, prendendo os pulsos dela atrás das costas com um fluxo de luz estelar, e a fazendo sair da cela.

— Temos que fazer uma paradinha primeiro — ele disse, e Elara olhou de soslaio para Enzo. Os olhos dele estavam fixos à frente, mas ela não entrou em pânico. Se Ariete mudasse o campo de batalha, eles se adaptariam.

Quando subiram para o térreo do palácio, ela ouviu o barulho distante e abafado de multidão, como se houvesse uma se reunindo em frente ao palácio. Elara passou pelo *lucirium*, onde Leo montava guarda com uma expressão vazia no rosto.

— Traga o rei — Enzo disse a ele, e Leo assentiu com firmeza, olhos ainda vazios, antes de desaparecer na sala.

Eles continuaram em frente, o zumbido ficando mais alto até estarem no mesmo pátio em que Elara tinha assistido à execução dos guardas. Os portões dessa vez haviam sido abertos, e embora fosse uma visão mais calma do que a execução pública que Enzo conduzira, o pátio estava quase cheio, envolto em burburinhos nervosos, os cidadãos de Helios sem saber o que esperar. Ariete a jogou sobre a plataforma.

– Povo de Helios – a voz de Ariete soou. – Estou aqui hoje pra reivindicar de volta o que é meu. Algo que esteve escondido de mim por todos *vocês*.

A multidão se acovardou diante da magia que crepitava dele enquanto Elara permanecia predatoriamente imóvel.

– Sou um deus indulgente. Então não vou puni-los por suas transgressões. Nem meu *irmão*.

O deus não apareceu, e Elara se perguntou onde ele estava – seria um covarde presunçoso a ponto de se esconder em vez defender o reino do qual era padroeiro?

– Mas quero esclarecer alguns rumores enquanto estou aqui. Parece que vocês pensam que nós, Estrelas, não somos tão poderosos quanto os levamos a acreditar. Porque essa garota escapou de meu *divinitas*, talvez achem que não podemos destruir todos vocês, caso desejássemos. Talvez… – ele soltou uma risada maníaca – …achem que qualquer um consegue escapar de nosso poder.

Ele deu um sorriso cruel enquanto seu encanto deslizava pela multidão, os gritos de batalha, os sons de espadas, ecoando dele.

– Seu rei achou que poderia se tornar um deus. Então estou aqui pra mostrar a todos o destino que recairá sobre quem tentar fazer o mesmo. Um lembrete do poder de suas Estrelas. Tragam Idris, o Desleal.

Houve uma pausa, e Elara conteve um sorriso.

– Idris! – Ariete gritou novamente.

Silêncio, e os murmúrios de inquietação começarem mais uma vez na multidão.

Leo andou devagar até o pé da plataforma, sozinho, e Ariete se virou para Enzo.

– Onde está o rei? – Ariete sussurrou.

– Ah – Enzo respondeu casualmente. – Eu o matei. – Chamas irromperam de suas mãos enquanto Ariete cambaleava para trás. – E você é o próximo.

Houve suspiros de surpresa e gritos da multidão quando uma parede de fogo se formou ao redor da plataforma, protegendo a multidão de Ariete.

Em seguida, Leo começou a empurrar a multidão para fora do pátio e para dentro do abrigo do palácio, com assistência dos guardas que apareceram de todas as saídas, seus guardas leais, não mais sob o feitiço de Gem. *Nada de vidas inocentes perdidas*, Elara havia ordenado.

Ela se virou para Ariete, que já estava invocando armas do ar, e soltou suas sombras.

A Luz foi extinta no mesmo instante, um cobertor de escuridão encapsulando Ariete, Enzo e ela, embora pudesse enxergar com clareza através de sua magia. Ariete cambaleou para a frente quando o príncipe saltou da plataforma. Ela o viu correr de volta para o palácio enquanto puxava tapeçarias de ilusão sobre si, saltava da plataforma e recolhia suas sombras.

No pátio, onde antes estava a multidão, havia um mar de olhos prateados e cabelos preto, todos sorrindo em uníssono.

Ariete avançou com um grito apavorante, Elara escondida na multidão de seus clones.

– Sei que você gosta de brincar, Rei das Estrelas! Então venha me pegar! – as vozes gritaram em uníssono e toda a multidão de clones começou a correr pelo pátio, cada uma saindo para uma direção diferente.

A Estrela passou os olhos pelas figuras que corriam, mas Elara não ficou para descobrir o que ele fez em seguida. A última coisa que ouviu foi um grito de frustração e passos pesados se afastando dela enquanto Ariete partia em perseguição.

Capítulo Sessenta e Sete

ELARA CORREU PELO PALÁCIO ATÉ A ESCADA que levava a um dos terraços do prédio. Ela os subiu, ouvindo o som de passos correndo atrás dela. Quando se virou, Isra sorriu para ela, alcançando-a facilmente.

A vidente tinha sido a primeira pessoa em cujos sonhos Elara havia caminhado horas antes, ao mapear seu plano.

— Resultado? — ela sussurrou em forma de saudação.

Os olhos de Isra ficaram brancos rapidamente, quando dobraram uma esquina.

— Mais de um.

— Mortes?

— Em muitos deles.

Elara soltou um suspiro.

— Qual é nossa melhor chance?

Os olhos de Isra brilharam mais uma vez, e ela não respondeu por um tempo.

— Você deve invocar sua luz prateada — ela disse, por fim.

Elara desacelerou.

— Não sei como fazer isso — ela respondeu quando chegaram ao terraço.

— Vai conseguir — Isra disse em voz baixa. — É o único jeito.

Elara assentiu, permitindo-se sentir o desconforto e depois o deixando ir.

— Fique ali — ela disse, apontando para um terraço paralelo depois de um pequeno vão. — Oriente minhas escolhas que vão levar à morte de Ariete.

Isra assentiu, apertando a mão de Elara antes de saltar com habilidade pelos parapeitos e pular o pequeno vão até o terraço oposto.

Elara se virou, envolvendo-se em ilusões de invisibilidade. Ela olhou para a mulher que andava com nervosismo de um lado para o outro perto da beirada do terraço, e avaliou a distância de modo que tivesse uma visão clara tanto da mulher, que alisava o vestido preto, quanto do topo dos degraus.

Quando o rosto lívido de Ariete apareceu sob os degraus, a mulher sorriu.

— Você demorou — ela gritou do terraço enquanto Ariete fervilhava.

– Sabe, eu já cansei de nossos jogos, ratinha – ele disse, andando na direção dela.

– Sério? Mas estamos nos divertindo tanto. – Ela avançou, fechando o espaço entre eles, enquanto Elara rastejava na direção dos dois.

– Sabe – a mulher continuou –, você ainda não revelou por que não consegue me matar. O que em mim é tão poderoso que eu sobrevivi ao golpe letal de uma Estrela? Quem eu sou, Ariete?

Aquilo distraiu a Estrela o suficiente para sua luz estelar se apagar. Elara estava chegando perto o suficiente para ver como os cabelos preto e vermelhos deslizavam pela nuca do deus.

Ariete abaixou a mão até o rosto da figura, inclinando seu queixo. Aquele era o momento de Elara. Sua mão tremia quando ergueu o vidro crepúsculo.

Ariete agachou, abaixando os lábios até a figura e sussurrando para ela:

– Ora, você certamente não é Elara.

Uma luz vermelha atingiu a mulher, e seus cabelos pretos clarearam, a pele pálida ficando mais escura.

A cabeça de Merissa ficou inerte quando ela caiu sem vida no chão.

– Merissa! – Elara gritou quando sua ilusão foi tirada dela.

Com um rugido, Ariete se virou, estendendo a mão. Ele segurou o pulso de Elara. A princesa perdida invocou uma sombra, uma víbora voando até ele.

O deus abaixou quando Elara invocou a sombra seguinte, dessa vez um corvo que mergulhou nos olhos dele.

– Isra?! – ela gritou, vendo um borrão de movimento no outro terraço de canto de olho.

– Outra ilusão! – Isra gritou.

Elara jogou mais uma sobre ele, uma areia movediça girando sob seus pés.

Ariete resmungou quando seus pés ficaram presos, desviando do corvo enquanto Elara avançava.

Mas o deus rapidamente combateu a ilusão, um golpe de luz estelar a dispersando, junto com o corvo de sombra, levando-os de volta ao terraço.

– Você esquece com quem está competindo, Elara. Seus pequenos truques mentais não vão funcionar comigo.

– Deve ser por isso que acreditou que eu estava morta todos esses meses – ela retrucou, e os olhos de Ariete brilharam com fúria.

– Sombra! – Isra ordenou.

Elara lançou um filete de sombra sobre Ariete, que cambaleou para trás com a força.

– Desvie para a esquerda! – Isra gritou, mas Elara foi lenta demais quando Ariete atirou uma faca pelo ar, cortando seu braço.

O golpe abalou sua concentração e suas sombras se estilhaçaram, e Ariete aproveitou para avançar.

Ela obedeceu a todas as ordens de Isra para conjurar sombras e ilusões, para se desviar à direita ou abaixar à esquerda, enquanto Ariete tentava se defender dela, e Elara o empurrava cada vez mais para perto da beirada do terraço do palácio. Ele tentou lançar luz estelar sobre Isra, mas a vidente viu seus movimentos antes de ele o fazer, desviando do ataque com relativa facilidade.

Ariete conjurou mais uma faca e a lançou em Elara, mas outro grito de Isra a fez desviar, mudando o ambiente à sua volta mais rápido.

De calotes dos fiordes de Sveta até as profundezas do oceano de Neptuna, Elara jogou uma imagem atrás da outra sobre Ariete até ele ficar desorientado. Por fim, o deus da guerra tropeçou.

– Merissa?! – ela gritou para Isra enquanto mandava uma sombra, dessa vez uma flecha, cortando o ar. Elara cravou na perna de Ariete e ele praguejou enquanto sangue brilhante escorria do ferimento.

– Viva – Isra gritou em resposta, e Elara soltou um suspiro de alívio enquanto continuava, sombras pululando e cegando o deus.

Não havia fim para seu poder, o poço não tinha fundo. O que quer que tivesse acontecido em sua paisagem onírica havia removido todo os seus limites. E, pela primeira vez, ela sentiu esperança. Que pudesse realmente derrotar o deus diante dela.

Ela não se cansou, mas o deus sim, até ficar de joelhos. Ele estava ofegante, o sangue luminescente escorrendo de vários cortes em seu corpo. Raio após raio de luz estelar tentava derrubá-la, mas a princesa estava treinando com a luz de Enzo havia meses. Ela desarmou cada um com um escudo de sombras que ficava mais perverso conforme absorvia os golpes.

– Hora do monstro! – Isra gritou.

E Elara sorriu.

Ela respirou fundo, uma palma erguida enquanto as sombras mais escuras que já havia conjurado cresceram e se movimentaram atrás dela. Elas foram aumentando até bloquear a luz atrás de Elara, lançando escuridão sobre Ariete.

Porque atrás dela, com as asas abertas, havia um *dragun*. Nascido dela.

Ariete piscou, olhando para ele em choque, depois para Elara.

– É você – ele disse em voz baixa, cambaleando para trás de modo a ficar quase pendurado na beirada do terraço.

Elara se aproximou, e o *dragun* fez o mesmo.

Ele abaixou a cabeça sobre Elara, bocarra aberta ao cravá-la no braço de Ariete. O deus gritou de agonia. Enquanto as sombras dela o mantinham preso, ela ergueu a lâmina de vidro crepúsculo.

– Elara! – Isra gritou.

Mas era tarde demais. Com a mão livre, Ariete invocou uma espada com o cabo de carneiro e rubis brilhando nos olhos. Com um movimento rápido, ele a afundou na boca do *dragun*, e ele se dissipou, as sombras explodindo em nada.

Antes que a princesa pudesse respirar, ele saltou sobre ela com a lâmina em mãos. Ouvindo um grito alarmado de Isra, Elara se contorceu para evitá-la, e se deu conta tarde demais que tinha sido uma vantagem para Ariete, que aproveitou o momento de desequilíbrio para puxá-la para o chão. Em um salto, ele se levantou, um dos pés sobre o pulso dela que segurava o vidro crepúsculo.

Seu sorriso era de deleite feroz.

E Elara se deu conta que tinha sido fácil demais. Que Ariete tinha dançado com ela pelo terraço, deixando-a ganhar confiança, antes de lhe mostrar o que realmente significava lutar contra um deus da guerra.

– Resultado? – Elara perguntou, ofegante. Uma última tentativa desesperada para Isra.

– Leões alados – Isra respondeu em voz baixa.

Um código. Elara assentiu. O que ela tinha que fazer era enrolar Ariete.

– Sabe, isso foi divertido no início – Ariete disse enquanto sua luz estelar a envolvia. Ela lutou contra ele. – Mas agora está se tornando um tanto quanto inconveniente.

Com um grito, ela tentou lançar uma sombra sobre o deus com a mão livre. Estalando a língua, Ariete afundou a bota sobre o pulso de Elara, e ela gritou quando a dor aumentou, ouvindo um estalo. Depois, com um chute, a Estrela mandou a lâmina para a beira do terraço. Elara soluçou, horrorizada ao vê-la cair e desaparecer de sua vista.

– *Não!* – ela gritou.

Ele apontou a espada para a garganta dela.

– Pode até ser que eu não seja capaz de matá-la, mas você ainda pode sangrar.

Com sua última explosão de força, Elara soltou sombras pela mão, as gavinhas descendo pelo prédio.

O som de asas batendo no ar ressoou pelos céus vermelho-sangue. Elara sentiu o teto reverberar sob ela quando Ariete passou os olhos pelo horizonte, estreitando os olhos. A princesa se mexeu, tentando levantar, mas Ariete a agarrou pelos cabelos e a puxou com força para perto dele.

Duas gigantescas asas pretas apareceram quando seu leão de sombras ascendeu.

– Tire as mãos da minha rainha – uma voz disse, com ameaça envolvendo todas as palavras.

Elara quase chorou quando viu Enzo nas costas dele, a mão enrolada na juba escura do leão enquanto a outra empunhava a lâmina de vidro crepúsculo.

Graças aos céus por Isra. Isra havia alertado Elara que o único resultado favorável seria se Enzo esperasse até o último momento para entrar no jogo. E aquele era o último momento.

Ariete soltou Elara, a princesa gemendo de dor ao atingir o chão atrás dele. Ela viu um movimento e olhou para Isra quando a vidente abaixou as mãos com violência no terraço à frente dela. Gelo branco saiu da área que atingiu, formando uma ponta de seu terraço até o de Elara, onde continuou seguindo, fazendo um caminho até a Estrela e subindo por seus pés, congelando-os no lugar. A princesa estendeu a mão boa, lançando sombras ao redor do pulso de Ariete. Com um resmungo, Enzo saltou, o vidro crepúsculo na mão, arqueando-o na direção do peito de Ariete.

Elara ouviu o barulho úmido de uma lâmina sendo cravada na carne e suspirou em descrença. Enzo tinha conseguido. Tinha perfurado o coração de Ariete. Estava feito, tinha acabado, estava...

Uma risada baixa ecoou pelo ar, mas não era de Enzo. Ela se inclinou para a frente, tentando ver atrás de Ariete enquanto luz estelar vermelha rachava o gelo, libertando os pés do deus. Tanto ele quanto Enzo se viraram. O tempo desacelerou quando a boca de Enzo abriu em choque, a testa franzida enquanto olhava para baixo, para a espada enfiada em seu estômago.

Elara rastejou para a frente.

– Não.

A mão trêmula de Enzo avançou com o vidro crepúsculo na direção de Ariete, mas a Estrela riu e girou a espada. Enzo gritou, seu braço caindo, e Ariete riu de novo, dessa vez mais alto ao puxar a espada da carne de Enzo. O príncipe caiu de joelhos, as mãos trêmulas tentando estancar o sangue.

– *Não!* – Elara gritou de novo, um som que rasgou sua garganta.

Elara avançou na direção de Enzo, gritando seu nome. Ariete se levantou, sua boca ensanguentada formava um sorriso enquanto olhava para a frente. Enzo ainda tinha o vidro crepúsculo na palma da mão enquanto a Estrela erguia a espada mais uma vez.

– Enzo!

Com um berro, Elara invocou suas sombras pela mão não ferida e derrubou a espada da mão de Ariete. O deus urrou, tentando pegá-la quando Isra, ainda no terraço oposto, soltou um rugido e liberou o que restava de suas reservas, uma onda de gelo que envolveu toda a Estrela em um instante. Sem forças, Isra desabou em seguida.

Elara reuniu outro grupo de sombras e as jogou no telhado do palácio, abrindo um buraco abaixo de Enzo.

O príncipe caiu com terror nos olhos, e Elara cambaleou até a beirada antes de mergulhar atrás dele.

O ar corria ao redor dela. Seu pulso latejava de dor, aninhado junto ao corpo, o outro braço esticado. A pequena piscina da sala do trono aproximava-se dele. Com um gemido de dor, ela lançou suas sombras, enrolando-as em Enzo bem a tempo. Ele rugiu, soltando-se sobre a cobertura firme de sombras que o pousaram na piscina com todo cuidado. Segurando a barriga, tentou estancar o sangue que fluía livre. Os pés de Elara tocaram o chão, um outro fluxo de sombras acolchoando seu pouso. Água perfumada espirrou quando saltou na piscina e se ajoelhou diante de Enzo. Sem perceber, suas sombras assumiram novamente a forma de *dragun*, envolvendo os dois conforme a piscina começava a se tingir de vermelho, ensopando suas roupas.

– Não, não, não, não – Elara sussurrou, colocando a mão sobre a dele, tremendo ao tentar estancar o sangue sob a água. – Enzo… Enzo, fique comigo – ela disse, ofegante.

Ela cerrou os olhos na cabeça latejante quando o preço de sua magia por fim chegou, assim como a exaustão da luta.

– Não era pra ser assim – ele murmurou.

Elara chorava, agarrando Enzo, segurando seu rosto com a mão.

– El – ele gemeu com os olhos enevoados.

– *Não* – ela disse. – Você não pode me deixar. Esperei a vida toda por você.

Lágrimas rolaram pelo rosto de Enzo quando ele tentou se levantar, erguendo o queixo dela com fraqueza.

– Nunca houve um final feliz pra nós. Nunca há para amantes malfadados. – Ele sorriu com tristeza. – Mas não me arrependo nem um segundo. Faria tudo de novo, receberia toda a dor para sentir mais uma vez que estou me apaixonando por você. É o amor da minha vida, El. O amor de minhas vidas.

Elara chorava.

– Pegue essa parte de mim – ele sussurrou, conjurando uma pequena bola de luz na palma da mão. – Apenas um vislumbre de minha luz.

– O quê? Eu não posso…

Enzo assentiu.

– Pode. Dizem isso sobre almas gêmeas, sabe? Que podem emprestar magia um ao outro. Você precisa pegá-la. Caso precise. Para acabar com Ariete.

As lágrimas de Elara caíam.

– Por favor, Enzo, não faça isso.

– Você tem que viver, El. Por seus pais. Por Sofia. Por *mim*. – Os olhos dele se agitaram e se fecharam, e ele suspirou.

– Só tenho um arrependimento – ele sussurrou.

– O quê? Não, Enzo – ela disse entre soluços, segurando-o junto ao corpo, tentando sacudi-lo para que ficasse lúcido.

– Não ter lhe contado antes.

– Me contado o quê?

– Que você era meu anjo.

Enzo se inclinou para a frente, beijando-a suavemente ao pressionar a palma da mão cheia de luz na dela. Elara não sabia ao certo que magia tinha sido compartilhada entre os enquanto sentia seu poder inundá-la, mas seus dons de caminhar nos sonhos ganharam vida, puxando-os para uma lembrança.

Capítulo Sessenta e Oito

Um garoto com cachos pretos estava deitado de bruços, um soluço escapando enquanto suas costas latejavam de dor. Seu pai o havia chamado de covarde, e então o garoto respondera:

— Não sou covarde. Sou um leão alado.

O pai havia rido daquilo com crueldade. E quando sua luz cravou nas costas do pequeno príncipe, ele provocou.

— Você quer asas, leãozinho? Aqui estão suas asas.

O príncipe tentava se mexer na cama, mas os lugares onde estavam os ferimentos ainda pulsavam e latejavam de dor, independentemente de o curandeiro ter alisado sua pele. Ele soltou outro soluço de choro, tentando ficar o mais imóvel possível.

— Por favor, por favor, por favor — sussurrou, olhando para sua sacada pelas janelas. — Se tiver alguém aí fora me ouvindo, por favor, me ajude.

Ele se agarrou à sua súplica enquanto lágrimas escorriam por seu rosto, molhando seu travesseiro, e a repetiu várias vezes na cabeça, até que as lágrimas cessaram e ele pegou no sono.

Às vezes, os sonhos de Enzo o assustavam mais do que a vida real. Quando o menino abriu os olhos para o pesadelo, sua respiração estava acelerada enquanto olhava ao redor da sala de mármore. Ele ouviu um chicote estalando, e o som o fez tremer.

— Não — ele gritou. — Por favor, não. Vou ficar bem, eu prometo. Vou tentar com mais afinco.

O chicote parecia mais próximo, lampejos de luz pintando a sala, e o pequeno príncipe gritou, sabendo o que estava por vir.

— Por favor — ele soluçou. — Alguém me ajude.

Houve um barulho de estouro na parede e o mármore se abriu diante dele. Ele cambaleou para trás, boquiaberto, quando uma garota caiu na sala e foi parar no chão com um grito. Aquele certamente não era como seus outros sonhos. A garotinha se levantou, limpando a camisola com primor. Enzo deu outro passo cauteloso para trás.

A garotinha olhou para ele, estreitando os olhos.

– Por que está chorando? – ela perguntou. Seus olhos eram prateados e a voz era engraçada.

– Não é da sua conta – Enzo respondeu, fungando alto e cruzando os braços.

A garota bufou, impaciente.

– Sabe, Lukas toma bronca quando diz isso. Não é educado.

– Bem, isso é pra bebês. Tenho oito anos. Posso dizer o que eu quiser. – Ele lançou um olhar de soslaio. – Quantos anos você tem?

– Tenho cinco e meio, e você não é muito legal.

Ele notou que sombras saíam dela, suas gavinhas o tocando. Sabia que a escuridão era do mal. Mas aquelas sombras pareciam boas.

– Parece que elas gostam de você – ela disse enquanto o menino espantava uma gavinha.

– Desculpe. – Ele se aproximou. – Meu dia foi terrível. Meu pai me machucou.

Os olhos prateados da garotinha suavizaram. Ela foi até Enzo antes que ele pudesse se mover.

– O que ele fez?

Enzo se virou para mostrar as costas a ela, mas um novo soluço de frustração lhe escapou quando a encontrou lisa.

– Ele me bateu nas costas. Mas ninguém acredita em mim.

– Eu acredito em você.

Enzo encarou a garotinha, surpreso.

– Por que ele te machucou? – ela perguntou.

– Porque eu disse a ele que era um leão.

Ela inclinou a cabeça.

– Bem, você tem olhos de leão. E parece muito corajoso. Acho que você é um leão.

Enzo sorriu. Não conseguia se lembrar da última vez que tinha sorrido.

– Sinto muito por você estar triste – ela disse. – Sabe, sempre que estou triste, meu papai canta uma música pra fazer eu me sentir melhor. Sofia diz que é idiota, mas ela também diz que eu não deveria caminhar nos sonhos sozinha, então não dou muito ouvidos a ela.

A garotinha pegou na mão de Enzo. Ele mal pôde sentir, mas ainda assim se sentou ao lado dela.

– Deite – ela ordenou.

– Você é muito mandona para uma menina de cinco anos.

– Cinco e meio. Agora, feche os olhos.

Ela deitou ao lado dele, seus cabelos pretos fazendo cócegas no rosto de Enzo. A garotinha ainda estava segurando a mão dele.

– Feche os olhos! – ela ordenou.

Ele obedeceu, fechando-os bem.

– Agora, ouça com atenção. Quero que se lembre dessa música. E, quando cantá-la, ela vai fazer você se sentir melhor. É uma canção mágica.

Ela acariciou os cabelos dele de maneira desajeitada.

– Está pronto?

Enzo fez que sim, os olhos bem fechados quando a garotinha começou a cantar.

– "Eu o amava mais do que a Escuridão ama a noite. E ele me amava mais do que o dia ama a Luz"...

– Leões podem voar, e amantes vão morrer, mas meu amor vai permanecer. – A voz de Enzo falhou ao cantar, a mão trêmula nos cabelos de Elara enquanto lágrimas molhavam seu rosto.

Elara piscou quando voltaram para os arredores da sala do trono.

– Eu me lembro – ela sussurrou. – Eu me lembro de tudo.

– Você era minha antes que eu soubesse. Estamos destinados, você e eu. Por alguma coisa diferente do destino, diferente das Estrelas. Sempre vamos encontrar uma forma de voltar um para o outro. Já fizemos isso antes, e vamos fazer de novo. – Com a palma da mão ainda pressionada no peito dela, ele acariciou seu coração com o polegar. – Mesmo na morte, estarei ao seu lado. Meu amor viverá para sempre.

Elara soltou um soluço trêmulo enquanto a lembrança se enterrava em seu coração, junto com o poder dele. Dor e raiva pulsavam por todo seu corpo diante da piada em que o destino havia transformado sua vida. Era uma ironia cruel. Uma orquestração divina ter conhecido Enzo quando criança e ser levada de volta a ele. Procurar o amor a vida toda e o encontrar em sua alma gêmea, que naquele momento morria em seus braços.

Elara memorizou o rosto dele, cada traço que havia passado horas repassando na mente – os olhos dourados, o perfume de âmbar morno, os lábios macios entreabertos e os calos em suas mãos. Ela fechou os olhos enquanto lágrimas continuavam a cair e agarrou a mão dele com a mão não ferida.

– Minha princesa – ele sorriu.

Com um sussurro, levou os lábios dela aos dele, pressionando a lâmina de vidro crepúsculo gentilmente em seu colo. Poder dourado pulsava entre os dois. Enzo ondulava pela piscina, lançando um brilho pela sala do trono. O rosto de ambos estava molhado enquanto ela o absorvia, beijando-o com cuidado, memorizando cada um dos toques leves como penas. O núcleo de luz dele se estabeleceu dentro dela, efervescendo em sua corrente sanguínea enquanto se misturava a suas sombras. Elara deixou escapar um grito de lamento quando segurou o rosto dele, incapaz de deixá-lo partir.

– Minha alma gêmea. – As últimas palavras de Enzo, antes de sua cabeça cair para trás.

Elara soltou um berro que veio das profundezas de sua alma. Era um som ancestral, algo nascido de uma parte dela que tinha enterrado a vida inteira.

A falta do calor de Enzo e de sua luz, era uma ausência tão grande que ela oscilou, perdendo o equilíbrio. Ouviu uma batida vinda de cima, o som de gelo rachando.

Em um lampejo de luz estelar vermelha, Ariete aterrissou a poucos metros de onde a princesa estava, levando algo nos braços. Elara cambaleou para a frente, para fora da piscina, deixando o corpo de Enzo, seu coração gritando a cada passo que dava para longe dele. O pulso quebrado estava frouxo junto ao peito, mas ela não se importava de ir para batalha apenas com uma das mãos. Ou que sua cabeça latejasse. Ou que sua magia estivesse um poço quase vazio.

Quando se aproximou, percebeu o que Ariete segurava. Merissa lutava com fraqueza nos braços da Estrela, uma faca na garganta.

– Você não foge da luta, Elara, tenho que admitir. Mas chegou a hora de ir pra casa.

– Solte-a, Ariete – Elara pediu, segurando o vidro crepúsculo.

Não restava nada nela para gritar. Sua alma estava com Enzo. A única coisa que possuía a casca de seu corpo era vingança. Vingança e escuridão.

– Eu matei seus pais. Matei Sofia. Matei seu precioso amante. E, se não vier comigo, vou matar sua linda criada. Depois vou voltar para o telhado, onde sua insignificante manipuladora de gelo está inconsciente, e matá-la também.

Elara respirou, espiralando em seu poder. Embora o poder protestasse e gritasse, ela o puxou para si. Então, com um grito, atacou.

A Escuridão bateu em Merissa, arrancando-a das mãos de Ariete. As sombras envolveram sua amiga e a puxaram para Elara, colocando-a em pé.

Merissa cambaleou atrás dela.

– Fique com o corpo de Enzo – Elara disse a ela. – Se eu morrer... – Ela colocou a lâmina de vidro crepúsculo na mão de Merissa. – Acabe com ele.

Antes de a Estrela ou Merissa terem uma chance de reagir, coisas dos mais profundos pesadelos da própria Elara surgiram ao redor dela na forma de sombras. Coisas aladas, coisas zangadas. Elas voavam, saindo da princesa por vontade própria e indo para o céu noturno já escurecido através do buraco aberto acima deles. As sombras se espalharam, extinguindo todos os pontos de luz, de modo que ficaram na penumbra. Ariete deu um passo para trás.

– As pessoas não nascem monstros, elas se tornam – Elara disse. A voz não soava como a dela. Estava distante, tão distante. Como se estivesse debaixo d'água. – Quero que você veja no que me transformou. Saiba que foi você que libertou isso.

Ela juntou as mãos, rangendo os dentes enquanto o pulso quebrado latejava de dor. Fechou os olhos e deixou a luz de Enzo se misturar à escuridão em seu interior, o zumbido se intensificado enquanto sua própria essência se transformava em vidro crepúsculo.

Elara abriu os olhos quando a mistura latejante de poderes repousou entre suas mãos.

Ela a colocou em uma das mãos e com a outra conjurou uma corda de sombra que bateu em Ariete, derrubando-o no chão. Então, a jovem jogou o pulso machucado para a frente, xingando, enquanto longos e perversos cacos de vidro crepúsculo voavam dele. As lâminas escuras cravaram em Ariete, prendendo-o no chão enquanto o deus gritava de agonia.

Ariete tentou invocar sua luz estelar; houve um brilho vermelho, mas faiscou e se apagou. O vidro crepúsculo tinha funcionado, seu poder havia sido reprimido.

Elara se aproximou de Ariete devagar. Um passo após o outro.

– Para quem você reza, Rei das Estrelas?

Ariete arquejou, rangendo os dentes de dor.

Elara abriu um sorriso, embora soubesse que não era um sorriso humano. O olhar vermelho dele estava repleto de ódio enquanto ficava lá, imobilizado e ofegante. Seu sangue brilhante escorria devido às lâminas que perfuravam sua pele imortal.

– Eu costumava rezar pra *você*. Para todas as Estrelas. Enzo também. Vocês nunca ouviram. Nenhuma vez respondeu às nossas súplicas.

Ela se agachou, puxando um caco de vidro crepúsculo da coxa dele. A Estrela urrou outra vez.

– Você poderia tentar rezar pra mim. Mas acho que eu também não ouviria.

Com uma respiração profunda, ela ergueu o caco sobre a cabeça, mirando no coração dele.

Ela hesitou.

Tossiu, ao sentir uma lâmina rasgar suas costas.

Virou para olhar nos olhos verdes e determinados de Merissa enquanto a semiestrela enfiava o vidro crepúsculo mais fundo nas costas de Elara.

Olhou para Ariete, cuja surpresa rapidamente se transformou em horror.

– O que você fez? – ele perguntou para Merissa quando Elara caiu no chão.

As mãos trêmulas de Elara descansaram sobre a lâmina que saía de seu peito.

– Por quê? – ela sussurrou para Merissa.

Merissa se ajoelhou diante dela com a boca firme.

– Lembre-se de quem você é... – ela disse – ...e o mundo também vai se lembrar.

Um zumbido começou a soar nos ouvidos de Elara enquanto o frio tomava conta dela. Ela caiu de frente. O zumbido se tornou uma palavra, repetida várias vezes.

Lembre-seLembre-seLembre-seLembre-se

Um profundo entendimento ressoou em Elara quando a frase tomou conta de tudo, e ela morreu.

Capítulo Sessenta e Nove

— Essa é sua história, Elara.

Ela ouviu a voz de Merissa levemente enquanto mergulhava na escuridão.

— Você é a rainha de um lugar há muito esquecido. Governou os próprios céus muito antes das Estrelas, com sua alma gêmea. O Sol e a Lua, assim eram chamados. As primeiras almas gêmeas de todas. Amados por todos, nós adorávamos o Sol de dia, aquecendo-nos em seus raios e agradecendo por fazer as colheitas crescerem e as flores brotarem. Ele podia fazer seus raios brilharem até as profundezas da alma de alguém, podia curar e aquecer.

"Sob a cobertura da escuridão, rezávamos pra você. Que manejava luz na escuridão e criava ilusões: podia caminhar nos sonhos, abençoando-os ou amaldiçoando-os. Protegia os amantes ao voar com seu *dragun* pelo céu e nos abençoava com sua luz prateada, permitindo que aqueles que não podiam estar juntos durante o dia o fizessem à noite, mantendo o restante do mundo sonhando.

"A história de amor de vocês foi trágica. Dois amantes destinados a observar um ao outro através dos céus, mas que nunca poderiam se tocar, nunca poderiam se encontrar."

Merissa suspirou profundamente.

— Vocês governavam na companhia de outros titãs. Os Celestes. Até as Estrelas caírem nesse mundo. Elas tinham inveja de seu poder, de seu amor, e numa noite fatídica elas os enganaram. Qualquer um que tenha ouvido as histórias acha que as Estrelas mataram todos vocês, mas elas sabem a verdade. Ariete não conseguiu matá-la. Apenas vinculou você e os outros Celestes a corpos mortais, de modo que fossem lançados dos céus para Celestia.

Elara ouviu uma leve risada fria e um som de escárnio enquanto Merissa continuava:

— Mas você foi sagaz. Recobriu a si mesma e a seus aliados numa ilusão para que as Estrelas não os reconhecessem na forma humana. Desde então você vaga por Celestia, renascendo várias vezes, procurando seu Sol.

Elara estava sem peso. Ancestral. Divina.

Ela sentiu a magia das Estrelas se desfazer à sua volta como um barbante, libertando-a conforme o vidro crepúsculo executava sua magia.

– Acontece… – Merissa continuou: – …que tudo o que você precisava era encontrá-lo. E por fim, nesta vida, o encontrou. Pois foi sempre seus poderes combinados que conseguiram derrotar a magia de uma Estrela, que conseguiram desfazer até mesmo o mais poderoso dos feitiços.

Elara sentiu um movimento horrível e doloroso no peito, que *sabia* que era a lâmina de vidro crepúsculo sendo arrancada. E então, um esplendor de luz, quando a magia tentava sair dela, fazendo-a e desfazendo-a, consertando seus ossos e curando seus ferimentos enquanto ela gritava. Um prateado brilhante recobriu a sala quando os olhos dela se abriram. Elara *viu*, por um momento, as cordas de magia que a envolviam havia séculos, brilhando em vermelho e gravadas com símbolos e sangue, brilhando tão vermelhas quanto os olhos furiosos de Ariete no fundo.

Ela permaneceu parada conforme as cordas murchavam e desapareciam, sentindo o músculo grosso de seu coração se costurando de volta.

– Ah, graças aos céus. – Ela ouviu Merissa sussurrar. – Eu estava certa.

– *Você* – Ariete disse, lívido. – *Você prometeu*. – Ele tentou se mexer, mas os cacos de vidro crepúsculo o mantinham preso no lugar.

– O que está acontecendo comigo? – Elara sussurrou, procurando ansiosa por Enzo, ainda atrás dela na piscina, ainda sem vida. – Quem sou eu?

Ariete deixou a cabeça cair para trás, a raiva por um momento eclipsada por alegria.

– Você é a *Lua* – ele disse. – E eu acabei de matar seu precioso *Sol*.

Elara começou a rastejar na direção de Enzo.

– Não adianta – Ariete disse quando a princesa perdida se arrastou de volta para dentro da piscina, ao lado do corpo dele. – Não há nada que você possa fazer por ele. Seus poderes *especiais* podem ter a protegido de meu golpe letal, rainha Lua. Mas Lorenzo não conseguiu.

– Ele não pode morrer! – Elara gritou. – Merissa, você mesma me disse que as Estrelas não podiam nos matar.

Os olhos de Merissa estavam cheio de lágrimas.

– Sim – ela sussurrou. – Mas diferente de você, o corpo humano de Enzo pode ser morto por uma Estrela. Ele vai nascer de novo, mas não vai se lembrar de você. Você teria que passar outra vida procurando por ele.

Elara amaldiçoou os dois quando se aproximou de Enzo e o abraçou. Agarrando seus pulsos, ela sentiu uma leve palpitação, um fiapo que nem era uma pulsação.

– Por favor – ela suplicou. E soube que dessa vez não estava rezando para uma Estrela, ou para o céu. Estava rezando para si mesma, para o vidro crepúsculo que nadava em suas veias. – Por favor... – ela implorou fechando os olhos – ...salve-o!

Enzo estava no sangue dela, e era a magia deles que podia desafiar as estrelas. Elara sentiu o poder, e o arrastou para si, embora seu corpo protestasse, embora sua mente tentasse desistir. Ainda assim, com uma vontade nascida apenas de uma entidade que brilhava mais forte quanto mais escura era a noite, ela se agarrou a isso, dentes à mostra, e com um grito final pressionou os lábios nos de Enzo enquanto sua magia compartilhada vertia de novo para dentro dele. Então, segurando-se em sua amarra, ela arrastou os dois para os sonhos dela.

Enzo se levantou, tentando respirar, o olhar perplexo quando olhou ao redor. A paisagem onírica de Elara era feita de crepúsculo, colinas de um violeta profundo e um céu azul-índigo. Ainda abraçando o amado, o foco dela se dividiu entre a realidade e o sonho. Ela observou as cordas vermelhas, do mesmo tipo que a haviam envolvido, romperem do corpo dele e murcharem até desaparecerem.

– Enzo? – Elara sussurrou, segurando-o, olhando em seu rosto.

Ele olhou ao redor, aterrorizado, antes de seus olhos recaírem sobre ela.

– El? Estamos mortos?

– Não – ela respondeu, chorando. – Não, estamos bem vivos.

– Eu a encontrei. Através de tantas vidas, eu a encontrei – ele sussurrou, com os lábios próximos aos dela. Ela se afastou dele, secando os olhos.

– Você se lembra?

– Eu estava com um pé nas Terras Mortas quando nos vi em nossas formas originais, brilhando no céu um do outro. – Ele olhou para a paisagem tingida de anoitecer. – Onde estamos?

– Estamos em minha paisagem onírica – Elara respondeu, estabilizando a voz. Ela abafou outro soluço quando ele franziu a testa para ela. – Nossos poderes... eles o salvaram. Eles detiveram a magia de uma Estrela. Você não está mais morrendo, apenas sonhando.

– Então temos que acordar – ele disse. – E acabar com Ariete de uma vez por todas.

Elara sorriu, olhando para ele. O Sol. Tão brilhante e dourado que seus olhos ardiam, tão glorioso que ela não conseguia suportar tirar os olhos dele.

– Eu desafio as Estrelas – ela sussurrou.

– Eu desafio as Estrelas – ele ecoou.

E tropeçando, Elara alcançou sua amarra e voltou para o seu corpo.

O olhar vermelho de Ariete estava colado em Elara, a fúria se retorcendo em seus olhos. Merissa estava ajoelhada ao lado dele, os olhos perturbados ao olhar para a Lua.

Elara olhou na mesma hora para Enzo. Ele estava imóvel, mas a pulsação estava estável, o ferimento em seu estômago curado. Em instantes, ele acordaria e...

– Você roubou outra morte de mim – Ariete disse, furioso, ainda imobilizado. Uma mecha errante de cabelo caía em sem rosto, sangue e suor escorriam enquanto ele fervilhava.

– O quê? – ela retrucou, pegando na mão de Enzo.

– Você interferiu na *maldita lei da natureza*! Era pra ele morrer! – ele gritou.

– Elara, você conseguiu – Merissa sussurrou, correndo na direção dela e de Enzo.

A Estrela rugiu, irada.

– Ela roubou de mim. Então agora vou roubar dela.

Com os dentes cerrados, Elara assistiu horrorizada quando ele estendeu o braço *através* do vidro crepúsculo que o imobilizava, rasgando músculo e tendão ao esticar a mão, os dedos se curvando e *puxando*.

Um fio dourado girou no ar, saindo do peito de Enzo, bem acima do coração, enquanto se enrolava na palma estendida de Ariete. A Estrela o segurou sobre si, enrolando-o em forma de bola.

– O que você tirou dele? O que você fez? – Elara gritou, avançando.

– Não, Ariete. *Não* – Merissa suplicou.

Ela tentou agarrar a bola brilhante, mas Ariete fechou os olhos e ela desapareceu.

– Boa sorte em acordá-lo sem uma *amarra*, Elara. Espero que seu Sol não se perca nas Terras dos Sonhos enquanto você tenta. – A Estrela lambeu o sangue de seus dentes, sorrindo. – O tempo está passando. Até nosso próximo encontro, *Vossa Majestade*.

Elara assistiu horrorizada quando Ariete puxou o restante do corpo *através* das lâminas de vidro crepúsculo com os dentes cerrados, da mesma forma que tinha feito com o braço. Luz estelar vermelha o cercou. E com uma risada triunfante e irregular, ele estalou os dedos, voltando para o terraço.

Um rugido de raiva escapou dela.

– *Covarde!* – ela gritou para a abertura no teto, observando sua figura fugitiva desaparecer de vista. Então, com a respiração trêmula, ela correu de volta para o corpo de Enzo. Sua respiração era estável, o rosto pacífico e um brilho etéreo o cercava. Ela o sacudiu, tentando acordá-lo enquanto gritava seu nome repetidas vezes. Mas Enzo permanecia adormecido, perdido dentro dos sonhos de Elara.

Epílogo

ELARA SE SENTOU NO TRONO DOURADO, escombros ao seu redor, uma brisa suave soprando do buraco no teto fazendo cócegas em seu rosto. Lançou um brilho pálido sobre a sala do trono, da mesma cor da lua que brilhava no céu. O ruído de empolgação e bebedeira chegou até ela, abafado. Havia dias que os cidadãos estavam se amontoando nas ruas, olhando maravilhados para o novo corpo celeste da noite, permanecendo sob seus frios raios prateados. Quando surgiu pela primeira vez, foi um terror. Oceanos se chocaram e mudaram, ondas gigantes inundaram as costas de Celestia. Lobos uivaram e seu povo gritou quando a gigantesca esfera luminosa tomou seu lugar nos céus.

Cinco dias haviam se passado, e a cor de vinho usual da noite heliana passara a ser preta como piche, iluminada apenas pelas estrelas e o luar esquelético. A luz de todos os reinos tinha sido apagada pelas sombras lívidas e monstruosas de Elara. Ela tinha jurado para Enzo que, se ele fosse tirado dela, transformaria o mundo em escuridão, e cumprira sua palavra.

O corpo de Enzo era vigiado o tempo todo por Leo, Isra ou por ela mesma enquanto a alma do novo rei de Helios descansava nas Terras dos Sonhos e seu corpo permanecia na terra dos vivos.

E ela? Ela ainda era Elara. Mas podia sentir em seus ossos algo ancestral. Algo que estava adormecido havia muito tempo e tinha despertado.

Círculos escuros sombreavam seus olhos prateados, que se voltaram para a porta quando ouviu o barulho de passos. A forma escura de Torra deslizou pela sala do trono, os cabelos bem puxados para trás, longe do rosto.

– Eu estava me perguntando quando você ia aparecer – Elara disse em voz baixa.

Torra foi até o trono e se curvou diante dela. Com um gesto impaciente, Elara fez sinal para ela se levantar.

– Então soube das novidades?

Torra arqueou as sobrancelhas.

– O mundo *todo* testemunhou a lua subir para o céu do nada. É um pouco difícil não notar.

– Você sabia esse tempo todo?

Torra inclinou a cabeça.

– Fiquei sabendo da profecia antes de saber de toda a verdade. Só pude supor, até colocar os olhos em você no baile de coroação. Aquele olhar que me lançou. Aqueles olhos… foi quando eu soube. Confirmei pra Merissa quem você era. Ela os ajudou esse tempo todo.

– Ah, a profecia. – Elara recostou de volta no trono. – Eu vou me apaixonar pelo Rei das Estrelas e isso vai nos matar. Parece que ela estava meio errada.

– Pelo contrário. – Torra abriu um sorriso astucioso. – O Sol é o rei das Estrelas. Ele governava acima de todas elas. Com você, sua rainha.

O olhar prateado de Elara penetrou o dela.

Torra estendeu as mãos.

– Bem, você *se apaixonou* por uma Estrela, e vocês dois *morreram*…

– A pessoa que eu era morreu – Elara sussurrou.

– Profecias… coisinhas traiçoeiras. *Repletas* de enigmas.

Elara suspirou quando Merissa apareceu na porta. Ela atravessou a sala do trono com pressa, o rosto brilhando no crepúsculo. Quando chegou ao trono, alternou o olhar entre sua mãe e Elara.

– Minha rainha – ela fez uma mesura. – Mãe – acrescentou com frieza.

– Quantas vezes tenho que lhe dizer, Mer? Não tem necessidade de nada disso. Pelo amor das Estrelas, apenas me chame de Elara.

– Desculpe – Merissa sorriu com timidez, lançando a Torra outro olhar cauteloso.

– Leo levantou a informação que você solicitou sobre Asteria. E Isra organizou uma lista de deveres que precisam ser realizados em rápida sucessão, tanto em Asteria quanto aqui. Seu trono está vago. Ariete ainda não foi localizado. Depois tem a questão de sua coroação oficial.

Elara olhou para ela com severidade e Merissa empalideceu um pouco.

– Achei que eu tivesse escrito para o conselho asteriano e dito a eles que não aconteceria nenhuma coroação até Enzo acordar.

Ela tinha ficado aliviada em saber que apesar da destruição do palácio por Ariete e do assassinato de tantos membros de sua corte, um dos dois conselheiros de seu pai tinha sobrevivido, e estava tentado reunir um conselho auxiliar no lugar dela.

– Eles estão preocupados. Pensam que, se ninguém tomar o comando de Asteria oficialmente, podem acontecer mais rebeliões reivindicando o trono.

Elara suspirou, massageando as têmporas.

– Acho que vou embora – Torra interrompeu. – Preciso voltar para os céus e fingir que estou horrorizada com o seu despertar.

– Ariete não está desconfiado de que você está nos ajudando, agora que sabe quem Merissa é?

Torra fez que não.

– Eu o levei a acreditar que afastei minha filha há muito tempo. Que ela está do lado oposto de nossa causa.

Elara assentiu, pensativa.

– Obrigada, Torra. Se eu precisar, chamo você.

Torra se curvou, beijando Merissa no rosto antes de invocar uma luz estelar de um rosa profundo e desaparecer diante delas.

– Sobre o que eu estava falando – Merissa continuou gentilmente assim que Torra saiu. – Você é a próxima na linha de sucessão ao trono. Com Ariete desaparecido, não há momento melhor pra retornar a Asteria e tomar posse do que é seu por direito. Depois, há a questão de Enzo ter lhe dado sua coroa… Helios também poderia ser sua se você quisesse.

Elara empilhou os dedos quando sua atenção vagou. Os detalhes da corte pareciam tão triviais. Coroação, reivindicar seu trono… Pelo jeito ela era rainha de todo o Universo, atirada dos céus.

– Não vou voltar para Asteria ainda – ela murmurou. – E estou certa como as Terras Mortas de que não vou governar Helios sem Enzo.

– Não vai?

Ela se levantou do trono. Sem olhar para Merissa, saiu da sala do trono e seguiu pelo grande corredor até chegar aos jardins.

Sabia que Merissa a estava seguindo, e esperou enquanto olhava para as não-me-esqueças que Enzo tinha feito crescer com sua luz.

Quando Merissa chegou atrás dela, Elara disse:

– Vou indicar um membro do conselho heliano em quem confio pra supervisionar as questões em nossa ausência; ele pode estabelecer uma ligação com os asterianos também. Peça a Leo pra fazer uma lista.

– Nossa ausência?

Elara respirou o perfume de jasmim que pesava na noite escura. Sorriu com gentileza para a esfera prateada no céu, antes que seus pensamentos se tornassem venenosos quando seu olhar passou pelas estrelas brilhantes que a cercavam.

– Fiz um juramento pra minha alma gêmea. Vamos acordar o Sol. Vamos encontrar os Celestes. E, então, as Estrelas vão cair.

Agradecimentos

Este livro é uma tapeçaria de todas as pessoas que eu amo, e ele não existiria sem cada um de vocês.

À mamãe e ao papai. Seu amor e apoio infinitos, assim como as muitas histórias na hora de dormir e contos de fadas que me contaram quando criança, são a razão de eu conseguir escrever hoje. Tenho muita sorte de ter pais como vocês.

À minha irmã, Alessia. Criamos mundos juntas desde que éramos crianças. Sem você, a própria ideia de *A ascensão das estrelas* não existiria.

Ao meu irmão, Andre, por manter minha imaginação ativa com a miríade de jogos que costumávamos jogar na infância.

À vovó e ao vovô. Vovó, por sempre acreditar que um dia eu escreveria um livro, desde a primeira história, "Ilha abandonada", que li para você no sétimo ano; e vovô, por passar adiante suas incríveis habilidades para contar histórias – obviamente é de família.

À Demarco, por *tudo*. A dedicatória diz tudo, mas *A ascensão das estrelas* não estaria onde está se não fosse por você, sua visão e seu amor.

Às minhas garotas, Abby e Amy. Almas gêmeas vêm em forma de amigas também, e nossas almas certamente estão ligadas. Obrigada por me entenderem profundamente. Por me encorajarem, por aquela tarefa de escrever uma cena obscena que fizemos no último Natal (rs), que levou às cenas apimentadas de *A ascensão das estrelas*, e por serem as **primeiras** pessoas a lerem meu livro. Amo você duas demais.

À Olivia Rose Darling, minha incrível amiga. Ter você comigo em todos os passos dessa nova jornada foi uma honra e um privilégio. Tenho que agradecer por tanta coisa, mas principalmente tenho que agradecer por ser minha amiga. Eu me sinto sortuda todos os dias por nossos caminhos terem se cruzado, e por ter alguém que me deixa com os pés no chão, me estimula e me inspira com seu talento infinito.

Às minhas maravilhosas agentes, Jill e Imo, por ajudarem *A ascensão das estrelas* a encontrar sua nova casa em minhas editoras dos sonhos. Obrigada por acreditarem nesta história. E um grande obrigada a Andrea e Nick pela ajuda para encontrar incríveis casas internacionais também.

À minha incrível editora Vikki, que entendeu meus personagens e histórias de primeira, e que me ajudou a fazê-los brilhar – adorei todas as partes de trabalhar com você e sua paixão pela série significa muito para mim. E agradeço a Lydia por seu apoio incrível e por me dar orientações imensuráveis. Um enorme obrigada ao restante da equipe Viking. Obrigada a Lucy, Rosie, Ellie, Saxon, Charlotte e todas as pessoas que ajudaram a levar *A ascensão das estrelas* para o mundo.

À Amanda e à equipe da Penguin Random House Canada, incluindo Natasha, Sue, Evan, Deirdre e Danya – estou muito empolgada em trabalhar nos futuros livros com vocês, e muito obrigada por todo o trabalho duro para ser a casa americana de *A ascensão das estrelas*.

E, finalmente, obrigada a você, meu caro leitor e leitora – antigo(a) ou novo(a). O fato de você ter lido este livro fez meus sonhos mais loucos se realizarem. Você é especial, e mal posso esperar para me acompanhar nessa jornada por Celestia.

Este livro foi composto com tipografia Adobe Garamond Pro e
impresso em papel Off-White 70 g/m² na Formato Artes Gráficas.